Sarah Raich
All that's left

SARAH RAICH

ALL THAT'S LEFT

Roman

Lesen was ich will!
www.lesen-was-ich-will.de

Wenn Ihnen dieser Roman gefallen hat, schreiben Sie uns unter Nennung des Titels »All that's left« an *empfehlungen@piper.de*, und wir empfehlen Ihnen gerne vergleichbare Bücher.

Das Zitat auf Seite 5 stammt aus: Forugh Farrochsād, *Jene Tage*, aus dem Persischen übersetzt von Kurt Scharf, Sujet Verlag, 6. Auflage 2021.

Unser Versprechen für mehr Nachhaltigkeit
• Klimaneutrales Produkt
• FSC®-zertifiziertes Papier
• Hergestellt in Europa

FSC www.fsc.org MIX Papier aus verantwortungsvollen Quellen FSC® C083411

Originalausgabe
ISBN 978-3-492-70607-0

Satz: Fotosatz Amann, Memmingen
Gesetzt aus der Dante
Druck und Bindung: CPI Books GmbH, Leck
Printed in the EU

Behalte den Flug im Gedächtnis
Der Vogel ist sterblich.

Forugh Farrochsād

Für Rita

I DAS HAUS

Ehrlich gesagt, ich weiß gar nicht so richtig, wo ich anfangen soll. Ich weiß ja auch gar nicht, wer du bist, was dich interessiert, was du schon weißt. Was du erlebt hast. Wer weiß, vielleicht hast du dir die ganze Zeit auf irgendeinem Südsee-Atoll die Sonne auf den Bauch scheinen lassen, kühle Drinks geschlürft und im Fernsehen zugesehen, wie hier alles zusammengebrochen ist. Vielleicht tust du das ja auch immer noch. Vielleicht gibt es noch immer diese Orte, wo es einfach nett ist. Ohne fiese Krankheiten, Dürre und Tod. Vielleicht liegst du da jetzt, hörst meine Geschichte und denkst dir: O Mann, die Arme. Was für ein trauriges Leben, buhuhuuu, und dann schlürfst du ein bisschen Ananas-Saft, bevor du ins klare Meer springst und ein paar Züge schwimmst. Vielleicht hört mich ja auch nie jemand.

Aber das bin ich gewöhnt. Ist ja niemand hier. Da kann ich auch gleich mit mir selbst reden. Oder mit Herrn Meyer da drüben. »Hallo, Herr Meyer, wie geht's denn so? Wollen Sie nicht mal wieder Ihr Auto putzen? Nein? Hmm. Sie waren aber auch schon mal gesprächiger!«

Ich versuche sonst eigentlich, nicht so sehr zu ihm zu

schauen. Mittlerweile geht's, jetzt ist er ein Skelett. Aber eine Zeit lang sah es wirklich fies aus. Als die Haut an den Armen langsam schwarz wurde ... es war mir gar nicht klar, wie ekelig der Tod sein kann. Ich hab darüber nicht so viel nachgedacht. Ich meine, über den Tod hab ich schon viel nachgedacht. Sehr viel. Aber das Vermodern danach. Das war mir nicht so bewusst. Es tut mir auch leid, dass ihn keiner begraben hat. Aber Papa hat gesagt, das machen wir auf gar keinen Fall. Das Risiko ist viel zu hoch. Da können wir uns anstecken. Oder überfallen werden.

Nun ist er da also noch immer, ein Haufen Knochen, der über dem Lenkrad seines geliebten Autos hängt. Sieht nicht so crispy aus, der Herr Meyer. Nicht dass er je crispy aussah.

Früher hab ich übrigens nie »crispy« gesagt. Jedenfalls nicht vor anderen. Höchstens so für mich. In mir drinnen. Wenn ich mir vorgestellt habe, wie die Dinge sonst sein könnten. Wie sich ein anderes Leben anfühlen würde, eines mit Freunden und Partys.

Zu Hause will Papa solche Worte nicht hören. Das findet er ganz schlimm. »Als hätten wir nicht schon eine schöne, funktionierende Sprache, mit der man alles sagen kann, was zu sagen ist.«

Und in der Schule? Niemals. In der Schule kannst du »crispy« sagen, wenn du »crispy« bist. Sonst hältst du besser die Fresse. Und wenn du doch was sagen musst, dann sag bitte so wenig wie möglich, so unauffällig wie möglich. Wenn du ein Wort in den Mund nimmst, das die Coolen benutzen – dann bist du fällig. Justus zwei Klassen über mir hat mal »killer« benutzt. Zwei Tage später kam er heulend vom Klo. Auf seiner Stirn und den Wangen stand mit Edding: »Ich bin killer scheiße.«

Ich frag mich, was mit dem ist. Mit dem Justus. Ob der noch lebt? Ich glaub nicht. So verstrahlt, wie der war. Obwohl. Ich bin ja auch noch hier. Und wenn jetzt überhaupt irgendwer an mich denkt, dann bestimmt: Die olle Mariana? Die ist doch schon lange abgekratzt, so blöd, wie die war.

Der Zusammenbruch ist jetzt etwa zwei Jahre her. Obwohl ich das nicht so richtig benennen kann, wann das war, der Zusammenbruch. War das, als die Schule aufgehört hat? Erst mal auf Zeit und dann einfach für immer? Oder war es, als es keine Nachrichten von der Regierung mehr gab? Oder als die Leichen auf der Straße liegen blieben, weil sie keiner mehr beerdigt hat? Mir hat nie jemand gesagt: So, Mariana, das war's jetzt. Die Welt, die du kanntest, die ist jetzt wirklich erledigt.

Mir war es schon klar, dass das nichts mehr werden konnte. Ich hab nur auf den Knall gewartet. Aber geknallt hat es nie. Es ist einfach so alles zerbröselt. Wahrscheinlich ist das eine unserer vielen Schwächen. Von uns Menschen, meine ich, dass wir immer denken: Bevor es vorbei ist, bekommen wir noch eine letzte Warnung, damit wir wissen: Jetzt ist wirklich Schluss! Aber so ist die Welt nicht. Da muss man nur der Natur zusehen. Riesen-Bambus zum Beispiel. Der kann 70 Zentimeter am Tag wachsen. Aber SEHEN kannst du es trotzdem nicht.

Ich glaube, als ich geboren wurde, war bei uns noch alles ganz fein. Also in Europa, Deutschland. Vielleicht noch USA. Alle hatten Essen, 50 Fernsehkanäle, jeden Tag fünf heiße Duschen, wenn man wollte. Die Leute lagen an Schwimmbecken und tranken ständig irgendwelche tollen Getränke, solche mit Obst am Glas und Schirmchen, die nach irgendwas schmeckten, oder aßen ein Eis.

Im Rest der Welt war's da schon nicht so toll. Aber wenn ich meinen Geschichtslehrer richtig verstanden habe, dann war das eine ganze Weile so. Europa war okay für die meisten, Nordamerika im Großen und Ganzen auch. Der ganze Rest: großer Mist für quasi alle. Und jetzt ist halt großer Mist überall. Soweit ich das beurteilen kann jedenfalls. Denn die Wahrheit ist: Ich weiß nichts über den Rest der Welt. Ich weiß eigentlich nur, dass ich hier in diesem Haus sitze und keinen dran kriege an dieses blöde Funkgerät. Und meine Eltern sind seit drei Wochen verschwunden. Meine Mutter seit 21 Tagen und fünf Stunden, mein Vater seit 20 Tagen und 18 Stunden. Seitdem habe ich keinen lebenden Menschen mehr gesehen. Es könnte also auch sein, dass genau niemand mehr da ist. Gar niemand. Dass ich der letzte Mensch bin auf diesem verdammten Planeten. Und ich sitze hier in diesem Haus, gieße das Gemüse im Keller, kontrolliere die Belüftung, die Wasserfilter, die Sicherheitsschleusen und hoffe, dass alles gut geht.

Mein Vater sagt immer: Funk kommt von Geduld. Weil man stundenlang dasitzen muss und hören muss und was sagen muss und wieder hören und wieder Frequenz verstellen. Immer so weiter. Das dauert halt.

Theoretisch kann ich auch mit Leuten in Australien sprechen. Wenn denn da jemand ist, wenn er dieselbe Frequenz hätte wie ich und er oder sie mir antworten würde. Bisher hat noch keiner geantwortet. Immer nur Rauschen und Zirpen. Manchmal glaube ich, dass ich da eine Stimme höre, ganz weit weg, zwischen dem Zirpen, im Zirpen drin, fremde Sprachen, die mir etwas zuflüstern. Papa hat immer gesagt, das ist Unsinn. Das Zirpen sind atmosphärische Störgeräusche. Und, hat er gesagt, selbst wenn es Stimmen sind, ist es egal. Denn du verstehst sie nicht, Mariana. Du kannst nicht mit ihnen sprechen, also ist es nutzlos.

Ehrlich gesagt, ich finde es nicht egal. Wenn ich wüsste, dass in dem Zirpen Stimmen sind, dann wüsste ich, da ist jemand. Irgendwo. Ob die nun Kisuaheli sprechen oder Urdu – das wäre mir erst mal nicht so wichtig. So ist es aber nur die Stille, die mal kurz zuckt.

Internet war praktisch. Jedenfalls, als es noch richtig funktioniert hat. Als ich noch zur Schule gegangen bin, sind immer mehr Server-Farmen ausgefallen, die Stromspargesetze haben dem Internet auch geschadet, sagt Papa, aber sie haben dennoch nur beschleunigt, was kommen musste.

Mein Vater hat im Keller ein paar Server stehen. Da ist eine Menge drauf von dem, was mal das Internet war. Er hat immer gesagt, Mariana, das ist das Wichtigste. Das Wissen aufheben. Damit es weitergeht. Deshalb haben wir auch einen Kellerraum voller Bücher. Und einen voller Filme, Fotos, Zeitungen.

Vielleicht denkst du jetzt: komischer Typ, der Vater. Ich weiß nicht, kann sein. Meine Mutter sagt immer, total einen an der Klatsche, dein Vater. Und ein bisschen hat sie vielleicht auch recht. Mein Papa hat sich nie für das interessiert, was die anderen gut fanden. Aber deshalb bin ich überhaupt noch hier.

Er hat es kommen sehen. Er hat dieses Haus so gebaut, damit wir hier alles überleben können. Dass wir wie eine Insel sind, im verseuchten Meer.

Bis es aber so weit war, war ich nur die bekloppte Mariana mit dem noch beklopperten Vater. Und als es so weit war, ist auch keiner mehr gekommen und hat gesagt: Sorry, Mariana. Dein Vater hatte ja doch recht. Und ach so: Tut uns leid, dass wir dich in die Kloschüssel gesteckt haben. Ach ja, wir hätten dich vielleicht auch mal zum Geburtstag einladen sollen. Und der Spitzname FETTI-Ana war natürlich auch nicht okay. Nee, hat leider keiner gesagt. War dann eben so. War dann eben vorbei. Recht haben hilft irgendwie auch nicht.

Und jetzt sitz ich hier und hangel mich von Fiepsen zu Fiepsen in diesem Monsterkasten. Bis nach Australien. Wow. Dabei wüsste ich eigentlich gern, ob hier in der Gegend noch jemand ist.

Papa hat gesagt, bei den meisten geht es schnell. Wenn das Wasser aus ist und sie rausgehen, sind sie erledigt. Da machen die Bakterien ganz schnell. Wir haben vor der Schleuse vier ABC-Anzüge hängen. Na ja, mittlerweile nur noch zwei.

Ja, in den ersten Monaten, nachdem uns Papa eingeschlossen hat, liefen dann immer mal solche an unserem Haus vorbei. »Weg von den Fenstern, sofort!«, hat Papa dann immer gesagt. Und dann sind wir für zwei Stunden in den Keller, haben einen Film geschaut oder so. Ich hab mich immer gefragt, was das soll. Ich meine, wir haben Panzerglas-Fenster, wir haben Stahlplatten in den Türen. Wir haben sogar ein Maschinengewehr auf dem Dach. Für alle Fälle. Wir haben die besten Luftfilter, die es auf der Welt gibt. Wir haben also gar nichts zu befürchten.

Einmal bin ich dann geblieben und hab nachgesehen, wer da ist. Und dann hab ich gewusst, warum mein Vater immer wollte, dass wir uns verstecken.

Es war eine Frau. Schon ziemlich angeschlagen. Die Haare fielen aus, und die Blasen hatten schon angefangen. Sie schleppte sich die Straße entlang. Hinter sich zog sie einen Bollerwagen. Fotoalben, eine Plane, ein paar Konserven. Sachen halt, die Menschen zu brauchen glauben. Und dann sah sie mich. Ich weiß noch, wie ihr Blick mich traf, wie er sich richtig an mir festfraß. Sie hatte blaue Augen und dunkle Haare. Wie sie Hoffnung schöpfte. Sie hob die Hand, als wollte sie nach mir greifen. Dann wedelte sie damit durch die Luft und fing an zu rufen.

Ich verzog mich schnell an die Zimmerwand, sodass sie mich nicht mehr sehen konnte. Aber es war zu spät. Sie ging nicht mehr weg. Sie begann, an die Tür zu schlagen. Und zu betteln. Und zu weinen. Und zu flehen. Und zu fluchen. Beschimpft hat sie uns. Und dann hat sie wieder gebettelt und geweint. Und sie hat nicht aufgehört. Und immer wieder schlug sie gegen die Tür. Hat am Holz gekratzt, einen Stein aus dem Garten genommen und gegen die Fenster geschlagen. Sie sind aus bruchsicherem Glas. Ich meine wirklich bruchsicher, nicht nur ein bisschen. Sie hat es aber ziemlich lang versucht. Stundenlang hat sie nicht aufgehört. Sie wurde immer schwächer, hat geblutet. Es war schrecklich. Aber ich habe es nicht geschafft wegzuschauen. Ich bin am Fenster sitzen geblieben. Ich dachte, wenn ich gehe, dann verrate ich sie noch einmal. Ich dachte, ich darf sie nicht allein lassen. Niemand will allein sterben.

Vater hat mich dann weggetragen, in den Keller, bevor es wirklich mit ihr zu Ende ging. Am nächsten Morgen habe ich ihm geholfen. Wir haben sie in ein Tuch gewickelt und in die Verbrennungsanlage geworfen. Ich wollte ihr noch ein Buch dazulegen. Emily Dickinson. Die mag ich sehr, auch wenn ich eigentlich nie so ganz weiß, was sie eigentlich meint. Aber das ist es vielleicht gerade, was mir so gefällt. Und es klingt so schön.

»The soul has moments of escape –
When bursting all the doors –
She dances like a Bomb, abroad,
And swings upon the Hours«

Daran musste ich denken, als die Frau dalag. In ihrem Tuch. Wahrscheinlich einfach nur, weil mir ihr Hämmern an der Tür nicht mehr aus dem Kopf ging. BÄMM BÄMM BÄMM. Ich kann das noch heute hören. BÄMM BÄMM BÄMM. Oder vielleicht, weil ich gehofft habe, dass im Tod ein kleiner Teil von ihr entkommen ist. Jedenfalls habe ich ihr das sehr gewünscht.

Mein Vater hat das Buch zurück in den Keller gestellt. »Das reicht, Mariana.« Hat er gesagt. So richtig hab ich es nicht verstanden. Aber ich wollte ihn nicht fragen. Ich war ehrlich gesagt ganz froh, dass er nichts mehr gesagt hat. Eigentlich wollte ich sie wirklich gern beerdigen. Noch was für sie tun. Aber so etwas interessiert meinen Vater nicht. Das kenne ich schon. »Halte dich nicht mit Sentimentalitäten auf, Mariana.« Das sagt er oft.

Wir haben sie verbrannt. Das bringt Energie, und die kann man immer gebrauchen. Ich war einfach froh, dass er nicht gesagt hat: Siehst du, ich hab's dir ja gesagt. Denn er hatte natürlich recht. Und die Frau war tot. Deshalb habe ich auch nichts gesagt.

Wir haben sowieso immer weniger geredet. Ich weiß auch nicht. Man könnte ja denken, es gibt viel zu besprechen, aber irgendwie ist es ja auch immer dasselbe. Man sieht sich jeden Tag, es passiert nichts mehr. Außer dem, was eben immer passiert, was passieren muss, damit es weitergeht. Irgendwann wusste ich ja auch, wie die Dinge funktionieren. Wir haben die Sachen erledigt, ohne zu reden. Zu tun gibt es immer genug.

Er hat einen Plan erstellt und einen Zeitablauf für uns. Damit es uns leichter fällt, hat er gesagt.

Jetzt mach ich einfach weiter damit. Das klappt ganz gut.

Ich muss jetzt den Abendrundgang machen. Am wichtigsten ist das Lüftungssystem. Ist ja klar. Alles andere kann warten. Die Luft nicht.

Ich schlafe schlecht. Vielleicht, weil mein Körper nicht müde ist. Es ist schwierig, müde zu werden, wenn man sich immer und immer und immer auf knapp 400 Quadratmetern bewegt. Aber mein Kopf ist müde. So müde. Vielleicht sind es aber auch die Träume. Oder die Träume kommen vom schlechten Schlafen? Ich weiß es nicht. Was mich nervt, ist, dass die Träume gar nicht vorwärtskommen. Immer dieselben, immer im Kreis. So wirr. Ich träume oft, dass ich wieder in der Schule bin. Ich warte auf Papa. Er wird mich abholen, sagt die Lehrerin, er hat angerufen. Sie geht. Ich höre noch ihre Schuhe auf den Fliesen klacken. TACK TACK TACK … Ich sitze auf einer Bank und warte. Dann kommt der Wind. Leicht erst. Ein paar Blätter treiben vorbei. Er wird immer stärker und stärker. Fast stößt er mich von der Bank. Aber ich bleibe sitzen. Kralle mich ins Holz. Warum schiebt der Wind eigentlich nicht die Bank weg, frage ich mich im Traum. Ist doch total unlogisch. Jedenfalls bleiben wir, wo wir sind. Die Bank und ich. Und dann kommt mein Vater. Ich sehe ihn über den Schulhof kommen. Die Wand ist ganz aus Glas, deshalb sehe ich ihn ganz deutlich. Ich will aufstehen und ihm zurufen: Hier bin ich! Endlich bist du da! Doch da sehe ich auf einmal: Das ist gar nicht mein Vater. Er sieht ihm ähnlich. Aber er ist mir vollkommen fremd. Mein Herz beginnt wie wild zu schlagen. Ich denke, es reißt mir die Rippen auseinander. Und dann, wenn ich ganz sicher bin, dass jetzt mein Brustkorb platzen wird, dann wache ich auf. Und kann nicht mehr einschlafen.

Danach gucke ich meistens nach den Pflanzen. Ist ein bisschen überdreht, denn ich schaue eh schon ständig nach ihnen. Aber ich denke mir, öfter ist besser. Und meistens finde ich dann noch was, das ich für sie tun kann.

Ich mag Pflanzen. Ich lese auch gern über sie. Ich glaube, Pflanzen sind total unterschätzt. Na ja, wenn man es mal genau betrachtet, ist ohne Pflanzen alles verloren. Mit den Pflanzen fängt alles an. Die Energie der Sonne fängt sich in ihnen. Die Nahrungskette beginnt. Ist doch total krass! Wir können uns selbst ja noch so toll finden, wenn wir nichts zu fressen haben, dann ist es eben schnell vorbei. Und auch wer nur Fleisch isst, braucht ja Tiere – und die müssen auch von irgendwas leben. Irgendwo muss es anfangen. Das Leben. Und es beginnt eben immer bei den Pflanzen.

Neben der Luft sind die Gewächshäuser im Haus das Wichtigste. Genau genommen hängen sie auch zusammen. Weiß ja jeder, dass Pflanzen verbrauchte Luft in Sauerstoff umwandeln. Und das tun sie auch hier.

Mein Vater hat wirklich ein ziemlich gutes Haus gebaut. Also gut für die Apokalypse. Früher war es wohl eher ein bisschen überdreht.

Es ist wie ein kleines Tier, das ganz für sich lebt. Das sich nach außen schützt. Zum Angeben in besseren Zeiten war es vielleicht nicht so toll. Meine Mutter findet es schrecklich hier. Da war es ja nur konsequent, dass sie abgehauen ist.

Mein Vater hat gesagt, er hat schon lange gewusst, dass irgendwann mal alles in die Binsen geht. Aber es war ihm irgendwie egal. Er hat sich einfach gesagt: Es läuft, solange es läuft. Und dann kam meine Mutter. Und dann ich. Und dann war alles anders, hat er gesagt. Dann konnte er nicht mehr aufhören, darüber nachzudenken, wann, wo und wie genau die Welt untergeht. Und was ich dann wohl mache.

Ich habe viel geweint als Baby, sagen meine Eltern. Meiner Mutter ging es da nicht so gut, sie musste viel im Bett liegen und schlafen und hat selbst geheult. Und so hat mein Vater mich durch die Wohnung getragen und darüber nachgedacht, was er damit angerichtet hat, dass er mich in die Welt gesetzt hat – und wie er das wiedergutmachen kann. Da musste er schon lange nicht mehr arbeiten, deshalb hatte er viel Zeit zum Nachdenken.

Er hatte ein Programm geschrieben, das in großen Datenmengen Regelmäßigkeiten erkennt. Solche, die Menschen nicht erkennen können. Und das, hat er mir erklärt, war dann wie Geld drucken.

Er hat ein und dasselbe Programm, also jedenfalls den Kern, immer neu verpackt, ein bisschen was dazuprogrammiert und verkauft. Supermärkte, Atomkraftwerke, die Polizei. Alle haben seine Software benutzt. Jedes Mal hat er eine neue Firma gegründet. Und niemand wusste, dass es immer er war. Und dann hat er meine Mutter kennengelernt.

Das muss sehr schön gewesen sein, damals. Da war die Welt in Europa noch so richtig heil. In einer Stadt, die Saint Tropez hieß, war das. Im Sommer haben sich dort damals die Menschen getroffen, die reich waren oder schön, oder beides, und die jeder kannte. Mein Vater hat mir erzählt, dass er in dem Sommer hatte ausprobieren wollen, wie das ist, als reicher Mensch zu leben. Er hatte zwar schon eine Weile einiges an Geld. Aber es hatte ihn nicht so interessiert. Und dann hat er aufgehört zu arbeiten. Und dann war ihm langweilig. Und dann hat er sich ein Boot in Saint Tropez gemietet. Ein riesiges Boot. Das haben die reichen Leute damals so gemacht: große Boote mieten. Mit Menschen, die alles für dich erledigen. Das Essenmachen, das Bootfahren, das Putzen. Das muss total großartig gewesen sein!

Ich meine, damals ging es hier ja eigentlich jedem gut. Alle hatten ständig immer Essen, warmes Wasser zum Duschen und Baden, immer! Wer krank war, kam sofort zum Arzt und kriegte irgendwas. Und das half. Jedenfalls meistens.

Die Leute fuhren ständig in der Gegend rum, um andere zu treffen, um Urlaub zu machen, ständig kauften sie neue Klamotten …

Ich sehe mir ja manchmal Filme und so von damals an, oder Fotos oder Sachen aus dem Fernsehen. Es muss total abgefahren gewesen sein. Und dann das noch in, ich weiß nicht, noch mehr! Noch krasser! Das beste Essen, die tollsten Klamotten, nichts mehr selber machen, gar nichts, nur noch machen, wozu man Bock hat – und wenn es 50 Duschen am Tag sind. Oder rumfliegen, auf der ganzen Welt. Und überall ist es schön. Alles riecht toll und sieht toll aus um dich herum. Es gab damals ganze Internetseiten, Zeitungen und Fernsehsendungen über die reichsten und berühmtesten Menschen, Millionen haben sich das angeschaut und wollten auch gern so sein.

Na ja, und mein Vater wollte sich das dann auch mal ansehen. Oder besser, es auch mal ausprobieren. Er hatte ja Geld. Und dann Zeit.

War total langweilig, hat er gesagt. Er saß auf seinem Boot, hat gegessen, geschlafen, ist schwimmen gegangen und hat sich gelangweilt. Weil es irgendwie nichts zu tun gibt. Es machen ja alles andere. Auch das kann ich mir nicht so richtig vorstellen. Dass man nur Tolles hat – und dann ist es nicht toll? Ich wär so gern dabei gewesen. Nur mal für kurz. Ich hätte mich auch bestimmt nicht gelangweilt. Die Sonne, das Meer, Schwimmen, Schokolade und Erdbeeren mit Sahne, ein Steak … so Sachen. Ich weiß gar nicht mehr, wie das schmeckt. Sahne, Steak … mein Vater meint, das war alles langweilig nach ein paar Tagen.

Hier jahrelang rumsitzen ist allerdings auch nicht besonders prickelnd.

Er hat dann den Kapitän von dem Schiff gefragt, was die anderen so machen, die so ein Schiff mieten. »Leute einladen, Partys feiern«, hat der gesagt, nachdem er sich wohl ziemlich gewundert hat. »Ich kenn keinen, den ich einladen kann«, hat mein Vater geantwortet. Aber die Leute auf dem Boot wussten auch da Abhilfe. Am nächsten Abend waren 50 Gäste auf dem Boot. Und da war dann meine Mutter dabei. Sie war die schönste Frau, die er je gesehen hat, sagt mein Vater. Sie war gerade in irgendeinem Model-Wettbewerb Dritte geworden, im Fernsehen. Sie war jung, hatte ihr Studium abgebrochen und lebte aus dem Koffer. Sie wollte groß rauskommen. Auch in den Zeitungen stehen, ihre Bilder ins Internet schicken, und Millionen Menschen schauen ihr dabei zu. Ich habe Fotos von ihr gesehen. Sie war wirklich wunderschön. Blonde, schwere Locken, große blaue Augen, ein Mund wie eine dicke Kirsche, rund und rot, weiße, gerade Zähne. Sie sah damals aus wie die perfekte Puppe. Mein Vater sagt, als sie reinkam, wurde die Musik lauter und das Licht heller. Er war sofort verliebt und wollte nichts anderes. Nur sie.

Wie meine Mutter das sieht, weiß ich nicht so richtig. Sie will darüber nicht reden. Das macht sie traurig, über früher reden, sagt sie. Ich glaube, sie ist zu traurig über all das, was weg ist. All das, von dem sie geträumt hat und das dann nicht passiert ist. Berühmt ist sie auch nicht geworden. Dafür hat sie meinen Vater und mich bekommen. Ich glaube, mit dem Tausch war sie nicht glücklich. Über mich will sie auch nicht reden. Und jetzt ist sie weg.

Ob ich auch mal jemanden kennenlerne, der die Musik lauter macht und das Licht heller?

Die Schneckenfarm stresst mich irgendwie. Die Heuschrecken auch. Dieses Gewusel. Sie krabbeln und kriechen übereinander, die Heuschrecken fressen sich auch manchmal gegenseitig. Glaube ich jedenfalls, manchmal liegen nämlich einzelne Beine herum. Und wo soll der Rest sonst sein? Es sind ja nur Heuschrecken darin. Und Futter. Und auch wenn Papa sagt, die merken nichts, das sind nur

Proteine auf Beinen mit einfachen elektrischen Informationsstrecken. Sie wollen raus. Das merke ich. Sie kratzen mit ihren Beinchen am Glas, kriechen ganz hoch, bis sie wieder runterfallen, weil es auch dort kein Entkommen gibt. Den Heuschrecken macht das nichts. Für die Schnecken ist das schlimmer. Sie zerschlagen sich dabei die Häuser.

Die Schnecken machen wenig Geräusche, die Heuschrecken umso mehr. Es ist gar nicht das Zirpen. Sie zirpen gar nicht so viel. Aber ihre harten Körper klackern ganz leise, wenn sie übereinanderkriechen, auf der Suche nach einem Ausweg. Und ihre Münder. Diese Scheren darin. Ich glaube, die machen auch Geräusche. So ein Schaben. Oder Kratzen. Ganz leise. Aber immer da.

Manchmal träume ich von ihnen. Vor allem von den Heuschrecken, von ihren Köpfen, die wie losgelöst am Körper schweben. Sich drehen, hin und her, die Fühler immer auf der Suche, die Augen auf mich gerichtet, ich weiß gar nicht, wo sie anfangen und wo sie aufhören. Und die Zangen gehen auf und zu, als wollten sie sich durchs Glas fressen, Molekül für Molekül die durchsichtige Masse abschaben, bis sie zu mir können, nachts, und bei mir weitermachen, meiner Haut, meinem Fleisch.

Die Stürme machen mir Angst. Wenn der Wind am Dach zerrt, als wollte er das Haus aus der Erde reißen und mitnehmen. Dann beginnt es zu knacken und zu quietschen im Haus. Fast, als ob es lebendig wäre. Als ob es Schmerzen hätte. Und ich denke dann immer: Dieses Mal hält es das nicht mehr aus. Dieses Mal bricht es zusammen. Papa hat immer gesagt, so weit wird es nicht kommen. Er habe das beim Bau berechnet. »In diesem Haus steckt mehr Stahl als im Eiffelturm«, hat er immer gesagt. Er ist trotzdem immer mit uns in den Keller gegangen, wenn ein Sturm kam. Und es ist auch ein blöder Satz. Der Eiffelturm steht ja schon lange nicht mehr.

Die Stürme sind einfach nur eine logische Folge vom radikalisierten Wetter, sagt Papa. Hätte jeder wissen können. Hat aber auch keinen interessiert. Wenn es heißer wird, dann wird es eben nicht nur heißer. Dann kommt auch krasserer Regen oder gar keiner. Und dann kommen auch mehr Stürme.

Hätte man alles wissen können. Konnte man sogar ausrechnen, wenn man ein bisschen rechnen und nachdenken kann, hat Papa gesagt.

Ich kann mich nicht daran erinnern, aber früher waren die Stürme eben nicht so schlimm. Es gab schon welche, nur nicht so wie jetzt. Irgendwann haben sie sich verändert. Stärker. Immer stärker. So stark, wie früher keiner dachte, dass sie werden könnten. Sie mussten sogar neue Sturmstufen benennen. Einen neuen Namen gab es auch irgendwann. Triorkan. Dreifacher Orkan. Sie dauern länger, und sie kommen schneller. Und öfter. Der Wald hinter unserem Haus sieht auch nicht mehr so aus wie auf den Fotos, als ich Baby war. Die großen Bäume, die sind weg. Der Sturm hat sie mitgenommen. Also, ob man das noch Wald nennt, weiß ich gar nicht. Wir nennen es immer noch so, weil früher einer dort stand.

Das Blöde ist eben auch, dass der Regen oft so heftig ist – oder es ist monatelang alles trocken. Jetzt sind es eher Büsche, die dort wachsen. Und in unserem Garten, da ist nicht mehr so viel. Ein bisschen Disteln, Acker-Senf, ein Natternkopf. Deswegen finde ich ja die Forsythien von Frau Meier so krass. Die halten irgendwie durch.

Ich kann mich noch erinnern, ich war noch nicht in der Schule, da hat meine Mutter total geheult. Ihre Hortensien waren wieder eingegangen. Die haben die Trockenheit nicht ausgehalten. Und gießen durfte man da schon lange nicht mehr. Das war wohl früher so. Man hat einfach Wasser in seinen Garten geschüttet – und gut war. Krass, oder? Mein Vater hat ihr dann Hortensien aus Stoff geschenkt. Das fand sie aber auch nicht so toll. Sie hat eine Woche mit niemandem geredet.

Sie ist jetzt 23 Tage fort. Ungefähr. Und Papa 21 Tage und acht Stunden. Eine Woche, hat er gesagt, maximal. Bisher halte ich alles ganz gut am Laufen, glaube ich. Ich schaff das schon. Irgendwie schaff ich das schon.

Ich würde gern mehr machen. Ich würde gern irgendetwas tun. Also klar, ich mach ja Dinge. Ich gieß die Pflanzen, checke die ganzen Systeme. Neulich hatte das Entwässerungssystem ums Haus eine Macke. Da habe ich wirklich Angst bekommen. Denn wenn ein Sturm mit richtig Regen kommt, und dann funktioniert der Ablauf nicht … Die anderen Häuser überfluten regelmäßig. Papa hat um unser Haus Schächte bauen lassen, die gehen bis zu hundert Meter tief. Wir hatten es immer trocken. Aber wie gesagt, wenn die nicht mehr mitmachen … Dann läuft's irgendwann auch bei uns rein.

Jedenfalls war da was drin. Der Regen spült manchmal einen kleinen Baumstamm oder eine Leiche rein. Hatten wir früher schon mal. Da zerreißt es irgendwo die Gitter und dann drückt es sie rein in unsere Kanäle. Jedenfalls ging der Alarm in der Kontrollstation an. Ich habe dann einen halben Tag gebraucht, bis der Wartungsroboter funktionierte, habe ihn in den Zufahrtsschacht gesetzt und alles mit dem Ding abgefahren. Ich glaube, es waren die Reste von einem großen Hund, den es irgendwie in die Kanäle gespült hat. Aber so gut ist die Kamera nicht. Zum Glück ließ er sich mit dem Roboter zersägen. Da war ich ganz schön erleichtert. Papa hat gesagt, wenn alle Stricke reißen, müssen wir in die Kanäle klettern. Denn das System muss weiter funktionieren, koste es, was es wolle. Sonst sind wir ganz schnell aufgeschmissen. Wenn einmal ein Fehler drin ist, kommt es zur einer Kaskade von Scheiße, die dann niemand mehr aufhalten kann, hat er gesagt. Papa flucht fast nie. Wenn einmal das Haus überflutet wurde, dann läuft ziemlich schnell die Elektrik nicht mehr, und dann läuft die Belüftung nicht mehr, und dann laufen die unterirdischen Gewächshäuser nicht mehr, und dann gibt's keine saubere Luft und kein frisches Essen, und dann wird's im Haus zu heiß, und die Luft reicht nicht zum Atmen. Dann macht man irgendwann die Fenster auf. Oder geht raus. Und irgendwann geht's uns dann wie allen. Krrrrt. Game over.

Deshalb müssen wir immer aufpassen, dass das Haus läuft. Dass alle Systeme sauber sind und funktionieren. Deshalb checken wir alles jeden Tag durch. Manches auch zweimal am Tag. Deshalb gibt es mehrere Alarmsysteme. Dafür haben wir drei Roboter für den Notfall, die in alle möglichen Schächte können. Und wenn es hart auf hart kommt, müssen wir unsere ABC-Anzüge anziehen und selbst reparieren, was zu reparieren ist. Diesmal war es aber nicht so. Hat alles geklappt … Bisher hat es sowieso alles geklappt. Das System läuft. Mein Vater musste ein- oder zweimal raus. Ist aber gut gegangen. Jedenfalls muss deshalb immer jemand da sein und sich um das Haus kümmern. Deshalb bin ich noch hier.

Nun, ich mach schon Sachen. Ja. Aber irgendwie, ich weiß nicht, dreht sich alles im Kreis. Nichts geht voran. Ich bin schon beschäftigt. Ich bin auch oft total müde im Kopf und habe Angst, Sachen zu vergessen. Weil es so viel ist. Ich träume von den Plänen und den Listen, die Papa angelegt hat, damit ich nicht durcheinanderkomme. Ich habe sie alle im Kopf. Natürlich hab ich sie im Kopf. Ich muss sie ja jeden Tag abarbeiten.

Also, ich hab schon was zu tun. Aber ich fühl mich irgendwie, ja, wie eben die, die die Liste abhakt. Der Arm mit dem Stift oder so. Als wäre ich auch einer von den Robotern, von den Schaltpulten und Alarmanlagen, die hier dafür da sind, den Laden am Laufen zu halten. Ist ja auch so. Ich halt hier den Laden am Laufen. Es ist so viel zu tun. Aber es passiert nichts. Und ich lauf rum, eigentlich wie dieser Panther in dem Gedicht von dem Rilke. Immer im Kreis. Nur dass mein Käfig größer ist und mein Rundgang länger dauert. »Ihm ist, als ob es tausend Stäbe gäbe und hinter tausend Stäben keine Welt …« – und da ist das Problem. Der Panther sieht keine Welt, obwohl sie da ist. Er hat seinen Geist eingesperrt und sieht nur noch Gitter. Die zwitschernden Vögel, die Bäume im Park, die Menschen, die ihn einsperren, die sieht er nicht. Ich will ja gern eine Welt sehen. Aber da draußen ist nichts mehr. Nur Stürme, Leichen und Bakterien.

Ich war mir sicher, die Krähen überleben. Krähen können alles, hab ich gedacht. Seit ich klein bin, mag ich Krähen. Vielleicht, weil sie sonst keiner mag. Vielleicht, weil sie umherstaksen wie steifbeinige Onkel nach dem dritten Bier und im nächsten Moment unendlich elegant durch die Luft turnen können. Vielleicht, weil ihre Stimmen grob klingen und ihre Federn glänzen wie feinste Seide. Und ganz bestimmt, weil sie unendlich schlau sind. Immer wenn die Forscher dachten, sie haben erkannt, wie schlau Krähen sind, fanden sie etwas, das sie auch noch konnten.

So schlau. Da war ich mir sicher: Die schaffen das. Weil sie ja auch hart im Nehmen sind. Krähenpopulationen, die massiv bejagt worden sind, wurden meist noch größer. Sie haben immer einen Weg gefunden. Sie waren sich nicht zu schade, Müll zu fressen und Aas. Dass sie die Erhängten am Galgen anfressen, wurde ihnen ja auch vorgeworfen. Tja, da sollte man doch klarkommen mit dem Weltuntergang, oder?

Jetzt sind sie aber weg. Jedenfalls, soweit ich weiß. Hier waren seit zwei Jahren keine mehr, und wir hatten einige im Wald hinter dem Haus. Ich habe in unserer Bibliothek nachgelesen. Und dann war es mir ziemlich schnell klar. Ihre Schwachstelle waren die Kinder. Eine erwachsene Krähe kann sich aus der hinterletzten Ecke irgendein angegammeltes Futter herauszerren – und sie kommt klar damit. Ihre Küken aber nicht. Die brauchen Insekten. Und zwar welche, die die Rabeneltern fangen können. Und nicht irgendwelche Schaben in Atombunkern. Tja, und Insekten gibt's bestimmt irgendwo noch. Drei oder vier. War schon zu meiner Schulzeit ziemlich vorbei mit denen. Ging Schlag auf Schlag und ist vermutlich nicht besser geworden, seit ich hier in diesem Haus festsitze.

Jedenfalls sind die Krähen fort. Mist. Ich hab sie echt gemocht.

Wer jemand ist, das weiß man, wenn man weiß, was ihm wichtig ist. Sagt meine Mutter. Und das stimmt, jedenfalls ein bisschen.

Ich mag zum Beispiel Gedichte. Was das über mich sagt, weiß ich nicht. Vielleicht, dass ich uncool bin. Oder dass ich nicht mit Menschen kann. Sondern nur mit Büchern. Das hat meine Oma jedenfalls gesagt, als sie noch gelebt hat. »Das Kind, das kann ja überhaupt nicht mit Menschen! Das ganze Gelese, immer nur Bücher, das ist ja schon gestört! Wo soll denn das hinführen.« Ich hatte halt keine Freunde. Fand sie irgendwie unnormal. Überhaupt fand sie mich unnormal. Freunde habe ich immer noch nicht. Haha. Aber jetzt hab eine gute Ausrede. Egal.

Oma Mariana war jedenfalls eine harte Nummer. Ich habe andere Kinder um ihre Omas beneidet. Die wurden abgeknutscht und haben Gummibärchen bekommen. Ich habe meiner Oma vor allem meinen Namen zu verdanken. Mariana. Geil, oder? Ich meine, Mariana. Welcher Mensch nennt sein Kind Mariana? Das klingt doch schon total staubig und verbiestert und oll. Total fies. M-A-R-I-A-N-A … So heißen alte Frauen! Je öfter ich das sage oder denke, desto schlimmer finde ich das. Ich meine, wie kann man sein kleines Baby ansehen und sagen: Hey, du bist zwar gerade neu hier und musst noch ein paar Jahre Schulhof überleben – aber der Oma-Name Mariana ist doch super!

Mein Vater sagt, da war nichts zu machen. Meine Mutter wollte Mariana. Punkt. Er fand das nicht so wichtig. Nee, klar. Ist ja auch okay. Muss ich mir ja nur jeden Tag tausendmal anhören. Vielen Dank auch. Meine Oma hat sich bestimmt auch kurz fünf Minuten drüber gefreut. Und dann hat sie gesehen, dass ich zu dick, dauernd verschnoddert und gestört bin. Und dass meine Mutter Dehnungsstreifen und Hängebrüste bekommen hat dank mir. Da war es schon wieder vorbei mit der Freude. Und ich darf dafür jetzt den Rest meines Lebens als Mariana rumrennen.

Oma Mariana ist auch schon lange tot, schon vor dem Crash. Und jetzt ist es ja auch egal, wie ich heiße. Mariana oder Genoveva oder Rumpelstilzchen. Kommt mittlerweile aufs selbe raus. Sagt eh niemand mehr. Aber irgendwie ärgert es mich doch noch immer. Mir einfach diesen Namen zu verpassen, ohne einmal an mich zu denken. Es ist doch MEIN Name, verdammt noch mal!

Warum erzähle ich das überhaupt? Ach ja, was ich mag. Gedichte.

Das erste Gedicht, das ich wirklich mochte, war *Der Knabe im Moor.*

O schaurig ist's übers Moor zu gehn,
Wenn es wimmelt vom Heiderauche,
Sich wie Phantome die Dünste drehn
Und die Ranke häkelt am Strauche.

Mehr weiß ich jetzt nicht mehr auswendig. Jedenfalls nicht so genau. Ich habe es als Kind in irgendeinem Buch gefunden. Aber nicht mit Gedichten. Es war eine Geschichte, und darin war das Gedicht. Und da hab ich dann gemerkt, dass die wenigen Wörter viel mehr in sich haben als eine ganze Geschichte. Na ja, stimmt nicht immer. Es gibt natürlich auch blöde Gedichte, bei denen einfach da steht, was da steht. Nur gereimt. Die zählen aber nicht, finde ich. Das sollte dann nicht Gedicht heißen, sondern vielleicht Text in Reimform.

Ein richtiges Gedicht, das sagt Sachen halb und tausendfach zugleich. Das schmeißt dir so viele Bilder in den Kopf, dass du erst mal zwei Tage nachdenken musst und sortierst. Und dazu kommt die Melodie. Denn ein Gedicht ist ja auch ein bisschen ein Lied ohne Noten. Wenn der Rhythmus ganz durch dich hindurchwalzt und dich mitzieht mit jeder Silbe. Das ist ein Gedicht.

Emily Dickinson mag ich. Und Rilke. Papa sagt immer: sentimentaler Kitsch. Führt zu gar nichts. Ist mir aber egal. In der Schule hat das natürlich auch nicht geholfen. Ich hab da besser nichts gesagt. Das hätte noch gefehlt. Die Mariana hält sich für was ganz Besonderes! Die liest Gedichte! Da wäre bestimmt wieder was Fieses bei rumgekommen. Also zur nächsten Party wird man fürs Gedichtelesen jedenfalls nicht eingeladen. Dafür wird einem höchstens der Slip in die Ritze gezogen. Es ist einfach oft besser, die Klappe zu halten. Warum ist das eigentlich so? Das alle immer nur mit dem klarkommen, was sie selbst gut finden? Warum muss alles andere immer gleich schlimm sein?

Ich mag nicht so gern fröhliche Gedichte. Also, sie müssen nicht von Tod und Sterben handeln, das ist gar nicht nötig. Aber nicht so *Frühling lässt sein blaues Band*-Kram. Vielleicht verstehe ich das auch einfach nicht. Vielleicht fehlt mir da was. So Hupfdohlen-Lyrik. Hat mein Deutschlehrer mal gesagt. Fand ich lustig. Der war sowieso toll. Aber seinen geliebten Brecht finde ich nicht so großartig. So kühl und gleichgültig.

Ja, dunkel, das muss ein Gedicht vor allem sein. Es darf dir nicht alles ins Gesicht klatschen, wenn du es liest. Es muss ein paar Geheimnisse bewahren, die nur so durchschimmern, zwischen den Wörtern, eine Ahnung von dem, was in dem anderen war, der es geschrieben hat, ein Traum von dem, der es vielleicht auch gerade liest.

Ich versuche, das Kino nicht so viel anzuhaben. Papa hat immer gesagt, Filme sind eine Droge, genau wie Alkohol oder Zucker. Das Kino lähmt die Gedanken, macht den Menschen träge und willenlos. Er hat gesagt, dass die Filme auch Schuld haben, das alles so weit gekommen ist. Er sagt, dahin sind die Leute geflohen, haben sich stundenlang irgendwelche Scheinwelten angeschaut, ihre Gefühle ausgeschüttet für Menschen, die es gar nicht gab, mitgelitten bei vollkommen unsinnigen Geschichten, und dann hatten sie für die echten Menschen, die gerade neben ihnen leiden, die irgendwo verhungert sind oder auch nur auf der Straße saßen und gebettelt haben, nichts mehr übrig. Sie haben sich ihre Synapsen angefüllt mit dem Bling-Bling im Kino, anstatt sich mal hinzusetzen und ein bisschen nachzudenken. Mal zu überlegen, in welche Katastrophe sie eigentlich gerade rennen. Und als die Filme weg waren und sie doch mal die Augen aufgemacht haben, da war es schon längst zu spät.

Ich verstehe, was er meint. Das Ding geht an, wir haben so einen Beamer und einen Server voller Filme – also, das Ding geht an, am besten noch das Licht aus –, und die Bilder nehmen dich einfach mit. Du musst nichts machen, einfach nur mitschwimmen, dich tragen lassen von der Geschichte, von den Bildern, du musst nichts mehr denken, nicht mehr aufpassen, nichts mehr erledigen. Die Zeit hört auf, sich vor dir aufzutürmen, sie zerfließt im bunten Licht und rieselt in den Lauf der Geschichte. Du hörst auf zu existieren, löst dich auf im Fluss der Bilder.

Mit Büchern passiert das auch manchmal. Klar. Ich les auch eigentlich gern. Aber das ist auch anstrengend, und ein Teil von mir bleibt irgendwie da. Ich muss mir ja die Bilder selbst machen, ich muss die Buchstaben zu Wörtern formen und die Wörter in Bilder übersetzen. Und es klappt nicht jedes Mal, das mit dem Verschwinden.

Wenn ich irgendeinen Film oder eine Serie oder so im Kinozimmer anmache, dann klappt es eigentlich immer. BÄMM … ZOOM … und ich bin weg und Teil von all diesen Menschen mit ihren Geschichten, ihrem Leben. Vermutlich alle tot. Also die Schauspieler. Oder auf jeden Fall ein guter Teil von ihnen. Aber es ist egal, denn da sind sie ja. Im bunten Licht vor mir. Und ich löse mich in ihnen auf.

Es tut mir leid, Papa, ich weiß, ich bin bestimmt eine riesige Enttäuschung. Anstatt meinen Kopf zu benutzen und was mit meinem Leben zu machen, schleiche ich immer und immer in den Kinoraum. Es tut mir leid. Aber ich will gar nicht mehr nachdenken, ich habe gar nichts zum Nachdenken, ich kann gar nicht mehr nachdenken. Ich will einfach, dass das gar nicht aufhört, ich will einfach da drin sein und nie wiederkommen. Und keine Angst, ich vergesse die Listen nicht. Ich mach ja alles, damit das Haus weiterläuft. Wirklich. Jetzt bist du 25 Tage und sieben Stunden fort.

Das mit der Zeit, das wird irgendwie ein Problem. Ich kriege die Tage nicht mehr richtig unter Kontrolle. Ich weiß nicht, sie zerfallen mir. Ich bleibe nachts immer und immer auf. Ich habe Angst vorm Schlafengehen. Da fühle ich mich noch einsamer, wenn ich so still im Bett liege. Und dann stehe ich später auf, schlafe irgendwann wieder ein, am Tisch beim Essen, im Kinoraum, ziemlich oft im Kinoraum, oder ich setze mich irgendwo kurz in eine Ecke, im Gewächshaus, oder im Serverraum – und zack – schlafe ich. Und wenn ich dann aufwache, dann dauert es, bis mir wieder klar ist, was eigentlich los ist. Wie spät es ist und was ich noch alles tun muss.

Und dann verrutscht der ganze Tag. Ich gehe um fünf Uhr morgens ins Bett, und dann kann ich nicht schlafen, und dann ist schon alles schief. Aber ich schaffe noch die Listen. Die Zeiten natürlich nicht mehr so, wie sie da stehen. Aber ich glaube, so grob passt es schon. Ich habe versucht, die Zeiten umzurechnen. Aber es ist ganz komisch, die Zahlen gehorchen mir nicht mehr so richtig. Die einfachsten Verschiebungen von Uhrzeiten machen mich ganz schwindelig. Ich versuche es dann ungefähr. Ich orientiere mich an meinem längsten Schlaf, und bis zum nächsten muss ich dann alle Tagesaufgaben erledigt haben. Und die Sachen, die zweimal sein müssen, mach ich in der Zeit zweimal. Und die, die nur alle zwei Tage müssen, die dann erst beim nächsten Mal, und so weiter. Ich krieg das irgendwie hin.

Der Salat macht mir ein bisschen Sorgen. Ich glaube, den habe ich ein paarmal vergessen beim Gießen. Jetzt kleben die Blätter auf dem Granulat. Essen kann man den nicht mehr. Aber ich esse eh nicht so gern Salat. Das Blöde ist, dass wir in unserer Apotheke keine Schlaftabletten haben. Jedenfalls finde ich nichts. Das würde mir bestimmt helfen, mich mal abends um acht wegzuschießen. Ganz einfach die Lichter ausknipsen im Kopf und dann schlafen bis zum nächsten Morgen. Aber ich finde nichts. Nur Baldrian. Haha. Baldrian.

Ich bin ein Ball, denke ich manchmal, losgeschleudert saust er durch die Luft, huiiiiiiii, in eine Richtung schießt er durchs Blau, wie einer von diesen Baseballs in den amerikanischen Filmen, weiß und ledern sausen sie da, und an ihnen hängt irgendein besonderer Moment, an diesem einen Ball liegt es jetzt, ob die Welt untergeht – oder eben nicht. Und dann saust er durch die Luft, zerschneidet einen perfekten Himmel und man kann nur denken: Jajaja!! Du schaffst es! Aber dann, plötzlich, knickt die Flugbahn ab, der Drall ist vorbei, der Ball sinkt und sinkt und sinkt, und wo vorher die klare Richtung war, der Schuss durch den Himmel, da taumelt er jetzt an Zweigen vorbei, trudelt in Richtung Erde, bis er mit einem kleinen »Pock« auf den staubigen Rasen klatscht, schon nicht mehr so recht weiterweiß und einfach noch ein bisschen hüpft, tipptipptipp, über schlecht geschnittene Grasflecken hoppelt wie ein verwundeter Hase, und dann wird er einfach nur noch langsamer und langsamer und bleibt irgendwann einfach liegen. Dann ist Schluss. Aber kein BÄMM-Schluss, nein. Eben so ein Nicht-Schluss. Alle Hoffnungen, die an diesem Ball hingen, die sind ganz schnell gesunken, als er aus dem Blau getaumelt kam. Und beim Geholper ist dann klar: einfach nur die nächste Eierpflaume. Fing ganz gut an – aber dann ist er eben doch verreckt, der blöde Ball. So wie ich. Als ich mit drei lesen konnte und mit fünf Wurzel ziehen, da war ich noch im Blau. Jetzt, jetzt holper ich gerade über den Rasen, alle wissen schon, was passiert, und es ist auch egal, lasst den blöden Ball doch noch ein bisschen durchs Gras hoppeln, lasst ihn doch glauben, es geht noch vorwärts. Es dauert nicht mehr lang, dann kommt der letzte popelige Grashalm, der ihn zum Stillstand bringt. Der verkackte Ball.

Also der Salat ist total im Eimer. Den kann ich vergessen. Die Erdbeeren sehen auch ein bisschen merkwürdig aus. So klein und verschrumpelt. Ob die irgendwas haben? Aber wie sollten sie in dem Gewächshaus was kriegen? Papa hat total aufgepasst, dass wir keine Krankheiten einschleppen. Und jetzt auf einmal? Ich weiß nicht. Oder habe ich auch die vergessen zu gießen? Aber mit der Belüftung ist alles klar. Alle Systeme laufen. Ich wünschte nur wirklich, Papa würde langsam wiederkommen. Er ist schon echt lange weg. Ich habe jetzt das Zählen ein bisschen durcheinandergebracht. Aber sind bestimmt schon 28 Tage. Oder vier Wochen. Ich finde, das ist wirklich viel. Eine Woche, hat er gesagt. Maximal.

Ich weiß nicht, wie lange ich noch durchhalte. Papa, ich bräuchte dich jetzt wirklich. Ich weiß auch nicht, was so schwer ist. Ich muss ja nur den Plänen folgen. Jeden Tag den Plänen folgen. Und du hast mir auch alles gut erklärt. Wirklich. Aber ich habe mich jetzt so weit davon entfernt, dass ich nicht mehr richtig zurückfinde. Wenn ich die Listen anschaue, dann sehe ich denn Sinn nicht mehr. Und die Zeiten bringen mich auch durcheinander. Weil ich das mit dem Schlafen immer noch nicht hinkriege. Ich müsste auch mal wieder Wäsche waschen. Oder die Haare.

Ich habe da den Überblick verloren. Das ist total wichtig, sagst du immer, dass man sich selbst im Griff behält, dass man sich in Ordnung bringt. Morgens anziehen, Zähne putzen, immer genug duschen, wir haben ja genug Wasser für drei oder vier Duschen in der Woche. Und die habe ich ja jetzt alle für mich. Bloß nicht anfangen zu stinken. Schön sauber bleiben. So als sei alles normal. Weil alles normal ist, sagst du. Ich weiß. Wir leben jetzt halt nur im Haus. Und sonst eben weitermachen wie immer. Die Listen sind die Arbeit. Schule ist Bibliothek oder im Serverzimmer was lernen. Alles ganz normal, sagst du.

Aber ich fühl mich nicht so. Ich fühl mich überhaupt nicht normal. Und ich finde nicht zurück. Und keiner kommt, und keiner antwortet. Ich mach das auch immer wieder mit dem Funkgerät. So wie du gesagt hast. Nicht mehr jeden Tag. Aber ich geh immer wieder die Frequenzen durch. Sage was. Warte. Warte noch ein bisschen. Aber keiner antwortet! Immer dieses Fiepen und Saugen und Knirschen. Als würden kleine Käfer durch die Wellen kriechen und darin herumfressen. Sodass nichts nach draußen kommt. Würmer, die die Leitung verstopfen, alles vollkacken und dann lachen, dass da draußen die doofe Mariana sitzt und versucht, mit irgendwem zu sprechen. Und dabei kann gar keiner antworten. Weil alles voll ist, vollgekackt und -gekotzt und voller Gekrabbel und Leichen, die vor sich hin gammeln. Und ich laber in dieses dumme Mikro und versuche, jemanden dran zu kriegen!

Total krass. Ich kann die Zukunft vorhersagen. Wirklich. Ich bin mir sicher. Also fast.

Es fing an beim letzten großen Sturm. Ich bin nicht in

den Keller. Nicht wie sonst. Ich habe oben gestanden, am oberen Fenster vom Treppenhaus. Die Stahlplatte hab ich mit der Handkurbel weggeschoben. Ich weiß, das ist supergefährlich. Und ich wusste ja, der Sturm wird groß. Alle Messungen haben das vorhergesagt.

Aber ich konnte nicht mehr. Ich konnte keine Betonwände sehen. Ich hätte mir höchstens den Schädel eingeschlagen. Ich hab es schon mit Schreien versucht. Hört mich ja eh keiner. Aber es hat nicht geholfen.

Ich steh also am Fenster. Auch wenn es Wahnsinn ist. Ich schaue raus, und auf einmal hab ich keine Angst mehr. Gar keine. Dabei hab ich eigentlich immer welche. Seit ich denken kann. Ich stehe da, die graugelben Wolken erschrecken mich kein bisschen, ich fühle mich so klar wie seit Wochen nicht mehr, vielleicht wie noch nie. Ich sag mir ein paar Gedichte auf und was ich so im Kopf habe. Was mir zum Sturm einfällt. Und dann, ganz plötzlich, denke ich: Gleich kommt ein Baum. Und im nächsten Moment, WÄÄÄMMMS!, knallt ein Riesenstamm genau vor mir in die Scheibe. Hat sie aber ausgehalten. Wirklich gute Fenster. Na ja, gut, kann man sagen, ist Zufall. Aber dann: dasselbe noch mal. Ich denke: Gleich kommt ein Vogel. Und ein paar Minuten später: WÄÄÄMMMS!, rauscht einer von diesen kleinen Geiern, Schmutzgeier heißen die, direkt über mir ins Dach. Seit ein paar Jahren gibt's die hier. Und der Vogel hat den Sturm wohl zu spät gemerkt. Egal. Jedenfalls knallt der voll in die Scheibe. Total unglaublich. Ich habe ganz genau seine fusseligen weißen Federn gesehen und den gelben, langen Schnabel.

Es war der Hammer. Der totale Hammer. Und die ganze Zeit hatte ich keine Angst. Null. Gar nichts. In mir nichts als Freiheit.

Und jetzt passiert es immer wieder. Dass ich denke: Jetzt fällt die Zahnbürste runter. Gleich spinnt die Spülmaschine und läuft nicht weiter. Und dann passiert es. Zack. In meinem Kopf. Und es passiert. Jetzt frage ich mich: Passiert es, weil ich es denke? Oder denke ich es, weil es passieren wird? Und warum kann ich das auf einmal? Ich meine, das konnte ich früher ziemlich sicher nicht. Glaube ich. Vielleicht ist es vom Sturm. Eine Energie oder so. Oder in einem der Gedichte war so eine Art Zauberspruch. Aber nein, das ist zu abgedreht …

Aber wie hat es dann angefangen? Was habe ich noch mal für ein Gedicht aufgesagt? Ich glaube, es war

Uralter Worte kundig kommt die Nacht;
Sie löst den Dingen Rüstung ab und Bande,
Sie wechselt die Gestalten und Gewande
Und hüllt den Streit in gleiche braune Tracht.

Nein, das ist Quatsch. Einfach Quatsch. Wahrscheinlich war es der Sturm. Weil ich am Fenster stand.

Papa sagt immer: Alles muss überprüft werden. Und das mache ich jetzt. Ich überlege nur, wie. Ich glaube, ich mache das mit dem Computerspiel. Das mit den Karten, das man allein spielt. Das hat meine Mutter immer und immer und immer gespielt. Solitär. Man kann ja nur gewinnen oder nicht gewinnen. Und ich sage einfach vorher immer, ob ich gewinne oder nicht, und dann kann ich es beweisen, dass ich die Zukunft vorhersagen kann. Und dann muss ich nur üben. Besser werden. Dann kann ich vielleicht sehen, wann meine Eltern kommen. Wann was passiert. Wann es hier weitergeht.

Ich kann doch nicht die Zukunft vorhersagen. Was für eine total hirnverbrannte Idee von mir. Ich kann eher das Gegenteil. Ich habe weniger als 50 Prozent richtig gesagt. Und das ist sozusagen schlechter als die logische Wahrscheinlichkeit, wenn man von einer 50-Prozent-Chance ausgeht. Mein Gott, Mariana, du bist so ein erbärmliches Würstchen. Ich war mir so sicher, ich kann das. Dann hätte ich endlich sehen können, wann das hier alles endet. Oder weitergeht.

Ich weiß es jetzt. Es ist die Entscheidung, die alles verändert. Ich muss mich entscheiden, das ist das Problem. Ich sehe zu Beginn, ob ich gewinne oder nicht. Ich weiß es. Doch dann muss ich entscheiden, immer wieder. Nehme ich die Piksieben oder die Kreuzsieben? Bei jeder Entscheidung nimmt das Spiel einen anderen Lauf, denn ich decke andere Karten auf. Ich muss mich immer gleich entscheiden. Aus dem Bauch. Ohne nachzudenken. Wenn ich eine Sekunde nachdenke, habe ich verloren. Dann stimmt das Bild nicht mehr. Und die Vorhersage ist falsch. Aber das ist so schwer. Ab wann ist es nicht mehr der erste Gedanke, der erste Moment? Ich lasse die Spiele dann immer noch mal rückwärtslaufen, damit ich alles noch einmal sehe. Ich ändere Entscheidungen. Das Spiel ändert sich. Wie kann ich das schaffen, immer den ersten Gedanken zu finden? Da, wo das Spiel die Richtung nimmt, die ich zuerst hatte, die das Ergebnis erschafft, das ich gesehen habe? Ich beobachte mich. Damit ich nicht falsch wähle. Aber ich trickse mich selbst aus. Und der erste Gedanke, muss der nicht vor dem Beobachten kommen? Vielleicht verstecke ich den vor mir. Und dann wird es immer wieder falsch. Aber ich komme noch dahinter.

Irgendwo im Haus tropft es. Ich kann es hören. Ganz genau. Tipptipptipp, kommt es aus irgendeinem Hahn, aus einem Riss. Irgendwo. Ich finde es nicht. Ich kann es nur hören. Tipptipptipp. Ich habe schon überall gesucht. Aber ich finde das Leck nicht. Ich gehe immer wieder alles ab. Horche. Und immer ist es da. Aber wo?

Meine Augen fühlen sich ganz seltsam an, sodass ich manchmal nachfühlen muss, ob ich sie gerade offen habe oder zu. Ich kann das manchmal einfach nicht mehr unterscheiden. Meistens sind sie dann aber offen. Wenn ich ganz langsam bin, dann kann ich mit meinem Finger auf den Augapfel tippen. Das brennt dann, aber es ist auch total gut, weil es sich so echt anfühlt. Ganz real. Tipptipptipp. Der Finger klebt ein bisschen am Augapfel, und ich weiß, dass meine Augen offen sind, dass sie da sind. Und wenn meine Augen da sind, ist ja auch der Rest da, oder? Das denk ich mir dann jedenfalls. Wenn die Augen da sind, dann sind es die Augen, die sehen. Und wenn die Augen sehen, dann ist das, was ich sehe, auch da. Oder? Ich denke nämlich manchmal, dass ich Papa und Mama sehe. Aber dann träume ich vielleicht auch. Kann man denn so ganz kurz träumen? Nur für einen Moment? Und vielleicht habe ich gerade dann auch die Augen zu. Manchmal sitzen sie da auf dem roten Sofa. Und gucken. Papa liest die Zeitung, obwohl es seit Jahren keine Zeitung mehr gibt. Aber sie raschelt sogar. Und dann fass ich mir aufs Auge, und sie sind weg. Ich glaube, dann träume ich. Vielleicht muss ich auch mehr trinken. Trinken ist total wichtig, damit man klar im Kopf bleibt, damit das System gut funktioniert. Und das System muss funktionieren.

Mir läuft die Zeit weg. Oder sie bleibt stehen. Es ist mir noch nicht ganz klar, was von beidem. Manchmal stehe ich irgendwo – und dann klickt irgendetwas in mir, und dann weiß ich nicht mehr, wie lange ich da gestanden habe. Das Licht verändert sich von einem Moment zum anderen. Auf einmal ist es dämmrig. Oder ich bin plötzlich im Keller und ich weiß nicht, wie ich da hingekommen bin. Es ist, als flöge ich durch die Zeit. Oder springe. Von Moment zu Moment. Oder springe im Haus. Nur merke ich es nicht. Ich habe versucht, mich zu konzentrieren. Aber es hört nicht auf. Es hört einfach nicht auf. Ich kann nicht mehr. Ich kann einfach nicht mehr.

Ich kann nicht mehr. Ich will nicht mehr. Ich kann nicht mal mehr weinen.

Sterben ist gar nicht so einfach. Ich liege hier und warte, bis es aufhört. Aber der Körper will nicht, er wird durstig, hungrig. Er tut mir weh. Er hört nicht auf zu atmen. Mein Herz schlägt und schlägt. Immer wieder zieht es sich zusammen in mir. Drückt gegen meine Knochen. Spuckt Blut durch meine Adern. Und noch eine Runde. Und noch eine. Und noch eine. Und ich kann nichts machen. Nur warten. Ich hab auch über das Gewehr nachgedacht.

Und über Strom. Konnte ich nicht. Klappen würde es bestimmt irgendwie. Aber was, wenn dann doch nicht? Wenn es nicht klappt? Dann wäre es auch irgendwann vorbei. Klar. Aber ich will nicht den Schmerz. Ich kann mir nicht vorstellen, dass es ohne Schmerzen geht, wenn der Schädel in Stücke fliegt. Oder dir der Strom das Blut kocht. Das ist mir zu viel. Ich werde warten. Irgendwann muss es vorbeigehen.

II ALI

Es schüttelt mich, durch und durch, im Schlafwagen, im Schlafwagen nach Italien. Wir sind im Zug, meine Eltern und ich. Urlaub in Italien. Der Wagen entgleist, schießt einen Hang runter, schüttelt, schüttelt, schüttelt mich. Mein Kopf wackelt. Ich kann ihn nicht halten. Ich versuche, die Augen aufzumachen, einen Spalt nur, schon schießt gleißendes Licht hinein und beißt sich fest. Ich sehe gar nichts. Das Schütteln hört nicht auf. Irgendwann müssen wir doch unten ankommen? Irgendwann muss es doch vorbei sein. Saures schießt mir hoch, durch Mund und Nase. Besser.

Ich bin nicht im Schlafwagen nach Italien, ich bin nicht entgleist. Ich liege auf dem Boden in meinem Zimmer. Nein, mein Oberkörper hängt an irgendwas. Es ist dunkel, ein Licht irgendwo schwankt unruhig hin, her, schwebt über mir, ein hibbeliger Wurm. Ich versuche auszuweichen. Neben mir sitzt einer und schüttelt seine Hände. Papa? Bist du das? Bist du zurückgekommen?

Die Hände tropfen. Der Geruch. Kotze. Aus einer Hirnecke kriecht Scham. Für einen Moment. Dann ist sie wieder fort. Ich will doch nichts. Lass mich doch. Das will ich sagen. Kein Wort kommt raus. »Alles klar?«, fragt mich eine Stimme. Hell, klar. Ein nerviges Glöckchen. Sie bimmelt mich an. Hab ich noch nie gehört. Nein. Nicht Papa. Ich will weinen. Was will der hier? Da stimmt was nicht. Ich bin zu müde. Geh einfach. »Ja, super«, murmel ich. Vielleicht lässt er mich. Ich war doch schon so weit gekommen. Er schiebt mir etwas in den Mund. Plastik. Wasser. Ich huste. Schlucke. Wasser. Mein Mund freut sich.

Ich rutsche ins Dunkel, versuche noch, mich festzuklammern, meine Gedanken irgendwie dazubehalten. Ein Mensch im Haus. Ich kenn den nicht. Kann das sein? Das Haus ist doch dicht. Sicher. Da kann niemand rein. Wie geht das? Oder träume ich? Oder bin ich verrückt? Du liegst auf dem Boden, so viel ist schon mal sicher, denke ich, meine Hand spürt die feinen Rillen im Parkett. Dann steht mein Vater über mir und schüttelt den Kopf. Immer wieder. Sag doch was! Will ich rufen. Sag doch, was soll ich denn machen?

Das Nächste ist wieder Wasser. Warmer Regen. Auch für Italien viel zu warm, denke ich. Wo sind wir denn dann? Der Regen tropft von meinem Gesicht. Schön. Ich will mir kurz einreden, dass ich im Himmel bin. Aber ich weiß gleich, dass das nicht stimmt. Ich weiß jetzt ziemlich schnell. Ich bin in der Dusche. In unserem Haus. Und das ist trotzdem einfach schön. Das Wasser betäubt die grauenhaften Schmerzen in meinem Kopf. Ich biege den Hals und strecke den Mund dem Wasser entgegen. Ich habe so unendlichen Durst, so einen Durst wie noch nie.

Das raue Handtuch. »Na«, sagt eine ziemlich helle Stimme, klar ist sie und fest. »Da bist du ja. Ich dachte erst, du bist schon abgekratzt.« Nee, hat nicht geklappt. Das will ich sagen. Stattdessen muss ich wieder kotzen.

Er heißt Ali. Er ist 15. Und er kommt aus der Innenstadt. Da, wo es am schlimmsten war. Das erzählt er mir, und ich esse wortlos, gierig wie ein Tier, die Suppe, die er mir gebracht hat. Dann kotze ich wieder.

»O Mann«, sagt er. »Das wird aber anstrengend.« Dann holt er einen Lappen und neue Suppe. »Zum Glück gibt's hier ja alles ohne Ende!«, sagt er.

Ich nehme den ersten Löffel. Dann wird meine Hand ganz steif. Dieser Geschmack! »Ist das aus der Dose?« Ich höre meine Stimme, spitz und schrill und leise.

Er nickt verdutzt.

»Nur für Notfälle!«, keuche ich. Er hat wirklich eine Dose aufgemacht.

Da lacht er, dass sich seine Schultern schütteln. »Ey, guck dich doch mal an, Mann! Notfall? Was glaubst du denn, was du bist!«

Ich muss heulen.

Ali hat recht. Das merke ich, als ich in den Spiegel schaue. Ich bin ein Notfall. Meine Wangen sind eingefallen. Tiefschwarze Ringe unter den Augen. Sogar meine Haut ist anders. Knittrig und rau. Meine Haare sind gar keine Haare mehr. Verfilzte Bündel, die an meinem Kopf hängen, wie Vogelnester sehen sie aus. Der Spiegel zerspringt mit einem Klirren und spritzt seine Scherben über den Boden. Eine trifft meinen nackten Fuß. Er blutet sofort. Aber da heule ich schon längst wieder.

Ich heule eine ganze Weile. In meinem Zimmer mit den Pferdebildern an den Wänden, die ich mal irgendwann aufgehängt habe, weil ich gehofft habe, dass die anderen Mädchen zu Besuch kommen. Da wollte ich auch solche Pferdebilder an der Wand haben. Gekommen sind sie natürlich nicht. Ich habe sie dann einfach hängen lassen, weil es ja auch egal war. Und jetzt heule ich die Bilder an, und eigentlich will ich sie runterreißen. Aber mir fehlt die Kraft.

Ich habe schon eine ganze Weile geheult, als ich seine Hand auf der Schulter merke. Sie liegt da einfach so, und dann sagt er: »Ey komm, wir kriegen dich schon wieder hin.« Und dann heule ich noch mehr. Weil ich das nicht glaube. Und weil ich nicht weiß, ob ich das überhaupt will, wieder hingekriegt werden. Wozu denn.

Er steht da und lässt mich heulen und sagt gar nichts. Seine Hand lässt er da. Bis er geht und mit einem Kamm wiederkommt und einer Flasche Öl. Das gießt er mir auf die Platten an meinem Kopf. Nimmt einen Kamm und fängt an, die Haare zu kämmen. Ganz sanft macht er das, so sanft, dass es sich fast anfühlt wie Streicheln. Nur ganz selten ziept es und dann sagt Ali jedes Mal: »Sorry.« Wenn er eine Stelle ganz frei hat von Knoten, dann streicht er mir da noch mal über die Haare. Das kribbelt in meiner Haut, und ich denke jedes Mal: »Mach das noch mal«, aber ich sage es nicht. Ich heule einfach weiter, ein bisschen auch, weil es schön ist. So nett und vorsichtig. Er ölt meine Haare und kämmt so lange, bis alles raus ist. Es dauert bestimmt Stunden. Als er schließlich fertig ist, kann ich schon lange nicht mehr heulen. Ich fühle mich, als wäre ich stundenlang gerannt. »Siehst du, schon viel besser. Du siehst schon fast normal aus, Alter!« Und dann lacht er wieder mit diesen schüttelnden Schultern.

»Na ja, fast!« Ich muss tatsächlich ein bisschen grinsen.

Er hält mir einen Spiegel hin, und ich sehe mich. Ja, das bin irgendwie ich. Aber doch anders. Mein Gesicht ist viel schmaler und meine Augen sind auch anders. Größer und ernster. Die Haare kleben glänzend an meinem Kopf. Es gefällt mir. Ich sehe ein bisschen streng aus. Erwachsen.

»Na, dann komm, Zombie-Braut! Lass uns mal was essen.«

Ali führt mich runter, aus meinem Zimmer in die Küche. Er redet die ganze Zeit.

»Weißt du, ich pack es immer noch nicht. Alles voll mit Fressen hier. Total krass! Ich könnt den ganzen Tag nur fressen! Moamm, moamm!«

Ganz merkwürdige Geräusche macht er, die wohl Essen sein sollen. Und dann lacht er wieder. Beim Lachen kneifen sich seine Augen so zusammen, dass man die Farbe gar nicht mehr sehen kann. Sie sind braun, seine Augen, und freundlich.

Als ich die Küche sehe, muss ich stehen bleiben. Überall aufgerissene Packungen, Dosen, aufgebogen, schmutzige Teller, alles durcheinander. Mir wird heiß. »Das Haus muss doch in Ordnung sein, es muss immer in Ordnung sein!« Ich schreie das wohl ein bisschen.

»Ey, chill mal«, sagt Ali. »Ich räum das schon wieder auf.« Und dann schiebt er ein paar Sachen zur Seite, nimmt eine Schüssel und eine Pfanne. »Pfannkuchen! Total krass! Und Apfelmus! Zur Feier des Tages! Weil du wieder auf den Beinen bist, Zombie-Braut! Ich dachte wirklich, du bist total hinüber.« Er grinst und gießt Teig in die Pfanne. »Ist doch der Hammer! Du bist wieder lebendig. So richtig. Wie ein Zombie eben.« Wieder wackeln die Schultern. Und er lacht. Und schließlich denke ich, dass es jetzt ja auch nicht zu ändern ist, das Chaos. Und ich habe richtig Hunger. Außerdem werden meine Eltern wohl nicht gerade jetzt zurückkommen, nachdem sie sich wochenlang nicht haben blicken lassen.

Wir essen stumm. Ali hat eine weiße Decke aufgelegt und Kerzen auf den Tisch gestellt. Das ist ziemlich schön, merke ich. Das Licht ist ganz warm, alles ist ein bisschen verschwommen. Als läge eine Wolldecke über den Dingen. An den Wänden flackern unsere Schatten. Sie werden größer und kleiner und bewegen sich ganz losgelöst von uns. Im Haus haben wir sonst nur LEDs. Ich weiß nicht, wann wir mal Kerzen anhatten. Ich kann mich nicht erinnern. Ali sagt nach dem dritten Pfannkuchen: »Das kannte ich nur von Bildern. Tücher auf dem Tisch. Musste ich unbedingt probieren.« Er sagt das, als seien es Kirschen. Dann isst er noch einen Pfannkuchen und rülpst.

»Okay«, sagt er dann. »Jetzt sag mal endlich, wie du heißt?«

Das musste ja kommen. »Hab ich das noch nicht gesagt?«

»Nein, hast du nicht. Glaubst du, sonst würde ich so doof fragen?«

Er sieht mich an. Ohne Lachen. Ganz genau. In seinen Augen glitzert die Flamme der Kerze. Sonst bewegt sich gar nichts an ihm. Ich bleibe stumm. Ist ja eigentlich nichts Großes, seinen Namen sagen. Einmal raus damit, »Mariana«, und gut ist. Aber ich kann irgendwie nicht. Ich muss an all die blöden Momente denken. An alles, was zu mir gehört und dem Namen. An die Schule, an die Oma, an die Enttäuschung, die ich bin. Fett, feige und dämlich.

»Komm, jetzt sag mal. Sonst sag ich weiter Zombie-Braut.« Jetzt lacht er wieder. Irgendwie lacht er dauernd. Dabei ist das doch wirklich alles nicht so witzig. Wir haben hier das Ende der Welt und der Typ lacht in einer Tour. Vielleicht ist er einfach nicht ganz dicht. Aber wer ist das schon?

Na gut. Irgendwann muss er das ja hören. Und es wird ja mit jedem Moment komischer. Bringen wir es hinter uns. »Mariana«, sage ich also und werde rot. Das merke ich, mein Kopf wird so warm. So wie früher in der Schule. Ich verstehe es auch nicht, aber zack, ich bin wieder da, wo ich nicht mehr sein will. Ich bin die Fettkuh mit dem Oma-Namen und der »schlägebedürftigen Hackfresse«. Ich sehe auf meinen Teller und schabe mit dem Messer den letzten Rest Apfelmus zusammen. »Okay. Mariana. Ist das jetzt schlimm, oder was?«

Er grinst schon wieder. »Alter, du hast echt ein Problem mit deinem Namen? Du bist ja krass! Die Welt kratzt ab und du machst dir Sorgen um deinen Namen!«

Ich denke kurz, er wird sauer, weil er so laut wird. Aber er lacht einfach wieder.

»Ist doch auch nicht so wild. MARIANA.«

Er sagt meinen Namen. Ganz langsam, als würde er ihn schmecken oder so.

»Eigentlich ist der doch ganz schön.«

Was glaubt der Typ, wer er ist? Ich laufe mein ganzes Leben lang mit diesem Omi-Namen durch die Gegend, lass mich verprügeln und ins Klo stecken – und er sagt, dass der doch ganz schön ist. Meine Hand knallt auf den Tisch. »Kannst du eigentlich noch was anderes, als so doof rumzulachen?«

»Hey, bleib mal ganz cool …« Ali hebt die Hände.

Sein Grinsen verschwindet natürlich nicht. Und ich muss sofort wieder heulen. Was ist denn überhaupt los? Seit der Typ hier ist, muss ich dauernd flennen. Ich versuche es irgendwie wegzukriegen, aber es geht nicht. Die Tränen kommen einfach so raus, und mein ganzes Gesicht verzieht sich. Ich hasse das. Man sieht so wahnsinnig bescheuert aus, wenn man heult. So richtig hässlich, so richtig zum Draufschlagen. Aus meinem Mund kommt ein Schluchzer. Ich kann es nicht aufhalten.

»Hey, Zombie-Braut. Ist doch nicht so schlimm!«

Ich glaub, Ali lacht gerade kurz nicht, ich kann ihn nicht sehen, die vielen Tränen vermatschen das Bild. Ich presse mir die Hände auf die Augen.

»Wenn du deinen Namen so schlimm findest, dann such dir doch einfach einen anderen aus.«

»Wie? Einfach einen anderen?«, frage ich.

»Ja klar, juckt doch eh keinen. Ist ja nicht so, dass dann noch die Polizei kommt oder so. Und wenn, dann wär's ja super!«

Er lacht schon wieder.

»Stell dir mal vor! Da kämen dann so Typen und sorgen für Recht und Ordnung!«

Seine Stimme kippt ein bisschen. Er findet das offensichtlich sehr, sehr lustig. O Mann.

»Guten Tag.«

Er macht seine Stimme ganz tief und legt die Hand an die Stirn.

»Wir wollten mal nach dem Rechten sehen! Wir haben gehört, sie haben sich einfach umbenannt? Da müssen wir ein Bußgeld verhängen!« Er schmeißt die Arme nach hinten und lacht. »Das wär so geil!« Irgendwann beruhigt er sich dann doch wieder. »Was findest du denn schön als Namen?«

Mir fällt gar nichts ein. Einfach einen anderen Namen? Was gibt's denn so für welche? Amelie? Oder Sophie? Oder Helena? So hießen die tollen Mädels in meiner Schule früher. Finde ich die schön? Ich weiß es gar nicht. Das waren halt die Tollen. Das, was ich nicht bin. Ich sage wohl eine ganze Weile nichts, denn Ali sagt auf einmal: »Also, bis du dir dann mal was überlegt hast, sag ich einfach Siesie zu dir.«

»Siesie? Was soll das denn sein? Das ist doch kein Name!«, rufe ich.

»Doch, wenn ich dich so nenne, ist es einer. Ist Englisch. Für Zombie. Und das doppelt! Verstehste, ›Z‹ und ›Z‹. Und außerdem heißt ne Band so. Eine von früher. Hab ich mal was von gehört. Warum die so heißen, weiß ich auch nicht. Egal. ich find's cool.« Er klatscht in die Hände. »Wie sieht's aus, ZiZi? Bock auf Nachtisch? Was gibt's denn hier so?« Und jetzt, wenn er das so sagt, finde ich es eigentlich ganz schön. ZiZi. Klingt eigentlich gar nicht nach mir. ZiZi, das ist jemand, der cool ist und hart und lustig, das fliegt so richtig über die Zunge. Ich sag es ein paarmal im Kopf. ZiZi. Gefällt mir irgendwie. So wie das flutscht. Okay, dann bin ich also ZiZi. Fürs Erste. »Ja,« antworte ich. »Wir haben irgendwo Schokolade.«

Ali will alles sehen. Während ich raus war, hat er schon ziemlich rumgestöbert im Haus. Aber manche Zimmer sind extra gesichert und in den Keller hat er sich nicht getraut. Und da ist ja eine Menge.

Er stürzt durchs Haus wie ein Verdurstender. Wir haben hier eine Menge, was es draußen nicht mehr gibt. Zum Beispiel Strom. Davon hängt schließlich alles ab, was wir Menschen die letzten 150 Jahre so Spannendes erfunden haben. Und wir haben sauberes Wasser. Davon hängt so ziemlich alles ab, wenn man überleben will.

Irgendwann stehen wir im Keller vor dem Zimmer meiner Mutter. Oben hat sie auch ein Zimmer. Aber im

Keller hat mein Vater ihr noch mal was gebaut. Ich war nie drin. Das wollte sie nicht.

»Und was ist da?«

Ali will auch da rein. Das war mir gleich klar, dass der zu denen gehört, die nie aufhören. Sich um jedes »Nein« drumrum labern oder es einfach ignorieren. Wahrscheinlich lebt er deshalb noch. Ich sag trotzdem erst mal: »Können wir nicht rein. Gehört meiner Mutter, das Zimmer.«

Aber Ali fragt und fragt. Und schließlich sagt er: »Was? Weil deine Olle, die vor wasweißichnicht wie viel Wochen abgezogen ist und dich hier zurückgelassen hat, mal irgendwann gesagt hat, dass du da nix zu suchen hast, gehen wir da jetzt nicht rein?«

Er wischt mit einer Hand vor seinen Augen rum.

»Sag mal, ZiZi, bist du noch ganz dicht? Das ist jetzt deine Hütte! Du bist hier die Chefin! Wir gehen da jetzt rein!«

Ich zucke mit den Schultern. Vielleicht hat er ja recht. Meine Mutter ist abgehauen. Stimmt schon. Sie wollte das Haus nicht. Und dazu gehört ja nun mal auch dieses Zimmer.

Mein Vater hat mir den Zentral-Code dagelassen, mit dem man das ganze Haus steuert und alles aufkriegt. Musste er ja.

Ali klopft gegen die Tür. »Los. Du willst doch auch wissen, was da drin ist.«

Wir starren auf das Meer und den weißen Strand davor. Wir hören die Möwen schreien, ein leichter Wind weht und riecht nach Salz. Es ist warm. Die Wellen lecken träge am Sand. Am Himmel ist nicht eine Wolke, nur blaublaublau.

Natürlich ist es eine Leinwand und davor aufgeschütteter Sand und wohl irgend eine Art von Pool. Aber der Effekt ist schon krass. Es ist wie ein Tor in die Vergangenheit.

»Hammer«, flüstert Ali neben mir. Er fängt an, sich auszuziehen, während er ins helle Licht blinzelt. »Der absolute Hammer«, sagt er noch mal und klatscht, jetzt nackt, ins Wasser und spritzt mich nass. Ich schmecke das Salz auf meinen Lippen. Ali ist tatsächlich nackt. Ich fass es nicht. Ich hab ehrlich gesagt ziemlich lange überhaupt niemanden nackt gesehen. Ich stelle mir vor, mein Vater käme genau jetzt nach Hause. Ich würde am liebsten im Erdboden versinken. »Was soll denn das? Du kannst dich doch nicht einfach ausziehen, hier im Zimmer meiner Mutter.«

Diesmal ist das Grinsen mickrig. »Kann ich schon. Siehste ja.«

Ein »Sorry« schiebt er auch gleich hinterher. »Das kam irgendwie über mich.« Er sieht sich um. »Aber es ist doch auch einfach zu geil!« Er haut auf das Wasser und jauchzt. Ich muss grinsen. Er hoppelt durchs Wasser wie ein Hundewelpe beim ersten Schnee.

»Ey, ZiZi, komm doch auch rein!« Er schreit. »Das ist total warm, das Wasser!«

»Warte mal«, murmele ich. »Ich komm gleich wieder.« Dann haste ich ins Zimmer meiner Eltern. Ja, tatsächlich, ich finde Badesachen. Einen peinlich kleinen weißen Bikini mit Strasssteinchen. Und eine Shorts meines Vaters, die man wohl auch zum Schwimmen anziehen kann. Ich wurschtele mich in den Bikini. Die Bänder an den Hüften verdrehen und drücken eine Delle in meinen Speck, das Oberteil ist zu klein. Aber das Schlimmste ist, wie sehr er nach meiner Mutter riecht. Überhaupt. Das ganze Zimmer riecht so sehr nach meinen Eltern. Ich will den Kopf zwischen all die Pullis und T-Shirts vergraben und einatmen, nur noch einatmen. Ich streiche über die Blusen und Kleider im Schrank. Kokons in bunten Farben hängen dort im Dunkeln und warten darauf, dass meine Mutter zurückkommt. Ich sehe meinem Spiegelbild beim Weinen zu. Ob sie auch weinen muss, wenn sie an mich denkt? Ich nehme ihren Seiden-Kimono vom Haken an der Tür. Der schwarze Stoff schlängelt sich um meine Hand. Nur der Rücken behält seine Form. Zwei Kraniche sind daraufgestickt, die ihre goldenen Hälse umeinanderschlingen, die Flügel weit von sich gespreizt.

Kurz denke ich, ob er wohl ertrunken ist, aber er liegt nur regungslos im flachen Wasser und hat die Augen zu. Er summt leise irgendein Lied, das ich nicht kenne.

Er hört mich wohl irgendwie und setzt sich auf. Er pfeift.

»Mensch, ZiZi …«

»Fresse«, sage ich. »Anziehen.« Ich werfe ihm die Shorts hin. Ich komme mir total blöd vor in dem weißen Ding. Außerdem stell ich mir meine Mutter darin vor – und das ist auch irgendwie nicht schön. Warum ich aber wirklich rot werde, ich glaube, Ali findet, ich sehe gut aus. Oder jedenfalls nicht total kacke. Kann das wirklich sein? Oder macht er sich lustig über mich?

Ali wurschtelt sich in die viel zu große Hose, knotet das Band, so eng es geht, und murmelt: »Tut mir leid, ich wollte nicht mit meinem schmutzigen Zeug hier ins Wasser.«

Ich nicke. Wer von draußen kommt, hat wohl größere Sorgen als die korrekte Badebekleidung.

Das Wasser ist warm, ich glaube nicht, dass das echte Meer wirklich so warm sein kann. Aber es ist schön. Wie eine riesige Badewanne. Ich lege mich auf den Rücken, so wie Ali, auf den Sand, sodass der Körper genau von Wasser bedeckt ist, aber der Kopf nicht untergeht. Wenn ich die Augen ein wenig zusammenkneife, sehe ich nicht die kleinen Lämpchen, die in der Decke stecken, und dann kann ich mir vorstellen, das über mir wäre der freie Himmel, blau gefärbt vom Weltraum dahinter, durchzogen von schreienden Möwen. Ich drehe den Kopf, nur ein winziges Stück. Jetzt kann ich ihn sehen. Er sieht jünger aus als 15. Sein Gesicht ist ganz weich, als ob darunter keine Knochen wären. einen Bart hat er auch nicht. Die nassen Haare kleben in dicken Strähnen an seiner Stirn. Wie tote Schnecken. Ich mag seine Nase. So fein und klein. Ich habe mir immer einen kleinen Bruder gewünscht. Einen, auf den ich aufpassen kann, dem ich vorlese und mit dem ich spiele. Vielleicht hätten wir auch ein Haustier zusammen haben können. Einen Hasen, schwarz-weiß gefleckt, dem wir Löwenzahn sammeln und ihm zusehen, wie seine Nase beim Kauen wackelt.

Papa hat hier unten den Musik-Computer angeschlossen, und Ali kennt ziemlich viele Lieder von früher. Er ruft die Titel, und der Computer hat wirklich alles da. Ich entdecke neben der Tür eine Klappe. Dahinter sind Getränke. Cola, Sirup mit Kokos-und Granatapfel-Geschmack und Rum und Whiskey. Und tatsächlich Ananas-Saft in Dosen. Ananassaft. Den habe ich mal als Kind getrunken. Süß wie Bonbons, nur besser und ein bisschen sauer.

Auf den Dosen glänzen Wassertropfen. Sie sind kalt. Wie viel Strom das gekostet hat, hier die ganze Zeit ein paar Getränke zu kühlen. Mein Vater sagt immer, wie wichtig es ist, Strom zu sparen. Manchmal macht er sogar einen Film aus und sagt, wir hätten heute schon genug verbraucht.

Ali kreischt, als er die Getränke sieht, und ich kann ihn nur mit Mühe abhalten, alles einfach aufzureißen. Wir probieren kleine Schlucke Rum und Whisky. Es schmeckt schrecklich. So scharf, dass ich husten muss. Aber wir finden noch ein Buch, in dem Rezepte für bunte Getränke stehen. Wir haben fast nichts von den Zutaten. Nur für etwas, das Piña colada heißt. Da fehlt uns zwar die frische Sahne – aber ich renne schnell in die Küche und hole eine Dose Kaffeesahne und Gläser. Wir rühren alles zusammen. Es ist köstlich.

Und dann liegen wir im Sand, trinken diese Piña colada, und Ali ruft immer wieder Liedernamen über den Strand. Wir hören »The Passenger«. Die Gitarre ist wie ein Hammer in meinem Kopf. Und diese Stimme. Rau und gleichgültig und wunderschön. Wir hören es immer wieder, bis wir den Text mitsingen können.

I am the passenger
I stay under glass
I look through my window so bright
I see the stars come out tonight

Ali ist wohl mal eine Zeit lang mit einem Typen rumgezogen, der hatte ganz viel Musik von früher auf so nem kleinen Ding. Er hatte sogar ein extra Solar-Ladegerät gebastelt, damit er Strom dafür hatte. Er hat Ali die Sachen vorgespielt und von früher erzählt. So wie er redet, hat er ihn wohl sehr gemocht. »Das ist die perfekte Welle! Das ist der perfekte Tag!«, schreit Ali beim nächsten Lied mit und springt durch das flache Wasser. Seine Arme und Beine fliegen herum, als ob sie gar nicht zu ihm gehören. Die Augen hat er zu, die Lider flattern, als hätte er gerade den wildesten Traum. Der Kopf wackelt in alle Richtungen. Ich muss lachen. Es sieht bescheuert aus, irgendwie. Gar nicht wie in den Filmen, in denen getanzt wird. Da passt alles zusammen, jede Bewegung findet sich irgendwie im Lied wieder, passt zu einem Schlag oder so. Ich muss lachen. Weil er so gaga aussieht. Und weil er so, ich weiß nicht, einfach da ist. Als gäbe es die ganze Welt da nicht, als wäre das, was jetzt ist, genug.

Ich mache die Augen zu, strecke meine Hände nach oben und lasse meinen ganzen Körper wackeln, und ich denke an die Tänzerinnen, die ich im Kino gesehen habe. Auch wenn nur Ali da ist, ich würde gern auch so schön aussehen.

Ein Mann singt so hoch, wie ich nie kommen würde.

»To your soul, to your soul«, singt er, »Cry cry cry.«

Ich springe, schwinge meine Arme, schüttele meine Knie. Ich will zu ihm springen, in das Lied, meine Stimme auch so sehnsüchtig machen, so frei.

Wir liegen im Sand, in Handtücher gewickelt. Ali hat eine Fernbedienung gefunden und den Sternenhimmel angeknipst. Ich sehe ihnen zu, wie sie abwechselnd aufleuchten und wieder dunkler werden. Immer wenn ich denke, jetzt geht er aus, jetzt ist er weg, dann fängt sich das Licht wieder, flammt auf und leuchtet, als wäre nichts geschehen. Ich stecke die Nase in das raue Handtuch unter mir und höre uns beim Atmen zu. Mein Kopf dreht sich, und ich bin nicht mehr ganz sicher, ob das gerade ich bin, die da denkt. In mir fühlt sich alles so heile an, so weich. Ali hat die Augen schon zu. Ich tippe auf die Haut an seinem Hals und spüre den Schlag seines Herzens unter der Wärme. Ja, er liegt da, neben mir im Sand.

Ohne die Augen aufzumachen, nimmt er meine Hand in seine.

»Wie bist du überhaupt hier reingekommen?«, frage ich am nächsten Morgen. Wir essen Haferflocken mit Sojamilch und trinken Kaffee, den ich überhaupt nicht mag. Aber Ali hat ihn einfach gekocht, und ich trinke ihn, weil ich irgendwie nicht schaffe, Nein zu sagen. Er lacht. Natürlich lacht er.

»Keine Sorge!«, sagt er und klapst mir auf die Schulter. »Das kriegt so schnell keiner mehr hin. Durch einen Lüftungsschacht, der im Wald endet. Ich hab grad so durchgepasst. Und ich musste ein paar Kabel abknapsen. War ja krass gesichert.«

Er prostet mir mit dem Kaffeebecher zu.

»Hast hier echt was Krasses aufgebaut. Respekt! Ich hab's auch wieder repariert, als ich durch war. Versprochen!«

»Das war ich nicht. Das war mein Vater.«

»Ah. Wo sind denn deine Alten eigentlich?«

Ich weiß nicht, wie ich es sagen soll. Weil ich es ja selbst nicht weiß. Ich versuche es mit der Wahrheit. »Meine Mutter hat nen Rappel gekriegt und ist raus. Und mein Vater dann hinterher. Er sucht sie und kommt dann wieder.« Ich versuche, das so beiläufig wie möglich zu sagen.

Was natürlich gar nicht klappt. Weil mir mit jedem Wort klarer wird, wie dumm das klingen muss.

»Und wie lange sind sie weg?«

Ich zucke die Schultern. »So fünf oder sechs Wochen? Ungefähr?«

Ali nickt und fragt nicht weiter.

Ali ist süchtig nach Musik. Egal, was er macht, er ruft dem Musik-Computer Titel zu. Ich wusste gar nicht, dass da so viel drauf ist. Wir haben eigentlich nie Musik gehört. Mein Vater hat sie zwar aufgehoben, weil sie als Dokument wichtig ist, hat er gesagt. Aber zum Hören war ihm Musik zu anstrengend. Hat er gesagt.

Wenn Ali Musik hört, hopst er oft, oder manchmal summt er mit. Und meistens lacht er. Er mag Musik mit viel Gitarren drin. Mir ist es manchmal zu laut, aber ich sage nichts, denn ich sehe ihm gern zu, wenn er Musik hört. Ich habe dann das Gefühl, ich verstehe, was Glück ist. Ich meine, es ist seltsam. Ali hat keinen Grund, glücklich zu sein. Seine Familie gibt es nicht mehr. So wie ich seine Bemerkungen verstanden habe, war das eine ziemlich grausame Geschichte. Er selbst hat an seinem Körper so viele Narben. Er muss ziemlich oft verletzt gewesen sein. Ali hat so gut wie nichts, außer den Klamotten, die er getragen hat, als er kam, und einen schäbigen Rucksack. Der sieht ziemlich leer aus und er hat ihn in den letzten Wochen nicht einmal angefasst. Jedenfalls nicht, wenn ich dabei war. Ali weiß nicht, wie es weitergeht. Mit ihm. Mit der Welt sowieso schon gar nicht. Aber ich glaube, er ist tatsächlich glücklich, wenn die Musik läuft. Und es ist schön, ihm dabei zuzusehen.

Ach, und er ist süchtig nach Partys. Bei Partys tanzen wir und trinken und wir ziehen uns was Besonderes an.

Ali macht jeden Abend ein anderes Motto. Cocktail-Party, einen Prinzessinnen-Ball, Techno-Party, Piraten und Nixen, GlitzerGlamourBlingBling … Zum Glück hat meine Mutter ziemlich viel Klamotten. Wir finden echt tolle Kostüme für die Partys. Ali sagt, früher, vor dem Crash, gab es sogar einen Beruf dafür. Eventmanager. Der hat nichts anderes gemacht, als Partys organisiert. »Total geil, oder?«, fragt Ali.

Ich kann mir das überhaupt nicht vorstellen. Menschen, die nichts anderes in ihrem Leben machen, als Partys zu organisieren? Ali wäre jedenfalls der perfekte Eventmanager gewesen. Wir haben einen Riesenspaß. Obwohl wir nur zwei sind, kommt es mir vor, als wären wir mindestens ein Dutzend.

Die Geschichte mit dem Gorilla. Sie geht mir nicht aus dem Kopf. Ali hat sie mir erzählt, als ich gefragt hab, wie es draußen so ist.

»Warst du mal im Zoo? Bevor es losging?«, hat er mich zurückgefragt.

»Ja, war ich mal«, hab ich gesagt. Obwohl ich mich nur dunkel daran erinnere. An viele Menschen und ein Eis mit klitzekleinen Zuckerperlen darauf. Und an die Pinguine. Die haben mir gefallen.

»Mal drüber nachgedacht, was dann mit den Zoos passiert ist?«

Ich schüttele den Kopf. Zoos. Da hab ich ehrlich gesagt noch nie drüber nachgedacht.

Ali nickt. »Weil, weißt du. Das ist, glaube ich, das

Schlimmste gewesen. Die Dinge, die nur geklappt haben, als alles lief. Und dann kaputtgegangen sind. Weil alles im Arsch war. Ich meine, na ja, vielleicht ist das auch Quatsch. Ein Freibad, das klappt auch nur, wenn der Laden läuft. Wenn genug Wasser da ist und so. Und wenn's nicht mehr geht, dann ist es halt zu. Zack. Schluss.« Er wischt sich über die Nase. »Schlimm wird es, wenn da Leben dranhängt.«

Die Tiere im Zoo. Die können nur leben, wenn sich jemand kümmert. Wenn es das Futter gibt, das sie brauchen. Ich meine, es gibt ja Tiere, die können nur ganz bestimmte Sachen fressen. Koalabären zum Beispiel. Da geht nur Eukalyptus. Und wenn es den nicht gibt, sterben sie. Oder Panda-Bären. Die essen nur Bambus.

»Meine Mutter war mit so nem Typen zusammen. Murat.« Ali lächelt. »Der war echt okay. Der war Tierpfleger im Zoo. Und er hat mich da auch immer mal mit hingenommen. Als eben noch alles lief. Ich fand's richtig schön da. Die vielen Tiere. Und Murat wusste zu jedem was zu erzählen. Wie geduldig eine Boa constrictor herumliegen und warten kann, dass sie monatelang nichts essen braucht, dass sie richtig gut schwimmen kann – solange das Wasser warm genug ist. Dass die Klippschliefer, das sind so komische hasenähnliche Tiere, mit niemandem so richtig verwandt sind. Am ehesten mit den Elefanten. Dass sie sich viel unterhalten. Das klingt total komisch, so eine Quietsch-Schnatterei.«

Ali versucht ein bisschen zu quieken. Es klingt irgendwie nach Ferkel.

»Und wie die Klippschliefer sich in der Gruppe umeinander kümmern. Nee, echt. War total schön da. Na ja, irgendwann gab's natürlich größere Probleme als den

Zoo. Das war die Zeit der dunklen Jagd. Da fing es an, dass die Toten in den Straßen liegen blieben. Murat und seine Kolleginnen haben kein Geld mehr bekommen. Hingegangen sind sie trotzdem. Sie wollten ihre Tiere nicht allein lassen. Sie haben ständig nach Futter gesucht. Ich bin mit ihm kilometerweit gewandert, um genug Grünzeug und so zu sammeln. Manche Tiere, bei denen das zu schwer war, haben sie dann auch … na, du weißt schon.«

Ali macht ein kehliges Geräusch und zieht seinen Finger am Hals entlang.

»Das war erst der Anfang. Denn irgendwann kamen dann ein paar Leute drauf, im Zoo nachzuschauen, ob man da nicht ein paar gute Braten findet. Ist ja logisch.« Ali hebt die Hände und schiebt die Unterlippe vor. »Es gab ja immer weniger zu essen. Und da hat Murat Boba mitgebracht. Den Gorilla. Der hat dann bei uns gewohnt.« Und jetzt lacht Ali wieder sein Ali-Lachen. Er schüttelt seinen ganzen Körper. »Ey, der war so cool, man. Wir hatten so einen Spaß! Nur meine Mutter ist fast durchgedreht. Murat hat ihm zwar beigebracht, ins Bad zu kacken. Aber so ein Gorilla ist unglaublich stark, obwohl er noch gar nicht erwachsen war. Der hat alles auseinandergenommen. Unsere Möbel waren bald nur noch Sperrholz. Er musste sich ja irgendwie bewegen in den winzigen zwei Zimmern. Ich fand's großartig. Ich hatte endlich wieder jemanden zum Spielen. Einen Freund.«

Ali sieht in die Ferne, die es hier nicht gibt. Langsam läuft ihm das Lächeln aus dem Gesicht, bis seine Mundwinkel starr sind. »Ja, und dann kam Murat eines Tages nicht mehr zurück. Er ist losgegangen, um für Boba Obst oder irgendwas zu suchen. Gorillas essen nämlich nur

Pflanzen, weißt du? Und für uns halt auch irgendwas, wir mussten ja auch essen. Und er kam einfach nicht wieder. Ich weiß nicht, was ihm genau passiert ist. Vielleicht wollte jemand sein Essen. Vielleicht hat ihn die dunkle Jagd erwischt. Wir haben ihn zwei Tage später in einer Sackgasse gefunden. Ich weiß nicht, ob er noch einen heilen Knochen im Körper hatte. Sein Gesicht hab ich gar nicht mehr erkannt. Es war ganz schwarz vor Blut.« Ali schließt die Augen und reibt sich über das Gesicht, als wollte er sich mit der Luft waschen. »Meine Mutter und ich haben es nicht geschafft mit Boba. Er brauchte einfach zu viel Essen. Es ging nicht. Er wurde ganz aggressiv vom Hunger. Hat uns gebissen, uns mit Kacke beworfen. Nach ein paar Tagen wurde er schwach. Ist kaum noch aufgestanden. Deshalb hat meine Mutter ihn schließlich aus dem Fenster geworfen. Oben, im 15. Stock. Nicht, weil sie fies war oder so. Sie wollte ihn nicht so sterben lassen. So verrecken, nach und nach. Immer weniger werden, immer leiden, immer Hunger haben.

Es ist nicht so leicht zu töten, weißt du. Jedenfalls nicht, wenn man es aus Liebe tut und keine Pistole hat. Weißt du, meine Mutter hatte auch das Blasenfieber.« Dann redet er nicht mehr weiter.

Ich nehme seine Hand.

Später frage ich ihn doch noch, was die dunkle Jagd ist. Ich muss an meine Eltern denken. Es lässt mir keine Ruhe.

»So ganz genau weiß ich es auch nicht. Es sind Menschen, die sagen, wir müssten nur alles Böse, Schlimme loswerden, alles, was falsch ist. Alles, was dunkel ist, eben. Dann wird es wieder besser. Und immer, wenn sie denken, dass jemand böse ist oder so, dann töten sie ihn. Damit er weg ist. Woran sie das erkennen wollen, weiß ich nicht.«

Er schweigt so lange, dass ich schon denke, er ist eingeschlafen. Dann höre ich seine Stimme im Dunkeln.

»Mich wollten sie auch schon mal. Aber sie haben mich nicht gekriegt.«

Ich glaube, ich frage Ali erst mal nicht mehr nach draußen. Und ich versuche, nicht an meine Eltern zu denken. Ich hoffe nur, dass mein Vater auch draußen auf alles eine Antwort hat.

Ich kann mir gar nicht vorstellen, dass Ali mal nicht da war. Manchmal wache ich morgens auf und habe Angst, dass ich das alles nur geträumt habe. Aber dann schaue ich auf den Boden neben mich. Und da liegt er. Wir schlafen immer im selben Zimmer, aber nicht im selben Bett. Das wäre dann auch zu viel. Wir wissen beide, was es heißt, allein zu sein. Zum Glück kocht Ali ziemlich gut. Ich habe ihm auch die Schnecken und Heuschrecken gezeigt, den Hitzecontainer zum Töten und wie man die Schnecken aus ihren Häusern schält. Jetzt macht er uns oft Schnecken-Burger. Er püriert die schleimigen Körper einfach, mixt sie mit Mehl und brät sie. Dazu macht er frittierte Heuschrecken. Wenn ich die Augen beim Essen zumache, schmeckt es wirklich gut.

Ich lese uns vor. Ich glaube, Ali kann nicht richtig lesen.

Irgendwann hat er mir ein Buch aus dem Keller in die Hand gedrückt und gesagt: »Wenn ich hier koche, kannst du dich auch mal nützlich machen.«

Ja, und dann habe ich einfach vorgelesen. Und jetzt machen wir das immer, wenn er kocht. Und manchmal auch so. Manchmal legt er dann den Kopf auf meine Beine und wackelt damit. Das heißt: Kraul mich mal. Und dann kraule ich ihm die Haare. Auch wenn wir im Kinozimmer sind und Filme schauen. Ich glaube, er wird gern angefasst. Er sagt das nur nicht so gern. Und ich fasse gern an. Ein Mensch in meinen Händen. Echte Haare, die durch meine Finger gleiten. Wir schauen viele Filme.

Ali sagt, das geht so nicht. Er sagt, es ist doch Wahnsinn, immer hier im Haus. »Hier werden wir doch total verrückt! Immer dieselben Wände! Immer alles gleich!«

Solche Sachen sagt er. Ich finde nicht, dass alles gleich ist. Wir haben doch die Bücher und die Filme. Wir haben so viele, dass wir unser ganzes Leben lang welche schauen können, und es wäre noch immer so viel übrig, dass es für zehn Leben reicht. Und wir haben doch uns und unsere Partys. Als ich das sage, schüttelt Ali nur den Kopf und sagt: »Das ist doch nicht dasselbe! Das ist doch verrückt!«

»Gar nicht!«, schreie ich. »Verrückt ist es, da rauszugehen! Da ist doch nichts außer vergammelte Leichen und Keime und der Tod!«

Und dann flippt er aus. Ali schreit, dass ihm die Spucke aus dem Mund fliegt, mir ins Gesicht. »Was glaubst du eigentlich? Du hast doch überhaupt keine Ahnung! Ich war da draußen! ICH! Ich war die ganze Zeit da draußen, während du dir hier den Arsch breit gesessen hast, du blöde Scheiß-Kuh!«

Wir starren uns an. Und dann geht er in den Keller, in das Meer-Zimmer meiner Mutter, und knallt die Tür. Ich höre die Musik durch die Tür. Sie vibriert sogar, merke ich, als ich mein Ohr daranlege. »Komm doch wieder raus«, will ich sagen. »Ich lese dir auch was vor.« Aber das würde er sowieso nicht hören.

Ali redet seit drei Tagen nicht mit mir. Das ist schwer. Aber auch ganz gut. Dann kann ich besser nachdenken. Vielleicht war er zu lange da draußen. Da ist er ein bisschen verrückt geworden, glaube ich. Warum will er hier weg? Das ist doch total irre! Wir haben hier alles! Essen, Wasser. Sauberes Wasser! Strom, Musik, Filme. Alles Wissen der Welt ist auf den Servern! Also, jedenfalls einiges. So genau weiß ich das ja nicht. Wir sind hier sicher. Haben Schutz vor den Stürmen. Vor den Keimen. Keiner muss hier an blutigen Blasen verrecken und verrückt werden. Sich fürchten, vor der dunklen Jagd und wem sonst noch, der da draußen lauert. Und jetzt haben wir doch auch noch uns. Aber wie mache ich ihm das klar? Das muss er doch verstehen. Hier sind wir sicher. Hier kann uns nichts passieren.

Und, ich meine, wir haben hier sogar ein Meer.

Und ich kann hier nicht weg. Ich habe meinem Vater versprochen, dass ich auf ihn warte. Und ich habe versprochen, dass ich mich um alles kümmere, dass ich das Haus in Ordnung halte.

Ali hat Schmerzen. Sein Kopf tut ihm weh. Er übergibt sich. Was das wohl ist? Für einen Infekt ist er eigentlich schon zu lange hier drin. Als das Schmerzmittel wirkt, versuche ich es noch mal. »Schau mal, wenn wir draußen wären, hätten wir keine Tabletten und auch kein Sofa, auf dem du liegen kannst. Und du könntest keinen Film schauen, wenn es dir besser geht. Ich habe sogar noch Schokolade und Cola gefunden. Hilft gegen schlechte Laune.« Ich finde, das sind ziemlich gute Gründe. Aber Ali sieht mich nur an, als ob er mir eine hauen möchte. »Du bist doch bekloppt«, sage ich.

Er brüllt mich an. Überraschend laut für jemanden mit Kopfschmerzen. »Wir sitzen hier wie Scheiß-Gefangene! Das ist doch krank! Wie lang willst du das denn machen?«

So genau habe ich darüber nie nachgedacht. »Bis es wieder besser wird«, sage ich vorsichtig.

Alis Augen werden schmal. »Besser? BESSER? Du bist ja total bescheuert! Was soll denn besser werden? Wo denn? Wie denn? Glaubst du, irgendwann ruft hier jemand an und sagt: Guten Tag, Mariana, die Ordnung ist wiederhergestellt. Du kannst jetzt rauskommen und dein Friede-Freude-Eierkuchen-Leben weiterführen!«

Er verstellt seine Stimme und macht komische Gesten. Ich könnte ihm eine reinhauen.

»Mann, ZIZI! Denk doch mal nach!«

Bevor ich anfange zu heulen, schreie ich: »Das mach ich den ganzen Tag, du blöder Arsch! Ich mache nichts als nachdenken! Aber da draußen ist es einfach nicht sicher!« Ich bin so sauer, dass ich kotzen könnte. Und so traurig, dass ich gar nicht genug Tränen habe. »Und ein Friede-Freude-Eierkuchen-Leben hatte ich nie!«, schreie ich noch hinterher.

»Weil mal jemand gemein zu dir war? Weil du keine Freunde hattest?« Ali schnauft verächtlich. »Du bist doch so arm! Du hast echt keinen Plan, was so abgeht!«

Ich muss an seine Narben denken, und es ist mir so peinlich, dass ich gar nichts sagen kann. Ich dachte, Ali versteht mich. Ich dachte, er weiß, wie ich mich fühle.

Irgendwann sage ich: »Lass uns einfach warten, bis mein Vater zurück ist. Der wird wissen, was wir tun sollen. Der war ja auch draußen.«

»Dein Alter?«, antwortet Ali. Seine Stimme ist trocken und rau. »Mensch, ZiZi, glaubst du wirklich, der kommt noch mal? Jetzt mal ehrlich: Entweder er ist tot, oder …« Er sieht mich an. »Der kommt einfach nicht mehr. Vergiss es.« Dann dreht er sich um und zieht die Decke über sich. Wir schweigen.

Was ist passiert? Gerade war doch alles gut. Es war doch endlich einmal alles gut.

Ali ist weg. Wenn er bei mir im Zimmer geschlafen hätte, hätte ich es vielleicht gemerkt. Aber er wollte nicht mit hoch. Und jetzt ist er gegangen. Mitgenommen hat er fast nichts. Nur seinen Rucksack, seine Sachen und ein bisschen was zu Essen.

Und er hat mir was auf den alten Kassettenrekorder aus der Techniksammlung gesprochen.

»Liebe ZiZi, es tut mir leid, dass ich dich angeschrien habe. Dass ich dich beschimpft habe. Das war nicht okay. Du warst immer nett zu mir. So nett wie glaube ich noch niemand vorher. Aber ich kann hier nicht bleiben. Ich werd verrückt hier. Und ich glaube, du auch. Mann, das ist doch kein Leben! Aber egal. Jeder muss das für sich ausmachen. Und ich gehe jetzt eben. Ich kann nicht länger warten.

Ich wollte dir noch zwei Dinge sagen. Also, erstens. Dein Vater kommt nicht mehr. Wenn, wäre er schon längst wieder da. Dass er dich überhaupt zurückgelassen hat, war schon einfach zu krass. Das hätte er nicht machen dürfen. Ich wollte es dir früher nicht sagen. Ich weiß, du liebst deinen Vater bestimmt und so. Aber vielleicht liebt er dich nicht genug zurück. Jedenfalls solltest du nicht auf ihn warten. Du solltest nie auf irgendjemanden warten. Mensch, ZiZi, das ist dein Leben! Dein eigenes! Und das kann verdammt kurz sein! Willst du das mit Warten auf irgendwen verbringen? Auch wenn es dein Vater ist? Das ist doch Scheiße, Mann!

Ach ja. Und die zweite Sache. Ja, das Haus ist cool und so. Klar, du hast alles. Und es läuft. Aber ehrlich gesagt, das Haus ist nur gut, wenn es irgendwann auch wieder so wird wie vorher. Wenn irgendwas passiert. Denn sonst wird früher oder später was passieren. Klar, du hast Tabletten und so. Aber was ist, wenn du was Schlimmes kriegst? Was, wo Tabletten nicht helfen? Was, wo du einen Arzt brauchst? Was, wenn doch mal was kaputtgeht, was du nicht reparieren kannst? Dann sitzt du allein in dem Scheiß-Haus und verreckst!

Das wollte ich dir nur noch mal sagen. Nicht, um recht zu haben. Nur zum Nachdenken. Weil, ZiZi, du bist mir wichtig. Du bist echt … okay. Ich will nicht, dass du da allein verreckst oder verrückt wirst. Oder beides.

Also. Ich gehe jetzt. Dahin, wo ich eh hinwollte. Zum Meer. Nach Triest. Da ist der, mit dem ich vorher war, hingegangen. Der mit der Musik. Er meinte, wenn es irgendwo noch was gibt, dann da. Die Leute haben davon geredet. Dass es in Triest noch so etwas wie eine Stadt gibt. Frag mich nicht, warum. Jedenfalls ist er dorthin. Und ich will auch. Und wenn in Triest nichts ist, dann ist da wenigstens das Meer. Das hab ich nämlich noch nie gesehen. Und wenn du willst, dann komm doch nach. Falls in Triest nichts mehr ist, dann warte ich dort trotzdem noch ne Weile. Falls du doch nachkommst. Sagen wir, zwei Wochen bleibe ich da.« Und dann lacht Ali endlich wieder sein altes Ali-Lachen. »Total geil, erst halte ich dir einen Vortrag, du sollst nicht warten und so – und dann warte ich selber auf dich. Egal. Das mache ich. Wenn in Triest nichts ist, dann warte ich trotzdem zwei Wochen auf dich. Ach ja, und eins noch. Ich heiß auch gar nicht Ali. Eigentlich heiße ich Ben. Aber da gab es mal so'n Typen, der hat gesagt: ›Float like a butterfly, sting like a bee.‹ Der hieß Ali. Und seit ich draußen bin, allein, versuch ich genau das zu machen. Und deshalb bin ich jetzt Ali. Also, ich hoffe, du kommst. Und wenn nicht: Dann machs mal gut, ZiZi. Du bist echt in Ordnung.«

III DER WEG

Ich bin nur noch eine Wand, eine dünne Wand aus Papier. Und da drinnen ist nichts. Ich bin ganz hohl und dünn, ein Hauch, den jeder Wind wegträgt. Ich habe kein Herz mehr. Nur noch einen Knoten, der sich bewegt zwischen meinen Rippen.

Der Himmel ist blau, weiße Wolken ziehen darüber. Wie eine Kinderzimmertapete. Als sei nichts geschehen. Ich staune darüber, dass der Himmel bleibt, wo er ist. Dass er immer wieder blau wird. Und Wolken darüberziehen. Obwohl er doch einstürzen müsste, verbrennen, in tausend Stücke springen, bei all dem, was ist.

Aber die Wolken, sie ziehen einfach weiter und sind weiß.

Es sind schon zwei Tage vergangen, seit Ali fort ist. Oder erst? Je nachdem, wie man es sieht. Die Zeit vergeht mir so langsam. Aber wenn ich jetzt daran denke, es sind schon zwei Tage verstrichen. Und wenn ich hinter ihm herwill. Ich bin nicht so schnell wie er. Kann ich niemals sein. Ali überlebt seit Jahren da draußen. Ich weiß gar nicht, ob ich mehr als einen Kilometer laufen überlebe. Und ich habe keine Ahnung, was ich machen soll da draußen.

Egal. Ich muss es versuchen. Es gibt keinen anderen Weg. Nur das Ende. Der Weg. Oder das Ende. Das ist die Wahl.

Ich bin raus. Ich bin tatsächlich draußen. Mir wird total schwindelig bei dem Gedanken. Ich hab das wirklich getan. Ich hab die Tür aufgemacht und bin rausgegangen.

Ich sitze an einem kleinen Birkenbusch. Ich hatte ganz vergessen, wie rau die Blätter sind. Von Weitem sehen sie aus wie kleine Herzchen. Erst aus der Nähe erkennt man die Zacken. Ich ziehe die Haut von der Birkenrinde und freue mich über das reine Weiß, das darunter ist, glatte Haut, warm und weich.

Die Sonne bricht durch das Laub und sprenkelt meine Arme mit Licht und Schatten.

Die Luft kann man fühlen. Sie ist kein Nichts. Sie riecht. Nach Pflanzen, nach Steinen, nach Staub und Straße. Ich reibe meine Hand über den Boden, kleine Steinchen piksen in meine Haut und lassen sie kribbeln. Ein winziges Staubwölkchen wirbelt hoch und lässt sich dann auf meiner Hand nieder.

Der Wind kommt und zerrt an meinem Haar und meinen Kleidern. Im Schatten ist es viel kälter, als ich gedacht hätte. Das hatte ich ganz vergessen. Draußen ist es immer anders, nichts bleibt gleich. Ganz anders als im Haus. Bald wird es Abend. Ich muss mir einen Schlafplatz machen. Nachts kann man frieren.

Das Zelt hab ich dann doch im Haus gelassen. Ich bin noch einmal zurück.

Zuerst hab ich alles gepackt, von dem ich dachte, dass ich es brauche. Am Ende hatte ich einen großen Rucksack und dann einen Handwagen voll mit Sachen. Ich weiß auch nicht, wie das ging. Eigentlich dachte ich, ich nehm nur das Nötigste mit. Klar. Man kann alles irgendwie gebrauchen. Ich hatte sogar den ABC-Anzug an. Aber da habe ich gleich gemerkt: So kommst du nicht weit. Ich konnte kaum atmen, und in dem Ding kann man nur ziemlich schlecht gehen. Statt normalen Schuhen gehören dazu nämlich Gummistiefel, die man sich über die eigenen Schuhe zieht. Damit kommt man dann nicht gut vorwärts und es wird wahnsinnig heiß in diesen Anzügen. Sind natürlich nicht atmungsaktiv, denn das ist ja der Punkt: dass nichts reinkommt. Auch keine Luft. Nach fünf Minuten hab ich total geschwitzt. Aber das Schlimmste ist: Du siehst nichts. Du hast so eine Haube auf dem Kopf und vorn ein Fenster. Ist total krass. Ich hab richtig Panik bekommen, angefangen zu hyperventilieren, und bin total hilflos durch den Flur gestolpert. Ali hätte sich schlappgelacht. Muss ich jetzt auch, wenn ich dran denke. Ich wäre fast trotzdem damit rausgegangen. Aber dann ist mir klar geworden, dass ich gar nicht immer in dem Ding drin sein kann! Hatte ich gar nicht drüber nachgedacht. Selbst wenn ich in dem Anzug geschlafen hätte. Irgendwann muss ich ja doch mal aufs Klo in zwei Wochen, ist mir eingefallen, und spätestens dann muss ich ihn ja ausziehen. Ich kann ja schlecht tagelang in den Anzug pinkeln. Da hab ich das Ding ausgezogen. Also, wenn hier doch noch Viren herumschwirren, dann bin ich ziemlich bald erledigt. Aber ich musste mich entscheiden. Und ich habe mich entschieden.

Ich bin also los. Mit Rucksack und Handkarren. Es ging aber einfach nicht. Ich bin überhaupt nicht vorwärtsgekommen, und nach einer Viertelstunde taten mir die Schultern so weh, als würde jemand mit glühenden Nadeln Muster auf meine Muskeln sticken.

Ich wollte mich schon schreiend auf den Boden schmeißen. Aber dann ist irgendwie ein Schalter in mir umgeklappt. Und ich hab mir gesagt: Nee, Mariana, das machst du jetzt nicht. Du bist jetzt hier draußen. Du bist jetzt ZiZi. Du hast für so einen Kinderkram keine Zeit. Und da bin ich nach Hause gegangen. Ich habe mich einfach mit meinem scheiß Handkarren umgedreht und bin noch mal ins Haus. Und dann habe ich mir überlegt, was Ronja Räubertochter gemacht hat. Und Robinson Crusoe. Und Ali. Am Ende, wenn es hart auf hart kommt, braucht man nur ganz wenig. Ich habe alles rausgeschmissen. Und noch mal angefangen. Und das habe ich jetzt dabei.

Das Wichtigste: ein gutes Messer.

Neben meinen Sachen am Körper (alles dunkle Farben, habe ich mir bei Ali abgeschaut), einmal Wechselwäsche, ein Paar Socken, einen Fleecepulli, ein Regencape. Ich habe mal gelesen, das kann man nachts auch als eine Art Zelt benutzen.

Einen Schlafsack.

Duct Tape zum Reparieren.

Ein paar Wanderschuhe, die trage ich.

Einen Feuerstein.

Wasserfeste Streichhölzer, bis ich gelernt habe, mit dem Feuerstein Feuer zu machen.

Ein Seil. Und eine dünnere Schnur. Kann man bestimmt immer gebrauchen.

Verbandszeug, Schmerzmittel, Breitbandantibiotika.

Einen Alutopf von unserer Campingausrüstung.

Eine LED-Taschenlampe.

Ein Solar-Ladegerät für die Akkus, weil Licht ist wichtig. Ich habe eigentlich Angst im Dunkeln.

Ein Wasserfilterdesinfizierdings. Hat mein Vater für Notfälle im Keller gehabt. Ist nicht ganz klein, zum Glück aber nur so ein halbes Kilo schwer. Und ohne sauberes Wasser geht eben einfach gar nichts. Da kann ich mir auch gleich eine Kugel in den Kopf jagen.

Ein Stück Seife. Muss sein. Ich habe jetzt schon Angst davor, wie ich in ein paar Tagen stinken werde.

Eine Landkarte und einen Kompass. Damit kann ich noch gar nicht umgehen, aber theoretisch wusste ich es mal. Wir werden sehen. Bisher kannte ich mich noch ganz gut aus.

Um Strecke zu sparen, bin ich erst mal durch das Buschland. Um ehrlich zu sein, hatte ich auch Angst, auf die Straßen zu gehen. Ich meine, da sind dann vielleicht Menschen. Und das kann ganz schön gefährlich sein. Ich weiß, Straßen kann ich nicht vermeiden in den nächsten zwei Wochen. Aber für heute hat mir der Wald gereicht, oder das, was davon übrig ist. Ich müsste jetzt bei Zorneding sein, so zehn Kilometer aus München raus. Ich habe es mir vorher auf dem alten Kartensystem vom Internet angesehen. Ich gehe nicht über Innsbruck, da sind mir einfach die Berge zu heftig. Über Salzburg und Kärnten ist es ein bisschen flacher. Das nächste Ziel ist Wasserburg. Vielleicht schaff ich das bis morgen Abend. Hoffentlich.

Das mit dem Essen. Das war echt schwierig. Ich habe jetzt nur noch die Notfallessen dabei, die man früher bei Expeditionen genommen hat. Alles andere wiegt zu viel. Das dürfte etwa für zehn Tage reichen. Danach muss ich weitersehen. Vielleicht bin ich dann auch schon fast da. Die Internetkarte hat ausgerechnet, dass ich 113 Stunden gehen muss bis Triest. Wenn ich zehn Stunden am Tag schaffe, bin ich so in elf Tagen da. Gerade rechtzeitig also.

Ein Buch habe ich dabei. Emily Dickinson. Das war auch schwer zu entscheiden. Aber ich dachte mir, Gedichte kann man irgendwie immer lesen. Die sind immer anders.

Und ein Foto. Von meinen Eltern und mir als Baby. Da waren wir am Strand in Italien. Damals, als unsere Welt noch in Ordnung war. Ein bisschen jedenfalls.

Mit dem Gepäck bin ich dann ganz gut vorwärtsgekommen. War trotzdem schwer. Aber es ging irgendwie. Jetzt sitze ich hier, unter einem Birkenbusch, die Sonne geht unter, ein roter Schein, der den Himmel färbt. Meine Beine tun weh, meine Arme auch. Aber ich sehe zu, wie die Nacht kommt. Gleich kommen die Sterne. Echte Sterne über mir. Triest, ich komme. Ali, du wirst sehen.

Ich kann nicht mehr atmen. Vielleicht sterbe ich gerade. Habe mich infiziert? Meine Haut juckt so. Oder irgendein Gift? Es ist dunkel, es raschelt. Überall! Irgendwas in meinem Haar! Und ich hab nur dieses Scheiß-Cape! O Gott! Ich sterbe! Vielleicht ist da ein Wolf oder Bär, wilde Hunde oder irgendein mutierter Eber. Was ist eigentlich aus den Kernkraftwerken geworden! Vielleicht ist hier alles verstrahlt! Was habe ich getan! Ich bin total bekloppt, völlig irre! Mein Vater hat doch gesagt, ich muss nur warten. Im Haus! IM VERDAMMTEN HAUS und nicht hier! Meine Eltern sind bestimmt bald zurück und ich verrecke hier in diesem Wald!

Ganz ruhig Mariana, du kannst jetzt eh nichts machen.

O Gott, da war was! Ganz nah!

Bleib ruhig. Vergiss nicht, einatmen und ausatmen. Es ist dunkel. Das ist unheimlich. Menschen können im Dunkeln nicht sehen und das macht ihnen Angst. Natürlich macht es dir Angst. Es ist dunkel. Und irgendwann geht wieder die Sonne auf. Die Sonne geht immer wieder auf. Jeden Tag. Wie in dem Lied, das Mama früher gesungen hat: Die Nacht hat zwölf Stunden, dann kommt schon der Tag. Genau, das singen wir jetzt. Und irgendwann geht die Sonne auf:

Am Grunde der Moldau wandern die Steine
Es liegen drei Kaiser begraben in Prag.
Das Große bleibt groß nicht und klein nicht das Kleine.
Die Nacht hat zwölf Stunden, dann kommt schon der Tag.
Es wechseln die Zeiten. Die riesigen Pläne
der Mächtigen kommen am Ende zum Halt.
Und gehn sie einher auch wie blutige Hähne
Es wechseln die Zeiten, da hilft kein' Gewalt.
Am Grunde der Moldau wandern die Steine
Es liegen drei Kaiser begraben in Prag.
Das Große bleibt groß nicht und klein nicht das Kleine.
Die Nacht hat zwölf Stunden, dann kommt schon der Tag.

Mama, wo bist du nur. Ich glaub, ich schaff das nicht.

Ich habe fast nicht geschlafen, und ich hab so Durst, dass ich gleich durchdrehe. Es ist so heiß. Ich hab noch kein Wasser gefunden. Wie kann man nur so dämlich sein! Ich habe an alles Mögliche gedacht, aber nicht an genug Wasser! Nur eine kleine Alu-Flasche hab ich. Und die ist leer. Ich dachte, ich find dann schon einen Bach oder einen

Tümpel. Ach, eigentlich hab ich gar nichts gedacht, sondern nur, wie ich's desinfiziert kriege. Aber hier ist nichts! Kein einziger Bach! Keine Pfütze. Das muss an dem Kiesboden hier liegen und an der Erosion. Ich glaube, mein Vater hat das mal erzählt. Der Boden hält keine Feuchtigkeit mehr. Ja, wäre hilfreich gewesen, wenn ich früher daran gedacht hätte.

Okay. Also, ich werd jetzt nicht wegen so einem Quatsch verrecken. Auf keinen Fall. Irgendwo bei Ebersberg hab ich einen See auf der Karte gesehen. Der wird ja wohl noch da sein. Das müssten so zwei oder drei Stunden sein. Das schaff ich.

Ich hab noch was vergessen. Einen Hut. Im Haus wär ich nie auf die Idee gekommen. Aber hier draußen. Krass. Die Sonne ist so heiß, als würde sie mir direkt ins Gehirn scheinen. Von drinnen sah die Sonne irgendwie nach was Gutem aus. Aber das ist sie nicht. Sie ist ein fieser gelber Feuerball, der mir die Gedanken durchschmort. Ich hasse sie! Und den blauen Himmel, den hasse ich auch!

Das hüfthohe Gras wiegt sich im Wind. Ganz seidig sieht es aus, wie das Fell eines Maulwurfs. Ich streiche über ein paar Halme am Rand der Wiese, obwohl ich schon weiß, dass es nur so aussieht. Es fühlt sich rau an, und ich erinnere mich an das Gefühl. Als Kind habe ich mich an einem Grashalm geschnitten. Ich weiß noch, ich war so erstaunt über meinen blutigen Finger, dass ich gar nicht geweint habe. Es riecht auch wie damals. Nach Staub und ein bisschen Karamell.

Weiter hinten in der Wiese sehe ich ein altes Sammelfeuer. Es ragt noch ein wenig über das Gras hinaus. Auf dem Schwarz wachsen schon viele Pflanzen, der Klatschmohn leuchtet mir entgegen.

In Sammelfeuern wurden früher die Toten verbrannt. Als die Lebenden noch dachten, sie hätten eine Chance. So wollten sie die Krankheiten in Schach halten. Papa hat immer gesagt, dass das keinen Sinn hat. Aber einfach die Toten rumliegen lassen war ja auch keine Möglichkeit. Ich bin froh, dass sie das gemacht haben. Sonst würde ich nicht nur ab und zu auf Tote treffen. Sondern dauernd. In den Büschen sieht man nicht so viele Tote. In der Stadt muss es schlimm sein. Papa hat immer gesagt, in den Städten wird es die Hölle auf Erden sein, die Menschen werden sich bei lebendigem Leib das Fleisch von den Knochen reißen. Ob das wirklich so war? Und was ist mit dir, Papa, wo bist du?

Wenn ich die Augen schließe, sehe ich ihn genau vor mir. Seinen ernsten Blick. Sein Geruch in meiner Nase, herb und erdig irgendwie, auch wenn er nie draußen war. Ich kann den Druck seiner Hand auf meinem Scheitel spüren, wo er sie so oft hingelegt hat. Seine Art, mich in den Arm zu nehmen.

Das Gras sieht aus, als ob es vor Freude die Arme hin und her schwenkt. Vielleicht freut es sich ja wirklich. Es wird ja nie wieder gemäht. Aber dann freut es sich zu früh. Zwischen den Halmen seh ich schon die ersten Blätter von Birken und Weiden durchlugen. Es dauert nicht mehr lang, dann war's das mit der Wiese. Dann haben hier die Büsche das Sagen. Birken und Weiden sind zäh. Die bleiben erst mal. Sie wachsen nur nicht mehr so hoch, ducken sich unter den Stürmen.

Ich sitze jetzt seit fast einer Stunde im Schatten des

Ortsschilds »Eglharting«. Es hilft nichts. Um zum See zu kommen, muss ich durch die Siedlung durch. Und über die Gleise. Ich will nicht. Ich habe Angst. Ich habe Angst, dass mich jemand sieht. Ich beobachte die Häuser seit Stunden. Öde Häuschen, die Wände grau, weil keiner sie mehr streicht. Der Putz hat Risse und bröckelt. Tot sieht es hier aus. Aber das sagt nichts. Alles sieht seit Jahren tot aus. Die Menschen hinterlassen einfach keine Spuren mehr. Dafür fehlt ihnen die Kraft, glaube ich. Außer ihre Leichen, die halt meistens liegen bleiben, wo die Menschen sterben. Ich weiß noch, früher gab es diese Gärten mit vielen Pflanzen. Aber die gibt es ja schon lange nicht mehr. Ich erinnere mich an die Straßen, als ich klein war. Davon ist hier nichts mehr. Und wahrscheinlich auch keine Menschen mehr. Und falls doch jemand da ist, dann schaffe ich es nicht, ohne gesehen zu werden. Glaub ich jedenfalls nicht.

Wenn keiner mehr da ist, dann ist in einem der Häuser vielleicht noch Wasser? Oder was zu essen? Was ich mithabe, wird nicht reichen bis Triest. Okay. Ich gehe. Ich gehe jetzt los.

Auch wenn es lächerlich ist, ich drücke mich an der Mauer entlang. Eigentlich hab ich ja Übung darin, mich unsichtbar zu machen. Aber nur zwischen anderen Menschen. Auf den Boden schauen, gleichmäßig bewegen, nicht zu langsam, nicht zu schnell, am besten am Ende einer Gruppe mitlaufen, so als gehörte man dazu. Aber weit genug weg, damit sich die Gruppe nicht gestört fühlt. Hat in der Schule immer ganz gut funktioniert. Aber wie wird man nicht gesehen, wenn man der einzige Mensch weit und breit ist? Ich habe keine Ahnung. Das Schlaueste, was mir einfällt, ist, immer nach Deckung

Ausschau zu halten. Damit ich da schnell hinrennen kann, wenn was ist. Ich krieg einfach den Gedanken nicht aus dem Kopf, dass hier irgendwo ein Sniper sitzt und auf mich zielt. Ich glaub, das hab ich mal in einem Film gesehen. Aber das gab es ja auch in echt. In Kriegen. Da haben Scharfschützen auf Hausdächern gesessen und alles erschossen, was sich unten bewegt hat.

Es ist natürlich totaler Quatsch, denn erstens haben vermutlich alle Leute, die jetzt noch leben, was Besseres zu tun, als mich aus dem Hinterhalt zu erschießen. Glaub ich. Und zweitens, wenn mich jetzt wer erschießen will, dann macht es einfach PENG, und dann nützt mir auch keine Deckung mehr was, dann bin ich nämlich schon tot. Aber ich kann nicht anders. Ich drücke mich an den Mauern und Zäunen entlang, ziehe den Kopf ein, damit er nicht herausragt. Ich spüre mein Herzschlag bis in den Kehlkopf.

Das mit der Deckung ist ganz schön schwierig. Ab und zu ein Mülltonnenhäuschen oder eine Einfahrt, aber sonst ist so eine Wohnstraße ziemlich schlecht für Deckung. Ich fang an, schnell zu atmen, meine Kopfhaut kribbelt. Die Gurte vom Rucksack scheuern und mit gebeugten Knien an den Hecken entlangzuschleichen ist echt anstrengend. Wasser. Ich muss welches finden. Also muss ich in eins der Häuser. Aber welches? Schräg gegenüber ist eins, es war wohl mal lachsfarben, mit Säulen und einem kleinen Dach über der Tür. Meine Mutter hätte gekotzt. Die Fenster sind mit Matratzen verbarrikadiert. Jemand hat einen Totenkopf und »Haut ab« draufgesprüht. Heißt natürlich nichts, können trotzdem schon lange tot sein. Die Matratzen riechen schwer und feucht und sind schwarz von Stockflecken. Das heißt aber natürlich auch nichts. Sie können auch immer noch da drinnen sitzen. Man wechselt seine Barrikaden ja nicht aus, weil sie ein bisschen schimmelig sind.

Vielleicht lieber das kleinere Haus rechts. Es ist älter. Der Garten war bestimmt mal schön irgendwann. Sieht irgendwie nett aus. Es ist das einzige Haus ohne Zaun.

Ich überlege, ob ich es schaffe, die Tür einzutreten, da sehe ich, dass sie einen Spalt offen steht. Mit einem leisen Quietschen geht sie auf, als ich mit der Hand dagegendrücke. Im Flur raschelt trockenes Laub, dazwischen leuchten Plastikschnipsel. Ich glaube, hier wohnt keiner. Ich geh trotzdem vorsichtig. Es riecht hier wie die Bibliothek in meiner Schule. Bohnerwachs und Papier. Im Flur stapeln sich Zeitungen, die Seiten vergilbt und bröselig. Ich rufe doch: »Hallo?« Falls jemand hier ist, ist es doch vielleicht schlau, zu zeigen, dass ich freundlich bin. »Ist da jemand?« Ich will noch hinterherschicken: Ich will nichts tun. Aber dabei komm ich mir dann doch zu komisch vor. Ich beschließe, dass hier niemand ist. Ich brauch jetzt was zu trinken.

In der Küche finde ich tatsächlich in einem Schrank eine Dose Cola light, eine Dose Ravioli und eine Dose Katzenfutter. Die Cola trinke ich gleich. Sie ist warm und süß und großartig. Ein paar Kalorien wären natürlich ganz gut gewesen, aber immerhin schmeckt es nach früher. Die beiden anderen Dosen stecke ich in den Rucksack. Ja, das Katzenfutter auch. Wer weiß, was noch kommt. Katzen haben das Zeug ja auch überlebt.

Das Haus hat nur zwei Zimmer. Im Wohnzimmer finde ich noch eine Glasdose mit etwas, das aussieht und riecht wie Ingwerbonbons. Sie sind in der Wärme zu einem faustgroßen Klumpen geschmolzen. Die Dose steht auf einem flachen Tisch. Beige Polstermöbel sind drumherum drapiert. Es ist alles sehr ordentlich. In einem Schrank stehen ein paar Bücher. *Die Bibel, Wem die Stunde schlägt* von Hemingway, mehrere Bücher von einer, die Marlen Haushofer heißt. Ich mache die Glasdose auf. Ich hasse Ingwer. Aber ich breche mir ein Stück ab und stecke es in den Mund. Den Rest wickle ich in eine blau-weiße Plastiktüte und stecke sie auch in den Rucksack. Ich brauche mehr Vorräte. In zehn Tagen schaffe ich es wohl eher nicht nach Triest. Und ein paar Tage bringen mich diese Bonbons bestimmt durch. O Gott, Ingwer. Ausgerechnet Ingwer.

Ich öffne die Tür zum anderen Zimmer. Das Rollo ist unten, zuerst sehe ich gar nichts. Dann Umrisse. Schatten. Einen großen Schrank an der einen Wand. Ein Tisch mit Spiegel gegenüber. Auf dem Bett liegt ein Haufen. Irgendwie weiß ich schon, was das ist. Ist ja klar. Aber ich kann es nicht lassen und gehe hin. Weiße Haare und die Löcher eines Totenschädels. Ich kann nichts machen, die Cola schießt einfach so aus mir raus. Ich kann nur noch verhindern, dass ich auf den Kopf spucke. Mit einem leisen Plopp landet das Stückchen Ingwer-Bonbon auf dem Boden. Ich würge noch ein bisschen, aber dann ist der erste Schreck vorbei, und ich kann sie mir einfach ansehen.

Seltsam, wie wenig da noch ist von einem Menschen, wenn nur noch die Knochen übrig sind. Totenköpfe sehen immer aus, als würden sie die ganze Zeit lautlos schreien. Die Augenhöhlen so aufgerissen. Man kann sich schwer vorstellen, dass der Tod friedlich ist, wenn man sich Totenköpfe anschaut, finde ich.

Es ist eine alte Frau, glaube ich. An dem Schädel ist es schwer zu erkennen. Aber er hat ziemlich lange, grauweiße Haare. Und der Pullover war mal aus hellrosa Flauschwolle, die jetzt verfilzt und staubig ist. In ihren Armen liegen die Reste von einem rotbraunen Fell. Ihre Katze, denke ich, deren Futter jetzt in meinem Rucksack steckt. Auf dem Boden liegt ein Messer und auch da ist es braun. Ich hoffe, dass sie es selbst war. Dass sie sich ganz ruhig überlegt hat, dass es jetzt einfach besser für sie und ihre Katze ist zu gehen. Und da muss ich weinen. Ich muss weinen, weil ich so gern in einer Welt leben würde, in der alte Frauen in Ruhe ihre Cola light trinken und ihre Katze streicheln können, vielleicht vor dem Fernseher, während eine Quizsendung läuft, wo immer irgendetwas »Ping« macht oder »Töööt«, und nicht in einer Scheiß-Welt, in der sie sich umbringen, weil sie sonst verhungern oder sonst wie verrecken.

Ich überlege, die beiden zu begraben. Aber mir ist ziemlich schnell klar, dass meine Kraft dafür nicht reicht. Es ist jetzt schon Nachmittag, ich muss noch bis zum See, die Cola hab ich ausgekotzt und Wasser habe ich immer noch keins. Ich ziehe das Rollo hoch, ich weiß auch nicht, warum genau. Irgendwie finde ich, die zwei sollten noch mal die Sonne sehen. Und als ich aus dem Fenster blicke, sehe ich, dass hinten im Garten ein paar Blumen wachsen, blaue. Kornblumen, glaube ich. Ich husche raus und pflücke ein paar davon. Ich lege sie zu den beiden aufs Bett, und dann spreche ich das, was ich vom Vaterunser noch weiß.

Sonst weiß ich nichts zu sagen, ich kenne ja nicht einmal ihren Namen, aber ich denke mir, es könnte ihr gefallen haben.

Und als ob sie mir dafür ein Geschenk zum Abschied machen wollte, sehe ich beim Hinausgehen einen Hut, der an der Garderobe hängt. Einen Strohhut mit einem roten Band mit weißen Punkten, das an der Seite zu einer Schleife geknotet ist. Ich setze den Hut auf und ziehe die Tür hinter mir zu. »Danke«, sage ich. »Danke dir. Und nun ruhe sanft, kleine Knochenfrau. Ruhe sanft, du Katze mit dem roten Fell.«

Die Sonne geht bald unter. Noch hängt sie schwer und träge über dem Horizont und überschwemmt den Himmel mit Farbe. Tiefes Orange, Grau und Rosa, die sich mit Violett mischen, und auf der anderen Seite steigt ein Blau aus dem Wald heraus, das so dunkel und weich und gleichzeitig klar ist, dass ich mich am liebsten darin einwickeln würde, um nie mehr aufzuwachen. Und unter diesem Blau liegt der See. Der überquellende Himmel spiegelt sich in seiner stillen Oberfläche, hier und da schwarze Kleckse darauf. Erst verstehe ich nicht und habe Angst, das Wasser ist vielleicht fast ausgetrocknet, und das sind Pflanzen. Aber die Flecken bewegen sich. Vögel! Der ganze See ist voller schwimmender Vögel. Und dann höre ich sie auch. Sie rufen und tröten und tschilpen und quäken. Ich habe es geschafft. Da ist der See. Da ist Wasser. Ich ziehe die große PET-Flasche, die ich am Straßenrand gefunden habe, aus den Rucksackschlaufen und gehe den Hügel hinab. Erst langsam, dann immer schneller, und schließlich renne ich schreiend bis zum Ufer, schmeiße den Rucksack von mir und strampele mich aus meinen Klamotten.

Alles in mir stockt für einen Moment, als mein Körper auf das Wasser prallt. Es ist eiskalt. Ich kreische, rudere mit den Armen, hüpfe und springe, und irgendwann wird daraus ein Schwimmen. Zum Glück hab ich es noch gelernt, bevor die Schwimmbäder zu blieben. Nach ein paar Zügen klappt es erstaunlich gut. Ich gleite durch das Wasser wie die Vögel. Na gut, nicht so elegant und nicht so schnell. Aber immerhin.

Das Wasser riecht moosig, nach Erde. Jetzt, da ich mich daran gewöhnt habe, ist es gar nicht mehr so kalt. Ich bleibe eine ganze Weile, auch wenn der Staub und Schmutz sicher schon lange abgewaschen sind. Ich lehne mich zurück, bis ich auf dem Wasser schwebe, ganz leicht rudere ich mit den Armen, sonst bin ich still, ein Teil des Sees. Ich sehe hoch in den Himmel, all die Farben, und ich stelle mir vor, wie ich darin schwimme, in diesem Licht. Schade, dass ich nicht malen kann, um das aufs Papier zu bringen, was ich mit Worten gar nicht sagen kann, so schön ist es. Ich habe noch nicht einmal eine Kamera, mit der ich das alles fotografieren könnte. Aber ich hätte ja eh keinen, dem ich das zeigen kann. Okay, Ali. Aber den muss ich erst mal finden. Kurz zieht sich alles in mir zusammen, der Gedanke blubbert hoch, dass diese ganze Reise unendlich bescheuert ist. Es ist genau das, wovor mein Vater mich gewarnt hat: ohne einen guten Plan losziehen. Denn, ganz ehrlich, nach Triest latschen mitten durch eine untergegangene Welt, von der ich keinen blassen Schimmer habe, das geht nicht wirklich als guter Plan durch. Vielleicht noch nicht mal als Plan überhaupt. Ich vergesse für einen Moment, dass ich hier bin, in diesem See. Doch dann quetschen sich einfach zu viele Farben durch meine Lider, ich schaue in den Himmel und will an nichts anderes denken. Ich will nur die Farben sehen und auf dem Wasser schweben. Ich versuche, so viel von dem Leuchten über mir in irgendeine Synapse zu stopfen, damit ich es mein

Leben lang nicht vergesse, wie lange es auch dauern mag. Pläne, ihr könnt mich mal. Ich glaube, so etwas Schönes habe ich noch nie gesehen.

Als die Sonne hinter den Horizont gerutscht ist und das Blau das ganze Pink-Orange-Chaos immer mehr verdrängt, komme ich raus. Ich muss ja noch ein Lager machen.

Blitze zucken durch die Nacht, es ist pechschwarz, der Wind heult. Ich zittere vor Kälte. Mir ist ganz wirr im Kopf, erst langsam verstehe ich, wo ich bin: in einem Gebüsch beim See. Alles gut. Nein, nicht alles gut. Es dreht sich in mir, oder um mich? Ich versuche aufzustehen, aber es geht nicht.

Etwas packt mich! Ich komme nicht los. Eine Stimme.

»Dich nehm ich mit.«

Nein! Nein! Verpiss dich!, will ich schreien, aber es wird nur ein Wimmern, nur meine Arme und Beine schlagen noch.

»Still jetzt!«, sagt die Stimme fest.

Etwas Bitteres presst sich in meinen Mund. Ich würge, aber die Hand presst meinen Mund zu. Die Bitterkeit breitet sich aus, mein Mund wird taub. Nicht schlucken! Bloß nicht schlucken!

Ich habe Durst, schrecklichen Durst. Erinnerungen zucken in meinem Kopf. Der bittere Geschmack, die Stimme, das Dunkel, die Blitze. Bin ich gefangen? Ich bewege Arme und Beine. Keine Fesseln. Ich öffne die Augen. Gemütliches Halbdunkel. Ich liege in einer Art Hütte aus Ästen, Laub, Planen, in etwas sehr sehr Weichem.

Raschelnd schlägt die Plane zurück. Das Sonnenlicht bricht herein. »Du bist wach.«

Das ist wieder diese Stimme.

»Warte.«

Na ja. Was anderes bleibt mir wohl nicht übrig. Meine Beine kann ich bewegen. Aber sie sind so schwach. Meine Arme auch. Als hätte jemand alle Muskeln herausgesaugt und die leere Haut zurückgelassen.

Die Gestalt kommt zurück. In der Hand eine dampfende Schüssel. Es ist eine Frau. Sie hockt sich hin und reicht sie mir. »Ich hab dir Tee gemacht.«

Ich zucke zurück.

Sie lacht. Es klingt hell. Wie ein Mädchen. »Keine Sorge. Der hier schmeckt gut.«

»Du hast mich vergiftet!« Ich hätte gern geschrien, irgendwie bedrohlich gewirkt. Mehr als Flüstern schaffe ich aber nicht.

Sie tätschelt mein Haar. »Ich will nur helfen. Der See macht krank.« Sie nimmt einen Löffel, rührt im Tee und pustet hinein. »Als ich dich gefunden habe, hatte es schon angefangen.« Langsam hebt sie den Löffel und führt ihn zu meinem Mund. Vorsichtig lässt sie den Tee in meinen Mund rinnen. Er schmeckt warm und süß und nach Kräutern, die ich nicht kenne. »Ich musste dir die Medizin möglichst schnell verabreichen. Und der Sturm kam.« Die Stimme fließt langsam dahin, kaum Höhen und Tiefen, keine Aufregung. Ja, vielleicht war es auch alles so. Vielleicht wollte sie mich retten. Mein Kopf ist müde. Ich liege so weich. Ich schließe die Augen, lasse sie Tee in meinen Mund gießen, schlucke Löffel für Löffel, ihr Stimme wird ein Bach, der leise über Steine plätschert, klar und geheimnisvoll, und ich stehe an seinem Ufer und sehe zu, bis mein Blick wandert, in den Wald dahinter, wo das Schwarz wartet.

Ich mache die Augen auf, es ist dunkel. Von draußen leuchtet es. Ein Lagerfeuer. Ich kann die Hitze im Orange sehen. Das Glimmen zieht durch die Holzreste wie ein wandernder Geist.

»Du bist wach«, sagt die Frau wieder.

Ich sehe sie an. Ihre Haare sind wellig. Ein geschwungener Helm auf ihrem dünnen Körper. »Wie geht es Dir?«

»Besser.« Mir wird klar, wie schlecht es mir gegangen sein muss. Einzelne Bilder habe ich im Kopf, keinen Film. Von den letzten Stunden oder Tagen? Ich fühle mich schlapp, meine Nase brennt, aber mein Kopf ist klar. Mein Körper macht, was ich will, wenn auch zögerlich. Ich lehne mich auf meinen Ellenbogen. »Ja, ich glaube, ganz gut«, sage ich schließlich.

Sie lächelt. »Dann hat es funktioniert.«

Was sie damit meint, ist mir nicht ganz klar. Plötzlich ein lautes Rumoren. Es fühlt es sich an, als ob ein wildes Tier aus meinem Bauch ausbrechen will. »Ich muss mal«, sage ich hastig.

Sie führt mich hinaus, meine Beine knicken ein, ich brauche meine ganze Kraft. Mein Bauch treibt mich vorwärts.

Nach ein paar Schritten bleibt sie stehen. »Wir sind da. Halt dich an mir fest.« Ein Loch im Boden. »Keine Angst, das wird jetzt sehr wehtun«, sagt sie noch. Dann schießt Feuer aus meinem Körper. Jedenfalls fühlt es sich so an. Ich schreie.

Wieder Tee. Süßer Tee. Und etwas zu Essen, das wie Schleim aussieht und nach nichts schmeckt. Aber ich habe Hunger. Sogar die zähen Fasern darin stören mich nicht. Wie Haare. Nach ein paar Schlucken Tee beruhigt sich auch das Zittern.

»Jetzt hast du es geschafft« sagt sie und nickt.

»Was habe ich geschafft?«

»Der Parasit ist eliminiert. Du wirst dich erholen.«

Okay, das klingt erst mal gut. Parasiten in mir, mein Mund wird trocken. Ich erinnere mich an ihre Worte.

»Was ist das denn genau, da im See?«

»Einzeller. Amöben. Sie dringen durch deine Nase in deinen Körper.« Sie macht eine Pause und rührt in einem verrußten Topf. »Sie lassen sich nur in den ersten Stunden aufhalten. Danach wandern sie ins Gehirn und du stirbst. Ein ziemlich schrecklicher Tod, um genau zu sein. Krämpfe, Schmerzen, Fieber, schließlich Tod durch Ersticken.« Sie sagt das ganz ruhig und schöpft mir noch etwas Flüssigkeit aus dem Topf in meinen Becher.

Mir ist ziemlich komisch. Was, wenn nicht alle Viecher aus mir raus sind? Ich schaue auf den Becher. Er hat einen abgeschlagenen Henkel und einen Goldrand. In Schreibschrift steht darauf »Weltbester Papa«. Wem der wohl gehört hat? Und wer den verschenkt hat?

»Jetzt trink noch etwas von dem Tee. Er wird dir guttun.«

Milchig grün schimmert die Flüssigkeit in dem weißen Porzellan. Riecht erdig, irgendwie streng. Ich trinke, wieder ist der Tee süß. Aber das verdeckt nicht ganz das Scharfe, Bittre. Kurz wird mir übel und dann warm. Eine kleine Sonne mitten in mir, die mich durchpulst, bis in die letzten Spitzen meines Körpers. Ich sehe zu, wie die

Schatten der Bäume und Büsche im Licht des Feuers zucken. Je länger ich schaue, desto deutlicher sehe ich einen Rhythmus. Ich versuche das Lied zu erraten, nach dem sie tanzen, aber ich komme nicht drauf. Trotzdem hab ich irgendwann die Melodie im Kopf und wippe im Takt mit.

Ein paar Schritte vom Feuer steht ein weißer Lastwagen. Er ist wohl schon länger da. Der Lack ist von einem grünen Schimmer überzogen. »Warum wohnst du nicht da?«, frage ich. Sie lächelt wieder dieses Lächeln. Die Kiffer aus der Oberstufe an meiner Schule, die haben auch immer so gelächelt. Als wäre ein Teil von ihnen woanders. Es sieht so freundlich aus, ich lächle einfach mit.

»Da wohnt die Medizin.«

Ich stelle mir eine freundliche Frau mit Pferdeschwanz und ganz in Weiß vor, mit einem Stethoskop um den Hals. Aber dann dämmert mir, dass das irgendwie anders gemeint war.

»Die Medizin?«, frage ich, obwohl es mir eigentlich zu viel ist. Ich bin schon wieder so müde. Ob das noch diese Amöben sind?

Sie seufzt und löffelt sich selbst Schleim in eine Schale. Flach und aus Glas. Jetzt erkenne ich es. Petrischalen sind das.

»Als es losging mit den Krankheiten, als die staatlichen Systeme nicht mehr funktioniert haben, da haben mein Mann und ich dort ein Labor eingerichtet.« Jetzt stellt sie die Breischale weg, als wüsste sie nicht mehr, was sie damit anfangen sollte. »Wir waren beide in der Forschung und hatten ein pharmazeutisches Unternehmen gegründet. Wir waren Spezialisten für pflanzliche Zytostatika. Überwiegend Krebsmedikamente. Ich bin Biochemikerin, mein Mann war Pharmakologe.«

War. Da ist dieses Wort. Hier ist ja auch keiner außer ihr. Und vorher hatte sie natürlich wie alle anderen auch ein ganzes Leben, mit Familie, Freunden, was auch immer. Das ist natürlich total traurig. Eigentlich. aber ich fühle das gar nicht. Ich fühle mich, als ob ich das alles von ganz weit oben sehe. Ich sehe sie. Ich sehe ihr Leben vorher, uns alle vorher. Und irgendwann die Welt ohne uns. Und gerade scheint mir das total okay. Dieses ganze Gewese, die Anstrengung, das ist dann endlich alles vorbei. Dann ist Ruhe.

»Harvard, Singapur, das Karolinska-Institut in Stockholm.« Ihre Hände rühren im ruhigen Takt ihrer Stimme den Tee. »Wir haben an den besten Orten gelernt. Wir haben Auszeichnungen gewonnen, wir haben eine eigene Firma aufgebaut, um die Toxine von Pflanzen zu erforschen und neue Wirkstoffe zu entwickeln.« Sie seufzt und schöpft sich Tee nach. »Ja, wir dachten, wir könnten die Welt retten.« Sie lacht kurz auf. »Wir waren ganz sicher, dass wir eine Chance haben. Es hat nicht funktioniert, wie du siehst. Wenn man es laut ausspricht, so aus der Distanz, klingt es auch unendlich vermessen und dumm.« Sie stochert mit einem Stock in der Glut. Funken taumeln nach oben und verlöschen. »In der Stadt wurde es zu schlimm. Die Menschen waren krank, sie verhungerten auf der Straße, wer nicht starb, der wurde verrückt von dem ganzen Elend um ihn herum. Wir dachten, hier im Wald sind wir sicher. Wir haben den Transporter besorgt, ein Labor eingebaut und sind mit unseren Kindern hergekommen.«

Ich muss an Ali denken. Als die Frau hier ihren Transporter nahm, ist Ali in der Stadt geblieben. Zwischen all den Toten, Irren und Hungernden. Durch meine ganze Schläfrigkeit spüre ich, wie ich ihn vermisse.

»Kinder?« Ich kann mir diese Frau gar nicht als Mutter vorstellen. Sie ist irgendwie nur halb da. Aber vielleicht passiert ja genau das, wenn die eigenen Kinder sterben. Man ist nur noch halb da.

Sie schüttelt den Kopf, als wehrte sie eine Fliege ab. »Victor und Amelie. Sie sind gestorben. Wie ihr Vater.« Ihre Hände huschen durch ihr Haar, bevor sie weiterspricht. »Der See. Sie waren schwimmen. Wie du. Zwei Jahre und drei Monate ist das jetzt her.« Dann zeigt sie in das Dunkel. »Ich habe sie begraben. Dahinten.«

Ich sollte jetzt eigentlich was sagen, das weiß ich. Irgendwas Nettes, Hilfreiches. Oder wenigstens was Schlaues. Mir fällt nichts ein, in meinem Kopf bewegt sich nichts, alles ist wie in klares Gel gegossen. Ich sehe die Wörter in meinem Kopf. Aber ich komme nicht dran. Ich hebe den weißen Becher mit der Papa-Schrift an meine Lippen und lasse die Flüssigkeit in meinen Mund rinnen. Sie erzählt. »Ich habe einfach zu spät verstanden, was mit ihnen passiert. Die Antibiotika haben keine Wirkung gezeigt. Amöben.« Sie schüttelt den Kopf, als könne sie es immer noch nicht glauben. »Darauf wäre ich nie gekommen. Das habe ich erst gesehen, als sie tot waren. Ihre Gehirne waren voller Fraßgänge. Fünf Tage hat das gedauert.«

Es dauert einen Moment, bis sich ihre Worte in meinem Kopf zu Bildern zusammensetzen. »Die Gehirne? Sie meinen, Sie haben … Sie haben in ihre Köpfe geguckt?«

Sie sieht mich an, als hätte ich gefragt, ob sie atmet. »Ja, natürlich. Ich habe mir alles angeschaut. Ich musste doch wissen, was passiert ist.«

Ich stelle den Tee auf den Boden. Ich will das nicht, aber durch meinen Kopf zucken Bilder, immer mehr davon. Einen Kopf aufbekommen. Ich fasse an meinen.

Das muss sehr schwer sein. Und blutig. Das war ihre Familie.

»Ich habe eine Knochensäge«, sagt sie ganz beiläufig.

Woher weiß sie meine Frage? Hat sie mich denken gehört? Oder habe ich das gesagt?

»Eine manuelle.«

Ich schlucke.

Sie sieht mir in die Augen. Das Lächeln ist verschwunden. »Und du solltest mir dankbar sein. Ohne Untersuchungen hätte ich keine passenden Wirkstoffe finden können!« Ihr Blick gleitet wieder davon. »Und du hast überlebt.« Sie nimmt mir den Becher aus der Hand und füllt mir neuen Tee hinein. Der Topf über dem Feuer raucht.

Ganz hinten in meinen Gedanken herrscht Unruhe, aber ich kriege es nicht so richtig zu fassen. Irgendwas ist komisch an dem, was sie erzählt. Und irgendwas ist komisch an mir. Aber was? Und was hat das noch mal mit mir zu tun? Das Denken strengt mich entsetzlich an. Es ist, wie durch Morast zu waten und etwas zu suchen, das darin versunken ist, nur weiß ich noch nicht mal, was das ist.

Ihre Augen treffen meine. Sie mustert mich, als sähe sie mich zum ersten Mal. »Was ist eigentlich deine Geschichte?«

Meine Geschichte? Ich bin so müde. »Ich hab mit meinen Eltern in einem Haus gewohnt. Einem sicheren. Mit Selbstversorgung und so.« Ich hoffe, sie will es nicht genauer wissen. Es ist so anstrengend zu erklären und scheint mir so unendlich weit weg. »Irgendwann sind sie weg. Meine Mutter wollte raus. Mein Vater ist ihr hinterher.« Weiter komme ich nicht. Ich kann auf einmal nicht mehr schlucken, in meinem Brustkorb zieht es und in meinem Gesicht. Ich schüttele mich, aber es hört nicht auf. Ihre Hand legt sich auf meinen Kopf. Da platzt ein Schluchzen über meine Lippen. Ich wusste gar nicht, dass ich so traurig bin.

Meine Hände streichen über zarte Blütenblätter, raue Stiele mit Stacheln, über pralle, runde Früchte. Helles Rosa, tiefes Rot, schwarzes Violett, klares Weiß, ein Blau wie der Himmel an einem Sommerabend. Und Grün in Hunderten Arten. Es riecht würzig, süß, säuerlich, frisch. Ich bekomme gar nicht genug davon, die Luft durch die Nase zu ziehen, kann nicht aufhören, meine Hände über all dieses Leben fahren zu lassen.

Ich laufe durch die Reihen der Pflanzen und lasse meine Hände über sie fliegen. An jeder Blüte nehme ich etwas Farbe mit, und schließlich schwebt hinter mir der schönste Regenbogen durch die Luft.

Moira steckt mir eine Beere in den Mund. Sie ist bitter, aber das verschwindet schnell. Über meine Haut krabbeln unzählige goldene Käfer, mein Herzschlag pocht in meinen Augen, die ganze Welt um mich herum pulsiert mit ihm: GoGong GoGong GoGong … Ich lasse mich zwischen die Blumen sinken und sehe hinauf. Schmetterlinge. Durch die Luft flattern unzählige Schmetterlinge, Bläulinge, Kohlweißlinge, Zitronenfalter, kleine Landkartenfalter, Moira kennt jeden Namen. »Das sind meine Kinder«, höre ich Moiras Stimme in meinem Kopf. »Ich habe sie aus Eiern gezogen, und nun bleiben sie hier, bei mir.«

Über mir wölbt sich ein milchiges Dach, eine schwebende Blase, die all das möglich macht. Glastoshell nennt Moira sie. Ein Freund von ihr hat sie erfunden. Er wollte auch die Welt retten. Auch schon tot, der Freund. Und über mir schwebt sein Werk. Es ist so leicht, Moira hat es angekettet, damit es nicht davonschwebt. Und es ist quasi unzerstörbar. Auch nicht durch die Stürme, diese elenden, ewigen Stürme.

Aber wenn einer kommt, gehen wir trotzdem lieber ins Loch, sagt Moira. Hier liegen wir dann, Füchsinnen in ihrem Bau, die warten, dass die Jagd vorbeizieht. Während wir dort liegen, aneinandergeschmiegt, weil der Platz kaum reicht für zwei, erzählt Moira von den Pflanzen. Die Pflanzen sind der Beginn von allem, sagt Moira. Die wahre Macht auf der Erde. Alles ist in den Pflanzen, Steine, Licht, Gase und in allen sind Pflanzen, in Tieren, in anderen Pflanzen, in Menschen. Solange es sie noch gibt. Und wenn es sie nicht mehr gibt, dann ist es irrelevant, denn die Pflanzen nähren das Leben selbst, sagt Moira.

Ich schließe die Augen und höre dem immer gleichen Takt ihrer Stimme zu. Sie kriecht um die straff gespannten Gedanken aus Moiras Kopf, konzentriert, ohne Aufregung. Ich denke an meinen Vater. Wenn es ihm gut ging, hat er genauso erzählt.

»Die Pflanzen haben verstanden, wie es geht«, sagt Moira. »Sie nehmen sich als Einzelwesen nicht wahr, sie sind eine Einheit. Es ist nicht das Ich-Sein, das zählt, es ist das Sein an sich. Die Pionierpflanzen besiedeln Ödland, machen es urbar, ob Vulkanasche oder Abrisshäuser, sie zerbrechen Beton, düngen den Boden mit ihren eigenen Hüllen. Nach und nach folgen ihnen die Pflanzen mit größeren Anforderungen. So lange, bis für die Pioniere kein Platz mehr ist. Sie sind weitergezogen. Zum nächsten Habitat, das sie urbar machen. Bis sie eines Tages gar nicht mehr gebraucht werden. Dann vergehen sie und machen anderen Platz. Und deshalb wird es die Pflanzen ewig geben und den Menschen nicht mehr. Weil er sich zu wichtig nimmt. Jeder glaubt, es ginge um ihn. Dabei geht es um niemanden. Nur um das Leben selbst. Der Tod des Einzelnen ist unwichtig.«

Ich denke, dass mich ihre Worte traurig machen sollten. Tun sie aber nicht. Ich finde den Gedanken sehr beruhigend. Egal, es ist am Ende alles egal, was ich tue. Ich strecke mich und kuschele mich tiefer in die Erde. Draußen wütet der Sturm. Wir hören das Splittern von Holz. Aber das macht nichts. Hier bin ich sicher. Im Loch ist es dunkel und warm. Es ist unter einer Baumwurzel, die manchmal nach mir greift, aber ich schiebe sie einfach weg, und dann schlafen wir alle ein.

Über mir die Sonne, ein blauer Himmel, meine Füße streichen durch hohes Gras, das dicke rote Beeren trägt, rund und süß, und hinten am Horizont ein großes Wasser. Da will ich schwimmen. Ich ziehe mein Kleid aus, weiß und voller Blüten, aber ich verheddere mich, bis ich ganz verknotet bin. Egal, ich lasse das Kleid an. Ich will weiter. Aber es geht einfach nicht. Das Kleid muss sich irgendwo verhakt haben, ich sehe, es hat eine sehr lange Schleppe. Ich drehe mich, immer wieder, aber ich finde die Stelle einfach nicht, an der es festsitzt. Ich fange an, am Stoff zu reißen. Er muss sich doch irgendwie lösen lassen! Zornig werde ich, immer wütender! Ich reiße und reiße, aber das Kleid bewegt sich keinen Millimeter. Ich hebe den Stoff an, und da ist das ganz tief unter mir jemand, jemand, der an dem Kleid hängt, ich kann sein Gesicht nicht erkennen, also rufe ich: Moira? Moira? Bist du das? Lass mein Kleid los! Ich will schwimmen gehen! Der Kopf schüttelt sich und schüttelt sich und steigt dabei immer höher, bis ich das Gesicht erkennen kann. Ali! Das ist Ali! Vor Schreck lasse ich das Kleid los und schieße in die Luft wie ein Ballon, der sich losgerissen hat. Mein Kopf knallt an die Wurzeln im Loch.

Ich krabbele hinaus, es ist dunkel und windstill. Der Sturm ist vorüber. Ich spüre die Kälte der Nacht. Schnell husche ich zum Feuer, an dem Moira steht.

»Ich habe Tee gemacht«, sagt sie und reicht mir meinen Becher mit dem Goldrand. Auch eine Schüssel mit Brei steht an meinem Platz.

Ich habe einen pelzigen Geschmack im Mund, mein Kopf dröhnt, mir ist zum Heulen. Es erscheint mir auf einmal alles so sinnlos. Ich zittere, als die Kälte mehr und mehr durch meine Kleider zieht. Ich schaue Moira an. Ich sehe die tiefen Falten links und rechts von ihrer Nase. Wie der Schnabel eines Raubvogels springt sie aus ihrem Gesicht.

Moira. Ich versuche, mich zu erinnern. Aber ich weiß gar nicht, wann sie mir ihren Namen gesagt hat. Und wie lange bin ich hier? Ich blicke mich um. Um uns wachsen junge Weiden, ein paar größere Baumstümpfe und dahinter nur Schatten. Zwischen den Büschen blitzt das Weiß des Wagens hervor. Der Garten, gibt es den wirklich? Warum muss ich dann dieses widerliche Zeug essen? »Moira, warum essen wir eigentlich immer diesen Brei? Was ist das überhaupt? Dieser Garten, der ist doch voller Pflanzen.«

Sie lächelt und schüttelt den Kopf. »Im Garten wachsen die Pflanzen für meine Forschung. Und für die Nahrung brauchen wir ihn auch nicht.« Sie lächelt, ihre Augen flackern auf. »Die ganze Welt ist voll davon.« Sie geht ein paar Schritte ins Dunkel, ich höre sie kurz ächzen, dann kommt sie zurück. In der Hand hält sie eine große Pflanze mit riesigen Blättern, die mich an Rhabarber erinnern. Sie hält sie hoch zeigt auf eine armlange, dicke Wurzel. »Das essen wir.« Sie reißt das Grün ab und reicht sie mir.

Die Wurzel liegt schwer in meiner Hand. Weiß schimmert unter dem Dreck hervor. Ich sehe Moira an.

»Kletten«, sagt sie. »Die zerstörten Wälder und Städte sind voll davon.« Sie legt mir die Hand auf den Kopf. »Mach dir keine Gedanken. Essen haben wir genug.« Sie schiebt mir sacht den Tee an meine Lippen.« Trink deinen Tee. Dann geht es dir wieder besser.«

Und ich trinke und trinke, und dann kommt die Wärme wieder. Mir wird wieder leicht. Ich schaue dem freundlichen Feuer beim Tanzen zu, bis sich alles mitbewegt, bis ich es wieder sehen kann. Den Zauber.

Moira erzählt mir von den Pflanzen, die so mächtig sind. Mit denen alles begann. Wie aus einfachen Algenzellen Moos wurde und aus Gras schließlich die Bäume. Ich folge ihrer Stimme immer tiefer in die Wörter, spüre jeder Silbe nach, jedem Wort über die Macht der Wirkstoffe, die in jeder Faser schlummern, bis ich vor Erschöpfung einschlafe.

Kletten. Jetzt sehe ich sie überall. Seltsam, davor sind sie mir nie aufgefallen. Aber jetzt, überall. Moira schickt mich zum Sammeln. Sie arbeitet, sagt sie. Das heißt, sie sitzt über einem Buch und schreibt.

Ich ziehe die Schuhe aus und spüre den Boden unter mir. Moos ist da und Steine. Und Disteln, die mir in die Füße piksen. Und Ameisen, die dasselbe machen. Mein Kopf schwebt als Ballon über mir, pendelt sacht von links nach rechts, während meine Füße unten gehen.

Ich sammele Klettenwurzeln. Ich habe eine große Tüte, eine lachende Familie ist daraufgedruckt. Ihre Gesichter abgeschabt, die Augen sind nicht mehr zu erkennen, aber ihre Zähne und Lippen und die Haare sind noch da. Ihre Köpfe stecken nah zusammen, ein dreiköpfiges Wesen, augenlos und stumm. In sie soll ich die Klettenwurzeln sammeln. Die ganze Tasche voll, bis zum Rand. Und ich habe eine kleine Tüte dabei. Die ist für die schwarzen Beeren und die roten Pilze, die so köstlich aussehen und die ich nicht essen darf. »Du stirbst, wenn du sie isst«, hat Moira gesagt. »Warum sammle ich sie dann?«, habe ich gefragt. »Weil ich sie brauche«, hat Moira gesagt. Ich finde das seltsam und will darüber nachdenken, was daran seltsam ist. Aber ich komme nicht vorwärts mit dem Denken. Und dann ist da der Himmel, den ich mir immer wieder ansehen muss. All diese Wolken, die nie bleiben und sich immer verändern, ein ewiges Bilderrätsel aus Krokodilen, Drachen, Türmen, Schiffen, Kraken …

Blut fließt meinen Arm hinab. Ich lecke es ab, warm und salzig und eisern. Und dann ist da noch ein anderes Rot an mir, ein anderer Geschmack, süß und voll. Ich hänge in Dornen, ich habe eine Drachenwolke gejagt, und jetzt sind hier überall um mich fingerdicke Würmer voller Dornen. Diese Knubbel aus schwarz glänzenden Perlen. Brombeeren! Ich erkenne sie. Das sind Brombeeren.

Wunderbare, platzpralllilaschwarze, honigschwere Brombeeren.

Ich esse und esse, und die Brombeeren hören gar nicht auf, immer mehr finde ich, irgendwann fliegen sie sogar durch die Luft. Ich versuche sie zu fangen, bis ich merke, dass das gar keine Brombeeren sind, sondern Fliegen. Ich muss wahnsinnig lachen darüber, die Fliegen lachen mit und rufen: »Fang uns doch! Fang uns doch.« Ganz sicher bin ich mir nicht, ich weiß ja schon, dass Fliegen eigentlich nicht rufen können, aber ich lauf trotzdem hinterher.

Ich stehe auf einer Art Wiese. Die Fliegen sind wieder fort. Ein Zaun ist darum gebaut. Darin Blumen und aus Stöcken gebundene Kreuze. Moiras Familie, denke ich. Und aus meinem Lachen wird ein Weinen, mein ganzer Körper zittert. Arme Moira, denke ich. Arme Moira …

Ich will sehen, ob etwas auf den Kreuzen steht. Und dann merke ich, dass das nicht nur drei Kreuze sind. Es sind viele, ich zähle zwölf. Aber Moira hatte doch nicht so viele Kinder, denke ich. Das bringt mich ganz durcheinander. Für einen Moment wird es ganz still in meinem Kopf. Dann schießen meine Gedanken los, als müssten sie die letzten Tage in Lichtgeschwindigkeit aufholen. Ein Friedhof, zwölf Kreuze, zwölf Tote, Moira der einzige lebende Mensch in der Nähe.

Ich laufe und zerkratze mich noch mehr, reiße mich los, und immer mehr kommt die Klarheit zurück. Moira, was hast du getan? Was hast du mit mir getan?

Meine Sachen, denke ich. Ich habe nichts bei mir. Aber zurück? Zurück kann ich auf keinen Fall. Ich blicke zum Himmel. Wo steht die Sonne? Ziemlich hoch mitten am

Himmel. Es muss also mittags sein. Ich habe keine Ahnung, wo ich bin, ich schaue in alle Richtungen, aber es sieht einfach aus, wie es überall hier aussieht. Ich gehe vorsichtig in eine Richtung, ducke mich und versuche, keine Geräusche zu machen. Was natürlich unmöglich ist, wenn man über Stöcke und verdorrte Blätter geht. Ich versuche ganz langsam zu gehen. Ich hebe den Fuß so langsam, dass ich anfange zu schwanken und mich an einem Baum halten muss. Als ich ihn endlich aufsetze, knackt es trotzdem. Ich sehe mich von außen und muss auf einmal lospprusten. Es kommt mir auf einmal alles total komisch vor. Und eine zweite Stimme in meinem Kopf sagt immer: Dumme Mariana! Dumme Scheiß-Mariana! Zum Scheißen zu blöd, die Mariana! Und dann kommt da eine dritte Stimme in meinem Kopf, die nach mir klingt und schreit: Jetzt hört auf mit dem Quatsch! Wir sterben sonst! Ich sehe die Wörter auf mich zufliegen, schreiweiß leuchten sie durch die Nacht: WIR STERBEN SONST! Sie werden immer größer und platzen mit einem roten Knall auf mein Gesicht. Ich wische den Wortmus von meiner Stirn und meinen Wangen, die Hände sind ganz rot. Ob die Wörter geblutet haben?

Ich sehe Dinge. Pilze, die mir lächelnd zuwinken. Bäume, die ein paar Meter über dem Boden schweben. Und immer wieder die Toten, die zwischen den Sträuchern stehen, vergessen und allein. Das ist nicht echt, ZiZi, sage ich mir. Das ist alles gar nicht da. Ich sage das immer und immer wieder, flüstere es mir selbst ins Ohr. Ich stelle mir vor, ich sei im Kino im Haus und das alles nur ein Film. Es klappt, die Angst wird weniger. Dafür werden meine Schritte immer lauter, es raschelt und zischelt und donnert, wenn ich meine Füße auf den Boden setze, egal, was ich versuche. Und dann sage ich mir, ach, ist doch total wurscht, und erst will ich mich hinlegen, neben eine Gruppe blau leuchtender Pilze, die an einem Baumstumpf hängen. Doch da sitzen schon die Toten. Ihre Münder gehen auf und zu, doch ich höre nichts. »Ich kann euch nicht hören!«, schreie ich, sie machen weiter, ich schreie zurück, und dann laufe ich los, durch den toten Wald, stolpere und stürze, weil überall Stämme und Äste rumliegen, und fast lache ich wieder, weil ich mich von außen sehe. Aber ich habe zu viel Angst. Ich will weg. Nur weg. Ich will nach Hause.

Ich sitze am Feuer. Der Topf steht an derselben Stelle, Moira davor, sie rührt zwischen dem Dampf, der aus dem Topf steigt. Ich spüre Schweißtropfen auf meiner Stirn. Mir ist kalt. Ich zittere. Meine Zähne klappern. Hab ich geträumt? Ich versuche, mich zu erinnern. Wie bin ich hierhergekommen?

»Dein Tee.« Sagt Moira und reicht mir meinen Becher mit dem Goldrand. Die Flüssigkeit riecht sauer und brennt in meiner Nase. Ich starre in die Tasse, rotbraun schimmert es darin. »Trink«, sagt Moira und sieht mich lange an.

Ich sehe meine Hände, die den Becher halten. Meine Arme. Sie sind blutig gekratzt. Die Brombeeren. Neben mir stehen die Tüten, prall gefüllt mit Wurzeln die eine. Die andere etwas leerer, violett beschmiert vom Saft dieser Beeren. Die Pilze. Die Beeren. Nein. Ich habe nicht geträumt. »Trink den Tee«, sagt Moira wieder. Sie schaut mich noch immer an, ihre Stimme peitscht mir ins Gesicht. Ihre Augen sind betongrau, ich kann die Risse darin sehen. Sie packt meinen Becher und presst ihn mir an den Mund. »Trink den Tee, habe ich gesagt.« Das Porzellan schlägt gegen meine Zähne.

Ich öffne die Lippen und trinke. Es brennt in meinem Hals, die Bitterkeit würgt mich. Moira nickt und notiert etwas in ihrem Heft, das sie überall mit hinträgt.

Warum dieser Tee? Warum ist ihr das so wichtig? Mein Körper tut weh, ich zittere, mein Haar ist nass vom Schweiß. Mein Kopf ist ein schwarzer Raum, durch den Bilder huschen, ich krieg sie nicht zu fassen. Ich weiß, ich muss sie ordnen. Die Beeren, die Toten, der Tee, Moira, der Garten, der Tee, Moira. Da fehlt noch was. Da wohnt die Medizin! Die Medizin. Moira. Der Garten. Die Beeren. Der Tee. Die Toten.

Leise zu kotzen ist ganz schön schwer. Ich gebe mein Bestes. Mein Leben hängt davon ab. Ich knie mich dicht über die Erde, damit es nicht plätschert, und stecke mir den Finger in den Hals. Der Tee muss raus. Was auch immer darin ist. Es tötet. Ich raschele mit den Händen im Laub und hoffe, Moira hört mich nicht würgen. Meine Zähne klappern, der Schweiß läuft mir den Rücken runter. Sie darf das nicht merken, schießt es mir durch den Kopf.

Sie kauert über ihrem Buch und schreibt. Sie murmelt unverständlich. Ich krieche an ihr vorbei in die Hütte, sie schaut nicht einmal hoch. Ich rolle mich auf meiner Matte zusammen, unter die Decke aus Kaninchenfellen. Ich spüre Spinnen über meine Arme kriechen, in meinem Kopf singt der Kopfschmerz. Ich vermisse die warme, weiche Wolke, alles war gut, nichts tat weh. Jetzt schreit mein Körper, die Muskeln knirschen vor Schmerz, als hätte ein Monster seine Fingernägel in jede Faser gebohrt und würde sie wie Gitarrensaiten zupfen. Mein Kopf ist gleichzeitig leicht und schwer, darin dreht es sich, ich weiß einfach nicht, wo der Boden anfängt und wo er aufhört. Tee. Ich will diesen Tee. Ich muss nur rausgehen, Moira um noch einen Tee bitten. Ich kralle meine Finger in die Handflächen, während die Schweißperlen auf meine Oberlippe kriechen. Ich spüre, wie sich die Feuchtigkeit durch die Poren drückt. Nicht an den Tee denken. Wenn ich ihn trinke, ist es vorbei. Das weiß ich. Ziemlich sicher jedenfalls. Dann komme ich nie mehr hier weg. Ich kann mich kaum auf den Beinen halten, aber ich weiß, ich muss weg. Die Toten, ich sehe sie jedes Mal, wenn ich die Augen schließe. Und Moira hat damit zu tun. Und der Tee. O Gott, ich habe keine Ahnung, ob es dich gibt und ob du dich um mich scherst. Aber für alle Fälle wollte ich sagen: Ich will nicht sterben! Lass mich bitte nicht sterben!

Diesmal schaffe ich es nicht, leise zu kotzen. Es prasselt, als der Strahl an die weiße Wand des Lasters klatscht. Sobald alles raus ist, greife ich meinen Rucksack, der dort an der Tür hängt. Den Blick lasse ich am Boden. Ich will das nicht sehen. In dem Laster. Ein ganzes Regal voller Gläser mit gelber Flüssigkeit, Klumpen darin. Ich kenne das. Von früher. Aus dem Bio-Raum. Dort gab es auch solche. In ihnen waren Schweineembryos konserviert, alle Entwicklungsstadien. Ich will nicht wissen, was Moira in den gelben Gläsern hat. Ich will es einfach nicht wissen.

Ich würge, aber da kommt nichts mehr. Ich beuge mich vor, spucke, hole Luft. Meine Knie zittern, nein, eigentlich zittert alles. Mein ganzer Körper schüttelt sich, ich höre ein seltsames Geräusch, bis ich irgendwann merke, dass es meine Zähne sind, die aneinanderschlagen. Meine Beine. Meine Beine haben sich losgelöst und laufen einfach. Sie balancieren meinen verwirrten Kopf und den Körper, falls er noch da ist, durch den zerstörten Wald. Ich schaue hinunter und sehe die Knie auf und nieder schnellen. Gut so, Beine, weiter so, lauft, vielleicht kommen wir davon.

Ich wache auf, den Kopf in altem Laub, die Bäume dazu schon lange tot. Ich weiß nicht, wie ich hergekommen bin, wo ich bin. Immer noch im Wald oder was mal Wald war.

Ich blinzele in die Sonne, ein rosig-orangener Pfirsich tief am Himmel. Es ist heiß, mein Kopf brummt, die Luft flirrt und riecht nach Trockenheit, nach Staub. Nach Tod. Der Friedhof Wald. In meinem Kopf blitzt es. Die Gefäße mit der gelben Flüssigkeit. Ist das alles passiert? Kann das sein? Und dann sehe ich meine Unterarme. Breite schwarz-rote Gräben. Ich berühre die trockene Blutkruste. Die Brombeeren, die Fliegen, die Kreuze. Zu viele Kreuze. Kribbelnde Panik beißt sich in meinem Nacken fest. Ich ziehe schnell die Luft durch die Nase, beruhig dich, Mariana, beruhig dich. Es ist passiert. Es ist passiert und jetzt ist es vorbei.

Ich schließe die Augen und versuche, die Tage zusammenzusetzen. Schaffe ich es, die Nächte zu zählen, oder wie oft ich aufgewacht bin? Hinter mir raschelt das Gras im Wind. Ich finde nichts als ineinander verknotete Bilder, die Reihenfolge ist weg. Der Garten, die Regenbogen an meinen Fingern, die Stürme, der Brei, der Tee. Ich bekomme es nicht zusammen. Ich weiß noch die erste Nacht draußen, die tote Katzenfrau, und dann wird's bald wirr. Nur eines weiß ich, am Anfang war das Bad im See, dieser Sonnenuntergang, von dem jeder Wolkenschwung, jedes Grau, jedes Rot in meinem Kopf ist, als würde er da drinnen immer noch scheinen. Und am Ende, ja, da waren die Leichen.

Die Sonne sinkt immer weiter auf die zerrupfte Linie der Büsche zu. Ich muss klarkommen.

Ich weiß noch immer nicht, wo ich genau bin. Aber mein Kopf funktioniert wieder. Es muss hier irgendwo Wege geben. München ist nicht weit. Früher waren hier überall Menschen.

Ich durchwühle den Rucksack. Essen ist leider keins drin. Wasser natürlich auch nicht. Aber die Karte finde ich. Nur nützt die mir hier gar nichts. Weil hier nichts ist, an dem ich erkennen könnte, wo ich bin. Nun, so schwierig kann es nicht sein. Ich muss einfach so lange gehen, bis ich irgendetwas finde, das ich auf der Karte finden kann. Die Sonne ist noch tiefer gesunken, bald wird sie untergehen.

Ich nehme die Taschenlampe. In ihrem bläulichen Lichtkegel sieht alles grau aus. Der abgestorbene Baumstamm neben mir ist teergrau, die Blätter der Klette aschgrau, die Brombeerblätter daneben sind grau wie Steine. Der schwarze Himmel ist wolkenlos und sommersprossig von all den Sternen über mir. Das ist eine gute Seite vom Ende der Welt, hat meine Mutter mir gesagt. Sie hatte mich nachts geweckt, ein paar Tage, bevor sie abgehauen ist und uns allein gelassen hat. »Schau mal«, hat sie gesagt. »Schau dir all diese wunderschönen Sterne an!«

Ich habe aus dem Fenster gesehen und über den Wald in die Schwärze und dann noch höher. Und ja, da waren die Sterne.

»Siehst du? Jeder einzelne sieht anders aus. Jeder schön. Und es sind so viele! Millionen und Milliarden! Kannst du dir das vorstellen? Das ist das Gute am Weltuntergang«, hat sie gesagt und gelächelt. »Früher habe ich nie gesehen, wie schön die Sterne wirklich sind. Weil es nie richtig dunkel war. Überall Scheinwerfer und Laternen und beleuchtete Häuser.«

Und dann hat sie mich angeschaut, so als ob sie mich wirklich sehen würde. Zum ersten Mal in meinem Leben. Im Licht der Sterne sah ihr Gesicht tot aus, wie aus Wachs. Und mir fiel auf, dass sie nicht mehr jung war, ein Netz aus Falten auf ihrer Haut. Das hatte ich vorher nie bemerkt.

»Aber jetzt, Mariana, jetzt, wo unsere Welt untergeht, ist es dunkel genug. Und endlich können wir es sehen.«

Und dann hat sie ihre Hand auf meinen Rücken gelegt. Genau zwischen den Schulterblättern lag sie. Warm und leicht wie ein Schmetterling. Ich hätte sie beinahe umarmt in dem Moment, so schön war das. Und jetzt muss ich immer wieder daran denken, dass ich die letzte Gelegenheit dazu verpasst habe. Ein Windstoß fährt mir durchs Haar. Ich hoffe sehr, dass sie die Sterne auch mal hier draußen angeschaut hat. Es ist so anders, die Sterne zu sehen, wenn kein Glas vor ihnen ist. So als könnte man sie greifen und vom Himmel pflücken. Oder direkt hineinspringen in das Dunkel der Nacht und sie mit ein paar Schwimmzügen durcheinanderwirbeln.

Ich leuchte mit der Taschenlampe umher und versuche zu entscheiden, in welche Richtung ich am besten gehe. Ich muss weiter. Ich muss weg hier. So weit weg, wie ich komme. Vielleicht sucht mich Moira. Und dann ist da noch Ali. Für einen Moment schwappt die Traurigkeit über mich hinweg, dass ich nicht mehr atmen kann. Ich habe so viel Zeit verloren und werde noch mehr verlieren, bis ich weiß, wo ich bin. ALIIII! Will ich schreien, so laut, dass es bis nach Triest hallt. Ali! Bitte bitte warte auf mich! Ich will doch mit! Es ist nur so schwer hier draußen. So unendlich schwer.

Ich wische mir die Tränen vom Gesicht und drehe mich mit geschlossenen Augen im Kreis. »Enemenemuhrausbistdu«, murmele ich und dann mache ich die Augen auf und folge dem Licht meiner Taschenlampe in die Dunkelheit.

Ich stehe vor einem Meer aus Gras. Es reicht mir bis zur Hüfte und der Boden ist ganz anders. Bis gerade war jeder Schritt ein Kampf. Überall Stöcke, Baumstümpfe, haushohe Brombeergebüsche. Und jetzt fühlt es sich an, als würde ich einfach nur dahinschweben. Weil es noch dunkel ist, kann ich nicht viel sehen – aber mir scheint das Gras endlos. Ich gehe hindurch und lasse meine Hände über die Halme gleiten. Es raschelt mir leise zu. Ein kleiner Applaus in der Nacht: Du hast es geschafft, ZiZi! Im Licht eines abgehackten Monds schimmert das Gras knochenbleich. Es dauert eine Weile, bis bei mir der Groschen fällt. Aber dann sehe ich eine von diesen Fahnen, die sich aus dem Gras herausstreckt. Ich fasse den Stoff an. Er ist ganz dünn, und ich habe ein paar Fäden in der Hand. Sie steht hier wohl schon lange herum. Erst denk ich mir, hä, was steht hier denn die Fahne rum, und dann fällt es mir ein. Ein Golfplatz. Ich gehe über einen alten

Golfplatz. Und dann dauert es wieder einen Moment, bis ich verstehe: Ich hab meinen Punkt! Jetzt kann ich die Karte lesen! Der olle Golfplatz wird ja wohl drauf sein. Und das ist er auch. Ich weiß, wo ich bin. Weit bin ich gar nicht gekommen. Vielleicht zwei Stunden Fußweg schätze ich, von diesem See mit den Vögeln. Es kommt mir vor, als läge der und alles, was passiert ist, auf einem anderen Kontinent. Als wäre ich in einer schwarzen Seifenblase gefangen gewesen und gerade daraus hervorgebrochen.

Im Clubhaus finde ich viel Staub, ein Rudel Ratten und das, was sie übrig gelassen haben: eine ganze Palette Coladosen. Echte Cola. Mit Zucker. Früher waren hier auch Chips und Salzkräcker und so Zeug. Nur haben das die Ratten schon alles aufgefressen. Aber 24 Cola-Dosen sind ja auch nicht so schlecht. Ich kann sie aber nicht alle mitschleppen. Ich trinke also, so viel ich kann, und sehe mir dabei die Karte an. Ich muss jetzt ein ganzes Stück nach Süden kommen. Ich werde die Straße nehmen müssen. Wenn ich durch das Buschland gehe, komme ich zu langsam voran.

Nach etwas Suchen entdecke ich so eine Art Geschäft mit Klamotten. Ich nehme mir eine knallrote Windjacke und Sonnencreme, die da tatsächlich noch rumliegt. Die meisten Tuben haben die Ratten angenagt, aber zwei sind noch übrig. Und Fettstift für die Lippen. Die Sonne hat mich sogar durch meine Kleider verbrannt, und im Spiegel kann ich sehen, dass sich auf meiner Nase die Haut abschält und meine Lippen schartig und blutig sind. Na ja, über Hautkrebs muss ich mir wohl keine Sorgen machen, dafür müsste ich ja erst mal alt genug werden.

Den Lippenstift schmeiß ich gleich wieder weg, der

brennt wie Hölle und stinkt nach etwas, das laut Packung Erdbeere sein soll. Manchmal denke ich mir, wir haben den Weltuntergang wirklich verdient.

Die Ratten fangen an, mich nervös zu machen. Sie sind immer bei mir, aber in sicherer Entfernung, und schauen mich mit ihren schwarz-blanken Augen an. So richtig Angst haben sie offensichtlich keine vor mir. Sie scheinen eine Chefin zu haben, die mit dem hellgrauen Schwanz. Sie ist immer die Erste und reckt sich auf ihren Hinterpfoten hoch. So als wollte sie ausprobieren, ob sie auf Augenhöhe mit mir kommt.

Mit einem lauten Knack-Zisch mache ich die vierte Cola auf. Ich muss ganz schön rülpsen von dem Zeug und habe echt keine Lust mehr, aber es scheint mir klug, so viel es geht davon zu trinken. Zwölf Dosen bekomme ich in meinen Rucksack. Nicht so wahnsinnig viel, wenn man es genau betrachtet. Das sind etwa 2000 Kalorien und knapp vier Liter Flüssigkeit. Ungefähr eine Tagesration, ein bisschen mehr vielleicht. Sonst habe ich nichts mehr zu essen.

Ich nehme mir noch zwei Dosen, gehe raus und setze mich auf den Schotter vor dem Haus. Die Ratten bleiben freundlicherweise drinnen. Als ich die zweite Dose aufzischen lasse, fängt der Himmel an zu glühen, und die Sonne schiebt sich über den Horizont. Ich sehe ihr dabei zu, trinke die süße Plörre und denke mir, wie es wohl wäre, wenn es wie früher wäre. Wenn hinter mir keine Ratten wären, sondern Menschen. Die letzten Gäste einer großen Geburtstagsparty oder so. Ein paar letzte Tänzer, die sich aneinanderklammern und es noch nicht schaffen, zurück in die Realität zu kommen. Und ich bin nur mal kurz raus, um Luft zu schnappen, vielleicht rauche ich noch eine und überlege mir jetzt, wie ich nach Hause komme, ob ich mir ein Taxi gönne oder bis zur nächsten Bushaltestelle laufe … um dann in meinem klimatisierten Haus in mein sauberes Bett zu fallen, nebenan schlafen meine freundlichen Eltern, die sich schon ein paar Gedanken gemacht haben, wo ihre Tochter wohl bleibt. Ja, scheiße, denke ich mir, das klingt wirklich nett. Ich habe mir einfach eine ziemlich blöde Zeit ausgesucht, um geboren zu werden. Aber was soll's. Ist eben so. »The time is now«, sage ich zu mir selbst und denke an ein Lied, das Ali und ich immer wieder gehört haben, weil man so großartig dazu tanzen kann. Ich packe meinen Rucksack und die Karte.

Give up yourself unto the moment
The time is now
Give up yourself unto the moment
Let's make this moment last

singe ich vor mich hin, in Dauerschleife, weil ich nicht mehr weiß von dem Text, Spaß macht es aber trotzdem, und dann gehe ich die Straße entlang, der aufgehenden Sonne entgegen, kein Witz, jedenfalls für eine Weile, bis die Straße einen Bogen macht. Die Cola in meinem Bauch rumort, aber mein Mund ist schön süß, und ich fühle mich ganz leicht.

Und dann singe ich, so laut ich kann, die Sonne an: »Give up yourself unto the moment! The time is now!«

Auf der Straße gibt es zwei Probleme: 1. Ich mach mir fast in die Hose vor Angst, weil ich hier von jedem sofort gesehen werde. Und ich sehe niemanden, der sich in den Büschen versteckt. 2. Ich habe nicht genug Schatten, um mich vor der Sonne zu schützen. Es muss später Vormittag sein, und ich möchte mir am liebsten die Klamotten vom Körper reißen, so heiß ist es. Aber ich weiß, dass ich den Schutz brauche. Meine Haut kribbelt schon jetzt. Der Asphalt glüht mir entgegen. An manchen Stellen finde ich Fußabdrücke aus Zeiten, als der Asphalt noch heißer war. Ich muss mich bücken und die Spuren anfassen. Es ist ein Fuß, recht klein, vielleicht ein Kind. Die Hacke ist viel tiefer eingesunken als der Rest. Als wäre es aus dem Gleichgewicht geraten und hätte auf den Hacken stehend, mit den Armen rudernd, sich gerade noch aufgefangen. Ein Kind auf dieser Straße. War es allein? Wohin wollte es? Warum ist es auf den geschmolzenen Asphalt geraten? Es muss so heiß gewesen sein. Noch heißer. Die Glutmonate. Daran habe ich gar nicht gedacht. Früher gab es ja Jahreszeiten. Sogar Schnee. Jetzt gibt es nur Stürme, Regen, Hitze und für ein paar Monate Gluthitze. Es müsste jetzt April sein. Ich habe noch zwei Monate, bis ich in der Sonne gar nicht mehr klarkommen werde. Ich überlege immer wieder, die Straße zu verlassen und in den Büschen weiterzugehen. Mein Vater hat immer gesagt: Sollte ich je mal rausmüssen, also bevor wieder Ordnung herrscht, dann soll ich mich von allen Menschen fernhalten, immer versteckt bleiben. Und er hat ja recht gehabt. Moira. Na ja, obwohl, da ist ja noch Ali. Und Ali ist … na ja, Ali. Er hätte mich verrecken lassen können und hätte alles für sich gehabt. Hat er aber nicht. Zwei Menschen bisher. Einer die Hölle. Einer Ali. Ich mach mir trotzdem in die Hosen. Und ich bleibe auf der Straße. Basta. Ich bin sonst viel zu langsam.

Die Sonne steht ganz hoch am Himmel, es muss wohl so was wie Mittag sein. Ich stehe auf einer Brücke, die sich wie eine steinerne Echse von Hügel zu Hügel über das Wasser schiebt. Sie macht eine Kurve, direkt über dem Flusstal biegt sie sich. Die klobigen Pfeiler stecken im braunen Schlamm tief unter mir. Ich muss bei Wasserburg sein, laut Karte. Oder das, was es mal war. Ich erinnere mich noch, als Wasserburg aufgegeben wurde. Da war ich vielleicht acht oder neun Jahre alt. Durch die starken Regenfälle, die so plötzlich kamen und so viel Wasser brachten, wie sich keiner vorher hatte vorstellen können, schwollen die Flüsse so sehr an, dass sie ganze Städte mitrissen. Ich meine, nicht ein bisschen überschwemmt. Ich meine: mitgerissen. Komplett. In manchen Städten ließ man dann einfach die Gegenden um die Flüsse leer. Andere Städte hat man aufgegeben. Wasserburg war die erste.

Gerade ist der Inn unter mir nur ein kleines Rinnsal. Ich glaube, das Wasser würde mir nicht über die Knöchel reichen, wenn ich da durchliefe. Nur die riesige Schneise von blankem Schotter, in der es fließt, zeigt, wie gewaltig und riesengroß der Inn manchmal sein muss. Ich beuge mich vor und spucke hinunter in das traurige Fleckchen Wasser da unten. Der Inn. Immer noch so schön türkis, wie ich ihn aus meiner Kindheit kenne. Meine Mutter hatte eine Freundin in Wasserburg. Ich verliere meine Spucke aus dem Blick, während sie hinunterfliegt. Ich kann nicht sehen, wie sie auftrifft. Aber ich stelle mir das leise Platschen vor. Ich schaue mich um und versuche, mir vorzustellen, wie es früher hier war. Wald muss es ja gegeben haben. Ich weiß nicht, Fichten, Buchen, Tannen. Irgend so etwas. Abgebrochene Stämme stecken noch hier und da aus dem Meer von Klettenpflanzen, Birkenbüschen, Brombeerhecken und irgendwelchem Kraut. Und Felder, Wiesen. Jetzt ist alles gleich überwuchert. Ein eintöniges, rollendes Grün, Hügel nach Hügel nach Hügel.

Ich lege meinen Bauch auf die Brüstung, die Beine lasse ich baumeln. Ich kann die Reste von Häusern sehen. Offene Betonkeller, Mauern. Da waren Häuser, Menschen, Kühe, Hunde, Katzen, was weiß ich. Hinter mir rauschte der Verkehr. Damals. Irgendwann. Ich schließe die Augen und versuche, mir das vorzustellen. Zittrige Bilder flackern auf und zerplatzen, wenn ich sie mir genauer betrachten will. Um ehrlich zu sein, mir fallen nur Bilder aus Filmen ein, die ich mal gesehen habe. Wie das mal hier gewesen soll. Ich kann es mir einfach nicht vorstellen. Komisch, wie schwer das ist. Sich vorzustellen, dass die Welt mal ganz anders war, als sie jetzt ist. Dabei ist es nur ein paar Jahre her. Als ich geboren wurde, gab es noch Schnee. Ich mache noch mal die Augen zu und denke an Schnee. An endloses, ewiges Weiß, darin ein paar Bäume, der Wind pfeift darüber hin, der Himmel grau. Ich muss an ein Gedicht denken, das ich mal in der Schule gelernt habe. Bei Frau Peschel, die nämlich eigentlich gar kein Englisch konnte, jedenfalls nicht richtig, das »the« klang bei ihr immer wie eine summende Biene. Weil sie das auch selbst wusste, glaube ich, hat sie uns vor allem Gedichte auswendig lernen lassen, oder wir haben Theaterstücke in verteilten Rollen vorgelesen. Viel Harold Pinter. Und Macbeth.

Zu der Zeit war das aber glaube ich schon eh allen egal mit dem Englisch. Es ist ja keiner mehr in andere Länder gereist, in die USA schon gleich gar nicht. Erst das internationale Flugverbot. Als der Bürgerkrieg dort anfing, gab es irgendwann auch keine Schiffsverbindungen mehr. Englischunterricht war so wie total vieles in der Zeit. So wie Anzüge anziehen oder Wettermeldungen hören. Es hatte eigentlich keinen Sinn mehr, aber lassen wollte es auch keiner. Aber das Gedicht, das ich bei Frau Peschel gelernt habe, ist wunderschön.

In the bleak midwinter
Frosty wind made moan,
Earth stood hard as iron,
Water like a stone;
Snow had fallen,
Snow on snow,
In the bleak midwinter,
Long ago.

Ich fand schon immer, dass die Worte *bleak midwinter* so schön klingen, obwohl sie doch etwas ganz Tristes beschreiben sollen. Das Winterbild in meinem Kopf gelingt mir. Ich höre den Wind, wie er Schneestaub über eine Hügelkuppe fegt. Ich stelle eine knorrige Eiche darauf. So eine Caspar-David-Friedrich-Eiche. Mit absurd verwinkelten Ästen. In den grauen Himmel setze ich eine bleiche Sonne, die nichts wärmt.

Komisch, früher haben sich die Menschen vor Winter gefürchtet. Ich kann mir gerade nichts Herrlicheres vorstellen. Ich würde mich nackt ausziehen und im Schnee baden. Aber alles weg. Ist nix mehr mit Schnee. In Triest gibt's bestimmt auch keinen Schnee. In den Alpen fiel früher im Januar und Februar manchmal noch Schnee. Ob das heute noch so ist? Kann ich mir nicht vorstellen. Ich mache die Augen wieder auf und sehe Berge. Die Alpen zwar noch nicht. Aber die kommen bald. Ob Schnee oder nicht. Die waren vorher schon da und sind jetzt da und werden immer noch da sein, wenn die Sache mit mir und Triest und Ali schon längst erledigt ist. Ich kann mich gar nicht entscheiden, ob ich das schön oder schrecklich finde. Mir ist auch viel zu heiß für Entscheidungen.

Die Sonne eine Farbe wie Waldhonig, dunkles Gold, das auf mich herabtropft. Die Mittagshitze habe ich im Gebüsch unter Ästen verschlafen. Ich muss mehr in der Nacht gehen, es ist einfach zu heiß. Der Himmel ist auch gar nicht mehr blau, sondern wie ein gelb verwaschenes Laken, das über mir hängt, undurchsichtig und warm. Und dann sind sie da. Ich sehe winzige Fliegetierchen in dem warmen Licht tanzen, eine ganze Wolke von ihnen! Die Sonne lässt sie aufleuchten, kleine schwebende Juwelen. Auf und ab und auf und ab schweben sie, ein Hauch von Leben in der Luft, immer gemeinsam, eine heimliches kleines Ballett, während ein leiser Wind sie sachte immer weitertreibt.

Und es ist so schön, dass sie da sind, dass es sie gibt, und ich denke, vielleicht wird ja doch alles gut, irgendwie. Ich meine, nicht so wie vorher. Aber vielleicht gibt es irgendwann eine andere Art von gut. Und dann merke ich, dass gerade jetzt, hier, für diesen Moment, für die Fliegen und für mich schon alles gut ist.

Die Nacht ist da und die Fliegen sind schon lange fort. Ich starre auf die bläuliche Scheibe Licht vor mir und versuche, an nichts zu denken, immer nur an den nächsten Schritt. Klappt natürlich nicht. Stattdessen kommen mir wieder und wieder diese Scheiß-Toten in den Kopf. Die Köpfe in dem gelblichen Wasser bei Moira. Die Gesichtszüge nach unten verrutscht, die Lider hängend, die Haare wie aufgeplustert schwimmend. Es ist eiskalt. Ohne die verfluchte Sonne ist es wirklich kalt. Aber das alles ist eigentlich egal. Merke ich, als ein lauter Schluchzer aus meiner Kehle poltert. Ich versuche noch, ihn aufzuhalten, dadurch klingt er fast wie ein Rülpser, was ich noch schlimmer finde. Weil ich rülpsen und furzen könnte, bis mir die Eingeweide platzen. Weil es eh keiner hört. Weil ich einfach nur scheiß-mutterseelenallein bin. Weil ich keine Ahnung habe, ob überhaupt noch irgendwo ein Mensch lebt, außer der irren Moira irgendwo hinter mir und Ali, der schon längst über alle Berge ist. Und das macht mir so schreckliche Angst, so schlimme, tiefe dunkle Angst, dass ich tatsächlich darüber nachdenke, einfach umzudrehen und zu Moira zurückzulaufen, mich brav ans Feuer zu setzen und ihren widerlichen Tee zu trinken, bis ich tot umfalle und sie mich auch in Scheiben schneidet und in eins ihrer Gläser steckt.

Der Mond geht auf, so wunderschön, und ihn sieht auch keiner. Ich bin froh, dass meine Taschenlampe da ist und weiter stumm ihre blassblaue Scheibe Licht auf den Asphalt schmeißt. Ich gehe ihr einfach hinterher und fange an, alle Schlaflieder zu singen, die mir einfallen. Es zählen nur Schlaflieder, sonst ist es zu einfach. *Lalelu, nur der Mann im Mond schaut zu* und *Weißt du, wie viel Sternlein stehen* und *Kindlein mein, schlaf ruhig ein* und *Der Mond ist aufgegangen*, obwohl das streng genommen gar kein Schlaflied ist, sondern ein Gedicht, aber ich lasse es trotzdem gelten, denn ich kenne alle Strophen, und das ist ziemlich erholsam zum Singen. Von den meisten anderen Liedern fallen mir nur Fetzen und einzelne Zeilen ein. Nachdem ich 23-mal *Der Mond ist aufgegangen* gesungen habe, vermische ich einfach die Textstücke, die ich sonst noch so weiß zu einer Melodie, die ich irgendwann als *Ihr Kinderlein kommet* wiedererkenne. Also fange ich an, alle Weihnachtslieder zu singen, die mir einfallen. Ich singe »Ihr Kinderlein kommet o kommet doch all in Bethlehems Stall, stille Nacht, heilige Nacht, o wie lacht, trauter Hochheiliger mit lockigem Haar, morgen Kinder wird's was geben, morgen werden wir noch wach, heißa dann ist Weihnachtstag, es ist ein Ros entsprungen, lalallaalllalaaalalaaaaaaa«, ich singe und singe so laut ich kann, was mit der Zeit immer leiser wird, und irgendwann geht das auch nicht mehr, irgendwann kommen die Wörter nicht mehr richtig raus, meine Zunge bleibt immer wieder am Gaumen kleben, aus »da« wird »ga«, und ich schaff das Tempo einfach nicht mehr. Also höre ich auf zu singen. Ich gehe weiter. Höre meine Schuhe auf dem Asphalt aufkommen, höre, wie mein Körper sie wieder hebt, um sie wieder abzusetzen, um sie wieder zu heben. Es klingt fast wie ein Schlürfen. Meine Beine fühlen sich gleichzeitig leicht und schwer an, taub und schmerzend, aber ich traue mich nicht, eine Pause zu machen. In die Büsche hinter der Straße will ich nicht mehr, schwarz schauen sie mich an und verbergen mir was. Der Wind raschelt in ihnen. Aber ist das der Wind? Vielleicht folgt mir jemand? Ein Tier? Angeblich gibt es keine großen Säugetiere mehr bei uns. Aber wann hat schon das letzte Mal wer nachgesehen?

Meine Hände habe ich unter die Gurte geschoben, um die Schmerzen von den Schultern wegzubekommen. Jetzt fühlen sie sich an wie zwei glühende Klötze, die mir jemand an die Arme geschnallt hat. Mein Hals ist zugeknotet von Trockenheit, aber ich habe meine letzte Coladose vor Sonnenuntergang ausgetrunken, und jetzt habe ich nichts mehr. Ich fahre mit der Zunge den Pelz in meinem Mund ab. Mein Fleisch fühlt sich puffig an, mit angetrocknetem Schleim überzogen. Schmerz tröpfelt in meine Schläfen, staut sich dort an und fängt an, gegen die Knochen zu klopfen. »Hallo? Mariana? Bist du da? Jetzt werden wir dir zeigen, wo der Hammer hängt! Hältst du's noch aus? Ja? Und wie ist es so? Und so?« Pockpockpock, hämmert es, ein schmerzgefülltes Blutgefäß, das da an der Seite pulst und so anwächst, dass ich mir über das Gesicht fahren muss, ob da nicht eine große Blase ist. Ist da nicht. Der Schmerz wird trotzdem nicht weniger. Und der Durst wird mehr. Mehr. Mehr. Durch das Atmen wird meine Nase trocken. Die Luft schneidet die Schleimhäute. Aber den Mund kann ich nicht mehr aufmachen. Die Lippen kleben so zusammen von trockener Spucke, dass ich Angst habe, die Haut zerreißt.

Ich fange an, die Lieder zu summen und zu brummen, in meinem Kopf spreche ich den Text dazu, der eben gerade da herumkriecht. Weißt du wie viel Sternlein stehen, an dem weiten Himmelszelt, wenn der Mond ist aufgegangen, über all der ganzen Welt, dat du meen Lievsten bist, dat du wohl weest. Zuerst höre ich den Rhythmus in meinen Schritten, ich ändere sie nicht, und doch ist da dieser Rhythmus, der bald auch im Wind ist und in den Zweigen. HmmmHmmmHmmmHmmm. Immer lauter, immer gewaltiger wird der Takt, und irgendwann, ohne dass ich das will, schwingt mein Summen darauf ein. Wörter verkriechen sich irgendwo, Bilder verblassen und verschwinden. Ich denke nichts mehr. Das HMmmHMmm denkt mich. In großen roten Buchstaben schießt es durch meinen Kopf durch meinen Körper, aus meinem Mund. HMmmHMmmHMmmHMmmHMmmHMmmHMmmHMmmHMmmHMmmHMmmHMmmHMmmHMmmHMmmHMmmHMmmHMmm. Das Große H beginnt beim linken Fuß, schiebt sich hoch, bis zum Scheitel und wieder runter, wenn das kleine m kommt, ist der rechte Fuß dran. Der Takt durchschwingt mich, bis er die ganze Kraft zu sein scheint, die mich schiebt und schleppt, obwohl alles nur noch wehtut und ich weinen möchte, weinen, weinen und schlafen. Aber das HMmm lässt mich nicht.

Die Sonne ist noch nicht da, als ich ihn vor mir sehe im ersten Rosa des Himmels. Er schmeißt seine Arme hinauf, den Wolken entgegen, erst den einen dann den anderen. Und wieder von vorne. Die Augen leuchten hell auf, der Wind dreht die zwei Propeller, die rechts und links aus seinem Kopf ragen. Es dauert, bis ich die Bilder sortiert habe. Es ist eine Statue. In der Ferne. Sie ragt zwischen den Hügeln hervor. Riesig. Wie groß sie ist? Wie hoch? Keine Ahnung. Sie muss gigantisch sein.

Der Wassertropfen. Das Sonnenlicht lässt ihn blitzen. Zitternd hängt er an seinem Grashalm. Fall nicht runter, denke ich, fall bloß nicht runter. Ich weiß, wenn er runterfällt, dann passiert etwas Schlimmes. In ihm steht die Welt kopf. Den Mann, der mir den Lauf seiner Waffe in den Nacken presst, sehe ich. Ein schwarzer Schatten, der darin tanzt. »Eine Bewegung und du bist tot.«

Es ist seltsam, wie anders sich die Welt anfühlt, wenn die Möglichkeit zu sterben auf einmal sehr wahrscheinlich wird. Nicht mehr nur eine Möglichkeit, in einem fernen Irgendwann. Wenn Du weißt: ein Zucken in seinem Zeigefinger, und das war's dann. Du fühlst alles. Das Blut in den Adern deiner Finger. Die Luft, wie sie auf deiner Kopfhaut liegt. Die Feuchtigkeit in der Erde. Das Haar an deinem Ohrläppchen. Der Lauf in deinem Nacken. Die Tränen fließen aus meinen Augen. »Ich mach nix, wirklich, nur nicht schießen! Bitte nicht schießen!« Irgendwie so was brabbele ich. Dann kann ich nur noch schluchzen und der Wassertropfen fällt von seinem Grashalm und verschwindet im Grün der Wiese.

»Na ja, besonders gefährlich siehst du tatsächlich nicht aus«, murmelt der Mann hinter mir, und ich höre das Kna cken seines Revolvers, als die Sicherung wieder einrastet.

Meine Beine tragen mich fast nicht, als ich aufstehe. »Ich bin der Doktor«, sagt er und schiebt einen Arm unter meinen. »Da drüben wohne ich.« Wir stehen vor einer riesigen weißen Burg oder einem Schloss. Kleine Fenster, dicke Mauern. »Das ist jetzt der Moment, in dem du mir sagst, wie du heißt«, sagt er und lacht. »Jedenfalls war das früher mal so.«

Ihm fehlen vorne drei Zähne. Auf der rechten Seite. Sieht ein bisschen komisch aus. So verfallen. Aber ich glaube, ausgefallene Zähne sind gerade unsere geringste Sorge. »Mariana« sage ich. »Ich heiße Mariana.« Meine Stimme ist heiser und rau, als ob sie nicht mir, sondern einer alten Frau gehört.

Im Kamin knistert ein Ofen, und über mir hängt ein Kronleuchter voller Kerzen. Sie sind allerdings nicht an. »Der ist nur für Feiertage«, sagt der Doktor.

Welche Feiertage, will ich fragen, aber dann lass ich es doch. An manchen Sachen sollte man besser nicht rühren. Außerdem käme ich wahrscheinlich eh nicht zu Wort. Der Doktor redet und redet, dass ich es gar nicht schaffe, ihm die ganze Zeit zuzuhören. Aber das macht glaub ich nichts. Ich weiß gar nicht, ob er das erwartet. Er redet vom Wetter und von den Stürmen und erzählt von der Burg, die eigentlich ein Kloster ist und irgendwann auch mal ein Hotel war. Und während er redet, räumt er die ganze Zeit rum, holt Holz irgendwoher und einen Topf, den er übers Feuer hängt, und er holt Verbandszeug, und dann räumt er es wieder weg, als er sieht, dass ich nur ein paar Kratzer habe und sonst nichts weiter.

»Komisch«, sagt er. »Du siehst so sauber aus. So makellos. Als wärst du gerade vom Himmel gefallen.«

Ich schaue an mir runter und finde das überhaupt nicht. An meinen Armen ist überall Schorf von den Brombeeren, meine Klamotten sind staubig, meine Nägel total dreckig, die Haare fettig. Ich zeige auf meine Arme. »Also, makellos sieht für mich anders aus.«

»Ach das.« Der Doktor winkt ab. »Das ist doch nichts. Ich meine darunter. Du bist wie neu.« Er hört gar nicht auf, mich anzusehen. »Deine Haut. Die sieht aus wie Schlagsahne. Als wäre sie gerade erst geboren.« Seine Hand hängt vor meiner Wange. Aber er berührt mich nicht. Er lächelt nur.

Also, erst mal bin ich eigentlich ein eher dunklerer Hauttyp. Nicht so eine durchsichtige Blondine. Mehr so wie Karamellbonbon, hat meine Mutter mal gesagt. Sie hat dieselbe Haut. Und ich habe einen fetten Sonnenbrand. Mein ganzes Gesicht spannt wie eine reife Tomate. Also keine Schlagsahne. Aber ich sehe ihn an, und ein bisschen verstehe ich, was er meint. Ihm fehlen Zähne und auch ein Stück vom Ohr oben. Seine Nägel sind ganz dick und schmutzig. Die Hände sehen aus wie geschwollene Würstchen mit Kruste, hart und dunkel. Sein Gesicht ist von Bart überwuchert, und wo keiner ist, ist es ganz knittrig. Seine Haare sind aber noch nicht weiß. Nur lang und zottelig. Ich kann nicht anders. Ich lege meine Hand auf seine. Ich muss sehen, wie wir zusammen aussehen. Es sieht tatsächlich merkwürdig aus. Wir haben beide vier Finger, einen Daumen. Wir haben Knöchel und eine Handfläche. Und neben seiner sieht meine aus, als hätte ich sie noch nie benutzt. Keine Narben, die Haut glatt und eben im Vergleich zu seiner. Ich berühre einen nicht ganz verheilten Schnitt, der quer über seinen Handrücken geht. Der Doktor zuckt mit einem Ruck zurück und nimmt seine Hand in den Schoß.

Er sieht mir in die Augen. Seine sind ganz blau. Eine ganze Weile geht das so. »Kommst du von Gott?«, fragt er mich schließlich. Seine Stimme ist sanft, als wollte er eine kleine Katze streicheln.

Ich muss lachen. »Von Gott? Nee, ich komm von Trudering!«

Seine Ohren werden rot. Er schaut auf den Boden. »Ich dachte nur. Weil, ich warte hier schon so lang. Und dann bist du hier so plötzlich. Und siehst so aus!«

Seine Hand wedelt vor mir herum, als wollte er mich wegwischen mit ein paar Handbewegungen und sehen, was dahinter ist. Er schaut ins Leere. Dann wieder zu mir und sein Gesicht blitzt auf mit einem Lächeln.

»Hast du IHN gesehen?«

Erst will ich fragen: »Wen«, aber er kann nur diese riesige Figur meinen. Dieses Ding mit den schwingenden Armen. Hier gibt es ja sonst nichts. Außer Busch, ein paar Straßen und Zerstörung.

»Ja, hab ich. Deswegen bin ich ja hier«, sage ich so beiläufig wie möglich. Der Doktor ist mir irgendwie unheimlich. Irgendwas ist in ihm gekippt, seit wir hier hereingekommen sind. Und ich glaube nicht, dass das in eine gute Richtung war.

»Also doch!«, ruft er aus. Er setzt sich neben mir auf das braune Ledersofa. Der ganze Raum steht voll mit Sofas und Sesseln. »Ich habe doch geträumt von Gott! Dass er mir jemanden schicken wird. Dass ich nicht mehr einsam sein soll. Dass ich nicht verrückt werde. Dass alles gut wird. Ich soll nur die Figur bauen, größer als zehn Männer, mit Augen wie Blitze.« Und wieder strahlt er mich so an. Als wär in seiner Birne gerade was durchgebrannt. »Und jetzt bist du hier.« Er fängt an zu nicken. Nicht nur ein kleines bisschen. Ganz doll. »Gott hat dich geschickt! Doch doch! Ganz sicher!«

Ich werde ganz müde, so müde, dass ich glaube, ich kann meine Augen gar nicht mehr aufmachen. »Nein«, sage ich, so fest ich kann. »Ich komme aus Trudering. Ich hab nur ziemlich lange nicht das Haus verlassen.« Ich rede langsam und versuche dabei zu überlegen. Dann erzähle ich lieber nichts vom Haus. Was da alles ist. Wer weiß. Ich glaube, das bleibt erst mal lieber ein Geheimnis. »Mein Vater hat sich um alles gekümmert. Deshalb ist auch meine Haut so.«

Der Doktor nickt langsam. Aber dann zieht er die Augenbrauen zusammen. »Aber warum bist du dann jetzt hier? Hast du auch von Gott geträumt? Was hat er dir gesagt?«

Ich fühle mich, als ginge ich über einen zugefrorenen See, und ich weiß nicht, welches Wort das Eis brechen lässt. »Nein«, sage ich noch mal. »Ich habe nicht von Gott geträumt. Mein Vater ist irgendwann nicht mehr wiedergekommen.« Ich habe mal gelesen, am besten bleibt man beim Lügen nah bei der Wahrheit. Dann kommt man nicht so durcheinander.

»Ja, aber warum bist du denn hier? Warum bist du gerade hierhergegangen?«

Okay, das wird kompliziert. Und ich bin so müde. Vielleicht hätte ich doch einfach sagen sollen, dass ich von Gott komme. Und dass er mir gesagt hat, dass ich in einem Himmelbett schlafen muss und einen Haufen Schokolade brauche, sonst löse ich mich in Sternenstaub auf. Jetzt wäre es wohl nicht mehr ganz so überzeugend. Und wer weiß, was Gottgesandte in der Vorstellung des Doktors alles so machen müssen. Nachher schubst er mich vom Dach, um zu sehen, ob ich fliegen kann.

Ali will ich da auch raushalten. »Ich hab jemanden getroffen. Der hat gesagt, in Triest ist es gut. Dass da die Welt noch einigermaßen funktioniert. Da will ich eigentlich hin. Auf dem Weg hat mich eine Frau, ich weiß nicht, erst gerettet, glaube ich. Und dann hat sie mir so einen Tee gegeben, da war was drin, irgendwelche Drogen oder so. Ich kann mich nicht so gut erinnern. Sie hat einen Garten und macht Experimente.« Ich kneife kurz die Augen zusammen. Ich will mich nicht erinnern.

Aber da lacht der Doktor auf. Kurz und schrill und schreit: »Die Irre vom See? Du warst da auch?«

Ich bin total baff. Ich dachte, das wird kompliziert, und

ich muss die Geschichte mit Moira groß erklären, dass kein vernünftiger Mensch mir das glauben wird. Allerdings, so ganz vernünftig ist der Typ ja auch nicht. »Was meinst du damit? Auch?«

Er zeigt aus dem Fenster, in das helle Sonnenlicht, das dort durch die meterdicken Mauern scheint und den Staub erleuchtet, den er hier drinnen aufscheucht. In Schlieren umtanzen die glitzernden Körnchen seine Arme. »Da, kam schon einmal jemand von da.«

ALI! Es schießt durch meinen ganzen Körper. Das kann nur Ali sein! Fast hätte ich seinen Namen laut in den Raum gerufen. AAAAALLLLIIIII! Aber ich schweige. Ich will nicht, dass er von Ali und mir weiß. Der Typ ist einfach zu irre. »Echt?« Ich versuche beiläufig interessiert zu sein. »Wo ist er denn jetzt?«

Der Doktor sieht mich an. »Na, da draußen. Ich hab ihn im Feld dahinten begraben.«

»Warum?« Mein Körper fühlt sich an wie eingefroren.

»Na, weil er tot ist«, jetzt lacht der Doktor. »Glaubst du, ich bin irre?«

Zum Glück erwartet er darauf keine Antwort. Nein, das kann nicht Ali sein, das darf nicht Ali sein. Aber ich muss es herausfinden. Wie lange bin ich unterwegs? Wie lange war ich bei Moira? Zwei Wochen? Ich weiß es nicht. Aber viel länger kann es nicht sein. »Wann war das denn?« Ich verberge meine Aufregung nicht besonders gut, aber das ist vielleicht okay. Der Doktor scheint es auch nicht komisch zu finden.

»Och, das ist schon ein bisschen her. So ganz genau weiß ich es nicht. Man verliert hier ja doch den Überblick, so hin und wieder. Aber, vielleicht so ein Jahr? Oder ein halbes?« Ich sacke in die Sofakissen. Nicht Ali. Auf keinen

Fall. Ich schließe die Augen und schicke ein kurzes »Danke« zu dem Gott, den es nicht gibt, und lasse das Geplapper vom Doktor an mir vorbeirauschen. Er ist jetzt wieder richtig in Fahrt. »Ja, Montag oder so hat er sich genannt. Aber sicher bin ich nicht, er hat schon ziemlich viel wirres Zeug geredet, war ziemlich hinüber, als er hier ankam. Ich hab ihn eingesammelt auf einem meiner Rundgänge. Da ist er durchs Gebüsch gekrochen. Schon halb verdurstet. Ich hab versucht, ihn hochzupäppeln. Ich hab's wirklich versucht. Aber draufgegangen ist er mir trotzdem. War kein schöner Anblick. Ich hatte ja keine Schmerzmittel, und am Ende muss es ganz schön wehgetan haben. Er hat immer geschrien: ›Mach mich tot! Mach mich tot! Ich halt das nicht mehr aus!‹«

Er schreit tatsächlich, legt den Kopf in Nacken, kneift die Augen zusammen und schreit. Das Feuer wirft einen zuckenden Schatten an die Wand.

»Na ja.« Der Doktor schnaubt durch die Nase. »Von Gott kam der jedenfalls nicht. Sah total fertig aus. Auch nicht besser als ich.« Er schaut mich triumphierend an. »Aber er hat von der Irren vom See erzählt, dass sie ihn aus dem Wasser gezerrt hat und von irgendwelchen Viechern darin gefaselt hat, und dann hat sie ihm Zeug gegeben, immer mehr. Und irgendwann hat er gemerkt, er geht drauf davon. Was sie ihm gibt, das vergiftet ihn. Na ja, und das ist dann ja auch passiert.«

Ich muss schlucken. Vergiftet. Genau das habe ich mir auch gedacht: Sie vergiftet dich. Ich gehe meinen Körper durch. Er tut weh. Eigentlich alles. Meine Füße brennen, als hätte ich sie in den Suppentopf überm Feuer gehalten. In meinen Schläfen hämmert der Schmerz, meine Beine sind neben einem dunklen Ziehen in den Muskeln gefühllos, so weh tun sie. Meine Schultern sind wund gescheuert. Und mein Bauch ist eine zusammengeballte Schmerzkugel. Aber ich glaube, das hat alles nichts mit Moira und ihrem Tee zu tun. Hoffe ich jedenfalls. »Woran ist er denn gestorben?«

Der Doktor zuckt die Schultern. »So genau weiß ich es nicht.« Er sieht mich an. »Weißt du, ich bin nicht wirklich ein Doktor.«

Wieder schaut er weg von mir. Ich frage mich, was er wohl wirklich vorher gemacht hat. Vielleicht Friseur. Oder Holzfäller. Oder Rechnungsprüfer. Ich glaube nur, dass er nie viel mit Worten gemacht hat. Dann würde er irgendwie anders reden.

»Montag hat mich so genannt. Weil ich ihn versorgt habe. Hat mir ganz gut gefallen: der Doktor.« Er sagt das, als würde ihm jemand eine Medaille umhängen. »Deshalb hab ich den Namen behalten. Auch als Montag gestorben ist.«

»Woran ist er denn gestorben?« Ich kann gar nicht aufhören, meinen Körper innerlich abzutasten, alle Blutbahnen durchzugehen, mir meine Organe vorzustellen und zu überlegen, ob die Schmerzen meine Muskeln sind oder ob sich gerade mein Körper zersetzt.

»Es muss irgendwas mit seiner Leber gewesen sein.«

»Wieso mit seiner Leber? Wie kommst du darauf?«

»Na, weil er gelb wie Pisse war, deshalb! Das kenn ich. Mein Vater ist an Leberversagen gestorben. Damals, noch vorher. Lange vorher. Als man Menschen noch untersucht hat und ihnen manchmal helfen konnte. Meinem Vater aber nicht mehr. Der hat so lange gesoffen, bis er umgefallen ist, knallgelb wie eine Zitrone.«

Okay, gelbe Haut. Darauf kann ich achten. Bisher sehe

ich da nichts. Zur Sicherheit halte ich noch mal meine Hand in die Nähe von seiner. Nein, gelb ist sie nicht.

»Wie heißt du eigentlich?«, fragt er mich.

Wieder dieser Blick. Als wollten seine Augen in mich hineinkriechen und herauszerren, was auch immer sie aufstöbern.

»Mariana« sage ich. »Ich heiße Mariana.« Von ZiZi erzähle ich ihm lieber nichts.

Er ruft aus: »Mariana! Du heißt Mariana!« und reckt die Hände in die Höhe, als wollte er einen Ball fangen. »Mutter und Großmutter Gottes in einem Namen!«

O nein. Ich dachte, das hatten wir hinter uns. »Meine Oma hieß so. Und die war bestimmt nicht göttlich, sondern ne olle Zicke.«

Sein Mund steht offen, die Hände sind nicht mehr ganz so weit oben.

»Mit Gott hat der Scheiß-Name bei mir jedenfalls nichts zu tun«, schiebe ich noch hinterher. »Und jetzt will ich pennen.« Ich bin so müde, mich würde sogar Jesus persönlich mit all seinen Erzengeln nicht vom Schlafen abhalten.

Der Doktor nickt nur, und dann zeigt er mir ein Zimmer, in dem ich schlafen kann. Das Bett ist frisch bezogen, ganz in Weiß, und darüber hängt ein Bild vom Meer. Auf dem Nachttisch stehen in einem Schnapsglas ein paar Gänseblümchen. Ich streiche mit den Fingerspitzen über die winzigen Blütenblätter. Wahrscheinlich gibt es sie genau deshalb noch. Sie sind so klein, dass ihnen kein Sturm der Welt etwas anhaben kann.

»Das Zimmer hier habe ich immer bereit für Besuch«, sagt er. »Für … na, du weißt schon.«

Dann lässt er mich endlich allein. Ich bin total müde,

aber schlafen kann ich trotzdem nicht. Na toll. Vielleicht bin ich schon zu lange wach?

Ich setze mich in die riesige Fensternische und schaue über die abgerissenen Baumstümpfe hinweg auf den See hinter der Mauer. Wie ein strahlendes Auge liegt er unter den aufgetürmten Wolken. Und dahinter kommen irgendwann die Alpen, eine riesige schwarze Welle aus Stein. Ich frage mich, ob das Ganze hier, dieses leer gefegte, menschenleere Land nun ein Beweis ist, dass es Gott gibt oder dass es ihn nicht gibt. Wenn es keinen Gott gibt, dann gibt es kein Halten, dann passiert eben, was passiert, und das ist gerade eben das Ende unserer Welt. Und dieses Ende ist eben die Konsequenz einer langen Abfolge von Ereignissen. Eine jahrtausendelange Gleichung mit dem Ergebnis null. Oder wahrscheinlich sind wir dann noch nicht einmal das Ergebnis, wir sind nur ein Ereignis in dieser Gleichung, eine Zahl von vielen, und nun kommt die nächste Addition, nach unserer Subtraktion.

Und wenn es Gott gibt, dann könnte man natürlich sagen: Wie kann er das wollen? All diese Toten, all dieses Leid. Aber warum sollte er es nicht wollen? Vielleicht geht es ihm ja gar nicht um uns. Also uns Menschen, meine ich. Vielleicht sind wir ja nur ein Teil von einem großen Ganzen, und wir haben uns leider nicht an die Regeln gehalten. Wir haben geglaubt, dass für uns irgendwie eine Ausnahme gilt – und deshalb sind wir jetzt aussortiert.

Scheint mir beides logisch. Was für Gott oder so etwas Ähnliches wie Gott spricht, ist, dass es uns überhaupt gab. Wir sind nicht logisch, wir sind nicht sinnvoll. Und wenn es nur nach den Gesetzen der Natur geht, so wie mein Vater immer gesagt hat, dann hat unsere Existenz, das alles hier, schlicht keinen Sinn. Es hat keinen Sinn, dass wir Gedichte schreiben, dass wir malen, dass wir tanzen, dass wir hassen und uns verlieben. Das ist ja genau genommen kompletter Unsinn. Aber wir tun es trotzdem. Dass wir uns einfach weigern auszusterben, okay, das ist logisch. Alles, was lebt, will irgendwie bleiben. Aber die Liebe, der Hass, Kunst. Das muss doch irgendwoher kommen. Auch ich selbst, warum bin ich hier, irgendwo im Nirgendwo vom Ende der Welt, und renne einem Typen hinterher, der vor ein paar Wochen in mein Haus eingebrochen ist? Ist doch auch total bescheuert. Ich glaube gar nicht, dass das Liebe ist, was ich für Ali fühle. Also schon Liebe, aber nicht diese eine Liebe, um die es so oft in Filmen geht.

Nein, so fühle ich nicht für Ali. Aber ich habe ihn so lieb, dass ich ihn nicht gehen lassen kann, dass ich ihm hinterherlaufe, durch diese ganze Leere. Und das ist doch auch nicht rational. Das ist nicht 1+1. Das ist mehr.

Irgendwas stimmt nicht. Das spüre ich, aber ich weiß nicht gleich, was das Problem ist. Ich setze mich auf und sehe den Schatten. Ein Kribbeln schießt durch meinen Körper. Der Doktor. Bleich sieht er aus im Mondlicht, ein Gespenst, von innen erleuchtet. Das ganze Zimmer sieht aus, als hätte jemand die Farbe herausgelassen. Der Doktor sitzt auf einem Stuhl neben meinem Bett und schaut mich an.

»Bist du irre?«, rufe ich. Mann, Mariana, klar ist der irre! Der sitzt mitten in der Nacht in deinem Zimmer, hat eine gigantische Blechpuppe gebaut und denkt, du kommst von Gott! Natürlich hat der nicht mehr alle Tassen im Schrank!

»Entschuldige«, sagt der Doktor so beiläufig, als wäre er mir beim Tanzen auf den Fuß getreten und säße nicht mitten in der Nacht an meinem Bett. »Ich bin aufgewacht und musste einfach noch mal schauen, ob du wirklich da bist. Ich hatte Angst, du bist nur ein Traum.«

Die Kerze in seiner Hand zittert. Und da tut er mir leid, so sehr, dass sogar meine Angst vor ihm verschwindet. »Ich bin ja da«, murmele ich und klopfe ein paarmal auf seine Hand. Vielleicht hilft es ja. »Ich bin da. Auch morgen früh noch. Und jetzt lass mich schlafen.«

Der Doktor nickt mehrmals hintereinander, dann steht er auf. In der Tür dreht er sich noch mal um. »Schlaf gut. Mariana.« Wie er das sagt, MARIANA, als wenn es ein Zauberspruch wäre, eine Geheimbotschaft, die alle Rätsel löst. Ich muss hier weg. Aber vorher muss ich noch schlafen.

Die Sonne steht hoch und das Gras wiegt sich silbern im Wind. »Hier hat sich Weizen ausgesät«, sagt der Doktor und streichelt über die Köpfe der Halme. »Den sammle ich, wenn er reif ist. Reicht für ein paar Brote.«

Ich nicke und sage nichts. Ich stell mir vor, wie das ist. Durch die Wiesen zu streifen und einzelne Weizenstängel zu suchen.

»Im Keller hier sind noch Dosen. Aber lange reichen die nicht mehr. Mal sehen, was dann wird.«

Er sagt das so, als sei im Supermarkt die Milch alle, und er probiert jetzt mal den Sojadrink. Wenn die Dosen alle sind, dann wird der Weizen nicht reichen. Dann wird er verhungern. Ich reiße eine der vielen Klettenpflanzen aus und halte sie ins Licht, sodass er die fleischigen Wurzeln gut sehen kann. »Hier«, sage ich. »Die kannst du essen. Du musst sie nur lange kochen. Schmeckt widerlich. Aber es ernährt dich. Und die wachsen überall.«

Er nimmt mir die Pflanze aus der Hand, langsam und sanft, als wäre sie aus Glas. »Das ist die Lösung! Ich danke dir! Du Geschenk Gottes!« Seine Augen füllen sich mit Tränen, die teigige Haut, die Falten, alles zittert.

Ich ekele mich so sehr, dass ich mich umdrehe und so tue, als ob ich mir die Statue genauer ansehe. Ezekiel heißt sie, sagt der Doktor. Seine Arme wedeln ununterbrochen, irgendwie angetrieben von den Windrädern auf dem Kopf. Auch der Strom für die Lampenaugen kommt von da. Von Nahem sieht Ezekiel ziemlich grobschlächtig aus. Im Prinzip besteht er aus einem Haufen Autos, die den Körper darstellen sollen, und darauf steckt die Trommel eines Betonmischers als Kopf. Mit Farbe hat der Doktor ein Gesicht auf das orangene Blech gepinselt. Nur die Augen sind zwei Autoscheinwerfer. Die Arme waren das Schwerste, sagt der Doktor. Es sind Teile eines Krans, die er an eine Getriebestange geschraubt hat. Ist schon beeindruckend. Wie er das geschafft hat? Der Doktor sagt, Gott habe ihm geholfen. Ich frage mich, was er alles sonst mit der Zeit hätte anstellen können.

»Komm, ich zeig dir sein Grab« sagt der Doktor.

»Sein Grab?« Diese Gott-Sache ist wirklich anstrengend. Seit ich angefangen habe, darüber nachzudenken, bin ich keinen wirklichen Schritt weiter.

»Na, das von Montag!«, sagt er und geht in Richtung Hügelkuppe. Ich gehe ihm hinterher durch das hüfthohe Gras, Ezekiels Schatten kühlt die Luft. Vor meinen Augen flimmert es. Genau auf dem höchsten Punkt bleibt der Doktor stehen und zeigt auf einen kleinen Erdhaufen, auf dem ein paar Steine liegen. Darin steckt ein Kreuz aus

Zaunlatten. In der Mitte sind sie mit Geschenkband zusammengebunden. MONTAG steht darauf und *Alle die Übrig geblieben*. Der Doktor hat noch ein paar silberne Sterne aus Schokoladenpapier daraufgenagelt. »Eigentlich wollte ich noch mehr daraufschreiben. Aber dann war der Platz alle. Und ich dachte mir, na ja, der Montag und ich, wir wissen schon, wie es gemeint ist.« Er zuckt mit den Schultern. »Und Gott natürlich auch.«

Ja, ich aber nicht. »Wie ist es denn gemeint?«, frage ich.

»Also, ganz heißt es so: ›Und alle, die Übrig geblieben sind, sollen in alle Winde zerstreut werden.‹ Ist von Ezekiel. Also, nicht von dem Ezekiel.« Er zeigt zur Statue. Sie schwingt ihre Kranarme auf und ab, ein Läufer, der nicht von der Stelle kommt. »Von dem in der Bibel. Montag kannte es auswendig. Als ich ihm gesagt habe, dass er hier Ezekiel heißt, da hat er gelacht und diesen Satz gesagt: ›Und alle, die Übrig geblieben sind, sollen in alle Winde zerstreut werden.‹ War wohl sein Taufspruch. Weil der Pfarrer ein saufender Sadist war und er das Ergebnis eines Seitensprungs, hat Montag gesagt. Mehr aber nicht. Ist immer schnell wieder ohnmächtig gewesen.« Der Doktor sammelt einen Plastikfitzel ein, der sich in den Steinen auf dem Grab verfangen hat. »Ja, da hab ich dann schon kurz gedacht: Vielleicht ist er ja doch von Gott. Denn das ist ja schon ein komischer Zufall. Dass Gott die Statue Ezekiel nennt und sein Taufspruch von dem ist.«

Er winkt mir und wir gehen den Hügel wieder hinunter.

»Bald darauf ist er dann gestorben. Und das war's dann.«

Am Horizont zieht ein Sturm auf, die Wolken türmen sich in Grau und Schwarz. Der erste Windstrudel ist zu sehen.

»Komm«, sagt der Doktor. »Wir gehen rein, und dann zeig ich dir was.«

»Was denn«, frage ich und hoffe, dass Gott mal aus dem Spiel bleibt.

»Was der Montag hiergelassen hat.«

Der Sturm tobt. Wir sitzen in dem Raum mit den vielen Sofas vor dem Feuer. Die dicken Mauern schützen uns, es klingt sogar richtig gemütlich. Hier drinnen ist immer Dämmerung, der Doktor hat die Fensteröffnungen mit Brettern vernagelt. Im Kamin prasselt ein Feuer aus Baumresten. Neben dem Kloster standen früher riesige Bäume, Jahrhunderte alt. Da gibt es eine Menge zu verbrennen. Zwischen uns liegen auf einem kleinen Haufen, die Sachen von Montag. Ein Rucksack aus schmutzig grüner Baumwolle, Turnschuhe, die noch fast neu sind, aber mir viel zu groß, ein Gürtel mit einer schweren Schnalle in Blau-Weiß-Rot. Und ein Buch. Aus weichem Leder mit einem Band drumherum. *Die Gedanken sind frei* ist in das Leder gestempelt.

Ich erkenne Moiras Schrift sofort und sehe sie, wie sie an ihrem Feuer sitzt und schreibt. Vielleicht tut sie das auch gerade jetzt.

»Das hat der Montag wohl mitgehen lassen, als er geflohen ist von der Irren«, sagt der Doktor.

Ich blättere durch die Seiten.

»Also ich versteh nix, ich kann die Schrift noch nicht einmal richtig lesen.«

Tatsächlich hat Moira eine seltsame Schrift. Die Buchstaben schmal und hoch, als hätte jemand die Zeilen am Ende noch einmal zusammengepresst und alle Buchstaben in die Höhe gestaucht. Es ist Schreibschrift, mit vielen Schlaufen, lauter hasenohrige Ls und Hs.

»Die Bilder gefallen mir ganz gut«, sagt der Doktor und stochert in der Glut.

Auf fast jeder Seite sind Zeichnungen. Pflanzen, Körperteile und viele, die ich nicht gleich verstehe. Auch Zahlen stehen darin, Rechnungen, Gleichungen. Ich verstehe auch nicht so richtig viel, aber es hat bestimmt mit Moiras Garten zu tun, mit ihrem Wagen und dem Tee. Ich erkenne manche Pflanzenbilder wieder, und die Zeichnungen von Körperteilen kann ich mir auch ganz gut erklären.

»Du kannst es behalten. Irgendwie gehört es dir ja mehr als mir.«

Ja, irgendwie gehört es mir. Ich stecke das Buch in meinen Rucksack. Das Leder fühlt sich glatt und kühl an. »Danke«, sage ich. Dann koche ich dem Doktor seinen ersten Klettenwurzel-Matsch. Dazu gibt es Corned Beef aus der Dose.

Als wir eine Weile in die zuckenden Flammen geschaut haben, sagt der Doktor: »Du wirst wieder gehen, nicht wahr?«

Ich bin froh, dass er mich nicht anschaut, sondern weiter ins Feuer blickt. »Ja«, sage ich. »Ich muss. Ich will wohin.«

»Wohin?« Seine Stimme ändert sich kaum. »Hier ist doch nirgendwo mehr was.«

»Ich weiß nicht, vielleicht ja doch«, antworte ich. »Und wenn es etwas gibt, dann werde ich es finden.«

Der Doktor nickt stumm und zieht die Luft kurz und scharf durch die Nase. »Ich hatte irgendwie gehofft, dass es jetzt vorbei ist. Mit dem Alleinsein.«

»Du kannst ja mitkommen«, sage ich und meine es überhaupt nicht ernst. Aber er tut mir so schrecklich leid. Ich hoffe inständig, dass er Nein sagt.

»Nee, lass mal«, sagt der Doktor, und jetzt lächelt er. »Ich bleib schön hier. Bei meinem Ezekiel.« Er holt eine Flasche raus. Darin schimmert goldige Flüssigkeit. Er nimmt einen großen Schluck. »Mein Messwein, könnte man sagen.«

Er lächelt merkwürdig. Wohl irgendein Witz, den ich nicht verstehe. Aber ich kann den Alkohol riechen, scharf und würzig. Whisky. Ja, ich erinnere mich. Mein Vater hatte früher welchen, bevor es losging.

»Ja, ich wusste ja schon, dass du gehen wirst. Das war mir klar. Ich hab mir kurz gedacht, dass ich dich ja einsperren könnte. Zimmer gibt es ja genug, und die Wände sind dick, und du hättest es hier wirklich gut. Wirklich! Ganz bestimmt. Und dann wäre uns beiden geholfen gewesen. Du wärst hier in Sicherheit und ich wäre nicht mehr so allein. Aber das wäre dann doch nicht richtig gewesen, habe ich mir schließlich gedacht.«

Die Worte kommen aus ihm rausgepladdert, als wäre das nix, was er da gerade sagt. Ich blicke mich um und sehe, dass die Holzscheite dick genug sind, um ihm eins überzuziehen. Ob er seine Waffe dabei hat?

»Keine Sorge«, sagt der Doktor. »ich habe mich ja dagegen entschieden. Und ich bin ein Mann Gottes. Ich stehe zu meinen Entscheidungen.« Er setzt die Flasche noch einmal an. Sein Adamsapfel hüpft, während er tiefe Schlucke nimmt.

Ich sage: »Okay«, denn was soll ich schon sagen! Mann Gottes. Ich bin raus hier. So viel ist sicher. Ich suche mein Zeug zusammen.

Er steht auf. »Aber eine Umarmung zum Abschied, ja?«

Mit hängenden Armen steht er da. Ich sehe die Adern auf seiner Nase, fein und ganz rot. In seinem Bart glänzt die Feuchtigkeit von dem Zeug, das er getrunken hat. Er riecht säuerlich. Ich möchte nur noch weg, meine Beine ziehen mich fast vom Boden.

Aber er breitet die Arme aus und schaut so. »Bitte«, sagt er, und ich zucke mit den Schultern.

Schon schließen sich seine Arme um meinen Körper. Ich höre, wie er die Luft in meinem Haar einsaugt, ein witterndes Tier. Seine Hände streichen über meinen Rücken. Dabei hält er mich ganz fest. Als ob er irgendwas aus mir herauspressen, um es für sich zu behalten.

Meine Mutter hat mir mal gesagt, ich solle aufpassen vor den Momenten mit Männern, wo sie was wollen und es ihnen egal ist, ob ich will oder nicht. Ich höre ihre Worte in meinem Kopf: »Es ist ihnen egal, was mit dir ist«, und ich bekomme Angst, ob das jetzt gerade einer von diesen Momenten ist. Denn ich will das nicht. Leider hat meine Mutter vergessen zu erklären, was man dann macht.

Ich drücke meine Ellenbogen nach außen, um seine Arme von meinem Körper zu lösen. Er drückt noch fester zu und atmet tief ein. Meine Lunge brennt, mein Kopf wird heiß, ich drücke, so fest ich kann, gegen seine Umklammerung. Und dann lässt er los. Einfach so. Als wäre nichts gewesen.

»Ich lege mich etwas hin« sagt er und geht, ohne mich anzusehen, zur Tür. »Nimm mit, was du brauchst, MARIANA«, sagt er, den Rücken zu mir. »Möge Gott dich beschützen.«

Ich sage: »Tschüss«. Dieses Tschüss hängt da noch lange, ein peinliches, schiefes Wort, das zu nichts passt, schon gar nicht zu dem Doktor und mir und was gerade war. Aber was war das gerade? Für was anderes ist es schon zu spät, der Doktor ist schon fort. Ich weiß aber auch nicht, was ich stattdessen hätte sagen sollen. »Fass mich noch einmal an, und ich mach dich fertig?« Das merke ich mir fürs nächste Mal.

In der Ecke hinter dem Holz finde ich einen großen Karton mit Pappschachteln. »Einmannpackung, Combat Ration, Individual Typ III« steht drauf. Ich schaue rein, und es ist wie Weihnachten. Obstsalat (okay, nicht frisch, aber immerhin), Schokolade, Zucker, Müsliriegel und sogar Zahnpasta und Zahnbürste! Ich nehm mir fünf Schachteln. Mehr kann ich nicht tragen. Vielleicht schaffe ich es mit dem Zeug bis Triest.

Ich fülle meine Flasche mit abgekochtem Wasser. Und das Buch. Natürlich nehme ich Moiras Buch mit.

Der See gleitet still unter mir hinweg, türkisgrün und still, der Sturm hat sich gelegt, es ist windstill, und das blecherne Boot, das am Ufer lag, liegt ruhig auf dem Wasser. Ich stoße die Ruder in die schimmernde Oberfläche, es dauert ein bisschen, bis ich wirklich vorankomme. Am Anfang senke ich die Ruder viel zu tief hinein und bekomme sie kaum gedreht, so sehr zerrt das Gewicht des Wassers an ihnen. Aber dann geht es mit jedem Schlag leichter.

Die Alpen, ich kann sie wieder sehen. Eine schwarze Wand zwischen mir und Triest. Aber ich habe keine Angst, das könnt ihr vergessen! »Ich habe keine Angst!«, rufe ich ihnen entgegen. Ich schreie gleich noch einmal, damit ich es auch selbst glaube.

Die Sonne geht unter. Ich gehe den steilen Hügel hinauf und stehe auf der Autobahn. Über mir leuchtet der Himmel, wie ein in Flammen stehendes Dach, kurz bevor es herabstürzt. Der Asphalt ist überweht von altem Laub und Müll. Die weißen Streifen sind aber immer noch zu sehen. Ich muss daran denken, wie sie früher vorbeiflackerten – ZingZingZing –, wie eine Herde aufgeregter Tiere, einer nach dem anderen, sich über den grauen Asphalt jagend, und ich, mit meinen Eltern im Auto auf dem Weg irgendwohin, verfolgte ihre Hatz. Nun liegen sie vor mir, einer nach dem anderen niedergestreckt auf dem Grau, ziehen sie sich bis ins Dunkel hinein, Richtung Osten, da, wo ich hinmuss. Ich nehme meine Taschenlampe. Ein paar Stunden will ich noch schaffen.

Mein Gesicht klatscht dumpf auf dem Asphalt auf, heißer Schmerz schießt aus meiner Nase, den Kopf entlang. Ich fasse mir ins Gesicht, etwas Feuchtes schimmert dunkel.

PENG! Scheinwerfer flammen vor mir auf, Würmchen aus Licht tanzen mir vor den Augen.

»Schau an.« Jemand lacht gurgelnd, ein anderer hoch und schrill, wie ein schreiender Hahn. »Da hat er diesmal wirklich nicht zu viel versprochen. Was für ein prächtiges Vögelchen!«

Ich versuche, mich hochzurappeln, verfange mich in einem rauen Stoff. »Hey«, sag ich, will aufstehen. Etwas sticht mich ins Bein.

»Jetzt ist Ruhe!«, sagt der Hahn und schreit wieder, bis es in meinen Ohren rauscht. POW! knallt es in meinem Blut, ich fliege aus meiner Haut, ganz leicht bin ich. Ein Luftballon im Wind.

Es ist das Heulen, das mich weckt, dieses Heulen, das mich noch in der tiefsten Ohnmacht packen kann, das Heulen eines Triorkans. »Schneller!«, brüllt eine heisere Stimme. Ich will aufspringen und fliehen, aber ich kann mich kaum bewegen, in meinem Kopf schleichen die Gedanken unendlich langsam, unter mir rumpelt es. Ich höre das Sirren des Sturms, er reißt an etwas, ein hartes Knallen, ich kann ein Stück Himmel sehen, gelb-schwarze Wolken, Blitze. Über mir flattert was. Kein Vogel. Eine Plane? Ich bin in einem Lastwagen, schießt es mir durch den Kopf, die Autobahn, die Männer, sie haben mich gefangen und auf einen Lastwagen geworfen. Angst kribbelt mir im Nacken. Warum halten die denn nicht an? Wir müssen sofort Schutz suchen! »Anhalten!«, versuche ich zu schreien, aber aus meinem Mund kommt nur ein Nuscheln. Jetzt ist er da. Ein Kreischen, wie eiserne Krallen auf Fensterglas, Schreie, wir verlieren den Halt, ich spüre, wie mein Körper schwerelos wird, ich will mich festhalten, aber ich bekomme meine Hände nicht los und rase in die Dunkelheit, der Sturm reißt an mir, gleich wird es mich irgendwo zerschlagen. Ali, ich hätte dich so gern gefunden.

Stille. Dunkelheit. Werde ich gefahren? Getragen? Alles schwankt. Nein, das bin ich. Das ist in meinem Kopf. Mir ist schwindelig, ein schwarzer Wirbel in meinem Kopf. Und ich? Wo bin ich? Über mir in der Dunkelheit. Punkte aus Licht. Sterne. Was war das Letzte vor dem hier? Wo war ich da? Der Sonnenuntergang. Der See, über den ich fahre. Moira. Mein Vater. Meine Mutter. Die Stimmen. Die Spritze. Der Doktor. Und immer wieder Ali. Die Bilder stolpern übereinander und dazwischen der Strudel, der mir alles verdreht.

Ein Hauch trifft meine Haut. Der Sturm. Der Lastwagen. Ich, die hinausgerissen wird, in die Dunkelheit. Der Sturm. Ich lausche. Es ist still. Die Luft streift sanft mein Gesicht. Es ist vorbei.

Ich atme ein, aber stattdessen durchbohrt mich ein heller, singender Schmerz, rauscht durch meinen Brustkorb. Rote Flecken tanzen vor meinen Augen. Mir wird schlecht. Ich lebe also. Der Tod fühlt sich auf jeden Fall nicht so an, da bin ich mir sicher. Ich kann kaum etwas sehen. Die Sterne über mir. Aber irgendwas versperrt mir den Blick. Konzentrier dich, ZiZi. Eins nach dem anderen. Wo bist du? Was ist los?

Es ist noch Nacht. Dieselbe Nacht. Wäre ein ganzer Tag vergangen, dann wäre ich viel durstiger. Im Moment ist es noch erträglich. Wichtiger. Bin ich verletzt? Wie schwer? Mein Kopf scheint irgendwie okay zu sein. Mein Nacken tut weh.

In Gedanken gehe ich meinen Körper durch, versuche, den Schmerz zu zerteilen, herauszufinden, wo er herkommt. Meine Arme sind okay. Die Fesseln an meinen Händen lassen sich jetzt leicht lösen. Ich klopfe sacht auf meinen Körper, rote Lichtblitze, ich muss mich anstrengen, nicht ohnmächtig zu werden. Der Schmerz presst meinen Brustkorb zusammen, schnürt mir die Lunge ein, die Tränen lass ich einfach laufen. Ist jetzt auch egal. Ich suche weiter. Da ist noch dunkles Pochen in meinem rechten Bein. Ich taste es ab. Die Hose ist ganz nass. Ich brauche einen Moment. Um ganz sicherzugehen, stecke ich mir meine Finger in den Mund und schmecke die metallische Salzigkeit. Blut. Meine Hose ist getränkt von

Blut. Und da spüre ich, das ist kein Pochen, das ist ein Schmerz, der mich fast entzweireißt. Ich beiße in meine Hand, presse meine Zähne in das Fleisch zwischen Daumen und Zeigefinger, um nicht zu schreien, bis es ganz taub wird. Und dann schließe ich die Augen, mehr ertrage ich jetzt nicht. Aber die Kälte der Nacht, die interessiert das nicht. Bis in meine Knochen kriecht sie mir und hält mich halb wach. Aber vielleicht ist das meine Rettung. Wer einschläft, der wacht manchmal nicht mehr auf.

Der Himmel wird langsam grau, ich habe mich gefangen. Eine Platzwunde am Hinterkopf habe ich noch entdeckt, aber das war's. Immerhin. Im heller werdenden Licht sehe ich mich um und kann nichts als dünne Zweige und schmale Blätter sehen, lanzenartig fast, zwischen denen hier und da der Himmel zu sehen ist. Ich liege in einem riesigen, dicht verschlungenen Weidengestrüpp. Die Zweige müssen meinen Sturz aufgefangen haben. Sonst hätte ich das hier nicht überlebt. Es ist schwierig, mit dem Schmerz einen klaren Kopf zu behalten. Ich versuche ihn mir als unfreundlichen Gast vorzustellen, den ich in ein abgelegenes Zimmer sperre. Es funktioniert ein wenig. Jedenfalls gelingt es mir, dass mein Verstand die Oberhand behält. Eine andere Wahl habe ich ja nicht. Außer sterben. Und das sehe ich nicht ein. Nicht jetzt. Nicht so. Ich bin in einer ziemlich fiesen Situation, klar. Aber ich bin nicht tot. Und ich habe eine Chance. Das fühle ich.

Der Schmerz macht mir nicht mehr so viel Angst, er liegt in meinem Körper wie ein ruhender Tiger, der nur dann und wann seine Krallen in mein Fleisch bohrt.

Die Farbe kriecht wieder in die Welt, um mich herum

glänzt das Silbergrau der Weidenblätter. Mir ist nie aufgefallen, wie schön sie sind. Gleichzeitig hart und weich, filigran wie kostbarer Schmuck. Ich ziehe mein Hemd hoch und sehe, dass mein Oberkörper blutunterlaufen ist. Ich taste die Rippen ab, aber es hat keinen Sinn. Ich verliere dabei fast den Verstand vor Schmerz. Trotzdem. Nicht so schlimm. Alles nicht so schlimm. Ganz bestimmt. Wäre es wirklich schlimm, dann wäre ich jetzt schon tot. Ich erinnere mich dunkel, dass gebrochene Rippen schmerzhafter als wirklich schlimm sind. Für die Wunde am Bein muss ich mich ein bisschen überwinden. Die Hose glänzt braunrot, aber das meiste Blut ist schon getrocknet. Die Wunde blutet kaum noch. Nur ist sie ziemlich groß, fast so lang wie mein Unterarm. Spucke sammelt sich in meinem Mund. Fast so lang wie mein Unterarm! Ich presse die Augen zusammen. Denk dran, Mariana. Ruhig bleiben und leben oder ausflippen und sterben! Du hast die Wahl. Ich schlucke ein paarmal, und irgendwann wird es besser.

Okay. Was jetzt? Da spüre ich etwas an meinem Rücken. Mein Rucksack. Ich habe ihn immer noch auf. In der Deckelklappe finde ich tatsächlich eine Rolle Verbandszeug. Essen ist nicht mehr drin. Haben die Typen sofort rausgeklaut. Mist.

Ich reiße meine Hose auf, so wie ich es in Filmen manchmal gesehen habe. Die Wunde ist hässlich, mit ausgefransten Rändern, an einer Stelle scheint Haut ganz zu fehlen und auch ein bisschen Fleisch. Aber sie ist nicht tief. Das ist gut. Ich wickele den Oberschenkel ein. Die Binde reicht gerade so, um die Wunde zu überdecken. Dunkel schimmert sie aus dem Weiß hervor.

Das Knirschen von Schritten. Und ja, da sind Stimmen.

Ich bleibe ganz still, drücke mich auf den Boden, so gut ich kann. Steinchen bohren sich in meine Wange, meine Handflächen, ich sehe den Staub vor meinen Augen tanzen.

Ob das die Männer sind, die mich eingefangen haben? Der Staub kitzelt in meiner Nase. Ein Zucken. Bloß nicht niesen! Wie war der Trick noch mal? Mit der Zunge gegen den Gaumen drücken? Ich presse meine Zunge hoch, bis sie taub ist. Die Stimmen sind noch weit weg, aber der eine spricht so laut und aufgeregt, dass ich ihn trotzdem höre. »Die Idioten! Die passen nicht auf – und wir müssen in der Hitze im Gestrüpp rumkriechen und sie suchen!« Die Stimme klingt irgendwie anders als die Männer von gestern. Schriller, nerviger. Ein Grunzen ist die Antwort. Falls der andere was sagt, kann ich es nicht verstehen. »Ich meine, was fahren die auch im Sturm? Das weiß doch jeder!« Ein Scheppern. Er muss gegen irgendetwas aus Metall getreten sein. Der Wind verschluckt ein paar Wörter. Sie kommen näher, ich höre wieder, was sie sagen.

»… schon eingesammelt, die der Doktor angekündigt hatte?« Wieder ein Grunzen. »Wahrscheinlich schon, und sie waren so scharf auf ihre Belohnung, dass sie es nicht abwarten konnten! Und wir …«

»Jetzt halt doch mal die Fresse! Wenn du dich mal weniger aufregen und mehr die Augen aufmachen würdest, wären wir schon weiter! Da drüben ist was. Könnte der Jeep sein.« Ich höre, wie sie näher kommen, das Kratzen der trockenen Büsche an ihrer Kleidung, ihren Atem, das Ächzen und Stöhnen, während sie sich den Weg durch das Dickicht bahnen. Sie bleiben stehen, und der eine saugt scharf die Luft ein. Sie können nur ein paar Meter entfernt sein. »Da drüben!« Die Worte durchzucken mich. Sie haben mich. Ich kneife die Augen zusammen.

»Das sieht aber nicht gut aus. Meinst du, sie leben noch?«, fragt der Aufgeregte. Eine kurze Stille. »Also jedenfalls nicht so, dass da was zu machen ist. Komm, wir sehen nach, was noch zu gebrauchen ist. Die Waffen funktionieren bestimmt noch. Und Essen hatten sie sicher auch dabei! Los jetzt!« Er schnauzt, ich höre ein Klatschen. »Dann haben wir's hinter uns und können zurück.«

Es kommt mir vor, als würden sie mitten durch meinen Busch laufen. Wahrscheinlich ist es die Angst, die mich das denken lässt. Sehen tue ich sie nicht. »Scheiß-Wüste hier draußen! Die Sonne hat mir schon ein Loch in den Schädel gebrannt!«, schreit der mit der Quäkstimme.

Ich weiß, wenn sie mich finden, habe ich keine Chance. Ich kann nicht rennen, höchstens kriechen, und eine Waffe habe ich auch nicht; mein Messer ist bei Moira geblieben.

Ich höre das Quietschen einer Autotür, die Stimmen sind nicht mehr zu verstehen, aber eine Weile bleiben sie, immer wieder scheppert etwas oder knallt. Ein Geräusch klingt fast wie ein Schuss. Sicher bin ich mir aber nicht.

Schließlich wird es still. Ich warte lieber noch ein bisschen, wenn ich hier auf einer flachen Ebene bin, dann kann man ziemlich weit schauen. Ich warte lieber noch.

Der Doktor also. So heilig war ich dann wohl doch nicht. Wahrscheinlich kommt er so an seinen Whisky. Wie viel er wohl für mich bekommen hätte? Aber wer wollte mich überhaupt fangen? Und warum? Wozu? Zwei Männer haben mich mit dem Lastwagen entführt, zwei kamen als Suchtrupp. Und so, wie sie geredet haben, haben sie irgendeinen Chef, der sie geschickt hat, oder eine Gruppe, zu der sie gehören. Wie hat der Doktor mich überhaupt verraten? Über Funk wahrscheinlich. Irgendwo muss er bei sich ein Gerät bei sich haben. Hätte ich mich nur genauer bei ihm umgesehen, dann wäre ich ihm vielleicht draufgekommen.

Mein Durst wird immer größer, mein Brustkorb tut bei der kleinsten Drehung so weh, dass ich Geräusche mache, die wie Hundewinseln klingen. Ich kann es nicht verhindern.

Die Sonne steht hoch am Himmel, ihre Strahlen bohren sich an den schlanken Blättern vorbei. In meinem Gebüsch staut sich die Hitze. Es hilft nichts, ich muss weiter.

Ich habe keine Uhr, aber ich habe lange genug gewartet, bestimmt sind sie jetzt weg.

Ich rolle mich langsam auf die Seite, damit ich hochkomme. Schon das tut so weh, dass ich mich frage, wie ich es schaffen soll. Ich warte einen Moment, bis der schlimmste Schmerz vorbeigeht, und denke an Ali. An seine Narben. Die Wunden haben bestimmt auch wehgetan, und wahrscheinlich hatte er auch keinen, der ihm geholfen hat, er hatte Angst, Durst, wusste nicht, wie es weitergeht. Aber er hat es geschafft, bis zu mir.

Für einen Moment wird mir schwarz vor Augen. Weidenblätter klatschen mir ins Gesicht, die Äste ziehen an mir, einer bohrt sich in meine Rippen, dass ich aufjaulen muss. Bevor ich mich zusammenreißen kann, ist das Geräusch schon draußen. Es klingt gar nicht nach mir, mehr nach einem Tier, dem jemand auf den Schwanz getreten hat. Das verletzte Bein ist nicht zu gebrauchen, wenn ich es belaste, schießt mir der Schmerz durch und durch. Ich packe in das Gewirr über mir, mit beiden Händen, und ziehe daran, mein Brustkorb fühlt sich an wie aus Feuer, Schweiß läuft an meinen Schläfen hinab, die Weidenruten beißen in meiner Haut. Aber dann stehe ich, wackelig, weil das nur auf einem Bein geht, aber ich stehe. Mitten in einem Gewirr aus silbrigen Blättern und hellbraunen Ästen, durch das die Sonne blinzelt.

Eine winzige gelbe Spinne lässt sich zwischen den Zweigen seelenruhig an ihrem durchsichtigen Faden hinabgleiten. Wie eine Zauberkünstlerin, traumwandlerisch und selbstvergessen führt sie ihren Schwebetrick vor, schwerelos in Zeit und Raum, als sei nichts gewesen, vor leeren Rängen, alle anderen hat der Sturm weggeweht, der Regen fortgespült. Nur ich bin noch da und bestaune sie. Ich erinnere mich dunkel an Spinnennetze, behangen von Tau, der sie glitzernd sichtbar macht, manchmal mit einer vertrockneten kleinen Leiche darin. Plötzlich krabbelt die gelbe Spinne eilig an ihrem Faden rauf und verschwindet zwischen den Blättern. Ich höre ein leises Klatschen. Rote Punkte auf den Blättern vor mir. Ich taste mich ab. Aus meiner Nase sickert Blut. Die hat also auch was abbekommen. Na toll. Ich drücke dagegen, auch wenn ich nicht weiß, ob das überhaupt hilft. Ich will einfach nicht noch mehr von meinem Blut sehen.

Ich bin mir ziemlich sicher, dass die Männer weg sind. In meinem Kopf schießt trotzdem immer wieder das Bild vorbei: Ich komme raus – sie packen mich. Ich schüttele den Kopf und fange an, mich aus dem Gebüsch zu wurschteln. Es dauert ein paar Minuten, dann bin ich raus. Für einen Moment verschlägt es mir den Atem. Das hier ist anders. Anders als alles, was ich in den letzten Tagen gesehen habe. Vor mir liegt eine weite Ebene, ein paar Weidenbüsche, Kletten, Baumstümpfe und Steine, Steine, Steine. Dahinter ragt eine Wand empor, riesenhaft und dunkelgrau, ein erfrorener Tsunami, schartig und düster. Felsen, groß wie Häuser, liegen davor, bis zu mir sind die Felsbrocken über die Ebene gestreut. Es dämmert mir: Das muss eine riesige Steinlawine gewesen sein. Und die grauschwarze, glatt geleckte Wand da vor mir, das sind die Alpen.

Die Sonne brennt, es muss fast Mittag sein. Hinter mir irgendwo ist bestimmt die Autobahn, von der uns der Sturm gefegt hat. Da kann ich nicht hin, bestimmt wird sie überwacht. Sie warten ja vielleicht immer noch, dass ich komme, so wie vom Doktor angekündigt. Mein Atem wird schneller, ich habe Durst, die Sonne brennt mir ein Loch ins Hirn, mein ganzer Körper schmerzt, mein rechtes Bein ist nicht zu gebrauchen, und ich stehe mitten in einem riesengroßen Nichts. Okay. Ruhig. Ich brauche Wasser. Schutz. Und ich will nach Triest. Das alles liegt Richtung Alpen. Hoffe ich jedenfalls. Irgendeine Höhle, irgendeinen Bach muss es da doch geben. Jedenfalls geht es da nach Triest. Kein Problem. Die kann ich nicht verfehlen. Höchstens ein paar Kilometer, dann bin ich da. Ganz bestimmt.

Ich versuche vorwärtszukommen. Das ist doch ein ziemliches Problem. Auf dem rechten Bein kann ich nicht auftreten. Tut zu weh. Wenn ich auf dem anderen Bein hüpfe, wird mir schwarz vor Augen, weil es noch mehr wehtut. Ich brauche einen Gehstock, aber hier gibt es nichts, nur fingerdicke Weidenruten. Mein Gesicht fängt an zu zittern, aber dann sehe ich es. Der Laster. Oder das, was von ihm übrig ist. Es ist nicht weit. Vielleicht 100 Meter.

Ich brauche mindestens eine halbe Stunde. Ich gehe auf allen vieren, mein verletztes Bein ziehe ich hinterher.

Die Hände tun weh, ständig bleibe ich hängen, aber ich habe hier unten immerhin etwas Schatten. Der Laster steht auf seinen Rädern, nur ist er merkwürdig zerdrückt, als hätte ihn ein Riese einmal durchgeknetet und dann weggeworfen. Aus dem zerbrochenen Fenster hängt eine Hand. Ich schaue schnell weg und robbe zum hinteren Teil. Wenn sie überlebt hätten, hätten ihre Kollegen sie ja mitgenommen. Als ich endlich ankomme, bin ich total fertig. Und ich weiß überhaupt nicht, wonach ich eigentlich suche. Äste werden sie wahrscheinlich nicht dabeigehabt haben. Ich warte ein bisschen im Schatten und warte, dass es wieder besser wird.

Der Lkw liegt wie ein gestrandeter, halb verwester Wal in diesem Meer aus Gestrüpp. Die Plane, die ich über mir gesehen hatte, hat der Sturm fortgerissen. Das Gestänge darunter ragt verbogen und gebrochen in den bleich-blauen Himmel. Ich ziehe mich an der Ladefläche hoch. Alles leer. Ich lasse mich wieder auf den Boden plumpsen. Was eine blöde Idee ist. Tut sauweh. Scheiß-Karre! Scheißblöde Dreckskarre! »Du verdammtes Scheiß-Ding!«, schreie ich. Ich schmeiße einen Stein auf das blöde Ding. Und dann noch einen. Und noch einen. »Beschissene Scheiß-Mistkarre!«, schreie ich und schmeiße noch einen, einen richtig großen, so groß wie meine Faust. Mit einem Scheppern knallt der Stein gegen das Gestänge. Die getroffene Stange wankt ein bisschen. Das ist es! Ich nehme schnell noch einen Stein und werfe ihn, daneben. Aber der nächste trifft und der übernächste auch. Und dann kippt die Stange, erst langsam, dann immer schneller, bis sie auf den Boden knallt, mir fast auf die Füße. Sie ist zwar ein bisschen lang, fast doppelt so groß wie ich, aber total leicht. Aluminium oder so. Und ich kann mich an mir festhalten. Wenn ich nicht so erschöpft wäre vom Steineschmeißen und schreien, ich würde schreien vor Freude. In meinem Rucksack ist noch ein kleines bisschen Panzertape. Ich umwickele die Stange, damit ich mich besser festhalten kann. Und dann gehe ich los. Bis zur schwarzen Wand. Bis zu den Alpen. Und dann sehe ich weiter.

Die Sonne ist untergegangen, vor Stunden schon. Ich höre es rauschen. Sommerregen, sanft und frisch, Bäche, die durch Wiesen plätschern, ein Wasserfall, gar nicht weit entfernt. Aber das ist nur der Durst. Die Wirklichkeit ist ein kalter Mond. Er ertränkt die tote Ebene in seinem fahlem Licht. Je weiter ich komme, desto mehr wird der Fels. Kaum noch Kletten, keine Weiden. Die Erde vom Stein gekratzt, alles auf null. Vielleicht habe ich mir was vorgemacht. Vielleicht ist es doch nicht zu schaffen. Vielleicht hätte ich doch dortbleiben sollen, in dem Weidengebüsch, und auf den Tod warten. Meine Handflächen sind offen, aufgescheuert vom Panzertape. Das Blut macht es noch schwerer, mich festzuhalten. Der Körper ein Schmerz. Aber nichts ist so schlimm wie der Durst. Vor jedem Schritt denke ich: Das ist jetzt aber der letzte. Aber ich mache noch einen. Und noch einen. Warum? Ich muss lachen, weil es mir gerade so unendlich albern vorkommt. Ich bin ein stures kleines Krabbeltier, dem irgendein fieses Kind die Beine ausgerissen hat, und es will trotzdem nicht einsehen, dass es vorbei ist.

Der nächste Fels hat eine Mulde, fast wie ein Sitz. Ich lasse mich hineinsinken, mein Körper schmiegt sich in den noch immer warmen Stein. Wenn es nicht so aussichtslos wäre, es wäre glatt gemütlich. Über mir funkeln wieder die Sterne, der Mond schwächt zwar ihr Licht, sehen kann ich sie trotzdem. Ich zwinkere zurück und taumele durch die Erinnerungen. Mein Vater hatte mal eine Zeit, als er mit anderen über eine Flucht ins Weltall nachgedacht hat. Damals hat er mir viel erzählt über die Sterne, das Weltall. Wie unendlich groß das alles ist. Und dass es da draußen bestimmt eine neue Welt gibt, die besser ist als diese hier. Wo wir von vorne anfangen können. Er konnte stundenlang darüber reden. Leider weiß ich nicht so viel davon, ich war noch so klein. Aber ich erinnere die Fotos. Knallbunte Sternenknäuel, lilafarbene, grüne, blaue Kugeln und Wirbel aus Licht im schwarzen All. Ich fand sie wunderschön, am liebsten wäre ich darin schwimmen gegangen, in dem bunten Licht. Aber der Gedanke, woanders zu wohnen als hier auf der Erde, der erschien mir irgendwie dumm. Ist ja auch nichts daraus geworden. Irgendwann hat mein Vater kein Wort mehr darüber verloren.

Und es ist schon lustig, selbst jetzt, hier, im Dunkeln auf diesem Stein, mein Körper am Ende, in meinem Kopf fast nur noch Durst und Schmerz. Die Idee, zu den Sternen zu fliegen, weg von hier, sie kommt mir noch immer ganz und gar bescheuert vor. Ich schließe die Augen. Die Wärme riecht gut, hier in der Nacht. Nichts erinnert mehr an diese schreckliche Sonne, nur noch ihre sanfte Wärme ist übrig geblieben. Meine Zunge klebt am Gaumen fest, als könnten sie sich nicht voneinander trennen.

Der Durst überfällt mich in Wellen, ich fürchte in jeder Pause, bei der nächsten verliere ich endgültig den Verstand. Die Sterne blinzeln auf mich herab, ich muss an dieses Lied denken, *Twinkle, twinkle little star,* süß und unschuldig summt es mir durch den Kopf, ein Splitter heile Welt, der noch immer in mir haftet. Warum scheinen die Sterne eigentlich zu flackern? Bestimmt irgendwas mit dem langen Weg des Lichts bis hierher. Jedenfalls ist es schön. So ist der Himmel irgendwie lebendig und ich weniger allein. Was machst du da? Rufen sie von oben und zappeln mit kleinen Ärmchen aus Licht. Du bist doch verabredet! Du musst doch nach Triest!

»Okay, den Hügel da drüben. Da gehe ich noch hin. Dann ist Schluss«, rufe ich zurück.

»Dann will ich nichts mehr hören, habt ihr verstanden?« Ich weiß schon, das ist nicht echt, auch wenn es sich gerade sehr wirklich anfühlt, mit den Sternen zu sprechen. Ich nehme diese vermaledeite Stange in die Hand und stemme mich hoch. Bis zum nächsten Hügel.

IV DIE FESTUNG

Zuerst glaube ich, das ist so was wie mit dem Wasser, das ich überall höre. Ich stehe auf dem Hügel. Auf dem übernächsten. Einen bin ich noch gegangen. Und jetzt sehe ich dahinten ein Licht. Keinen Stern. Und wenn ich genau hinsehe, dann scheint es mitten in einer großen weißen Mauer. Je näher ich komme, desto deutlicher wird es. Eine große weiße Wand mit schwarzen Fensterlöchern darin. Und in einem brennt Licht.

Es ist eine Burg, die Steinlawine hat einen Teil weggerissen, sonst steht sie da. Zuerst will ich schreien. Um Hilfe. Aber dann wird mir klar: Irgendwo müssen die Männer ja hergekommen sein. Zwei haben mich gefangen. Zwei andere haben sie gesucht. Irgendwer hat sie geschickt. Das da ist ihr Nest. Nicht die Rettung. Mein Untergang. Das zu verstehen. Noch schlimmer, als sinnlos Richtung Alpen zu kriechen. Wahrscheinlich sitzen sie da bei frischem Wasser an einem gedeckten Tisch und lachen sich krank über das kleine Miststück, dass irgendwo durch die Einöde humpelt und langsam stirbt. Ich hasse die Sterne dafür, dass sie mich haben weitergehen lassen. Danke für nichts.

Ich lasse meine Krücke los und sinke auf den Boden, zwischen all die Steine. Tränen, denke ich. Aber da kommt gar nichts. Nur ein komisches Geräusch kriecht aus meiner Kehle. Das Husten einer Krähe, ein verzweifelter Fuchs. Vielleicht ist es ein Schluchzen. Ich weiß es nicht. Ich kann nicht mehr. Ich bin so müde. So unendlich müde.

Meine Kehle brennt schon im Traum. Ich sitze in einer gläsernen Flasche. Um mich herum Wasser. Kühles, frisches, herrliches Wasser. Hinter dem Glas. Ich hämmere dagegen, aber es gibt nicht nach. Das Wasser gluckert und lacht, es winkt mir zu, tanzt um das Glas herum. »Komm und hol mich doch, wenn du kannst!«, ruft es mir zu. Aber ich kann nicht. Die Flasche ist viel zu hoch. Ich kann nicht an den Rand reichen. Das Glas ist so glatt, dass ich nicht hochklettern kann, und zerschlagen lässt es sich auch nicht.

Ich wache auf und bin immer noch hier. Zwischen den Steinen. In meinem Kopf schlägt es dumpf. Ein Brummen, das in meinem Hirn kreist, gegen meine Schädelknochen schlägt. Das Brummen hat sich um den Schmerz gewickelt, schubst ihn an, immer schneller. Ich kann ihn sehen, wie er durch die Rillen in meinem Gehirn kriecht.

Durst. Ich habe so Durst. So tiefen, endlosen, unstillbaren, tobenden Durst. Ich denke an Flüsse, den Regen an meinem Fenster, damals, als ich noch klein war, an Milch im Kühlschrank, die Dusche im Haus, den Wasserhahn, Seen voller Wasser, an jeden Tropfen Wasser, den ich je gesehen habe. Ich hebe einen Stein hoch, ist er nicht feucht? Ich lecke ihn ab. Kein Tröpfchen Wasser auf meiner Zunge.

Mama? Streichelst du mir bitte mein Haar? So wie du es früher einmal getan hast. Ich weiß noch, die Sonne hat geschienen, und wir waren im Schatten. Es war so heiß, und du hast mir ein Stück Melone gegeben, rot und süß. Es knirscht, als ich meine Zähne hineinschlage. Der Saft rinnt mein Kinn hinab. Hören wir Musik? Ich höre etwas klingen, ganz hell und sanft. Deine Hand in meinen Haaren. Die Finger gleiten durch die Strähnen, immer wieder, mein Kopf auf deinem Schoß, bis ich die Augen schließe. Mama, bitte bleib. Ich will noch nicht sterben.

Unsinn. Sei nicht blöd. Ich haue mir mit der Hand so fest ins Gesicht, wie ich kann. Einmal. Zweimal. Dreimal. Hier wird nicht gestorben. Denk nach. Verdammt, Mariana. Jetzt denk doch mal nach. Das ist ein riesiges Ding, und das Loch da, das die Lawine gerissen hast. Da kriechst du rein. Da ist bestimmt keiner. Da ist Schutz. Schatten für Morgen. Und vielleicht findest du sogar Wasser. Und dann siehst du weiter. Aus dem Augenwinkel sehe ich plötzlich Ali. Wie er lacht und nickt. »Alter, ZiZi, endlich! Ich dachte, du raffst es nie.« Ich weiß, alles nicht echt. Aber schön ist es trotzdem. Und wehe, du wartest nicht auf mich, Ali! Wehe, ich reiß mir hier den Arsch umsonst auf. Jetzt lachen auch die Sterne mit, der ganze Himmel über mir klingelt. Jaja, sehr lustig. Ich humpel hier halb verdurstet durch die Steinwüste. Superwitzig! Da kann man ja wohl mal durcheinanderkommen. »Ihr werdet schon sehen«, sage ich in die Dunkelheit hinein, Ali ist schon lange wieder weg. »Ihr werdet schon sehen.«

Die letzten Meter sind die härtesten. Vor dem Loch in der Mauer liegt der ganze Schutt. Und da muss ich rüber. Möglichst ohne Geräusch. Die weiße Mauer ist eine Art Festung. Und oben auf der Mauer gehen immer wieder Wachen. Meine Krücke lasse ich zurück. Das Metall würde mich sofort verraten, wenn es gegen die Steine knallt. Ich krieche wieder auf allen vieren. Dabei stelle ich mir vor, ein Tier zu sein. Vielleicht ein Leguan, eine Eidechse. Oder eine Spinne. Zweimal rutsche ich ein Stück und die Steine klackern ein bisschen. Die Wachen schauen nur kurz. Über mich hinweg in die Ferne. Ein kleines Tier interessiert sie nicht. Sie scheinen eher auf eine Armee zu warten, ein blinkendes Ufo oder eine Horde wild gewordener Büffel. So etwas wie mich übersehen sie einfach. Also krieche ich weiter, hinauf über den Schutt. Immer wieder schabt die Wunde über den rauen Stein, aber ich schaffe es, nicht zu schreien.

Hinter einem großen Brocken, der vom Berg herabgestürzt sein muss, mache ich eine kleine Pause. Jetzt kann ich es sehen, die Festung liegt an der Flanke des Bergs, die nicht herabgestürzt ist. Deshalb hat sie nur ein kleiner Teil der Lawine getroffen. Der größte Teil von ihr ist heil geblieben.

Zwischen den Steinen steigt kühle Luft empor, geradezu köstlich, ich strecke mein Gesicht zu einem großen Spalt hinter dem Felsen. Ich spüre die Feuchtigkeit, die in der Luft liegt. Mein Herz beginnt zu klopfen, es kribbelt in meinem Bauch. Wo es feucht ist, da ist vielleicht auch Wasser. Vorsichtig beuge ich mich in die Lücke, so weit es geht. Dann taste ich mich vorsichtig mit der Hand weiter, den Stein entlang, der sich hier nicht warm und trocken, sondern klamm anfühlt. Ja, tatsächlich. Freude steigt in mir hoch, wie Sprudelbläschen. Meine Finger berühren etwas, das sich wie ein feuchtes Kissen anfühlt. Wenn ich darauf drücke, quillt Nässe hervor. Wasser! Das muss irgendein Moos sein, diese kleine, unscheinbare Pflanze, die es viel in Wäldern gab. Ich versuche, das Wasser aus dem Moos zu drücken, sodass es in meine hohle Hand sickert. Ich drücke meinen Handrücken in das weiche Gewächs, damit das Wasser hineinrinnt. Aber es reicht nicht. Ich ziehe meine Hand raus und lecke die Tropfen ab, die daran hängen geblieben sind. Herrlich und lächerlich wenig zugleich.

Ich greife wieder hinunter und reiße die ganze Pflanze heraus. Sie löst sich ganz leicht vom Fels, als wäre sie gar nicht festgewachsen. Ich presse das Bündel in meiner Hand. Tatsächlich. Wasser tropft in meinen Mund. Ich spüre förmlich, wie die Feuchtigkeit durch meinen ganzen Körper rast und alle meine Zellen wieder aufweckt.

Ich blicke auf das, was übrig ist von dem Moos. Schwarz und zerfleddert liegt es im Mondschein. Ein toter Lumpen. »Es tut mir leid«, murmele ich leise. Vorsichtig lasse ich meine Hand wieder in die Dunkelheit gleiten, fühle nach der Stelle, von der ich das Moos gerissen habe, und lege sie darauf. Vielleicht wächst es wieder an, saugt sich wieder voll mit Wasser und lebt weiter, in seinem stillen Versteck. Jedenfalls wünsche ich mir das sehr. Ich krieche die letzten Meter hinauf, bis zu dem dunklen Loch, das die Felslawine gerissen hat. Hier ist es finster und kühl. Ich krieche so weit, bis ich sicher bin, von außen kann mich keiner sehen. Der Boden ist feste Erde. Ich rolle mich zusammen, das verletzte Bein ausgestreckt, schlafen, endlich. Schlafen.

Durst weckt mich. Oder die Schmerzen? Ich liege noch immer im Dunkeln, aber aus der Öffnung kommt ein leichter Grauschimmer. Ein neuer Tag. Der wievielte wohl, seit ich das Haus verlassen habe? Ich kriege es kaum zusammen. Vielleicht ist eine Woche um. Vielleicht schon zwei. Damit ich Ali noch erwische, falls in Triest gar nichts ist, muss wirklich ein Wunder geschehen. Wenn hier irgendwo ein vollgetankter, funktionierender Helikopter rumsteht, zum Beispiel. Und dann noch ein Pilot da ist, der sagt: »Triest? Klasse, wollte ich schon immer mal hin!« Ja, dann schaffe ich es vielleicht noch.

Wasser. Woher bekomme ich Wasser? Ich könnte wieder runter zum Moos. Aber jetzt wird es hell. Viel zu gefährlich. Also weiter hinein. In die Dunkelheit.

Ich ziehe mich über den Boden, den linken Ellenbogen, die Hand nach vorn, Körper hinterherziehen. Und wieder von vorn. Für alles andere fehlt mir die Kraft. Und meine Krücke liegt irgendwo unten. Der Gang ist endlos. Ob ich Stunden unterwegs bin oder Minuten oder Tage. Ich habe keine Ahnung. Ich mache Pausen, um zu lauschen. Ob da irgendwas ist. Ja. Da. Ein Klackern. Klirren. Es verstummt. Dann klirrt es wieder, nur kurz. Wasser ist es nicht. Eher Metall, das aneinanderschlägt. Die Mauern sind dick. Vielleicht ist es nicht mehr weit. Der Gang trifft auf einen anderen. Ich warte auf das Geräusch. Dass es mir die Richtung zeigt. Es dauert eine Weile. Bewegungslos liege ich in der Dunkelheit und höre mir beim Atmen zu. Eigentlich erstaunlich, dass er immer weitergeht, der Atem. Ich könnte es ihm nicht übel nehmen, wenn er einfach aufhört. Einfach genug hat. Aber er macht weiter. So wie mein Herz.

Da ist es wieder. Das Klirren. Es kommt von links.

Eine Türöffnung. Dahinter Regale aus Metall. Töpfe, die an Haken hängen. Kellen und Löffel, aufgehängt an Stangen. Kisten stehen herum. Es riecht nach ranzigem Fett. Ein bisschen faulig. Eine Küche. Ich bin in einer Küche gelandet. Wasser! In einer Küche gibt es bestimmt Wasser.

Da ist wieder das Klirren. Es ist lauter. Aber nicht so richtig laut. Ich sehe nichts, das sich bewegt. Ich krieche weiter. Hinein. Das Licht ist schummrig, grau drängt es durch ein vergittertes Fenster, das kurz über dem Boden in die armdicke Mauer gehauen ist. Das kann nicht mehr der Morgen sein. Schon wieder ein neuer Sturm, der heranzieht.

In der hinteren Ecke liegt ein Haufen. Lumpen, denke ich erst. Dann sehe ich, dass der Lumpenhaufen an die Wand gekettet ist. Haare hat. Ein nackter Arm ragt heraus. Da liegt jemand. Ich robbe ein Stück rückwärts. Ich stoße an ein Regal. Leises Scheppern. Das Bündel springt auf.

Eine schmale Gestalt im Trägerkleid. Der weiße Stoff voller Flecken. Ich kann die Schlüsselbeine unter ihrer Haut sehen. Daneben die knochigen Schultern, dürre Arme. Die Ellenbogen stehen spitz hervor. Schmale, federlose Flügel, die sich jetzt hektisch auf und ab bewegen.

»Wer bist du!«, zischt sie. Sie beugt sich, eine Katze vor dem Sprung.

Ich will zurückrutschen. Aber da ist ja das Regal. Noch mehr Gescheppere.

Ihre langen Haare sind verfilzt und strähnig. Ihr Geruch weht zu mir. Nach ungewaschener Haut und Urin. Ich muss würgen, das trockene Husten hallt in dem kahlen Raum.

Sie schüttelt ihr Bein, wieder dieses Rasseln. »Kannst dich wieder einkriegen. Ich kann dir nicht so leicht an die Gurgel gehen, wie ich möchte.« Sie hat eine Kette um den Fuß, die an einem Ring an der Wand endet.

»Also, wer bist du? Was willst du hier? Wie bist du hier reingekommen?«

»Durch das Loch gekrochen.« Ich flüstere das fast. Die Müdigkeit packt mich wie eine Welle. »Da ist ein Loch in der Mauer. Da bin ich durch.« Nur der Durst hält mich noch. »Hast du Wasser? Ich brauche Wasser.«

Ich merke, wie sie mich mustert. Ich habe keine Ahnung, wie mein Gesicht aussieht. Vermutlich fies. Meine Klamotten starren vor Schmutz und Blut. Sie bewegt sich nicht. »Bitte«, versuche ich es noch mal. »Bitte, hilf mir.«

»Wieso bist du hier unten?«, zischt sie mich an. »Warum blutest du?«

Ich mache die Augen zu. Ich hab doch keine Kraft, das alles zu erzählen! Aber ich weiß, ich muss. Sonst wird sie mir nicht helfen. »Da waren so Typen. Die haben mich gefangen. Aber wir hatten einen Unfall. Im Sturm. Ich konnte entkommen. Und die Typen, die kommen von hier, oder?«

Sie nickt vorsichtig.

»Dich haben sie auch gefangen.«

Wieder ein Nicken. Fast nicht zu sehen. Aber sie nickt.

Wir sitzen im selben Boot. Das ist ihr jetzt hoffentlich

klar. »Gibst du mir jetzt bitte Wasser?«, frage ich noch mal. Ich versuche zu lächeln. Ich kann es fast nicht mehr aushalten. Wasser, du blöde Kuh, jetzt gib mir endlich Wasser!

Sie blickt zu Boden. »Ich kann dir nicht helfen. Das geht nicht. Ich kann ihn nicht verraten.« Sie greift ihre Arme, als wollte sie sich selbst umarmen. »Nein, nein, nein.« Sie schüttelt den Kopf, hin und her, hört gar nicht mehr auf. Vermutlich ist sie einfach nicht mehr ganz dicht. »Das ist zu gefährlich. Viel zu gefährlich! Viel, viel, viel zu gefährlich. Man weiß nie, auf was für Ideen er kommt, wenn wir ihn verraten.« Sie schüttelt weiter den Kopf und tappt auf der Stelle. »Am besten, du gehst jetzt«, sagt sie und fängt an, Schüsseln und Töpfe hin und her zu räumen. Ich könnte ihr die Fresse polieren. »Du bist an die Wand gekettet, falls dir das noch nicht aufgefallen ist! Und du willst ›ihn‹, wer auch immer das ist, nicht verraten?«, will ich schreien. Es kommt nur ein Krächzen. »Und jetzt gib mir dieses Scheiß-Wasser!« Ich haue gegen das Regal hinter mir, so fest ich kann. Mit einem lauten Knall fällt ein Topf runter, Besteck scheppert hinterher.

»HE! Was treibst du da, du dumme Schlampe?«, schreit ein Mann mit dunkler, heiserer Stimme. Schritte knirschen durch den Flur.

»Schnell!« Sie reißt einen Schrank neben sich auf. »Da rein!«

Aber ich komme kaum vorwärts. Ich kann einfach nicht mehr. Da packt sie mich, ihre Hände eisenhart um meine Arme. »Wenn er dich hier sieht, sind wir beide dran!«, sagt sie, schleift mich über den Boden zum Schrank und schiebt mich hinein. Ich fasse es nicht, wie viel Kraft in diesem dünnen, kleinen Körper steckt. Kaum hat sie die Tür zugedrückt, höre ich ihn um die Ecke kommen. Ich traue mich kaum zu atmen.

»Was soll das? Ich hab gerade gepennt, du dämliche Kuh!« Er spuckt auf den Fußboden. »Bah, und wie du stinkst. Du bist doch wirklich krank.« Seine Schritte kommen langsam näher. Ich höre, wie sie sich an den Schrank drückt. »Wasch dich doch mal, unter dem ganzen Dreck bist du doch wirklich ganz niedlich.« Seine Stimme ist zu einem Schnurren geworden. »Wenn du dann ein bisschen lieb zu mir bist, dann bring ich dir auch mal was Schönes mit! Ich finde so viele Schätze auf den Trips.« Seine Stimme wird noch ein bisschen leiser, als würde er irgendwo hineinsprechen. »Weißt du überhaupt, wie Schokolade schmeckt? Vielleicht lass ich dich mal kosten …« Er macht eine sehr lange Pause. Ich höre seine Kleider rascheln. »… wenn du lieb bist.« Der Schrank zittert, und die dunkle Stimme schreit auf. »Du Miststück! Das wirst du mir büßen!« Ein Klatschen. Der Schrank wackelt.

»Fass mich an, und Bruder Amon hängt dich am Burgturm auf!« Sie schreit nicht. Es klingt wie das Zischen einer Schlange. Ich höre ihn atmen, schwer und rasselnd.

»Was der an dir findet, das soll einer verstehen. Glaub mir, seine Geduld ist bald zu Ende. Und dann gehörst du mir.« Er lacht. »Oder wer auch immer dich dann haben will.«

Für einen Moment schweigen sie. Nichts rührt sich. Es fühlt sich wie Unendlichkeit an. Die Angst, dass er gleich den Schrank aufreißt, verlässt mich nicht. Endlich entfernen sich seine Schritte.

Die Tür bleibt zu. Nach einer Weile drücke ich von innen dagegen. Sie öffnet sich ganz leicht. Ich krieche raus, so leise ich kann. Ich sehe sie nicht gleich. Sie hockt in der Ecke, das Gesicht zwischen den Knien verborgen und eine fleckige Wolldecke um sich geschlungen.

»In dem Fass da drüben, da ist Wasser«, sagt sie, ohne aufzublicken.

Kalt. Frisch. Nass. Köstlich. Ich trinke aus meiner Hand, dann direkt mit dem Mund von der Oberfläche, und schließlich stecke ich meinen Kopf ganz hinein. Ich wollte, ich könnte unter Wasser atmen, dann könnte ich für immer darin bleiben.

Wir schweigen eine Weile, jede in ihrer Ecke. Wasser tropft von meinem Haar. Draußen ist es still. Ich versuche, mich so wenig wie möglich zu bewegen und leise zu sein.

»Er ist nicht immer da, keine Sorge. Gerade, das war Pech.« Sie zieht die Nase hoch und rappelt sich auf. Die Kette klingt dazu. »Einar ist für das Lager zuständig, für die Fundstücke, die neu reinkommen. Da ist er manchmal hier unten.« Sie lacht tonlos. »Oder er versteckt sich, um zu pennen. Aber er geht auch mit Bruder Amon auf Tour. Manchmal sind sie tagelang weg.«

Sie schaut mich an, und ich schaue zurück. An ihren Geruch habe ich mich langsam gewöhnt. Sie riecht so wie die Obdachlosen, die früher überall in den Straßen lebten, in Hauseingängen, unter Brücken, in der U-Bahn. Wenn ich mir den Schmutz wegdenke, dann ist sie ein ziemlich hübsches Mädchen. Fast zu hübsch, fast so, als hätte ich sie mir eingebildet. Ihre Augen sind grün, länglich geschnitten und groß, darüber Augenbrauen, geschwungen wie schwarze Regenbögen. Die Nase ist klein und gerade, die Haare schwarz. Ihr Gesicht hat die Form eines Herzens, mit hohen Wangenknochen und einem kleinen, aber energischen Kinn, in dem alles zusammenläuft. Wie eine Katze sieht sie aus. Nur die Schnurrhaare fehlen. »Wie heißt du?«, frage ich sie schließlich.

»Isabella. Und du?« Sie reckt ihr Kinn vor, als wollte sie mich damit auf Abstand halten, als brauchte ich mir nichts darauf einbilden, dass sie jetzt mit mir redet. Ich überlege einen Moment. »ZiZi«, sage ich schließlich. »Ich heiße ZiZi.«

Sie nickt.

»Ich habe gehört, dass sie ein Mädchen suchen. Sie dachten, du kommst noch. Dass Manuel und Gregor ohne dich auf dem Rückweg waren. Aber so langsam sind sie draufgekommen, dass du vielleicht schon im Laster warst.« Sie zuckt die Schultern. »Der Doktor hatte wohl ne Menge versprochen. Deshalb hätte Bruder Amon dich gern gehabt.« Wieder dieser merkwürdige Name.

»Wer ist das denn, dieser Bruder Amon? Euer Chef?«

Sie schnaubt abfällig. »Chef. Chef! Das klingt so niedlich. Das ist nicht unser Chef. Bruder Amon ist der Meister der Meister. Bruder Amon ist unser ein und alles. Bruder Amon ist Gott.« Sie wirft ihre Arme dramatisch in die Luft und malt dann einen unsichtbaren Kreis vor sich, auf den Lippen ein messerdünnes Lächeln.

»Aha«, sage ich. »Aber Bock hast du trotzdem nicht auf ihn, oder was? Also auf Gott. Höchstpersönlich.«

Sie schaut mich an, die Augenbrauen zusammengeschoben, sieht sie für einen Moment sehr zornig aus. Aber dann passiert irgendwas. Wir sehen uns in die Augen und müssen plötzlich kichern. Es geht gar nicht anders. Wir halten uns die Hand vor den Mund, damit es nicht so laut wird, aber wir prusten eine ganze Weile. Wenn mir beim

Lachen nicht alles wehtäte, ich würde noch stundenlang lachen, so schön ist das. Besonders, weil es ja gar nicht lustig ist. Das macht das Lachen irgendwie noch schöner. Weil es nur so da ist, vollkommen ohne Grund.

»Nee«, sagt Isabella schließlich. »Ich hab keinen Bock. Und deshalb sitze ich hier. Damit ich mir das anders überlege.«

Bei den letzten Worten bricht ihre Stimme. Ihre Unterlippe beginnt zu zittern. Tränen laufen ihr über das Gesicht und ziehen winzige Furchen in den Schmutz. Ich nehme meinen Jackenärmel und streiche die Tränen fort. Eine seltsame Idee. Es kommen gleich neue. Also lege ich ihr die Hand auf das Bein und tätschele es ein bisschen. Ich würde gern etwas Kluges sagen, etwas Nützliches. Aber mir fällt überhaupt nichts ein. Sie weint eine ganze Weile. Still, unterbrochen von ein paar kaum hörbaren Schluchzern.

Jetzt, da der Durst weg ist, merke ich, wie die Müdigkeit mich packt. Meine Lider zudrückt. Meinen Kopf nach unten zieht. Und ich habe Hunger. Aber ich kann Isabella nicht einfach so sitzen lassen.

»Und wenn du Ja sagst? Also, nur zum Schein? Und dann abhaust?« Ich bin selbst nicht so überzeugt. Ich kann mir nicht vorstellen, dass sie da nicht schon von selbst draufgekommen ist. Mir fällt nur nichts anderes ein.

Isabella schüttelt Kopf. Diesmal nur ganz sacht. »Das habe ich schon einmal gemacht. Ziemlich schnell hatten sie mich wieder eingefangen. Er hat mich drei Tage ohne Wasser in die Dunkelheit gesperrt. Danach hat er gesagt, wenn ich das noch mal mache, dann sperrt er mich wieder ein und macht die Tür nie wieder auf.« Sie flüstert diese Geschichte. Ohne Aufregung.

Im Dunkeln, ohne Wasser. Ich muss mich schütteln, um die Bilder loszuwerden. »Und die Fesseln? Kann man die nicht aufbrechen?«

Wieder schüttelt sie kaum merklich den Kopf. »Ich wüsste nicht, wie. Sie sind zugeschweißt. Es gibt noch nicht einmal einen Schlüssel dafür. Und, außerdem …« Sie atmet tief und unruhig ein. Durch das lange Weinen schluchzt ihr Körper von selbst. Wie ein kleines Kind. »… ich bin nicht allein hier.«

Ich sehe mich um, was mir im selben Moment total bescheuert vorkommt.

Isabella merkt es auch und lacht kurz und freudlos auf. »Ja, nee. Nicht hier hier. Als ich eingefangen wurde. Da war ich mit jemandem zusammen. Der ist hier auch. Und den will ich nicht zurücklassen.«

Ich kämpfe mit meinem ganzen Willen gegen die Müdigkeit an. »Wo ist er denn?«

Isabella zuckt die Schultern. »In einem der Kerker. So ganz genau weiß ich es nicht. Und wenn ich abhaue, dann müsste ich ihn zurücklassen. Bei meinem letzten Versuch wollte ich ihn befreien.« Sie wischt sich mit dem Handrücken über die Nase. »Sie hatten sich das wohl gedacht. Sie haben einfach auf mich gewartet.« Ihr Gesicht zerknittert wieder. Sie schluchzt.

Ich sage nichts mehr. Es gibt nichts zu sagen. Ich nehme ihre Hand und lasse den Schlaf kommen. Mehr schaffe ich nicht mehr.

»In den Schrank!« Isabella schüttelt mich so fest, dass der Schmerz in meinem Brustkorb Blitze vor meine Augen schießt. Ich krieche schnell in den Schrank. Kaum hat sie die Tür zugedrückt, höre ich die Schritte in den Raum kommen, langsam und schlurfend. »Dein Essen«, sagt eine Stimme. Sie klingt weich und ausdruckslos. Dann scheppert es. »Die Sachen zum Kochen bring ich später.« Ich höre ein leises »Hmm« von Isabella. Dann verschwindet das Schlurfen wieder. Ich stelle mir eine alte Oma in Pantoffeln vor, die da entlangschlurft.

Nach ein paar Minuten öffnet Isabella die Tür. »Hast du Hunger?«, fragt sie, während sie sich in meine Öffnung beugt. »Aber erwarte nicht zu viel.«

Sie ist schon wieder aufgestanden, ihre Kette klimpert hinter ihr her. Ich höre, wie sie Wasser schöpft und in einer Metallschüssel herumrührt. Ich krieche aus der Schranköffnung. Mein Brustkorb tut wieder so weh, dass mir ein bisschen schlecht davon wird. Vielleicht ist es aber auch der Hunger. Ich weiß es nicht. Als ich endlich draußen bin, stellt Isabella eine Schüssel vor mich. Darin schwimmt eine Art Brei, cremig und farblos, mit ein paar Klümpchen darin. Das Zeug riecht ein bisschen wie feuchtes Papier. Ich rüttele an der Schüssel. Die Masse wabbelt hin und her. »Was ist das?«, frage ich schließlich.

»So ziemlich das Einzige, was du hier kriegen kannst«, sagt Isabella. »Also denk lieber nicht so viel nach.«

Ich sehe sie an.

Sie zuckt die Schultern. »Futterflocken für Rinder«, sagt sie schließlich. »Bruder Amon und die anderen haben mal irgendwann das Lager einer alten Rinderzucht gefunden und ein paar Tonnen davon entdeckt. Seitdem essen das alle, die hier nichts zu melden haben.« Sie grinst. »Also du auch. Weil ich so nett bin und meine Portion mit dir teile.« Sie hebt ihre Schüssel hoch, als wolle sie mir zuprosten. »Am besten, du kippst es dir einfach rein und versuchst, dass es so kurz wie möglich in deinem Mund bleibt.« Sie kippt ihren Kopf in den Nacken wie ein Pinguin, der einen Fisch herunterschlingt.

Ich versuche, es ihr nachzumachen. Mir läuft die Hälfte daneben, ein bisschen bekomme ich in die Nase, dann muss ich husten. Natürlich habe ich das Zeug ganz lange im Mund. Und verstehe, was sie meint. Es schmeckt, wie es riecht. Nach feuchtem Papier. Mit einem Hauch Fischgeschmack. Ich lecke jeden Tropfen ab.

Der Brei bildet einen Klumpen in meinem Bauch und macht mich träge. Die Abwesenheit von Hunger ist herrlich. Ich bin sofort wieder müde. Nur mein Körper schmerzt. Ich habe auf dem Steinboden geschlafen, und mein Brustkorb fühlt sich immer noch an, als hätte ihn jemand als Trampolin benutzt.

»Du solltest wieder in den Schrank«, sagt Isabella und blickt sich nervös zum Türeingang um. »Gleich kommt Gabriele und bringt die Sachen, damit ich Essen koche.«

Ich nicke und krieche wieder in das metallene Loch. Ich kann mich darin nicht ausstrecken. Aber wenn ich mich flach auf den Rücken lege und die Beine etwas anwinkele, dann geht es. Ich kann mich auch auf der Seite zusammenrollen, so passe ich auch rein. Ich muss nur mit meinem verletzten Bein aufpassen, es tut höllisch weh.

Es rumpelt wieder. Dinge werden über den Boden geschleift. Kartons vielleicht. Oder Säcke. »So.« Wieder die sanfte, gleichgültige Stimme. »Alles gewogen. Also komm auf keine dummen Gedanken.«

»Jaja, das musst du nicht jedes Mal wieder sagen.« Isabellas Stimme klingt grob und gereizt.

»Na, bei dir weiß man einfach nie.« So etwas wie ein Glucksen. »Selten so einen verrückten Sturkopf wie dich erlebt.« Dann wird es für einen Moment still. »Sag mal, Mädchen«, sagt die Stimme schließlich sehr leise. »Willst du es dir nicht noch mal überlegen? Du könntest doch ein gutes Leben haben. Was bringt dir das denn? Hier angekettet sein?«

Ich höre Isabella tief einatmen.

»Das verstehst du nicht«, sagt sie schließlich.

»Doch, ich glaube schon.« Die Antwort kommt prompt. »Vielleicht ist es trotzdem die falsche Entscheidung. An Bruder Amons Seite wärst du die Königin der Festung! Du könntest dir alles wünschen. Vielleicht die Dinge zum Besseren wenden. Ein bisschen vielleicht. Was soll das ganze hier denn bringen. Außer Tod und Unglück?«

»Und was soll es bringen, wenn ich mich dem Schwein ausliefere? Du glaubst doch nicht, dass dieses Tier sich zu irgendeiner guten Tat herablassen würde?!«

Ich höre, wie die andere erschrocken aufseufzt. »So darfst du nicht reden! Er hat seine Ohren überall! Schweig, Kind, schweig! Und denk darüber nach, was ich gesagt habe. Du kannst das hier nicht gewinnen. Das weißt du doch!«

»Manchmal ist der Tod auch ein Sieg.« Isabellas Stimme klingt trotzig.

»So ein dummes Zeug«, seufzt die Stimme. Die Schritte schlurfen weg.

Ich warte, bis Isabella die Tür aufmacht. Mit fiebrigen Augen sieht sie mich an. »ZiZi, ich halte das hier nicht mehr lange durch. Aber dass du hier bist. Dass du ihnen entkommen bist. Das ist doch was. Vielleicht … vielleicht heißt das was. Ich weiß nicht, was. Aber vielleicht bedeutet es irgendwas.« Sie flüstert, schnell und irgendwie fast betrunken. Schweiß tritt auf ihre Stirn.

Ich streiche ihr über den Arm. Sie tut mir so schrecklich leid. Mit dieser Kette am Fuß. Allein in diesem Raum, Tag und Nacht. Und es scheint keinen Ausweg zu geben. Ich nehme mich zusammen und streiche ihr über das verklebte Haar.

»Jetzt beruhig dich erst mal. Am besten, du kochst jetzt in Ruhe, was sie dir vorbeigebracht hat. Jetzt gerade gibt es nichts anderes zu tun.« Was sollte sich daran je ändern, frage ich mich. Aber ich sage es nicht laut.

Isabella wankt unruhig von einem Fuß auf den anderen. Dann nickt sie. Fast hätte ich erleichtert aufgeseufzt. Sie macht mir wirklich Sorgen. Sie ist wie ein hauchdünnes Glas in einem Raum voller schrillem Gekreische. Jeden Moment kann sie zerspringen.

»Ich muss ein bisschen schlafen«, sage ich. Ich bin immer noch so schrecklich müde.

Wieder nickt sie. »Leg dich da drüben auf meine Matratze.«

Mich schaudert es, wenn ich an ihren Gestank denke. Aber es ist besser, als eingekeilt im Schrank zu schlafen. Meine Beine sind schon ganz taub.

Ich versuche eine bequeme Position zu finden, und da spüre ich, dass ich noch immer meinen Rucksack auf dem Rücken habe. Er ist so leicht und fast leer, dass ich ihn gar nicht bemerkt habe. Ob überhaupt noch was darin ist? Ich kann mich gar nicht mehr erinnern. Alles, was ich aus dem Haus mitgenommen habe, ist bei Moira geblieben, und das Essen vom Doktor haben die Typen im Laster weggenommen.

Es ist ziemlich mühselig, den Rucksack von meinem

schmerzenden Körper zu bekommen. Besonders wenn ich mit der Hand zur gegenüberliegenden Schulter greife, tut es so sehr weh, dass ich schreien möchte, einfach nur ganz lange schreien. Aber schließlich ist er unten und ich lasse mich erschöpft zurücksinken. Ich kann die Augen kaum noch offen halten.

Hinter mir klappert Isabella jetzt geschäftig mit den Töpfen und Schüsseln. Es klingt irgendwie ziemlich gemütlich, nach früher, wenn meine Eltern abends noch im Haus aufgeräumt haben und ich auf dem Sofa liegen durfte, weil mir mein Zimmer zu unheimlich, zu dunkel und zu groß war. Ich erinnere mich noch an das sanfte Licht, das die Leselampe hinter dem Sofa machte. An den Geruch des frisch gewaschenen Schlafanzugs und den süßlichen Hauch von Staub in der Wolldecke, die mein Vater über mich gedeckt hatte.

Ich muss ein bisschen lächeln bei dem Gedanken an das kleine Mädchen, das ich mal war. Zum Glück hatte ich damals keine Ahnung von dem, was heute ist. Ich wäre gestorben vor Schreck.

Ich habe die Augen schon zu, fasse aber trotzdem in den Rucksack. Er ist ein bisschen zu schwer, um wirklich leer zu sein. Ich glaube schon fast, dass ich mich getäuscht habe und der Rucksack doch leer ist, da merke ich, dass sich etwas unter die Plastikscheibe geschoben hat, die den Boden in Form hält. Es ist klein, kantig, hart. Als ich es herausziehe, erkenne ich es sofort. Moiras Notizbuch. Ich hatte es ganz vergessen.

Isabella muss mich wieder wecken. Diesmal weiß ich aber, wo ich bin. Sie schiebt mir etwas Heißes in die Hand und sagt: »Geh in den Schrank. Ich lass dich gleich wieder raus.«

Ich höre Schritte, kantig und hart sind sie diesmal. Etwas poltert. »Auf die Waage.« Die Worte knallen in den Raum. Isabella ächzt. Sie scheint Dinge hin und her zu heben. Vermutlich die Töpfe. »Stimmt«, sagt die Stimme schließlich. »Jetzt verkosten.« Ein leises Klackern. »Ein bisschen zackig! Das Essen muss heiß sein!«

Ich öffne meine Hand. Darin liegt ein kleines goldiges Ding. Ich rieche daran. Es ist tatsächlich eine Kartoffel. Ich knibbele ein kleines Stückchen mit den Zähnen ab. Es schmeckt ganz und gar köstlich. Ich stecke den Rest in den Mund und lasse mir die Kartoffel auf der Zunge zergehen. Sie zerfällt nach und nach und füllt meinen ganzen Mund mit warmem Brei, der irgendwie nach Nüssen schmeckt. Woher haben die hier nur Kartoffeln?

Isabella kichert, als sie den Schrank aufmacht. »Die sind so blöd!«, sagt sie. »Jedes Mal wiegen sie das Essen, damit ich nichts klauen kann. Dabei verändert sich beim Kochen doch das Gewicht. Ich weiß nicht, ob die das nur machen, damit ich Angst bekomme – oder ob sie wirklich so blöd sind. Und ich muss immer kosten. Damit ich Bruder Amon nicht vergifte.« Sie verdreht die Augen. »Als ob ich hier an Gift kommen würde.« Sie lässt ihre Kette klingeln.

Ich muss auch ein bisschen lachen. »Na ja, sie sind immerhin schlau genug, um an Kartoffeln zu kommen!«

Isabella wischt unwirsch mit der Hand durch die Luft. »Das sind Holger und Gabriele, die Frau, die mir das Essen bringt. Die bauen im Hof oben Kartoffeln und Brennnesseln an. Ich glaube, sie waren mal Bauern oder hatten einen Garten. Irgendwie so was.«

»Aber wie kriegen sie es hin, dass die Kartoffeln hier wachsen?« Ich kann es immer noch nicht ganz glauben.

Isabella zuckt mit den Schultern. »Es ist nicht einfach, glaube ich. Aber durch die Mauern kommt der Sturm nicht rein, der Hof ist eng genug. Und sie schützen die Pflanzen wohl mit Sonnensegeln vor der schlimmsten Hitze.« Sie zieht eine weitere dieser goldigen Kartoffeln hervor und grinst. Wie eine große Murmel liegt sie in ihrer Hand. »Wie du siehst, es funktioniert«, sagt sie und stopft sich die Kartoffel in den Mund. »Obwohl Gabriele immer jammert. Die Kartoffeln wachsen nicht richtig, sagt sie. Wegen der Hitze. Eigentlich müssten sie fünfmal so groß sein.« Sie hält die goldige Kugel zwischen Daumen und Zeigefinger gegen das Licht. »Besser klein als gar nicht, oder?«

Ich nicke und hoffe, Isabella kann wieder mal Kartoffeln für uns abzweigen. Die Klettenwurzeln helfen ja gegen das Verhungern. Aber die Kartoffeln schmecken endlich wie richtiges Essen. Ich fühle mich besser. Muss der viele Schlaf sein. Das viele Wasser, das Essen. Noch ein oder zwei Tage. Dann kann ich bestimmt weitergehen.

Isabella lächelt mich an. Mich durchzuckt ihr Blick. Wie soll ich ihr nur beibringen, dass ich bald weitergehe? Es ist schrecklich, wenn ich sie hier zurücklassen muss. Aber ich weiß nicht, wie ich ihr helfen kann. Und ich will zu Ali. Außerdem kann ich ja nicht ewig in einem Geschirrschrank hocken und auf bessere Zeiten hoffen. Isabella setzt sich zu mir auf die Decke. Ganz habe ich mich noch nicht an ihren Geruch gewöhnt. »Ich muss jetzt erst mal nichts machen. Jedenfalls kann der Abwasch noch ein bisschen warten.« Sie blickt kurz hinter sich auf die benutzten Töpfe und Pfannen. »Manchmal denke ich, wenn ich noch einen Teller abwasche, dann flipp ich aus.« Sie verdreht die Augen und haut sich sacht mit der Hand an die Stirn. So sieht sie ein bisschen aus wie die Mädchen in manchen der Filme, die ich im Haus hin und wieder geschaut habe. Sie hätte ein Filmstar oder so was werden können. Damals. Früher. Vor all dem. Also, gewaschen jedenfalls. »Warum bist du eigentlich so schmutzig?«, rutscht es mir raus.

Sie starrt mich an, die Augenbrauen zusammengezogen. Ich hatte das eigentlich nicht laut sagen wollen. Aber jetzt ist es raus. »Ich meine, warum wäschst du dich nicht? Du hast doch Wasser? Seife wahrscheinlich auch.«

Sie zieht die Luft durch die Nase und sieht mich weiter an. Undurchdringlich. Irgendwie triumphierend.

»Du ekelst dich, nicht wahr? Weil ich so stinke.«

Ich nicke ein bisschen. Nicht zu doll. Ich habe ein bisschen Sorge, dass sie gleich ausflippt. Aber das tut sie nicht.

»Genau. Das ist der Punkt. Was man ekelig findet, das fasst man nicht an.«

Ich nicke und lächle sie an. Ja, das macht wirklich Sinn. Vielleicht ist sie doch nicht so verrückt.

Wir spielen Tic, Tac, Toe. Isabella zupft graue Fäden aus ihrer Wolldecke, ich zupfe schwarze Fusseln von meiner Jacke, und wir rollen sie zu Kugeln, die wir dann abwechselnd auf die Fliesen legen. Sie gewinnt jedes Mal. Ich bin irgendwie viel zu langsam im Kopf. Was mich ziemlich ärgert. Das ist eine der wenigen Sachen, auf die ich mir immer was eingebildet habe. Dass ich schnell im Kopf bin. Und jetzt ist sie einfach besser. Nachdem sie mich fünfmal geschlagen hat, habe ich keine Lust mehr.

»Kannst du mir eigentlich ein paar Vorräte besorgen?«, frage ich, um nicht sagen zu müssen, dass ich nicht mehr spielen will. Sie sieht mich an. Ihre Pupillen ziehen sich zusammen, bis sie klein wie Stecknadelköpfe sind.

»Du willst weg.« Sie sagt es nicht als Frage, sondern als Feststellung.

Ich zucke die Schultern. Eigentlich hätte ich lieber nicht mit ihr darüber geredet. Ja, meine Wunden tun noch ziemlich weh. Aber ich glaube, dass ich bald weiterkann. Es ist nicht so, dass ich nicht darüber nachgedacht hätte, ob ich ihr helfen könnte. Aber mir fällt ehrlich gesagt nichts ein. Ihre Fessel kann man nur mit dem Schweißgerät öffnen. Das hat sie selbst gesagt. Leider habe ich gerade keins dabei, und bedienen könnte ich es auch nicht. Den Fuß abhacken könnte ich vielleicht schon, aber ich glaube, damit wäre ihr am Ende doch nicht wirklich geholfen. Wenn es wenigstens einen Schlüssel gäbe, mit der man ihre Fessel öffnen könnte. Dann könnte ich ja versuchen, den zu stehlen. Aber so sind die Dinge nun mal nicht. Ich schaue Isabella an und sehe, dass ihr Kinn anfängt zu wackeln.

»Ich versteh schon«, murmelt sie, und dann tropfen die ersten Tränen auf unsere Fusselknäuel. »Ich bin ein hoffnungsloser Fall.« Sie lacht hohl und rüttelt an ihrer Kette.

Ich will ihr über die Haare streicheln, sie trösten. Aber irgendwie schaffe ich es nicht. Es kommt mir einfach so verlogen vor. »Es tut mir leid,« sage ich schließlich. »Mir fällt einfach nichts ein, wie ich dich befreien kann.«

Sie nickt stumm. Sie rollt ein graues Fusselkügelchen mit dem Finger hin und her und schnippt es schließlich weg. Es rollt bis unter meinen Schrank.

»Mir fällt ja auch nichts ein«, sagt sie schließlich. Sie wischt sich mit dem Handrücken durchs Gesicht und ordnet ihre Haare. Was ein bisschen lustig ist, so wie sie aussieht. Es erinnert mich daran, dass sie bestimmt mal sehr genau wusste, wie schön sie ist. Denn das ist sie ja immer noch. Sie ist halt nur auch unfassbar schmutzig.

»Okay«, sagt sie und zieht die Heulrotze hoch. »Ich helfe dir, Proviant zu bekommen. Wenn du ihn aus dem Lager stiehlst, dann bemerkt es keiner. Es bedienen sich eh ständig alle. Deshalb haben sie auch nie genug. Wenn ich dir erkläre, wohin du musst, dann ist das eigentlich ein Kinderspiel.« Sie macht eine Pause und sieht mich so an, dass ich weiß: Jetzt kommt die Bedingung. »Aber dafür musst du ins Verlies.«

»Ins Verlies?«, frage ich, obwohl ich weiß, was sie meint.

»Ja, du sollst nach meinem Freund schauen. Ich muss wissen, wie es ihm geht. Ich habe ihn nicht mehr gesehen, seit wir gefangen wurden.«

Scheiß-Erpressung! Für einen Moment will ich mich aufregen. Aber das vergeht nach einer Minute. Ich will etwas von ihr, sie will etwas dafür zurückbekommen. Ein fairer Deal. Und genau genommen schulde ich ihr schon was. Ohne Isabella wäre ich vermutlich nicht mehr am Leben.

»Okay«, sage ich also. »Wie heißt er denn? Wenn ich nach ihm suche?«

»Tom«, sagt sie. Ihre Stimme bricht, als sie seinen Namen sagt. »Er heißt Tom.«

Ich nicke und reiche ihr die Hand. »Du sagst mir, wo ich Vorräte finde, und ich suche nach Tom.« Sie schlägt ein. »Ich werde dir einen Plan zeichnen, damit du den Weg findest.«

Mein Körper tut noch immer weh. Ich komme schwerer voran, als ich dachte. Aber vielleicht ist das ganz gut. Dann merke ich die Panik nicht so sehr. Isabella hat gesagt, Die meisten sind auf einem Trip, um Sachen zu suchen. Vielleicht machen sie auch ein paar Überfälle. Deshalb ist im Keller eigentlich niemand. Sie fühlen sich zu sicher und es ist hier unten zu unbequem. Dafür haben sie wohl einfach zu wenig Fantasie. Dass ein grün und blau angelaufenes, humpelndes Mädchen bei ihnen das Lager ausräumen will und mal kurz bei ihrem Gefangenen vorbeischaut. Isabella sagt, dass nur einmal zur vollen Stunde jemand runtergeht. Sie kann die Schritte hören und sagt, darauf kann man sich eigentlich verlassen.

Immerhin brauche ich keine Krücke mehr. Das Bein ist schon etwas verheilt. Es reicht, wenn ich vorsichtig humpele. Rennen wäre ein Problem. Aber ich kann halt schlecht warten, bis alles wieder heile ist.

Isabella hat meinen Weg genau durchgeplant. Erst soll ich ins Lager. Sie hat mir sogar einen Korb mitgegeben. Mit solchen Körben trägt Gabriele sonst die Sachen zu ihr in die Küche. Falls also jemand den Korb findet, fällt es vielleicht gar nicht auf. Im Lager soll ich dann ein Leuchtstäbchen mitnehmen. Irgendwo steht eine ganze Kiste von denen, sagt Isabella, sie hat mal mitgehört, wie sich Gabriele darüber beschwert hat, dass sie im Lager Platz wegnehmen, obwohl niemand diesen Krempel brauche. Wenn sie wüsste. Im Verlies ist es dunkel und eine Taschenlampe mitnehmen fällt zu sehr auf. Den Korb lade ich dann also voll und lasse ihn im Lager. Dann ins Verlies, nachsehen, ob ich Tom finde. Und dann zurück und den Korb holen. Alles ganz einfach.

Das Lager ist wie ein Schlaraffenland. Säcke voller

trockener Bohnen, Erbsen, Reis stehen da. Und Hunderte Konservendosen, geordnet nach süß und salzig. Es gibt sogar ein paar Gläser Ahornsirup. Die nehme ich aber nicht, auch wenn es mich sehr verlockt. Ich glaube, der ist zu wertvoll. Das würde auffallen. Ich nehme nur Dinge, von denen viel da ist. Aber nicht die trockenen Sachen. Ich werde keine Zeit zum Kochen haben. Ich brauche Dinge, die man so essen kann. Ich nehme zwei Dosen mit Mais und zwei mit Bohneneintopf. Bei den süßen Sachen finde ich Dutzende Dosen Ananas in Stücken, gezuckert. Ich packe zwei ein. Eine für unterwegs, für die schlimmen Momente, und eine für Ali. Als Geschenk, wenn wir uns wiedersehen. Dann können wir sie zusammen aufmachen und an unsere erste Party im Haus denken. Als ich noch nicht wusste, was hier draußen auf mich wartet. Als alles möglich schien.

Ganz hinten finde ich dieses Rinderfutter, verpackt in riesigen blauen Plastikfässern mit weißem Deckel. Ich fülle mir auch davon was ab. Neben den Fässern stehen die Tresore. Darin hebt Bruder Amon die Kostbarkeiten auf. Wein, Schokolade, die Dosen mit Fleisch.

Ich stelle den Korb neben den Eingang, sodass er im Schatten ist, ich ihn aber schnell greifen kann. Dann sehe ich auf die Uhr, die im Lager steht. Es ist so eine alte Uhr in einem hohen Holzkasten, die unablässig tickt. Das Holz hat eine so herrliche Farbe, rot fast, mit kleinen dunklen Flecken darin. Das Ziffernblatt ist ganz oben in einem runden Kästchen, von geschnitzten Blättern umgeben. So als wollte sich das Holz an den Wald erinnern, in dem es einmal entstanden ist. Bruder Amon hat solche Uhren an allen wichtigen Orten in der Festung aufstellen lassen. Sie funktionieren ohne Strom und gehen alle gleich. Isabella sagt, sie glaubt nicht, dass das wirklich die richtige Zeit ist, also die von früher. Es ist die Zeit, die Bruder Amon für die Festung festgelegt hat. Damit seine Leute sich an seine Pläne halten können. Die Zeiger zeigen 1 Uhr 15 an. Ich habe also noch 45 Minuten. Ob ich unten im Verlies eine Uhr finde, weiß ich nicht. Sonst werde ich mich auf mein Gefühl verlassen müssen. Obwohl ich nicht weiß, ob das überhaupt geht. Minuten fühlen. Es klickt und der schmale, lange Zeiger springt ein kleines Stückchen weiter. Ich muss los.

Ein Lufthauch trifft mich. Er muss vom Hof kommen. Es riecht nach Erde. Feuchter Erde. Und noch etwas anderem. Es riecht lebendig. Die Pflanzen. Die Kartoffeln. Ich stelle mir vor, wie sie dort wachsen, vom Mond beschienen. Für einen Moment spiele ich mit dem Gedanken hochzugehen und sie mir anzuschauen. Nur für einen Moment. Es kribbelt mich richtig, so gern würde ich das sehen. Weil ich fast gar nicht glauben kann, dass es sie gibt. Aber die Zeit ist eh schon knapp.

Isabellas Plan führt mich bis zu einer großen Holztür. Danach weiß sie nicht mehr weiter. Bis hierhin ist sie gekommen. Hier haben sie sie eingefangen. Deshalb ist sie sich sicher, dass ihr Tom irgendwo dort hinter sein muss. Ich drücke die alte schmiedeeiserne Klinke runter. Die schwere Tür dreht sich mit einem leisen Quietschen in den Angeln. Mist. Ich hatte ein kleines bisschen gehofft, dass die Tür verschlossen ist und ich einfach nicht weiterkomme. Dann hätte ich alles versucht. Aber jetzt muss ich wohl weitergehen.

Ich stehe am Anfang einer dunklen Treppe, die ins

Nichts zu führen scheint. Zeit für das Leuchtstäbchen. Party-Light steht darauf, über einem Bild von hochgereckten Händen, die alle ein leuchtendes Stäbchen halten. Mich durchzuckt eine Traurigkeit, kurz und heftig wie ein Stich. Was wohl mit den Menschen geworden ist, die dachten, dass dieses Stäbchen fürs Partymachen gebraucht werden würde? Ich knicke das Plastikröhrchen und sein Inneres flammt gelbgrün auf. Weit kann ich nicht sehen, aber es wird reichen.

Vorsichtig humpele ich Stufe für Stufe hinab. Ein Geländer gibt es nicht, ich muss mich an den roh behauenen Steinen der Wand abstützen. Der Gang ist so niedrig, dass ich kaum aufrecht gehen kann. Die Luft ist kühl und modrig. Ich kann mir nicht vorstellen, dass hier wirklich ein Mensch sein soll. Einer, der länger als ein paar Minuten hier unten ist. Mein Hals wird so eng, dass ich kaum schlucken kann. Bis gerade war das so theoretisch, ein Punkt auf meiner Aufgabenliste: in den Keller und nach Tom suchen.

Jetzt fange ich an zu ahnen, dass das ziemlich schrecklich werden könnte. Was soll ich ihm denn überhaupt sagen? *Hallo, na, wie geht's! Liebe Grüße von Isabella, die ist übrigens in der Küche angekettet, wäscht sich nicht, damit sie keiner anfasst, und wird bald verrückt, weil sie diesen Bruder Amon heiraten soll. So, und jetzt muss ich auch schon wieder los! Tschüss und ein schönes Leben noch!*

Nee, meine einzige Chance ist, dass ich ihn finde und er mich nicht bemerkt. Sonst könnte es ziemlich schrecklich werden. Ich komme an einer Gittertür vorbei. Dicker Staub liegt auf den Eisenstäben. Nein, hier ist niemand. Dann kommt noch so eine Tür und noch eine. Ob Isabella in einer dieser Zellen saß? Ohne Leuchtstäbchen ist es hier sicher dunkel wie in der Nacht. Wie lang dieser Gang wohl weitergeht? Ab wann darf ich eigentlich umkehren? Wann habe ich mein Versprechen eingelöst? Und ich habe nicht die leiseste Ahnung, wie viele Minuten jetzt eigentlich vergangen sind. Können zehn sein. Oder dreißig.

Ich stehe vor einer hellgrauen Tür. Eine von diesen Brandschutztüren. Irgendwann später eingebaut. Shit. Gerade als ich umkehren wollte. Ich nehme die Klinke in die Hand und hoffe wieder, dass die Tür einfach abgeschlossen ist. Natürlich ist sie das nicht. Sie ist sauschwer. Mein Brustkorb verwandelt sich unter der Anstrengung sofort in ein Meer aus Schmerz. Ich stecke meinen Fuß in die schmale Öffnung, schiebe die Tür mit meinem gesunden Bein weiter auf und klemme mich in den Rahmen. Ich leuchte hinein. Hier ist kein Gang mehr, eine Art Gewölbe liegt vor mir. Vollkommen dunkel. Nur mein Leuchtstäbchen macht ein bisschen Licht. Die Decke in geschwungenen Bögen. Ein weiterer Lagerraum. Denke ich mir, für einen Moment, bis ich ein paar Schritte hineingehe. Da sehe ich, dass an den Wänden keine Kisten stehen, sondern Käfige. Die Tür fällt hinter mir mit einem dumpfen Knall ins Schloss.

Wie grauenhaft! Wie fies muss man sein, hier unten Tiere zu halten. In der Dunkelheit. Eingesperrt. Da kann man nur ein total mieses Arschloch sein. Und dann sehe ich, die Körper haben gar kein Fell. Das sind keine Tiere. In den Käfigen sind Menschen. Nackte Menschen. »O Gott!«, flüstere ich. Das Leuchtstäbchen klackert, als es auf den Boden fällt.

»Hey! Du bist keine von denen! Wer bist du?«

Die Stimme klingt heiser. Wie lange nicht benutzt. Ein Rascheln und Scharren geht durch den Raum. Gemurmel.

»Ich … ich …« Ich finde keine Worte. Wer bin ich?

»ZiZi«, sagt da eine Stimme. Schwach, aber klar. »Das ist ZiZi.«

»Ali!«, flüstere ich. Ich kann es nicht glauben. Ist er das wirklich. »Ali! Bist du das?« Meine Stimme zittert. Alles an mir zittert. Ich weiß nicht, ob ich mir wünschen soll, dass er hier ist. Oder dass er nicht hier ist.

»Ja, ich bin hier!« Matt klingt er, erschöpft. Leer. Aber er ist es.

Ich hebe das Leuchtstäbchen auf und suche nach ihm. Leuchte in bleiche Gesichter, zerwühltes Haar, bis ich ihn im vorletzten Käfig tatsächlich finde. Sein schwarzes Haar, unter den Augen dunkle Ringe. Ich kann die Rippen unter seiner Haut sehen, den Käfig seines Herzens. Seine Lippen sind weiß von Trockenheit. »Ali! Mein kleiner Ali!« Ich fahre ihm mit der Hand durch das Haar und er schließt die Augen. Tränen tropfen durch das Gitter, auf sein Haar, auf meine Hand. »Ali! Wie bekomme ich dich da raus?« Der Käfig geht mir bis zum Bauch, er kann höchstens darin hocken. Ich rüttele an der Gittertür. Eine dicke Kette verschließt sie.

»Na, ein Schlüssel wär nicht schlecht.« Ein leises Lächeln kriecht in sein Gesicht. Dann bekommt es einen nervösen Ausdruck. Er schaut über die Tür. »ZiZi, du hast keine Zeit. Sie kommen gleich.« Seine Stimme beginnt zu zittern.

Ich drehe mich um. Über der Tür hängt auch eine Uhr. Zwei grüne Zeiger leuchten in das Gedämmer. Es ist fünf Minuten vor zwei.

»Du musst schnell durch den Flur.«

Das schaffe ich nicht. »Schnell kann ich nicht, Ali! Ich bin verletzt.«

Ali mustert mich mit aufgerissenen Augen und bleibt an meinem zerfetzten Hosenbein hängen. »ZiZi, aber du musst! Sie dürfen dich nicht finden!«

»Ali! Ich kann dich doch nicht hierlassen!« Ich rüttele wieder an der Tür, reiße an den Gitterstäben. Sie bewegen sich keinen Millimeter.

Ali steckt seine Hand durch die Gitter und nimmt meine. »ZiZi, du MUSST JETZT gehen!« Er schaut wieder zur Uhr.

Ein Schluchzen schüttelt mich. »Ali! Ich muss doch …!« Er lässt die Hand los und versetzt mir einen sanften Stoß. »JETZT, ZiZi!«

Ich stolpere los. Öffne die Tür, ohne zurückzublicken. Der Gang vor mir. Ich versuche zu laufen, es wird ein schnelles Humpeln. Mein Bein brennt, als hätte jemand darin eine Fackel angezündet. Der dunkle Schmerz in meinen Rippen pulst mit meinem Herzschlag. Da. Die erste der Gittertüren, vielleicht ein Drittel habe ich geschafft. Schweiß läuft mir den Rücken hinab. Und dann höre ich sie. Ein Murmeln, dann Gelächter, das Knirschen schwerer Schuhe auf den steinernen Treppenstufen. Mein Mund wird trocken. Ich bin gefangen. Eine humpelnde Maus in der Falle. Vielleicht schaffe ich es zurück zu Ali. Vielleicht kann ich mich dort verstecken.

Ich drehe mich um. Nein, das ist zu weit, sie gehen zu schnell.

Da greift meine Hand an das Gitter. Das Verlies. Ich rüttele an der Tür. Sie ist verschlossen. Aber das Gitter reicht nicht bis ganz zum Boden aus festgetretener Erde. Ich knie mich hin, schiebe meinen Kopf an die Stäbe. Vielleicht schaffe ich das. Ich lege mich hin, den Kopf zur Seite, den Körper so flach ich kann. Ich höre ihre Schritte, wie sie näher kommen. Fast kann ich ihre Worte verstehen. Ich stelle mir vor, ich bin eine Gummiente, die ihre Luft verliert, Eis, das in der Sonne schmilzt. Ein Tintenfisch, der seinem Gefängnis entkommt. Ich atme aus. Das Gitter schabt über die Haut an meinem Kieferknochen, reißt über meine verletzten Rippen, verhakt sich am Verband meines Beins. Schmerzen zucken durch meinen Körper. Ich habe nur diese eine Chance. Das Licht ihrer Taschenlampen schwankt durch den Gang. Sie sind nah.

Ich spüre, wie die Haut an meinem Kieferknochen nachgibt. Blut sickert mir in den Nacken. Ich schiebe mich weiter. Das Gitter reißt am Verband, bohrt sich in die Wunde, ich höre, wie der Schorf aufbricht. Schmerz. Schmerz, der mir durch alle Glieder fährt. Dann bin ich durch.

Ich höre die Stimmen der beiden vorbeirauschen, das Knirschen ihrer Stiefel direkt neben meinem Gesicht. Aber das Dunkel verbirgt mich, sie werfen nicht einmal einen Blick in Richtung des Gitters, hinter dem ich liege.

Sie bleiben nicht lange bei Ali und den anderen. Mein Atem hat sich bis zu ihrer Rückkehr kaum beruhigt. Aber ich bin so ruhig, dass ich hören kann, was sie sagen.

»Ob das klappt? Meinst du, die kämpfen irgendwann wirklich für Bruder Amon?«

»Freud weiß schon, was er tut.«

»Hoffentlich. Wenn wir das Camp in Salzburg stürmen wollen, dann brauchen wir …« Ihre Stimmen verlieren sich. Schließlich fällt die Tür zu.

Jetzt habe ich eine Stunde. Ein bisschen weniger. Ich suche die Zelle ab und finde hinten einen Stapel alter

Dachziegel. Ich schabe eine Kuhle in den Boden unter den Stäben. Es ist einfach nur festgetretene Erde, bald kann ich mich darunter hindurchschieben, ohne die Stäbe zu berühren.

Ob ich noch mal zu Ali gehe? Aber meine Zeit wird nicht reichen. Ali hier. In diesem Loch. Die Verzweiflung reißt mich fast entzwei. Und ich brauche Werkzeug. Ohne kann ich ihm gar nicht helfen. Ich habe noch nicht mal etwas zu essen oder zu trinken für ihn. Ich muss irgendwas finden, womit ich Alis Käfig aufbrechen kann. Vielleicht reicht auch ein Messer aus der Küche. Ich werde einen Weg finden. Ich muss einen Weg finden. Ich muss einfach.

»Wie geht es ihm? Hast du ihn gefunden?« Isabella wartet auf mich, ihre Kette gespannt bis zum Äußersten.

Ich begreife nicht gleich. Woher weiß sie, dass Ali hier ist? Warum hat sie vorher nichts gesagt? Ich sehe in ihren Augen diese Dringlichkeit. Diese Verzweiflung. Nein, sie meint nicht Ali. Sie meint ihren Tom. Und ich habe ihn vollkommen vergessen.

Ich falle auf den Boden. Meine Beine geben einfach nach. Ich kann ihnen nichts mehr befehlen. »Was ist passiert? Was ist los?« Isabella kniet sich neben mich, besieht die Wunde an meinem Kinn.

»Sie hätten mich fast gehabt«, flüstere ich schließlich.

Sie holt einen Lappen und wischt mir vorsichtig den Schmutz aus der Wunde und dem Gesicht. Ich spüre, wie ihre Hand dabei zittert. »Was ist mit Tom?«, fragt sie noch einmal.

Mir wird ganz warm. Ich habe nicht eine Sekunde

mehr an ihn gedacht. »Ich … weiß es nicht. Ich habe den Keller gefunden. Aber da waren so viele. Bestimmt 10 oder 15 Menschen. Und dann …« Sie weiß ja noch gar nichts von Ali. Wie soll ich ihr erklären, wer er ist, wie wir uns gefunden haben? Aber vielleicht ist das auch alles egal. Es zählt nur, was es ist. Ich schließe die Augen. »Mein kleiner Bruder. Ich habe da meinen kleinen Bruder gefunden. Und dann kamen sie auch schon.«

Isabella lässt ihre Hand sinken. »Du hast ihn vergessen. Du hast Tom vergessen.«

Ich schaue auf den Boden. »Es tut mir leid, Isabella. Es war alles so … so plötzlich und durcheinander …« Ich weiß, keine Erklärung, keine Entschuldigung wird ihr helfen. Es tut mir wirklich leid. Aber es gibt Wichtigeres. Ich muss Ali befreien. Jetzt. »Er ist da. Dein Tom. Ganz bestimmt. Da waren so viele. Er ist sicher dabei. Sie sind in Käfigen. Ich muss sie da rausholen.« Ich sehe Ali wieder, wie er da kauert, in dem dunklen Raum, eingepfercht. Seine Augen ganz leer und er so blass wie der Tod. Die Tränen fließen wieder über mein Gesicht. Ich stemme mich hoch. »Sag mir, wo ich eine Zange finde, eine Eisensäge, irgendwas! Ich hole sie da raus!«

Isabella packt mich am Jackenkragen. »Bist du komplett durchgedreht oder was?« Sie schüttelt mich.

Ich versuche, sie loszumachen. Warum hilft sie mir nicht einfach?

»Du machst die Käfige auf – und dann was? Er wird euch alle nach fünf Minuten einfangen! Und dann wird alles noch viel schlimmer! VIEL, VIEL SCHLIMMER! VERSTEHST DU DAS!« Sie schreit. Dann sieht sie mich erschrocken an und lässt mich los.

Wir lauschen auf Schritte. Aber es bleibt alles ruhig.

Wir sinken zu Boden. Sie hat recht. Selbst wenn ich alle Käfige aufbekomme, bevor die Wachen kommen. Was dann? Ich kann ja auch schlecht mit zehn oder mehr nackten, schwachen Menschen in die Berge fliehen. Selbst wenn wir es schaffen, selbst wenn wir nicht geschnappt werden. Sie würden nicht lange überleben.

»Okay«, sage ich schließlich. »Du hast recht. Du hast ja recht. Was machen wir dann?«

Isabella blickt mir in die Augen, nur für einen kurzen Moment. »Ich habe keine Ahnung«, flüstert sie und geht ohne ein weiteres Wort in ihre Schlafecke.

Ich krieche in meinen Schrank. Dabei merke ich, dass mein Bein ziemlich was abbekommen hat. Die Wunde blutet wieder. Ich ziehe den Stoff meiner Hose vorsichtig auseinander. Die Wunde ist dunkel und feucht. Der Verband zerrissen. Mein Magen krampft sich zusammen. Das ist nicht gut. Ich beiße in meinen Unterarm. Mit der anderen Hand zupfe ich die Reste des Verbands aus der Wunde. Um nicht zu schreien, denke ich an Ali. Ali, wie bist du nur da hineingeraten? Wie kriege ich dich da raus?

Ich kann nicht schlafen. In meinem Kopf kreisen die Bilder von den Körpern in Käfigen, von Ali, wie er dort kauert, das Gesicht so grau, die Augen ohne Lachen. Ich öffne meinen Schrank. Ich weiß nicht, wieso, aber ich bin mir sicher, dass Isabella auch nicht schläft. Sie rührt sich nicht. Also lasse ich sie in Ruhe. Es ist mir auch lieber so. Ich habe so ein schlechtes Gewissen ihr gegenüber, dass ich sie jetzt lieber nicht sehe.

Als ich herauskrieche, fällt etwas auf den Boden. Moiras Buch. Ich hebe es auf und robbe zum vergitterten

Fenster. Mein Bein pocht. Ein dunkles Pulsen, der Herzschlag eines bösen Tiers. Es ist kein Schmerz, nicht dieses Schreien oder Brennen im Körper. Es ist mehr ein Nagen, tief in mir. Ein Bohren und Ziehen, das mich langsam, Stück für Stück, zerlegt. Ich schüttele den Kopf und nehme mir das Buch. Ich halte dieses Denken nicht mehr aus. Irgendwann drehe ich noch durch. Mein Leuchtstäbchen glimmt noch immer. Ich halte es über das Buch und schlage die gelblichen Seiten auf.

Aufzeichnungen, Moira Andermann,
Professorin für Biochemie

steht auf der ersten Seite.

Es ist seltsam, Moiras Notizen zu lesen. Ich höre ihre Stimme in meinem Kopf, wenn ein Wort, das sie benutzt hat, jetzt hier in ihrer engen, schnörkeligen Schrift auf dem Papier steht. Sie sieht aus wie Tausende Lassos aneinandergereiht. Oder wie eine verworrene Schlingpflanze, die Punkte über den Is und den Umlauten, die Käfer und Bienen, die sie besuchen. Wie früher. Als die Welt noch anders war.

Der Text ist ehrlich gesagt total langweilig und schwer zu lesen. Keine Geschichte, der man folgen könnte. Es sind einzelne Beobachtungen, oft gar keine richtigen Sätze. Manchmal ist die Tinte auch etwas verwischt. Viele, viele Zahlen und Buchstabensammlungen, von denen ich kein Wort verstehe. Ich kann mir denken, dass es irgendwelche chemischen Formeln sind. Auf jeden Fall weiß Moira, was sie tut.

Ihre Bilder gefallen mir. Sie hat Pflanzen gezeichnet, nur mit Kugelschreiber, die Bilder haben etwas Zerbrechliches, Unwirkliches. Geisterpflanzen, eine unentdeckte Welt.

Irgendwann wird mir klar, was sie hier gesammelt hat: die Natur, wie Moira sie vorgefunden hat. Vor allem Pflanzen. Die hat sie oft gemalt. Ich finde die Klette. Aber manchmal schreibt sie auch: Igel gesichtet. Wovon lebt er? Letzte Schnecke vor fünf Jahren gesehen. Oder: Rattenwanderung. Hunderttausende Exemplare, vielleicht sogar Millionen ziehen durch die Felder. Die Nahrungsmittel in der Stadt müssen aufgebraucht sein.

Von Menschen schreibt sie nie. Ich finde kein einziges Wort darüber. Obwohl ja oft einer bei ihr gewesen sein muss. Nur von ihren Experimenten steht dort was. Das sind dann lange Zahlenreihen, manchmal in Tabellen, manchmal in einer Gleichung. Ich denke an die Kreuze. Diese Zahlen haben Menschen das Leben gekostet.

Mir fallen rote Zahlen auf, und ich finde eine Legende: Rot = Wertänderung größer 40 %. Auf einer der letzten Seiten den rot geschriebenen Text. Und irgendwann der Satz: Alles ändert sich! Die Pflanzen ändern sich. Und ich bin die Zeugin!

Ich finde es schrecklich, aber nachdem ich eine Weile gelesen habe, verstehe ich, dass Moira es irgendwie auch gut gemeint hat. Ja, sie hat Menschen mit ihren Mitteln getötet. Aber sie tut es offensichtlich wirklich, um Heilmittel zu finden. Ich glaube, sie hat nur irgendwann die Orientierung verloren. Und den Punkt verpasst, an dem sie hätte aufhören müssen.

Und ich frage mich, ob sie nie daran gedacht hat, dass das jetzt alles bedeutungslos ist, was sie tut? Vollkommen, total wurscht und egal? Selbst wenn sie in ihrem Wald ein Wundermittel gegen all die neuen Krankheiten findet – es ist ja keiner mehr da. Okay, ich bin da. Aber ich brauche keine Medizin. Ich brauche einen Plan. Ich brauche eine Waffe.

Ich blicke hinaus. Der schwarze Nachthimmel ist wolkenlos. Der halbe Mond beleuchtet die leer gefegte Landschaft, die Felsen werfen Schatten, einige glänzen dunkel, wie gewaltige, schuppige Echsen, die hier ihr Reich erschaffen, eine Welt in Schwarz und Grau. Ich stelle mir vor, wie diese Steinlawine ins Tal gerauscht ist. Wie sie alles mit sich gerissen hat, bis nichts mehr übrig war. Nur dieses kahl geschlagene Land, neben dem die vom Sturm zerstörten Wälder von Moira wie ein heiteres Paradies wirken.

»Was machst du da?«

Ich zucke zusammen. Isabella hat sich neben mich gehockt. Ich sehe, dass sie geweint hat. Ich zucke die Schultern. »Ich lese. Ich kann nicht schlafen.«

»Was ist das für ein Buch?« Sie schaut auf Moiras Zahlenkolonnen und verschnörkelte Notizen. »Sieht seltsam aus. Die Bücher, die ich kenne, sind anders.«

»Ja, das ist ein Notizbuch von einer Frau …« Ich überlege, ob ich ihr von Moira erzählen soll. Aber ich will nicht. Ich habe einfach nicht die Kraft, ihr das alles zu erzählen. Und was soll das bringen. Unsere Welt ist so schon hoffnungslos genug. »… bei der ich mal war.«

»Mochtest du sie?«, fragt Isabella.

»Hmm. Für eine Weile, ja.« Ich blicke aus dem Fenster. Hoffentlich versteht sie, dass ich nicht darüber reden will. Sie schweigt tatsächlich. Wir sitzen eine Weile da und schauen hinaus in die Nacht.

»Bald geht die Sonne auf«, sagt Isabella. »Das wollten wir immer gemeinsam. Tom und ich. Den Sonnenaufgang sehen.« Sie lächelt. »Schau, wie langsam es beginnt. Ganz leicht wird der Himmel heller. Nur ein kleines bisschen Grau am Horizont. Aber so fängt es an. Kaum zu sehen. Und trotzdem ist es nicht mehr aufzuhalten. Bis die Sonne am Himmel prangt. In all ihrer Schönheit.« Eine Träne rinnt ihre Wange hinab. Das matte Licht meines Leuchtstäbchens spiegelt sich darin.

»Habt ihr ihn denn zusammen gesehen?«, frage ich. »Den Sonnenaufgang, meine ich.«

Isabella schüttelt den Kopf. »Nein, wir haben in einer dieser Erdsiedlungen gelebt, die irgendwann angelegt wurden. Als Schutz vor den Stürmen und der Hitze. Da sind wir zusammen aufgewachsen. Immer unter der Erde. Eine Zeit lang ging es gut. Aber schließlich ist die Nahrungsversorgung zusammengebrochen. Von außen kam ja nichts mehr. Und die Gewächshäuser innen haben nicht so richtig funktioniert. Es hat einfach nicht gereicht. Es gab immer mehr Streit. Wer hat Schuld an dem ganzen Elend? Darum ging es immer mehr. Menschen starben. Die Siedlung fiel auseinander. Jede Familie für sich. Es gab sogar eine Mauer.« Sie lacht auf. »Kennst du diese alte Geschichte? Von dem Jungen und dem Mädchen, die sich verlieben, aber ihre Familien sind verfeindet? Romeo und Julia. So etwas Ähnliches waren wir.« Sie legt die Wange auf ihr Knie und lächelt mich an. »Unsere Familien haben sich gehasst. Und wir haben uns verliebt.« Sie seufzt und schaut wieder aus dem Fenster. »Wir haben uns nachts heimlich getroffen, in einem der abgelegenen Gänge. Wir haben über die Welt geredet, wie sie früher war, woran wir uns erinnern, was unsere Eltern erzählt haben. Und dass wir gemeinsam die Sonne sehen wollen. Und das Meer. Ich wollte, dass wir gemeinsam abhauen. Aber Tom wollte nicht. Noch nicht, hat er immer gesagt. Er wollte seine Eltern nicht im Stich lassen.« Plötzlich wird ihr Rücken steif, ihr Blick wird blank und leer. »Und dann, eines Nachts, war er da. Bruder Amon. Stand vor mir, im Dunkeln, eine Fackel in der Hand. ›Seht her‹, hat er gerufen. ›Die schönsten Juwelen finden sich unter der Erde.‹ Dann hat er gelacht, mich gepackt. ›Wehr dich ruhig‹, hat er gesagt. ›Auch noch kräftig, das gefällt mir!‹ Er hat gar nicht mehr aufgehört zu lachen. ›Das werde ich dir schon beibringen. Dass heute dein Glückstag war!‹« Sie packt mit den leeren Händen in die Luft. »Er hat mein Haar gepackt. Meine Hände und Füße gefesselt. Bis ich mich nicht mehr rühren konnte. Für einen Augenblick habe ich Tom noch einmal gesehen. Wie sie ihn davongetragen haben. Dann war ich hinten, auf einem Lastwagen. Das Letzte, was ich gesehen habe, waren die Flammen, die aus der Erde schossen. Dort, wo unsere Siedlung war.«

Ich denke, jetzt weint sie wieder. Aber das tut sie nicht. Sie starrt einfach immer weiter aus dem Fenster, wo die Sonne sich langsam über den Horizont gearbeitet hat, das dunkle Blau der Nacht ist schon fast verschwunden. Ich streichle ihr sanft über den Arm.

»Weißt du«, murmelt sie schließlich. »Ich war mir ganz sicher: Das ist nicht das Ende. Ich werde einen Weg finden. Es wird wieder gut. Aber vielleicht ist das einfach nicht wahr. Vielleicht wird nichts wieder gut. Vielleicht ist das hier alles, was es für mich noch gibt.« Ihre Stimme klingt tonlos und dünn.

Vielleicht wird nichts wieder gut. Dieser Satz hallt in mir. Ich schaue auf die Sonne, auf die Welt da draußen.

So nackt und kahl. Ich kann fast hören, wie ihre heißen Strahlen das Land ausdörren, jeden Funken Leben herauspressen. »Nein«, sage ich. »Nein. So ist das nicht. Es gibt einen Weg. Und wenn nicht, dann werde ich einen finden.«

Romeo und Julia. Es geht mir einfach nicht aus dem Kopf. Ich denke an einen Film, den ich mal gesehen habe. Ein ganz alter, lange bevor unsere Welt eine andere wurde. In dem Film leben die Menschen in einer Stadt voller Schmutz, Gewalt und grauer Häuser. Und dazwischen leuchten die beiden Verliebten. Wie zwei Kerzen in einem dunklen Keller. Natürlich schaffen sie es nicht am Ende. Das ist ja von Anfang an klar. Dass diese Liebe zu zauberhaft ist, als dass sie ein glückliches Ende nehmen könnte. Aber sie schaffen es fast. Julias Plan ist klug und sie ist so mutig. Romeo ist ein bisschen doof. Aber dafür ist er hübsch und wirklich nett. Ich nehme an, deshalb hat sich Julia in ihn verliebt. Wenn nicht ein paar Sachen wahnsinnig schiefgegangen wären, hätte Julia es geschafft.

Wie sie mit der Waffe vor dem Priester steht, das Gesicht voll Tränen und Wut und so überwältigend: »Be not so long to speak, I long to die!«, schreit sie. Ich habe den Film bestimmt ein Dutzend Mal gesehen.

Sie tut so, als würde sie diesen schmierigen Typen heiraten, den ihr Vater ausgesucht hat. Und dann tut sie so, als würde sie sterben. Wenn nur Romeo die richtige Nachricht bekommen hätte – alles wäre gut gewesen.

Ich könnte die Tür meines Schranks einschlagen. Ich bin mir ganz sicher, es gibt eine Lösung. Es gibt einen Weg. Mir fällt er nur nicht ein.

Vielleicht hilft es, wenn ich ein bisschen schlafe. Ich

ziehe das Leuchtstäbchen aus meiner Tasche. Es glimmt noch ganz schwach. Für ein paar Seiten in Moiras Buch wird es vielleicht noch reichen.

Es ist die Zeichnung. An der bleibe ich zuerst hängen. Ein Pilz, fast wie ein Regenschirm, so zart ist der Stiel. Habe ich so einen schon mal gesehen? Moira hat sich mit dem Bild besonders viel Mühe gegeben, nicht nur den Pilz gemalt, sondern auch das tote Holz, auf dem er steht. Etwas Moos, ein paar Steine. Eine ganze kleine Welt. *Inocybe Rimosa.* Steht daneben. *Sprunghafter Verbreitungsanstieg. Vermutlich durch Überangebot von Totholz.* Die Zeichnung hat eine rote Zahl. *+200 %. Muscarin* steht dahinter. Und: *Minimale Pilzmengen führen zu schwerster Vergiftung. Erstsymptome >30 min. Exitus Wahrscheinlichkeit stark erhöht. Antidot Atropin wirkt weiterhin.* Daneben das Bild einer Pflanze. *Atropa Belladonna.*

Ich brauche einen Moment. Aber dann erkenne ich sie. Tollkirsche. Wie sie zu Hunderten im Schatten der umgerissenen Bäume in Moiras zerstörtem Wald wächst.

Auf einmal ist mir alles klar. Ich sehe jeden unserer Schritte vor mir, hell wie eine Straße im Sonnenaufgang.

»Isabella«, flüstere ich und rüttele an ihrer schmalen, knochigen Schulter.

Sie schreckt sofort hoch. In dieser Welt schläft niemand mehr tief. »ZiZi.« Sie wischt sich einmal durchs Gesicht, als müsste sie die letzten Fetzen Traum fortscheuchen. »Was ist los? Hast du Tom gefunden?« Kurz flackert Hoffnung in ihrem Gesicht auf.

»Nein, aber so etwas Ähnliches.« Ich kann nicht anders, ich muss grinsen. Ich finde es gerade einfach nur großartig, dass ich einen Weg gefunden habe, uns alle hier herauszubringen. Ich weiß, es wird schwer und vielleicht auch schrecklich. Aber es ist eine Chance.

»Sag schon, ZiZi«, flüstert sie aufgeregt. Ihre Augen glänzen und wirken noch größer als sonst. »Was ist es!«

»Ich habe einen Weg hier heraus«, sage ich.

Sie fängt an zu lächeln und schlägt sich die Hände vor den Mund, als müsste sie ihr Lächeln festhalten, damit es nicht davonläuft. Das war der leichte Teil. Jetzt wird es schwer.

»Du musst nur Bruder Amon heiraten.«

Ihre Faust landet mitten in meinem Gesicht. Schmerz schießt durch meine Nase, bis in die Augenhöhlen und von da in jede hinterletzte Hirnwindung.

»Du blöde Kuh!«

Jetzt flüstert sie nicht mehr. Ich halte mir eine Hand vor die Nase. Sie wird feucht. Blut. Übelkeit steigt in mir auf.

»Damit macht man keine Witze!«

Ich lehne mich zurück an die kalte Wand und schließe die Augen. Der Schmerz ebbt ein wenig ab, zurück bleibt ein dumpfes Wummern. »Das ist kein Witz«, sage ich. »Ich meine es ernst.« Ich hätte das wohl ein bisschen anders anfangen müssen, etwas mehr Erklärung vorneweg. »Ich erkläre es dir. Aber nur, wenn du mir versprichst, mir nicht wieder eine runterzuhauen. Dafür, wie dünn deine Ärmchen sind, tut das nämlich ziemlich scheiße weh.« Ich muss lachen. Warum, weiß ich auch nicht genau. Mir kommt das auf einmal schrecklich albern vor. Wie wir hier sitzen, schmutzig und blutig. Und dann hauen wir uns auch noch. Eine seltsame Leichtigkeit wabert durch meinen Kopf, als wäre darin ein Luftballon gefangen, der meinen Kopf ein Stückchen hebt, aber doch nicht ganz entkommen kann.

»Wenn du weiter so doof lachst, fängst du dir gleich noch eine.« Finster schieben sich Isabellas Augenbrauen zusammen.

Ich ziehe meine Mundwinkel mit aller Anstrengung nach unten und beiße mir auf die Unterlippe. »Entschuldige. Es ist nur …« Ja, was es ist, kann ich leider nicht sagen. Ich drücke mir auf meine geschlossenen Augen, bis ich spüre, wie die Augäpfel ein kleines bisschen nachgeben. Rote Blitze huschen an meinen Augen vorbei. »Du musst mir vertrauen, Isabella. Sonst werden wir hier nie rauskommen.« Ich drücke noch ein bisschen fester, bis ich die Spannung in den zwei Kugeln unter meinen Lidern spüre. Ich merke, wie Tränen mir im Hals hinaufsteigen. Meine Mundwinkel, die gerade noch nicht aufhören konnten zu grinsen, zittern jetzt. Meine Brust ist wie eingeschnürt von Eisenzangen. Was ist nur los mit mir. Ich schüttele den Kopf. Meine Nase pocht leise. Dann atme ich tief ein. Zweimal. Dreimal. Du schaffst das, ZiZi. Du schaffst das, weil du es einfach schaffen musst. »Also, du haust mich nicht«, sage ich und öffne die Augen wieder. »Dann erkläre ich dir alles.«

Ich fahre ganz vorsichtig durch Isabellas Haar, damit die Zinken der Gabel nicht zu sehr an den Knoten reißen. Feucht und glänzend liegt es auf meiner ausgestreckten Hand. »Es ist gleich geschafft.«

Sie nickt stumm. Wieder gleitet meine Hand nach oben und streicht ein weiteres Mal durch die langen Strähnen.

Ich muss an Ali denken, wie er mir das Haar gekämmt hat, damals. Was für ein Häufchen Elend ich war. Verkümmert, schmutzig, halb tot. Und er hat mich zurückgeholt. Bis hierher.

Mit kleinen Bewegungen und nur einem Zinken löse ich den letzten Knoten auf. Das Nest aus verschlungenen Haaren gibt nach, und jetzt kann ich mit den Fingern hindurchfahren, immer wieder, und bleibe nicht hängen. Ich hätte so gern eine richtige Bürste, um sie zu kämmen. Isabella sieht über die Schulter. Jetzt, mit dem gewaschenen Gesicht und frisch gekämmt, ist ihre Schönheit so klar und deutlich, dass es mir fast wehtut. Es zieht richtig in mir.

»Bist du fertig?«

Ich nicke.

»Dann muss ich gleich rufen.«

Ich nicke wieder. Es tut mir auf einmal schrecklich leid, dass sie so schön ist. Wie ein Fluch, der sie erstickt. Ich nehme sie in den Arm und nicke noch einmal. »Ja, ruf sie jetzt.« Dann krieche ich zu meinem Schrank.

Sie steht auf, nimmt einen Blecheimer und die Gabel und schlägt sie aneinander. Das Scheppern hallt durch die Küche, in den Flur hinaus. »Gabriele!«, ruft sie. »Gabriele! Ich muss Bruder Amon sprechen!«

Sie muss nur dreimal rufen, dann höre ich das Schlurfen von Gabrieles Schritten.

»Du hast sogar dein Kleid gewaschen«, sagt sie nach einer kurzen Stille.

Ich meine so etwas wie Erstaunen in ihrer tonlosen Stimme zu hören. »Ja, ich werde ihn holen gehen.« Dann schlurfen die Schritte wieder davon.

Ich könnte jetzt rausgehen, Isabella noch einmal in den

Arm nehmen, mit ihr warten. Ein paar Minuten wird es dauern, bis Bruder Amon hier ist. Aber irgendwie geht das nicht. Es ist, als hätten wir eine Maschine in Gang gesetzt. Einen komplizierten Mechanismus, der uns mitreißt, wir die Spielfiguren, die durch einen dunklen Tunnel getrieben werden. Und hoffentlich ist an seinem Ende tatsächlich ein Licht.

Ich kann Isabellas Atem hören, wie er zittert vor Aufregung. Und dann die Schritte. Schwere Stiefel, die auf die Steine treten. Es sind mehrere. Halte durch, Isabella! Ich habe Angst, dass sie es nicht schafft, ihre Rolle zu spielen. Sie muss ihn überzeugen. Sonst ist alles vergebens.

Die Schritte verstummen. Sie sind da.

Es ist still, aber ich kann die Spannung im Raum spüren, sie scheint durch die Ritzen bis in meinen Schrank zu laufen.

Ich höre ein Geräusch, so ein »Hmmmmmmm«, wenn jemand etwas Leckeres isst. »Isabella.« Die Stimme ist dunkel und warm. Eigentlich gefällt sie mir sogar. Gleichzeitig stellen sich mir die Nackenhaare auf. Das Grollen eines Tigers.

»Du wolltest mich sprechen. Hier bin ich.«

»Amon.« Isabellas Stimme ist heiser, als hätte sie die ganze Nacht geschrien. »Ich …«

Ich schließe die Augen. *Bitte Isabella, bitte. Ich weiß, es ist viel verlangt. Aber es wird ohne dich nicht gehen. Du musst es tun.*

Isabellas Kette rasselt. »Amon, vergib mir, ich habe aus falschem Stolz gehandelt.«

Sie flüstert fast. Die Stimme ein flatternder Vogel, so stelle ich sie mir vor. Ich höre ihre Traurigkeit. Aber da ist keine Wut. Das ist gut. Ich glaube, Menschen wie Bruder

Amon können Wut riechen wie Haie das Blut. »Ich war undankbar und habe meine Augen vor deiner Großzügigkeit verschlossen.«

»Mein schönes Kind.« Er brummt. Wieder rasselt die Kette. »Solch ein Mädchen wie du sollte nicht knien. Noch nicht einmal vor mir.«

Wieder ist es still. Ich presse die Augen an den Spalt zwischen den Türen, aber ich sehe kaum etwas. Nur helle und dunkle Fetzen, manchmal blitzt etwas von dem Metall der Küchengeräte auf. Einer von Bruder Amons Männern scheint vor meinem Schrank zu stehen. Nun klimpert Isabellas Kette wieder. Es dauert länger diesmal. »Ja, lass dich ansehen, mein Mädchen.«

Isabella sagt nichts.

Halt durch! Du schaffst das, Isabella! Du musst das schaffen. Du musst nur so tun. Du musst ihn nur glauben machen. Was in dir drinnen ist, das kann er doch nicht berühren.

»O ja« höre ich ihn jetzt flüstern. Vielleicht bilde ich es mir ein. Aber ich glaube, ich höre seinen Atem. Die Männer fangen an zu lachen, leise und tief. Ich muss an früher denken, an die Schule, wenn die anderen mich abgepasst haben, um zu sehen, wann ich heule.

»KSSSSS!«, macht Bruder Amon. Das Lachen verstummt. »Hör nicht auf sie, mein Mädchen. Sie können nur nicht mit einer solchen Schönheit umgehen. Sie sind wie ein paar schmutzige Hunde, die ein Filetsteak sehen. Sie wollen es haben, obwohl sie nichts damit anfangen können, als es in einem Bissen roh zu verschlingen.«

Ich beiße mir in die Fingerknöchel, um nicht zu schreien. Mir wird jetzt erst klar, was ich da von Isabella verlangt habe. Aber es gibt kein Zurück mehr.

»Geht jetzt. Ich will noch fünf Minuten allein mit Isabella sprechen.«

»Alles klar, Boss.«

Es müssen einige Männer gewesen sein, bestimmt fünf oder sechs. Es ist ein ziemliches Trappeln und Scharren, bis sie draußen sind.

»Du bist fast noch schöner, als ich dich in Erinnerung habe.«

Isabella schweigt noch immer.

»Aber ich kann nicht vergessen, was du beim letzten Mal getan hast.«

Scheiße. Das sollst du aber, du geiler Bock. Du sollst alles vergessen und Isabella aus der Hand fressen.

»Deshalb wirst du hierbleiben.«

Ich höre, wie er tief einatmet. Das kann doch nicht sein? Du musst sie aber mitnehmen!

»Bis wir heiraten. Bis mein Blut zu deinem Blut wird. Damit du nicht auf dumme Gedanken kommst und wirklich weißt, was du an mir hast.«

Er klingt wie mein Vater, wenn er mich zurechtweist. Ich bewundere Isabella zutiefst, dass sie ihm gerade nicht die Augen auskratzt. Ich könnte ihr das noch nicht einmal übel nehmen. Aber sie scheint durchzuhalten.

Sie sind so still. Ich drücke mein Gesicht noch einmal an den Spalt. Ich sehe ihn. Ein großer Mann mit breiten Schultern. Lange Haare, die obere Hälfte hat er streng zurückgekämmt zu einem Zopf. Sein Gesicht ist hager. Der Kiefer kräftig und muskulös. Die Nase gerade, fast filigran. Ein feiner Bart liegt auf seinem Gesicht, wie der Pelz eines edlen Tiers. Er trägt eine weite Leinenhose, darüber ein Hemd, das in der Taille mit einem breiten Gürtel eng gefasst ist, und einen dunkelblauen Umhang.

Um die Stirn hat er ein Lederband. Er sieht aus wie ein Märchenkönig. Stattlich und stark. Er hält meine zarte Isabella in den Armen, die in ihrem dünnen Kleid und mit dem offenen Haar aussieht wie eine Elfe. So wie sie dastehen, könnte es das Happy End eines Märchens sein. Das Bild zum Träumen, bevor der Vorhang fällt. Schneewittchen und ihr Prinz. Wenn nur die Augen nicht wären. Isabellas leere Augen, ins Nichts starrend, während sie ihn ihren Kopf an seine Brust pressen lässt. Und seine. Blau wie der Himmel im Winter. Eiskalt und machtgewiss. Schließlich schiebt er sie von sich.

»Ich werde Gabriele mit einigen Sachen vorbeischicken. Ich will, dass du dich zurechtmachst. Ich will, dass du mir zeigst, wie sehr du mich willst. Morgen werde ich dich wieder besuchen. Dann wollen wir sehen, ob du mich voll und ganz überzeugst. Ob du es verdienst, die Frau an meiner Seite zu sein.« Er lächelt und nimmt ihr Kinn in seine Hand. Isabellas Gesicht scheint fast zu verschwinden unter seinen kräftigen Fingern. »Vielleicht verstehst du, dass mein Vertrauen ein wenig erschüttert ist.«

Isabella nickt und blickt zu Boden. »Gern, Bruder Amon. Ich tue alles, was du willst.«

»Gut.« Er schnalzt mit der Zunge. »Das ist doch mal ein Anfang.«

Ich wünsche mir die Gabel zurück. Und unseren Abend, bevor wir unseren Plan begonnen haben. Als ich noch keine Ahnung hatte, was das genau bedeutet, was wir vorhaben. Ich nehme eine Strähne von Isabellas Haar und wickele sie um den heißen Eisenstab in meinen Händen. Ich warte ein paar Minuten, dann lasse ich das Haar wieder frei. Es hüpft kurz, als könnte es nicht glauben, dass es jetzt in diese Form gezwängt ist, als gekringeltes Löckchen, festgehängt an Isabellas Hinterkopf.

»Jetzt das Gesicht. Wir haben nicht viel Zeit.« Isabellas Stimme ist kühl und sachlich. Ich nicke nur. Dann nehme ich mir das Foto, das Gabriele dagelassen hat, und den Kasten mit dem Make-up.

»Weißt du überhaupt, wie das geht?« Isabellas Stimme ist streng.

»Ich … ich habe früher meiner Mutter zugeschaut.« Ich fühle mich klein und schäbig. Ich war so verliebt in meinen Plan. Und ich habe keine Sekunde daran gedacht, was das bedeutet. »Isabella …«, sage ich. Isabella, es tut mir leid, will ich sagen. Isabella, wenn ich deinen Platz einnehmen könnte, ich würde es tun. Isabella, du hast das nicht verdient. All das will ich sagen. Aber es kommt nur »Isabella«. Mehr schaffe ich nicht.

Sie packt mich, als wollte sie mich aus dem Fenster schmeißen. Dann presst sie mich an sich, so fest, dass ich kaum atmen kann. »ZiZi«, flüstert sie in mein Ohr. »Wir müssen unsere Herzen jetzt hart machen. Hart und kalt wie Eis. Wir sind eine Maschine, die einen Fels sprengen muss. Und dafür tun wir alles. Du darfst nicht weich werden. Versprich mir das. Denk nur an das Ziel. Der Stein muss fallen, damit wir wieder die Sonne sehen können. Alles andere ist egal. Bitte! Sei hart und kalt wie Eis. Sonst schaffe ich das nicht.«

Ich nicke und schlucke. All die Tränen schlucke ich tief hinunter. Dann löse ich mich aus ihren Armen und lächele. »Bereit für Ihr Make-up, Madame?«

Isabella lächelt zurück. Zuckersüß und falsch. »Mach mich unwiderstehlich!«

Ich tauche den Pinsel in die Farbe, erst in die, die aussieht wie rosiges Porzellan. Dann in das dunkle Rot. Schließlich in das glitzigre Grau. Dann in ein glitzriges Pink. Ich bürste ihre Wimpern und Brauen. Male und reibe, immer wieder blicke ich auf das Foto, bis schließlich von Isabella nichts mehr übrig ist. Vor mir sitzt die perfekte Puppe.

»Und jetzt«, Isabella betrachtet kurz ihr Spiegelbild und nickt, »das Kleid.«

Hart knallen seine schweren Stiefel auf den steinernen Boden. Ich habe wieder meinen Platz eingenommen, im Schrank zwischen den Türen. Isabella steht in der Mitte des Raums. Ihre Schultern sind frei, ihr Oberkörper steckt in einer weißen Korsage, die vorne mit silbernen Knöpfen verschlossen ist und in eine Art Tutu aus mehreren Lagen Tüll übergeht. Isabellas Füße sind nackt. Gabriele musste betreten zugeben, dass sie keine passenden Schuhe in der Kleiderkammer gefunden hat.

Isabella hat die Arme um sich geschlungen. Wer sie jetzt zum ersten Mal sehen würde, hätte keine Ahnung, wie schön sie wirklich ist. Ohne all das. Ich erkenne sie kaum.

Die Schritte sind kurz verstummt. Isabella lässt die Arme sinken, den rechten stützt sie in ihre Taille, ihr ganzer Körper verschiebt sich. Nun geht er langsam. Fast vorsichtig. Ich höre, wie er brummt. »Das kannst du also.« Seine Stimme ist weich und ruhig. »Dich zurechtmachen.« Dann steht er neben Isabella. Er trägt dieselben Kleider wie beim letzten Mal, nur den Umhang hat er weggelassen. Die Ärmel seines Hemds hat er hochgekrempelt.

Seine Augen gleiten an Isabella rauf und runter, als wollte er sie lesen. »Das ist wichtig, dass du das kannst.« Seine Finger streichen über ihren Arm. »Denn die Frau an meiner Seite, die muss der lebendige Traum sein, den die anderen träumen. Der Traum davon, wie es früher war. Meine Frau muss der Beweis sein, dass ich die Macht habe, diese Welt zurückzuholen.« Isabella nickt. Und sie lächelt. Ein Lächeln, das ich bei ihr noch nicht gesehen habe.

»Ich verstehe, was du meinst«, sagt sie, ihre Stimme zart und griffig zugleich. »Amon«, sagt sie, ein bisschen verzögert. So, als gehörte der Name nicht zu dem Satz. Sie sagt ihn so, als wollte sie ihn einfach noch mal aussprechen.

Mein Nacken kribbelt. Ich hätte nie gedacht, dass Isabella mir so fremd sein könnte.

Bruder Amon nickt. »Siehst du.« Er zupft sanft an der Locke, die vor Isabellas Ohr hängt. »Ich wusste doch vom ersten Augenblick an, dass du ein kluges Kind bist. Das stand in deinen Augen. Du siehst nicht nur gut aus. Du weißt auch, wie die Dinge laufen.« Plötzlich lacht er. Laut und knallend. »Der arme Junge, den du bei dir hattest! Der hat dir bestimmt aus der Hand gefressen wie ein kleines Vögelchen.« Ein Zucken geht durch Isabellas Körper, ich mache mich zum Sprung bereit. Diesmal habe ich mir auch ein Messer mitgenommen. Gut, ein Brötchenmesser. Besser als nichts. Aber Isabella bleibt ruhig.

»Komm.« Bruder Amon nimmt ihre Hand und führt sie zum Fenster. »Schau«, sagt er und zeigt hinaus. »Gefällt dir, was du siehst?«

Ich kann Isabellas Gesicht nicht sehen. Und sie schweigt.

»Gewaltig, nicht wahr?«, fragt Bruder Amon. »Bis zu

den Bergen und noch dahinter. Das ist alles mein Reich. Und bald wird es noch mehr sein.« Er legt seine Hände um Isabellas Taille. »Kleine Geister haben Angst vor dem, was da draußen ist. Aber du nicht, das weiß ich. Das wusste ich vom ersten Augenblick. Und deshalb werden wir sie beherrschen. Jetzt, wo du zu Verstand gekommen bist.« Er vergräbt sein Gesicht in ihrem aufgesteckten Haar. Für einen Moment schweigt er. »All die kleinen Menschen, die sich verkriechen. Sie haben nichts verstanden. Deshalb werden sie dir hinterherhecheln wie verwirrte Hunde. Und du wirst sie zu mir führen.« Seine Stimme wird lauter und lauter. Er packt Isabella an den Schultern und dreht sie zu sich herum. »Und du wirst mir gehören. Du wirst mir Kinder gebären, die deine Schönheit haben. Und meinen Willen, mein Denken. Ich kann sie schon sehen, diese Kinder! Wir werden ihnen die Welt zu Füßen legen.«

Mir wird schwindelig von seinen Worten, die alles verdrehen und verbiegen. Und niemand widerspricht ihm. Aber warte nur. Du wirst staunen.

Nun schiebt er Isabella ein Stück von sich. »Und nun zeig mir, was du mir zu bieten hast.« Er breitet die Arme aus.

Isabella sieht ihn nur an. Ich verstehe nicht gleich, was er meint. Soll sie jetzt tanzen? Oder ein Gedicht aufsagen? Aber dann sehe ich Isabella, die Spannung in ihrer Oberlippe. Er nickt. »Ich will dich sehen. In all deiner Pracht. Zeig mir, dass du es wirklich wirklich wert bist.«

Ihre Augen. Es ist, als könnte ich den Riss sehen, den seine Worte hinterlassen haben. Dann lächelt sie und beginnt, die silbernen Knöpfe an der Korsage zu öffnen. Langsam, einen nach dem anderen. Ich will wegsehen, aber das darf ich nicht. Ich darf sie jetzt nicht allein lassen. Ich muss den ganzen Weg mit ihr gehen. Das bin ich ihr schuldig. Ich halte mein Gesicht, ich lasse die Tränen laufen. Aber ich schaue nicht weg. Isabella lässt die Korsage fallen. Ihr Körper schimmert seidig. Sie fasst das alberne Röckchen, zieht es Stück für Stück über ihre Hüften hinab, bis sie vor ihm steht. Nichts mehr am Körper als ihre Unterhose mit den verblassten Herzchen drauf. Dann dreht sie sich einmal um sich selbst. Und lächelt noch immer.

Er nickt, fährt sich mit beiden Händen durchs Haar. »Gut.« Er schnalzt mit der Zunge. »Sehr gut.«

Seine Hand streicht ihren Arm entlang. Sanft. »Mir gefällt, wie du dich reinhängst.« Er dreht sich zur Tür. »In zwei Tagen hole ich dich. Dann feiern wir, dass du nun endlich mir gehörst.« Noch einmal wendet er sich zu ihr und küsst sie, tief und innig. »Mein«, sagt er. »Endlich mein.« Und geht.

Isabella bleibt stehen, eine Statue, nackt, ohne Seele und weit weg.

Sobald seine Schritte verhallt sind, stürze ich aus meinem Schrank, die Decke in der Hand, zu Isabella. Ich lege ihr die Decke um die Schultern. Nehme sie in den Arm. Mehr kann ich nicht tun. »ZiZi«, flüstert sie. »ZiZi.« Immer wieder, während die Tränen ihren Körper schütteln.

Jetzt bin ich dran. Isabella hat ihren Teil getan. Zwei Tage sind nicht viel Zeit. Ich muss nur auf den richtigen Moment warten. Erst müssen alle schlafen. Dann mache ich mich auf den Weg hinter die Festung. Isabella hat gesagt, dass dort die Lawine nicht hingekommen ist. Dass ich dort bestimmt noch Totholz finde, Erde, Baumstümpfe, was diese komischen Pilze eben zum Wachsen brauchen.

Aber ich kann nicht schlafen. Weil ich mir Sorgen mache, dass dort nichts ist. Dass es dort ebenso tot ist wie in der Ebene, durch die ich gekommen bin. Aber dann fällt mir das Moos ein, das ich zwischen den Steinen gefunden habe. Und ich denke an Ali, der dort unten in seinem Käfig sitzt, mit all den anderen. Und ich denke an Isabella in ihrem Kleid, mit den hochgesteckten Haaren und dem Make-up. Es ist jetzt an mir.

Die Wunde in meinem Bein pocht, dunkel und schwer. Ich hoffe, mein Körper wird die Wanderung mitmachen. Er muss einfach.

Ich liege auf dem Rücken. Ich habe es tatsächlich geschafft. Isabella hat mir eine Krücke gebastelt aus einem Besenstiel, Kochlöffeln, Lumpen und Klebeband. Damit ging es ganz gut. Und die Wachen interessieren sich noch immer nicht dafür, was still hinter ihrem Rücken aus den Löchern kriecht. Ich weiß echt nicht, was sie glauben. Dass Angreifer mit Lalülala und Leuchtraketen vorfahren? Eigentlich ein Wunder, dass sie es so lange geschafft haben.

Hinter mir ist ein kleines Tal, mehr ein Einschnitt in den Berg, und hier sind tatsächlich Baumstümpfe, ich sehe oben ihre Schatten aufragen. Einmal noch Kräfte sammeln, bevor ich mich auf die Suche mache.

Noch ist es dunkel. Jetzt, in der Stille, das Ziel so nah, spüre ich meinen Körper mehr, als mir lieb ist.

Vielleicht fehlt mir einfach nur Schlaf. Ich fühle mich

schwach, seltsam schwach, ein winziges Zittern, das durch meinen ganzen Körper rauscht. Ich könnte gleichzeitig platzen vor Aufregung und ohnmächtig werden vor Erschöpfung.

Und dann ist da noch dieses Pochen. Dieses dunkle, schwere, heiße Pochen in meinem Bein. Als ob mein Bein nicht mehr mir gehört, sondern ein eigenes Wesen geworden ist, ein zorniges, wildes, das nur darauf wartet, mich zu überfallen und zu zerreißen. Es hilft nichts. Ich werde es mir ansehen müssen. Ich habe ein neues Leuchtstäbchen dabei. Mittlerweile habe ich dieses gelbgrüne Licht richtig gern. Es ist so matt und ruhig.

Vorsichtig ziehe ich den zerrissenen Stoff meiner Hose auseinander. Die Ränder der Wunde sind rot und geschwollen. In der offenen Mitte hat der Eiter schon kleine Bläschen gebildet. Ich hatte mir das schon gedacht. Aber jetzt, da ich es sehe, mein Bein so nackt, rot, so hoffnungslos, kommen mir doch die Tränen.

Ich lege mich wieder hin und blicke in die Sterne. Ich spüre die Müdigkeit, die meinen Körper gefangen hält, bis in die Finger hinein, ja, sogar meine Haare scheinen unendlich müde zu sein.

Ich schaue in die Dunkelheit. Warum muss das eigentlich mir passieren? Warum muss ich jetzt hier durch die Nacht kriechen, mein Körper voller Bakterien, Wunden und Erschöpfung. Ich glaube, ich habe es einfach nicht mehr in mir. Ich bin bis hierhin gekommen, und das ist schon mal weiter, als ich mir früher je hätte träumen lassen. Und hier ist jetzt einfach Schluss. Es hätte klappen können. Es war einen Versuch wert. Im Haus wäre ich ja auch früher oder später draufgegangen, da hatte Ali schon recht. Jetzt habe ich wenigstens noch einmal den Wind auf meiner Haut gespürt, Erde angefasst und mir die Haut von der Sonne verbrennen lassen. Und jetzt ist halt Ende.

Ich schaue hinauf, an den höchsten Punkt des Himmels. Er wölbt sich über mir, so voller Sterne. Ich kann sogar sehen, dass sie gar nicht alle weiß sind. Es gibt leicht bläuliche und leicht rötliche und gelbliche, manche sehen irgendwie lila aus. Ich sehe hinauf und denke an Ali. Ich denke daran, wie wir damals im Haus in dem Wasser gelegen haben, über uns zwar nicht diese Sterne, sondern winzige LED-Lämpchen, aber für uns war es in dem Moment so echt wie das hier. Ich denke daran, wie wir getanzt haben, wie ich ihm Bücher vorgelesen habe, die Hand in seinen Haaren. Ich denke daran, dass er seine Mutter hat sterben sehen, und an seine Narben, die davon erzählen, was er nicht sagt. Und ich denke daran, wie er mir das Leben gerettet hat. Trotz all dem. Wie er keine Sekunde gezögert und nie ein Wort darüber verloren hat. Ich denke an sein Lachen. Und dann weiß ich, dass ich gar keine Wahl habe. Wenn ich Ali nicht rette, dann ist das irgendwie nicht einfach ein Ende, dann ist das wie das Ende von allem. Weil in Ali all das lebendig ist, was in dieser Welt sein sollte, aber kaum noch ist. Und wenn das irgendwann tatsächlich auch sterben muss, dann wenigstens zu aller-allerletzt.

Ich gebe mir noch fünf Minuten. Ich schließe die Augen und stelle mir vor, wie es alles hätte sein können, wie Ali, Isabella und ich einen Ort finden. Einen guten Ort. Vielleicht wirklich in Triest. Wo wir gemeinsam leben können. In meinem Bein rumort es. Ein nagender Schmerz, der mir zuruft: *Vergiss es, ZiZi. Deine Reise, die ist bald zu Ende.* Na gut, denke ich. Vielleicht ist das so. Aber jetzt bin ich noch da. Und das werden hier alle zu spüren bekommen.

Ich krieche auf allen vieren den Hang hinauf, das Leuchtstäbchen zwischen meinen Zähnen. Es wäre hier sogar mit einem gesunden Bein zu steil. Nach etwa hundert Metern muss ich eine Pause machen. Meine Arme zittern vor Anstrengung. Ich werde schwächer.

Zuerst denke ich, vielleicht werfen die Steine komische Schatten. Aber die Luft, die ist auch anders. Weich und sanft. Feuchtigkeit. Kein Regen. Die Luft selbst ist feucht. Und der Geruch. Erde, lebendige Erde. Wasser, bewachsene Steine. Ein Schauer rauscht über meinen ganzen Körper. Ich hebe das Leuchtstäbchen und versuche, mehr zu sehen. Ich weiß es. Mit jeder Zelle meines Körpers. Hier sind Bäume. Richtige, echte, lebendige Bäume. Ich bin in einem Wald.

Ich krieche noch ein wenig weiter, bis ich Moos unter den Händen spüre, Laub, Nadeln. Meine Hände versinken darin. Ich grabe sie tiefer, tiefer, packe zwei Fäuste voll und rieche daran. Ja, Waldboden. Sanft und feucht, ein Geruch nach Nüssen und Pilzen und Leben. Ein dunkler Käfer krabbelt aufgescheucht im Licht des Leuchtstäbchens vorbei. »Entschuldige«, murmele ich. »Ich wollte dich nicht stören.« Dann muss ich lachen. Ein Käfer! Bäume! Nur ein paar Meter weiter bekomme ich die erste Wurzel zu fassen. Schuppig und knorrig ist sie über den Boden geschlungen. Ich folge ihr bis zum Stamm. Eine mächtige Kiefer, die sich hier in den Boden geklammert hat. Mein erster Baum. Bisher hatte ich nur eine vage Erinnerung an das gebrochene Licht, das durch Laub fällt, an das Zwitschern von Vögeln. Das hier ist echt. Ich streichele seine Rinde. Ein riesiges Puzzle, Furchen, Risse, die bis in den Himmel reichen. Ein Lachen sprudelt aus mir heraus und Tränen, alles zusammen. Ein Wald, ich steh tatsächlich im Wald. Und irgendwo hier werde ich diese Pilze finden und die Tollkirschen.

Ich könnte für immer hierbleiben. Unter den Bäumen, im Gras, dem Duft der Erde. Wäre der perfekte Platz zum Sterben, finde ich. Und auch, um beerdigt zu sein, Nahrung für die Bäume, die Käfer und Pilze. Und während du immer weniger wirst, die Haut verschrumpelt, das Fleisch zerfällt, die Knochen sich auflösen, wirst du ein Teil von all dem hier. Würde mir gefallen. Schade, das werde ich wohl nicht schaffen. Ich muss wieder zurück zu Isabella, zu Ali. Ich muss die Dinge in Ordnung bringen, damit in der Welt noch irgendetwas ist, für das es sich zu leben lohnt.

Dafür muss ich aber erst mal diese Pilze finden. Sie müssen hier irgendwo sein. Am ehesten oben, dort kann ich die Schatten abgebrochener Bäume sehen. Dies hier ist ein schmales Tal, fast eine Schlucht. Deshalb kommt weder der Sturm an die Bäume noch die Sonne so lange, dass sie alles verdorrt. Aus den Bergen kommt Wasser. Und das reicht. Ich kann es immer noch nicht glauben.

Das feuchte Laub trägt mich kaum. Zweimal rutsche ich den Hang hinab und kann mich gerade noch an ein paar Zweigen halten. Was 'ne gute Sache ist, weil ich nicht weiß, wie viel von mir übrig bleibt, wenn ich da ganz runterrausche und in die Felsen vom Bachbett knalle.

Es dauert, richtig lange. Die Sonne geht bestimmt bald auf. Aber dann bin ich bei den Baumleichen. Riesige Bäume, vom Sturm gefällt. Hier sieht die Welt wieder so aus, wie ich es kenne. Und tatsächlich dauert es nicht lange und ich entdecke Pilze. Viele. Verschiedene. Aber eine Art, die auf dem toten Holz wächst, sieht aus wie die Pilze in Moiras Buch.

Sie sind viel kleiner, als ich dachte, sogar kleiner als mein kleiner Finger. Geradezu winzig. Und sie sind auch gar nicht blau. War natürlich ein bisschen dämlich – zu glauben, dass die Pilze blau sind. Moira hat ja mit Kuli gemalt. Da ist dann ja alles blau. Die Pilze hier sind hellbraun. Aber ihre Schirme sind auch so ein bisschen zerfranst wie in der Zeichnung und haben einen kleinen dunklen Kreis in der Mitte, was sie aussehen lässt wie einen Regenschirm nach einem Sturm. Ja, das müssen sie sein. Inocybe Rimosa. Am liebsten scheinen sie Stämme zu mögen, die zersplittert sind, dort, wo der Sturm den Baum gebrochen hat, an seiner schwächsten Stelle. Ich nehme einen der winzigen Stiele zwischen meine Finger und drehe ihn hin und her. Das Schirmchen tanzt. Als freute es sich, dass sich endlich mal jemand für seine Existenz interessiert. Inocybe Rimosa, da bist du also. Was nur dein echter Name ist. Also der, den normale Menschen benutzen. Mir wird klar, auch wenn ich irgendwann rausfinde, wie sein Name ist, das ist ja auch nur einer, den sich irgendwann mal irgendwer ausgedacht hat. Den vielleicht niemand mehr kennt. Also, außer Moira. Ich gebe dem Pilz einfach einen neuen Namen, ich habe ihn entdeckt, zwischen all diesem zerstückelten Holz. Ich nenne ihn Hochzeitspilz.

Die Tollkirsche ist ein Problem. Zum Glück wird es langsam ein kleines bisschen heller und ich kann besser sehen. Ich finde keine. Ich sehe mir noch einmal das Bild an, das Moira gezeichnet hat. Jetzt merke ich, dass ich immer nur auf die Früchte geschaut habe, blank und schwarz wie köstliche Bonbons. Wie die Pflanze selbst aussieht, weiß ich gar nicht. Ist auch nicht so einfach. Ziemlich normale Pflanze, so aus meiner Sicht. Stängel, durchschnittlich. Blätter dran. Wenn man die Früchte nicht hat, fällt sie wirklich nicht weiter auf. Aber hier oben ist nur niedriges, stumpfes Gras und abgebrochene Kiefern. Nichts mit Blättern. Vielleicht gibt es hier nicht genug Erde. Früher wuchs ja auch nicht überall alles. Ich schaue hinunter in die Schlucht der Bäume. Sie liegt noch im Dunkeln. Da unten finde ich vielleicht welche. Ich muss welche finden. Sonst weiß ich nicht, was wir tun können. Es gibt keinen Plan B.

Abwärts ist hart. Es ist so steil, dass ich mich auf dem Bauch abwärtsrutschen lasse. Dabei tut das Bein weh. So richtig. Und dann schreie ich einfach. Ich schreie und schreie und schreie. Meine Stimme hört sich seltsam klein an, hier zwischen den riesigen Bergen. Hier hört mich ja eh keiner. Und wenn, gerade ist es mir egal. Ich schreie, und dann schluchze ich und heule, bis der Schnodder aus meiner Nase läuft. Dieses Scheiß-Bein, dieses Scheiß-Leben. Ich will nicht sterben. Ich will doch einfach nur ein kleines Leben, irgendwo einen Ort, muss noch nicht mal schön sein, einfach nur einer, wo ich sein kann mit ein paar Menschen, die ich mag und die mich mögen.

Ich schreie. Noch ein letztes Mal. Lang und laut, bis ich keine Luft mehr habe. So. Und jetzt zurück zur Realität. Meine Chancen waren von Anfang an nicht besonders gut. Ich hab's weiter geschafft, als es eigentlich logisch ist, wenn ich mal ehrlich bin. Und jetzt ist dieses Scheiß-Bein halt infiziert, und das letzte Krankenhaus hat vor ein paar Jahren leider dichtgemacht. Pech gehabt. Zu spät geboren worden, was weiß ich. Kann man eben nichts machen.

Aber Ali, Isabella und die anderen leben und haben eine echte Chance. Wenn ich mich jetzt zusammenreiße.

Dann bin ich unten. Im allerersten Grau des Tages

kann ich erahnen, wie zauberhaft das Tal ist. Die vielen verschiedenen Farben. Grün in so vielen Schattierungen, das Braun der Baumstämme, jetzt sind es noch verschiedene Grautöne, bald wird die Sonne sie hervorbringen. Wieder einer dieser Käfer. Jetzt sehe ich, dass er schimmert und glänzt, wie ein lebendiges Juwel. Er hat es sehr eilig. Und diese Geräusche. Das Plätschern des kleinen Bachs, hell und klar. Aber da ist noch etwas anderes. Ein Quietschen. Immer wieder flackert es auf, verschwindet und taucht an anderer Stelle wieder auf. Und langsam dämmert es mir. Das sind Vögel. Es gibt hier tatsächlich Vögel. Ich setze mich still hin, nur für einen Moment. Dann entdecke ich ihn. Ein kleiner dunkler Vogel mit einer weißen Brust, der auf den Steinen des Bachs sitzt, singt und dann wieder seinen winzigen Körper in das wild springende Wasser stürzt. Ein echter, kleiner, wunderbarer Vogel. Und nur ein paar Meter weiter wächst diese Pflanze. Sie trägt zwar keine Beeren, aber diese Blattsternchen, an denen sie wachsen. Ich hole noch einmal Moiras Buch hervor. Die kräftigen Blattadern, der unscheinbare Stängel. Und vor allem diese Sterne aus Blättern. Kein Zweifel. Das sind Tollkirschen. Nur leider ohne die Kirschen. Na ja, wenn die Früchte giftig sind, dann muss schon irgendwas anderes von der Pflanze auch giftig sein. Ich bohre meine Finger in den Boden, in diesen herrlichen weichen, lockeren Waldboden, und grabe eine Pflanze ganz aus. Die Wurzel ist dick, knubbelig und hölzern, sie sieht ein bisschen wie ein Baby aus, mit kleinen speckigen Ärmchen und Beinchen, die aus dem Körper rauswachsen. Ich nehme meine Krücke. Bevor die Sonne aufgeht, muss ich zurück sein.

Ich schaffe es noch bis zur Burgmauer, ohne dass sie mich sehen. Die letzten Meter krieche ich geduckt zwischen Steinblöcken. Ein Wächter steht mit dem Rücken zu mir an der Mauerkante und raucht. Ich sehe das Gewehr auf seinem Rücken.

Es ist langsam ziemlich hell. Ich sehe noch, wie er sich einen Schal als Schutz um den Kopf wickelt und Handschuhe anzieht, damit er keinen Sonnenbrand bekommt. Dann bin ich an der Wand. Zum Glück ist hier hinten keine Straße. Aber oben auf der Mauer höre ich den Wächter reden, auch wenn ich keine Wörter verstehe. Ich drücke mich direkt an der Mauer entlang. Langsam. Meter für Meter. Die ganze Zeit sind sie über mir zu hören. Die Angst will fortlaufen mit mir. Wegstürzen. Aber ich weiß, dann werden sie mich sehen. Meine einzige Chance ist, unhörbar zu sein. Langsam wie ein Chamäleon, nicht auffallen. Dann habe ich eine Chance. Ich fühle den rauen Stein hinter mir. Die Pflanze in meiner Hand schwitzig und knittrig in meinem Griff. Meine Beine zittern. Die Schwäche arbeitet sich immer weiter vor. Bitte, bitte, lieber Gott, Universum, Schicksal, heilige Maria Mutter Gottes, ich weiß es nicht, egal wer, lasst es jetzt nicht vorbei sein. Lasst mich unsichtbar sein, ein Geist, der ich ja eh bald bin. Ich schiebe mich mit geschlossenen Augen weiter. Taste mich an der Wand entlang, die Finger im pockennarbigen Putz.

Es kommt mir vor wie eine Unendlichkeit, nur ich und die Mauer. Als ich endlich ins Leere greife, bin ich fast überrascht. Ich habe es tatsächlich bis zum Loch geschafft.

»Ich dachte, du kommst nie!« Isabella Flüstern ist fast ein Schreien. »Hast du sie gefunden?«

Ich nicke nur. Für Wörter habe ich jetzt keine Kraft

mehr. Ich strecke ihr die Tasche mit den Pilzen und die Pflanze hin. Wir lächeln uns an. Einen Schritt mehr. Wir sind einen Schritt weitergekommen.

»Ruh dich aus«, sagt Isabella. »Du siehst schrecklich aus.«

Ich nicke wieder und lasse mich auf ihr Bett fallen und mache die Augen zu. Sie hat auch die Decken gewaschen, in einem der großen Töpfe, mit Waschmittel aus dem Lager. Bruder Amon und seine Leute haben wirklich fast alles zusammengerafft. Kaum etwas, das es hier nicht gibt.

Der Gestank von früher ist verschwunden. Ich vermisse ihn fast ein bisschen.

»Du siehst furchtbar aus«, sagt Isabella trocken. »Ich mache ein bisschen Wasser warm.«

Und dann wäscht sie mir das Gesicht, die Arme, schließlich wäscht sie auch mein Haar, bis das Wasser ganz braun ist und die ganze Walderde fort. »Schade«, rutscht es mir raus.

Isabella schmunzelt. »Was ist schade?«

»Isabella, da draußen, ein Stück hinter der Festung, da ist ein Tal. Da gibt es Bäume. Einen Bach. Käfer. Vögel.« Ich spüre, wie mir die Tränen über die Wangen laufen. »Da müsst ihr dann hin, wenn ihr hier raus seid. Dann könnt ihr weitersehen.«

Isabella wischt mir mit dem Lappen noch einmal über das Gesicht. »Das ist doch wunderbar! Da führst du uns dann hin. Und dann wird alles gut.« Sie lächelt.

Und ich lächele zurück. »Ja. Dann wird alles gut«, sage ich. Denn was soll das schon heißen, gut. Das kann so vieles sein.

Das Schwierigste ist, die Pilze klein zu bekommen. Sie müssen ja wirklich klein sein, damit es keiner bemerkt und damit jeder davon isst. Schließlich trocknen wir sie im Ofen und reiben sie dann in einem Mörser, bis so eine Art Brei übrig ist. Isabella nickt. »Das müsste gehen.« Dann blickt sie mich erschrocken an. »Schmeckt man die denn nicht?«

Ich zucke die Schultern. Wir schnuppern an dem Brei. Er riecht ein bisschen metallisch. »Ich habe keine Ahnung«, sage ich. »Davon steht nichts in dem Buch. Probieren können wir sie jedenfalls nicht. Wenn es stimmt, was ich gelesen habe, sind sie sehr giftig.«

Wir sehen uns an.

»Die fressen eh jeden Scheiß hier! Hauptsache, Bruder Amon wirft es ihnen vor die Füße«, sagt Isabella schließlich und lacht. Sie schüttet das Pilzpulver in die Brühe aus Brennnesseln, Dosenfleisch und Kartoffeln, die die Vorspeise sein soll. Für die Hochzeitsfeier nur das Beste. Das hat Bruder Amon befohlen. Und dass Isabella das ganze Essen selbst zubereiten soll. Damit sie nicht vergisst, hat er gesagt. Damit ihr die schönen Kleider nicht zu Kopf steigen und sie immer daran denkt, wie nah ihr die Ketten sind. Dass sie in jeder Sekunde wieder hierher zurückkehren könnte. Isabella nimmt einen Holzlöffel und rührt in dem kindsgroßen Topf. »Du Arsch«, murmelt sie. »Das wirst du alles so bereuen«, und spuckt in die Suppe hinein.

Gabriele hat einen ganzen Wagen voller Sachen gebracht. Lockenwickler, eine Kiste voller Schmuck. Drei Kleider, aber nicht irgendwelche. Prachtvolle Roben sind es, mit ausladenden Röcken aus glitzernden Stoffen, so wie früher

Opernsängerinnen oder berühmte Schauspielerinnen sie getragen haben. Schuhe gibt es nur ein Paar, Sandalen mit silbernen Bändern und glitzernden Steinchen. Und da ist da noch ein grauer Kasten. »Was soll denn das sein?«, fragt Isabella.

Ich drücke auf den Knopf mit dem Pfeil nach unten. Eine Klappe springt auf. Eine runde Öffnung ist darin mit einer kleinen silbernen Platte. Mein Vater hat in seiner Gerätesammlung auch so ein Teil. »Ein CD-Player«, sage ich. »Damit kann man Musik hören. Hier muss irgendwo so eine Scheibe sein. Da ist dann die Musik drauf.« Ich wühle zwischen den Stoffen und finde eine kleine, flache Schachtel. Das Plastik ist schon ziemlich zerkratzt. Aber das Bild kann ich trotzdem erkennen. Ein Strand. BRAVO steht mit dicken Buchstaben drauf. Ein bisschen kleiner daneben »Hits 89«. Hinten steht eine lange Liste mit Namen. Ich nehme die silberne Scheibe raus und gebe Isabella die Schachtel. »Such was aus«, sage ich.

Isabella zuckt die Schultern. »Ich weiß nicht« sagt sie. »Fliegen. Das klingt doch irgendwie gut.« Ich tu das Ding in die Öffnung, mache die Klappe zu und drücke auf Play.

Die Musik ist ganz anders, als ich dachte, als die Lieder, die ich mit Ali gehört habe. Nur Gesang und ein bisschen Klavier. Die Stimme ist gar nicht so besonders. Aber so, ich weiß nicht, liebevoll.

Wir machen den Song auf repeat, und beim dritten Mal singen wir beide mit.

Und wenn ich für dich fliegen muss,
Und wenn ich für dich fliegen muss,
kriegen wir das irgendwie hin.

Das blaue Kleid hat Blutflecken, und das weiße wollte Isabella nicht. »Weiß ist für Bräute«, sagt sie und zieht wieder so ihre Augenbrauen zusammen. »Ich bin keine.«

Ich nicke. »Also das rote«, sage ich und halte es ihr hin. Es ist das roteste Rot, das ich je gesehen habe. Leuchtend und wild, ein Knäuel aus Stoff, Spitze, Rüschen und Tüll.

Sie nimmt es in die Hände. »Okay, ich probiere es an.« Sie steht vor mir und sieht mich an. »Aber du musst jetzt noch mal in den Keller. Damit sie wissen, dass wir kommen. Damit sie durchhalten.«

Das habe ich befürchtet. »Aber es ist doch schon morgen.«

Isabella schaut mich an, kein Muskel in ihrem Gesicht bewegt sich. »In 24 Stunden. Eine Ewigkeit für jemanden, der in einen Käfig eingesperrt ist. Du musst Tom sagen, dass ich komme.«

Ich nicke. Sie hat ja recht. Und ein Teil von mir will auch Ali sagen, dass er bald frei sein wird. Aber ich habe Angst. Ich weiß nicht, ob ich den Raum noch einmal aushalte. Die Käfige. Die Gedanken daran, was das bedeutet. Und ich weiß, dass ich mit meiner Kraft haushalten muss. Damit ich auch wirklich schaffe, was getan werden muss. Am liebsten würde ich mich in Isabellas Arme schmeißen und weinen. Ich will sagen, Isabella, ich fühle mich schwach und klein und hab die Hosen gestrichen voll vor Angst, dass morgen etwas schiefgeht, dass du dann für immer in den Klauen von diesem Ungeheuer bleibst und Ali, Tom und die anderen dann in ihren Käfigen bleiben, bis sie entweder darin verrecken, oder bis sie herz- und gewissenlose Kämpfer sind, die für Bruder Amon alles abschlachten, was sich ihm in den Weg stellt. Ach ja, da ist noch was. Ich werde sterben.

Aber ich sage nichts. Ich nicke noch mal. »Du hast recht. Ich gehe. Aber behalt das Kleid an. Ich will sehen, wie du aussiehst.«

Isabella verdreht die Augen. »Na, wie ein Mädchen in ’nem roten Kleid«, sagt sie.

Wieder nicke ich und packe meine Krücke.

Ich brauche wirklich lange, bis ich an der Tür zum Keller angekommen bin. Meine Beine scheinen mich nicht mehr tragen zu wollen, es ist mehr die Krücke, die mich durch die dunklen Flure trägt.

Auf der Treppe packt mich ein Schwindel, der die Welt auf den Kopf stellt. Ich muss mich auf die Stufen setzen, bis sich der Sturm in meinem Kopf beruhigt. Ich verliere ein paar Minuten, wie viele, weiß ich nicht. Schauer aus Eis jagen meine Wirbelsäule hinab, mein Kopf fühlt sich leicht an. Das Pochen in meiner Wunde ist nicht mehr dumpf. Es ist reißend und schreiend. Aber ich schaffe es.

Ich mache die Tür auf. Stille. Dann ein Flüstern.

»ZiZi? Bist du das?«

Ali. Er ist noch immer da. Noch immer am Leben. »Ja, ich bin’s. Ich …« Ich schäme mich so. Dass ich hier stehe, frei. Und sie sind noch immer eingesperrt. »Wir holen euch raus. Morgen. Haltet durch.«

Ich höre Alis Stimme. Er schluchzt. »Stimmt das, ZiZi? Stimmt das wirklich?«

Ich humpele zu seinem Käfig und streiche ihm durchs Haar. »Ja, ich verspreche es.«

»Wer ist wir?« Er sieht mich verwirrt an. Isabella. Tom. Ich hätte es schon wieder fast vergessen.

»Ali, ist hier jemand, der Tom heißt?«

Er schüttelt den Kopf. »Ich weiß es nicht. Wir reden kaum.«

Ich muss schlucken. »Warum denn nicht?«

»Es ist zu hoffnungslos. Zu viel …« Er hört auf. »Mit wem willst du uns befreien?«

»Ein anderes Mädchen und ich. Isabella«, sage ich zögerlich. Ich weiß, das klingt jetzt nicht so besonders ermutigend. Zwei Mädchen gegen eine bewaffnete Horde erwachsener Männer.

»ZiZi! EIN anderes Mädchen? Das geht nicht. Das schafft ihr nicht. Sie sind zu viele.« Er packt meine Handgelenke. »Sie werden euch kaltmachen, bevor ihr auch nur einen von uns befreit habt!«

Ich sehe ihm fest in die Augen. »Vertrau mir. Wir haben einen Plan.«

Dann sieht er meine Krücke. »Was ist mit dir?« Er schaut mich erschrocken an. »Du bist verletzt?« Er sucht mich mit den Augen ab.

Ich muss lächeln. Da sitzt er hier, eingesperrt in einem Käfig, und macht sich Sorgen, dass ich verletzt bin.

»Nichts Schlimmes«, sage ich. »Bein angekratzt. Kann ja mal passieren, so mitten in der Apokalypse.« Lächelnd zucke ich mit den Schultern. »Mach dir keine Sorgen. Halt einfach durch.« Ich streiche ihm ein letztes Mal durchs Haar. Es fühlt sich an wie tot, trocken und rau. Ob ich es je wieder berühren werde? Ich schlucke. »Ich komme. Morgen Abend.«

Er schüttelt den Kopf. »ZiZi, bitte, sag das nur, wenn es auch wirklich passiert.« Tränen fließen ihm über das Gesicht. »Ich … ich halte keine Hoffnung aus. Ich, ich hatte mir schon gesagt, ey, das war es jetzt, lass gut sein.« Seine Fingernägel graben sich in meinen Unterarm. »Sag mir das nur, wenn es wirklich klappt.«

Ich nehme seine Hand von meinen Arm und halte sie,

ein Vögelchen in meinen Händen. »Ali, ich hol dich hier raus. Ich versprech es dir.« Er wischt sich durchs Gesicht. Dann nickt er. »Gut. Gut.« Sagt er. »Ich werde warten.« Jetzt erst höre ich das Rumoren und Rascheln aus den anderen Käfigen.

»Hey, lass uns nicht hier!«

»Hol uns raus!«

»Ich will raus, ich halt das nicht aus!« Die Stimmen werden immer lauter, hallen in dem Gewölbe, das Klirren der Schlösser, das Scharren nackter Füße, alles prasselt auf mich nieder, bis ich kaum noch Luft bekomme. Aber sie werden immer lauter. »Stopp!«, rufe ich schließlich. »Wir holen euch! Morgen Abend!«

Sie beruhigen sich ein wenig. Zehn nackte Menschen, die an ihren Gittern hängen und mich anstarren.

»Ist hier ein Tom?«, frage ich schließlich.

Gemurmel bricht los.

»Wieso willst du das wissen? Lass uns raus!«

»Du musst uns alle rauslassen!«

Sofort bricht wieder Chaos aus. Sie rütteln an den Stäben und rufen. Ich sehe auf die Uhr. Zwanzig Minuten. Dann kommen die Wachen wieder. Wenn sie nicht das Geschrei mitbekommen und vorher kommen …

»Ich … ich muss gehen«, sage ich. Was für ein armseliger Abgang. Das weiß ich selbst. Aber ich kann jetzt nichts Besseres tun. Ich kann mich ja kaum auf den Beinen halten. »Wir kommen morgen. Haltet durch! Haltet einfach durch!«

Niemand hat »hier« gesagt, als ich nach Tom gefragt habe. Keiner hat reagiert. Ich humpele durch den Gang, so schnell ich kann. Noch einmal unter dem Gitter durchkriechen pack ich nicht. Ich muss es diesmal einfach schaffen. Ob Tom gar nicht da im Verlies ist? Aber wo sollte er sonst sein?

Schon oben an der Treppe höre ich es. Ein Heulen, Winseln, das Elend aller Seelen der Hölle in einer Stimme.

»Netter Fang! Da wird sich Bruder Amon aber freuen! Der perfekte Braten für die Hochzeitsparty!« Ein heiseres Fiepen, noch mehr Winseln, das laut und klagend durch die Flure hallt. »Jetzt halt doch mal die Fresse, du Scheiß-Töle! Was musst du uns auch direkt in die Arme laufen!«

Ein Hund. Sie haben einen Hund gefangen!

Ein anderer lacht. »So ein dummes Viech. Wie das überhaupt überlebt hat in den letzten Jahren? Und sieh dir mal das Fell an.«

»Den bekommt Bruder Amons neues Prinzesschen bestimmt als Pelzmäntelchen.« Raues Lachen. »Hoffentlich ist sie überhaupt so hart, wie sie immer tut.« Ich muss grinsen. Wenn ihr wüsstet. Ihr werdet den Tag verfluchen, an dem ihr Isabella hierhergebracht habt. Ihr werdet euch noch alle wundern.

Ein Schrei. »Der blöde Köter hat mich gebissen!« Klatschen, Knallen. Ein Jaulen, noch lauter als alles zuvor. »Jetzt geh da rein, du Drecksvieh!« Irgendwer lacht.

»Na? Alles im Griff, Breivik?«

»Halt deine blöde Fresse und dreh lieber der Töle den Hals um.«

»Beruhig dich.« Der andere lacht noch immer. »Wir müssen erst Bruder Amons Order einholen, was wir mit dem Hund machen.« Es wird ruhiger. »Schau, wie du ihn zugerichtet hast. Sperr ihn einfach ins Lager, bis wir wieder hochgehen.«

Sie haben mir den Weg zur Küche abgeschnitten, aber es gibt eine Sackgasse, in die ich mich drücken kann, während sie vorübergehen, in Richtung Verlies. »Meinst du, es gibt Sprit, morgen?« höre ich den einen sagen, Breivik, glaube ich. »Ich muss mich dringend mal wieder richtig abschießen. Sonst hält man die ganze Scheiße ja gar nicht aus hier.«

»Jetzt heul mal nicht so rum! Wir müssen ja nur einmal schauen, ob die alle noch brav in ihren Käfigen sitzen. Und ihnen ein bisschen Angst machen.« Das ist der Lachende. Angst. Ich muss an Alis Augen denken.

»Ja, sag ich doch. Große Scheiße. Ich brauch dringend was zu saufen.«

»Keine Angst! Kriegst du. Wann, wenn nicht morgen? Bruder Amon hat seine Braut klargemacht! Morgen ist die Nacht der Nächte.« Er grölt. »Wir werden auf allen vieren ins Bett kriechen!« Dann fällt die Tür zum Treppenhaus ins Schloss und es ist wieder still.

Blut läuft aus seiner Nase. Er bewegt sich nicht. Ob er schon tot ist? Er sieht aus wie ein Märchentier. Dichtes, weiches Fell. Ganz und gar weiß. Die Ohren spitz und weich, die Haut der Nase schwarz. Ein bisschen sieht er aus wie ein weißer Wolf. Aber eigentlich kann das nicht sein. Wölfe sind schon so lange ausgestorben.

Ich strecke meine Hände aus und berühre sein Fell. Es ist so weich, wie es aussieht, die Haare so lang, dass ich meine Hände darin verbergen kann. Ich streichele ihn. Er ist so ein schönes Tier. Da gehen seine Augen auf, honiggelb, schauen mich an. Einer seiner Fangzähne ist abgebrochen. Sie müssen ihn hart geschlagen haben. Ein leises Winseln kommt aus seinem Maul. Ich streiche ihm über den großen, schweren Kopf. »Du musst aber selbst laufen«, sage ich. »Um dich zu tragen, bin ich zu schwach.« Er sieht mich an und winselt wieder. »Na gut«, sage ich. »Ich zieh dich hoch. Den Rest musst du selbst machen.« Ich will an seinem Fell zerren und fasse in ein dickes ledernes Halsband, das in seinem Fell verborgen ist. »Du hattest also ein Zuhause«, sage ich. Der Hund winselt. »Das hatte ich auch mal.« Ich streichele ihn zwischen seinen aufrechten Ohren. »Man gewöhnt sich dran«, sage ich. »Glaub mir, irgendwann tut es nicht mehr so weh.« Dann ziehe ich ihn auf seine vier Beine und wir humpeln nebeneinanderher zu Isabella.

»Ein Hund?« Isabella starrt erst ihn, dann mich an.

Ich kann nur die Schultern zucken. »Sie wollten ihn essen«, sage ich nur. »Morgen.«

Isabella nickt. »Aber was machen wir mit ihm? Sie werden ihn suchen?«

Ich zeige auf meinen Schrank. »Wird eng. Aber es ist ja nur für einen Tag.« Weil wir dann entweder weg sind oder tot, will ich noch sagen. Aber das lasse ich lieber. Besser, wir konzentrieren uns auf das Wesentliche. Ich gebe dem Hund in einer Blechschüssel etwas zu trinken. Er trinkt gierig. Das Blut aus seiner Nase färbt das Wasser rosa. Ich wollte schon immer einen Hund haben. Ich muss kurz lachen. Ich wollte einen kleinen Bruder. Ich wollte einen Hund. Jetzt habe ich beides. Und werde sterben. Ich spüre die Entzündung jetzt in meinem ganzen Körper. Das Fieber. Ich kann mich immer schlechter wehren. Vielleicht ist es auch einfach so. Wenn du alles erreicht hast, was wirklich wichtig ist, dann ist es eben Zeit zu sterben.

»Tom!« Ich habe Isabella nicht gleich gehört. »Jetzt vergiss doch mal den Hund! Was ist mit Tom!«

Tom. Ich blicke weiter zum Hund. Ich will nicht, dass Isabella jetzt meine Augen sieht. »Er wartet«, sage ich.

»Du hast mit ihm gesprochen.« Isabella packt meinen Arm.

Ich nicke, so vage ich nur kann.

»Geht's ihm gut?«

»Wem geht es denn hier schon gut?«, antworte ich. Und das ist ja die Wahrheit. »Es ist ja nur noch bis morgen«, sage ich. Es tut mir leid, Isabella. Ich will dich nicht belügen. Aber ich habe keine andere Wahl. Du brauchst alle Kraft, die du hast. Es wird so schon schwer genug. Ich nehme sie in den Arm. »Wir schaffen das«, sage ich. Und ich will es wirklich gern glauben.

Poltern und Schreien wecken mich. »Du Schwein! Ich bin halb nackt, und du rennst hier rein! Das sage ich Bruder Amon!« Isabellas Stimme klingt filmreif nach hysterischer Primadonna.

»Entschuldige, echt.« Es ist Breivik, das erkenne ich an der Stimme. »Ich, ich guck auch weg. Aber hast du …« Er räuspert sich. »Hast du ein Tier gesehen?«

»Ein Tier? Hier? Hat dir die Sonne dein Hirn verbrannt?«

Wenn ich nicht so Angst hätte, müsste ich lachen. Isabella legt wirklich eine tolle Show hin. »Ja! Ich meine, nein, hat sie nicht. Aber ist hier ein Hund vorbeigekommen? Oder jemand mit einem Hund?«

»RAUS!« Isabella würde wirklich eine großartige Herrscherin abgeben. »So einen Unsinn muss ich mir nicht anhören! Am Abend vor meiner Hochzeit! Nur weil du ein bisschen spannen willst!« Sie stöhnt auf. »Noch einer! Ich fass es nicht!«

»Isabella, es ist nicht so, wie du denkst, wirklich. Verpfeif uns nicht bei Bruder Amon. Wir hatten einen Hund gefangen. Und jetzt ist er weg. Ehrlich.«

»Na, er war wohl nicht so hinüber, wie du dachtest.« Das ist der Lacher. »Und irgendwie hat er die Tür aufbekommen. Diese Köter können ziemlich schlau sein, hab ich mal gehört.«

»Scheiße«, brummt Breivik. »Wenn wir ihn erwischen, dann schneiden wir ihm gleich die Kehle durch. Dann ist Ruhe. Zum Glück haben wir Bruder Amon noch nichts gesagt.«

Der Lacher lacht schon wieder. »Genau! Was er nicht weiß, braucht ihn nicht zu interessieren.«

»Und wenn ihr nicht gleich verschwindet, sorge ich dafür, dass er euch nackt in der Sonne verdorren lässt!«

Füße scharren. »Nichts für ungut, Isabella«, murmelt einer. »Bis dann!«

Dann sind sie fort.

Ich drücke den Hund an mich und verberge das Gesicht in seinem weißen Fell. Mit uns beiden im Schrank ist es so eng, dass wir uns kaum bewegen können. Der Hund fiept leise. »Psssst«, sage ich. »Du hast es fast geschafft. Und wenn ihr hier raus seid, versprich mir, dass du gut auf Isabella aufpasst. Sie wird jemanden brauchen.«

Und er schaut mich an, mit seinen gelben Augen, die immer ein bisschen besorgt aussehen, die Ohren steil nach oben gereckt. Er schnauft. Ich glaube, das heißt Ja.

»ZiZi, ist alles okay? Du siehst echt schlimm aus.« Isabella sieht mich mit ihrem strengen Blick an.

Ich blicke in die spiegelnde Oberfläche eines Aluminiumschranks und erschrecke selbst. Ich bin ganz bleich, unter den Augen habe ich Ringe, die fast schwarz sind, die Haare sind feucht und pappen an den Schläfen. Aber ich wundere mich, dass mein Kopf so normal aussieht. Er fühlt sich an, als schwebte er an einer langen Leine über meinem Körper. Aber mein Spiegelbild sieht aus wie immer.

»Der Stress«, sage ich schließlich und lächele ein wenig. Wir haben noch fünf Stunden. Dann wird Isabella abgeholt. Ich habe bis gerade geschlafen, ich bin einfach so fertig. Der Hund schläft noch immer. Ich hoffe, er stirbt nicht doch noch. Sie müssen ihn ziemlich zugerichtet haben.

»Hilfst du mir?« Isabella streckt mir eine Handvoll Sicherheitsnadeln entgegen. Sie sieht atemberaubend aus: Tatsächlich, als wäre sie gerade aus irgendeiner Romantik-Schnulze von früher gestiegen. Irgendwas mit Vampiren vielleicht. Das passt so gut zu dem Kleid. Es ist blutrot, geht vorn nur bis zu den Knien und endet hinten in einer dramatischen Schleppe aus verschiedenen Lagen Spitze, Tüll und glitzerndem Stoff. Ein Flaum aus Federn säumt die Ränder. Das Oberteil ist schulterfrei, aber ein bisschen weit. Ich nehme die Sicherheitsnadeln und versuche, das Kleid so adrett wie möglich enger zu machen. Isabellas Haare liegen heute in schweren Locken über ihren Schultern. Der einzige Schmuck ist ein funkelndes Diadem, das sie sich in die Haare gesteckt hat. Es fühlt sich sehr seltsam an, sie so herzurichten. Ich binde dem Lamm auf dem Weg zum Schlachthof noch ein Schleifchen um.

Aber das ist gemein. Isabella ist kein Lamm. Sie ist eine Wölfin im Schafspelz.

»Wie machen wir das eigentlich mit dem Zeug hier?« Isabella hält die Tollkirschenpflanze hoch. »Soll ich die dann einfach essen, oder wie?«

Sie hat recht. Darüber habe ich gar nicht nachgedacht. Ich weiß gar nicht, in was für einem Zustand sie sein wird. Im Zweifel wird es schnell gehen müssen. Und vielleicht ist sie gar nicht bei Bewusstsein. Ich habe ja eigentlich keine Ahnung, was wir hier tun. Ich hab ja noch nicht mal gekifft.

»Wir kochen das Zeug.« Ich hab das mal bei Oma Mariana gesehen, Holundersaft kochen im Herbst. Sie stand am Herd und hat gesagt: »All das Gute aus der Frucht kommt in den Saft.« Genau das machen wir jetzt auch.

Wir waschen die Pflanze und schneiden sie klein. Blätter, Stiele, Wurzeln, alles.

»Wir lassen es so lange wie möglich kochen«, sage ich. Mein Kopf ist immer noch so leicht, nein, irgendwie wird er immer leichter. Während sich mein Körper aufzulösen scheint, als vermischten sich die Moleküle nach und nach mit der Luft um mich herum. Ich muss immer wieder meine Hand anstarren, sie ist mir so unwirklich. Gerade weil sie so aussieht wie immer.

»Scheiße, in dem Dampf verschmiert mein ganzes Make-up.«

Zum Glück ist Isabella ziemlich mit sich selbst beschäftigt. Sie merkt gar nicht, dass sich gerade mein Hirn verflüssigt und gleich zu meinen Ohren rauskommt. Ich bin mir nicht sicher, aber es scheint mir gerade ziemlich wahrscheinlich. Fast spreche ich das aus. »Quatsch«, sage ich stattdessen.

»Ich muss die Königin sein, die er sich wünscht«, antwortet sie. »Sonst macht er am Ende noch einen Rückzieher.«

»Das ist doch alles Show. Der hätte dich auch in deinem Putzkittel genommen.« Ich grinse. »Na ja, das mit dem Waschen war wohl schon nötig.«

Sie lacht kurz auf. Dann schüttelt sie den Kopf. »Nein, der weiß sehr genau, was er will. Der ist ja nicht verknallt in mich. Der braucht mich genau so.« Sie sieht sich im Spiegel an.

Ich glaube, sie hätte sich gut mit meiner Mutter verstanden. Sie können beide dieses Spiel spielen, das mir bisher nicht ganz klar geworden ist.

»Meine Güte.« Sie stöhnt auf. »Auf jeden Fall hat Amon einen wahnsinnig ordinären Geschmack.«

Wir lachen. »Komm, ZiZi, wir haben nicht mehr lang. Mach unser Lied an.«

Es sind noch anderthalb Stunden. Ich wünschte, es wäre jetzt schon so weit. Das Warten ist hart, und ich weiß, ich habe nicht mehr viel Zeit.

Ich gehe zu dem grauen Kasten und drücke auf Play. Gern würde ich ihre Hand nehmen. Aber ich will nicht, dass sie mein Fieber spürt. Dafür singen wir zusammen. »Und egal, wie lang, wie qualvoll, fern ob nah, bin immer da und helf dir schwimmen. Helf dir schwimmen. Und wenn es untergeht, egal, solang mein Ende naht, da, wo du bist«, singt der Mann, und er hat recht.

Ich sitze in meinem Schrank und höre dem Knistern des Schweißbrenners zu. Sie machen Isabellas Kette ab. Dann wird sie zur Zeremonie gebracht. Ich halte die Flasche mit dem Tollkirschensaft in der Hand. Ich darf sie auf keinen Fall vergessen. Jeder Weg, den ich zusätzlich gehen muss, kann einer zu viel sein. Ich kann spüren, wie die Kraft aus meinem Körper läuft, wie sie von meinen Fingerkuppen tropft, sich als Schweiß aus meinen Poren drängt, bis von mir nichts mehr übrig ist als ein schlaffer, toter Sack Haut.

Ich atme in das Fell des Hundes. Es scheint ihm besser zu gehen. Er schaut mich an, wach und wie immer besorgt. Die Nase nicht mehr trocken, sondern kühl und feucht. »Schhhhhh«, sage ich zu ihm. »Schhhh.« Obwohl er ganz ruhig ist. Aber vielleicht sage ich das auch zu mir.

Draußen sprechen sie nicht. Seit Isabella sich offiziell für ihren Anführer entschieden hat, trauen sich seine Kämpfer kaum, sie anzuschauen. Das hätten sie besser vorher schon getan. Ich blicke durch den Türspalt und muss lächeln. Isabella macht auch aus dem Abschweißen der Ketten eine Show. Mit unbewegter Miene, das Kleid hochgerafft, hat sie die Pose einer Flamenco-Tänzerin angenommen. Sie zuckt nicht einmal, wenn die Funken ihre Haut treffen. Sie haben ihr notdürftig silbriges Zeug um das Bein gewickelt und unter die Fessel geschoben. Sonst würde sie sich wahrscheinlich ernsthaft verbrennen.

Gabriele steht auch im Raum. Das muss sie sein. Die einzige ältere Frau im Raum. Sie hat sich lilafarbene und weiße Blüten ins Haar gesteckt. Ich überlege ein bisschen. Kartoffelblüten. Das sind bestimmt Kartoffelblüten. Ich hatte das fast vergessen, den Garten, den sie im Hof angelegt haben. Was für ein Schatz.

Endlich ein Klirren. Die Fessel ist zu Boden gefallen. Isabella schreitet durch die Tür, ohne sich noch einmal umzusehen oder auch nur einen der Umstehenden eines Blickes zu würdigen.

Mir läuft es kalt den Rücken hinunter. Was, wenn sie an dem Gefallen findet? Sie könnte hier wirklich eine Königin sein, Herrscherin über das Ende und das, was übrig blieb.

Ich warte noch einen Moment, bis ich mir sicher sein kann, dass sie außer Hörweite sind. Ich will jetzt keinen dummen Fehler machen.

Ich weiß nicht, ob die Türen von allein aufgegangen sind, weil ich mehr und mehr zerfließe, oder ob ich sie doch noch aufstoßen musste. Der Hund streckt sich und schaut mich dann aufmerksam an. Ich brauche einen Moment, bis ich stehe. Mein Atem rasselt. Aber ich fühle mich gar nicht so schlecht. Mehr so leicht, schwebend. Nur gehorcht mir mein Körper so schlecht. Und das Bein. Es fühlt sich nicht mehr an wie ein Bein, mehr wie ein fauchender Drache, der sich an mich gehängt hat und seinen heißen Atem in mich haucht. Noch ein bisschen Geduld, sage ich ihm. Ich muss nur noch was erledigen, dann gehör ich dir. Aber bis dahin musst du warten.

Ich klemme mir die Krücke unter den Arm. Der Hund läuft zum Ausgang. Er humpelt noch. Aber er scheint wirklich über den Berg zu sein.

»Nein«, sage ich und wische mir die Schweißtropfen von der Stirn. »Du musst hierbleiben. Ich hole dich später. Wenn alles vorbei ist.« Er stellt die Ohren auf. »Versprochen«, sage ich. Obwohl ich wirklich nicht weiß, ob ich das noch halten kann. »Oder Isabella«, schiebe ich hinterher. Es fühlt sich einfach zu falsch an, ihn anzulügen. »Die kommt auf jeden Fall.«

Er läuft trotzdem zur Tür. Ich will ihn nicht einsperren müssen. Vom Einsperren habe ich wirklich genug. »Sitz!« Ich versuche zu brüllen. »Bleib!« Das scheint zu wirken. Der Hund legt sich hin. »So ist brav.« Ich streiche ihm noch einmal über den Kopf. »Es wird auch nicht lange dauern«, sage ich. Auf die eine oder andere Weise wird es in ein paar Stunden vorbei sein.

Ich habe die große Halle gefunden. Hier gibt es eine hölzerne Balustrade. Von der Halle ist dort seltsamerweise kein Hinkommen. Ich muss noch einmal raus, durch den Flur und eine Treppe hoch.

Ein absurd gutes Versteck. Holzbretter als Geländer, dahinter kann mich keiner sehen. In jedes Brett ist ein Herzchen geschnitten, ich drücke mein Gesicht an die rohen Holzbretter und kann den ganzen Raum sehen.

Das Licht ist dämmrig, die Fenster sind schmal und klein. An den Wänden brennen Fackeln. Jemand hat sich große Mühe gegeben, den Saal festlich zu schmücken. Die meisten der langen Tische sind mit mehr oder weniger weißen Tüchern bedeckt. Sie stehen senkrecht, einer waagerecht zu mir. Auf dem waagerechten ein Strauß aus Kartoffelblüten, eingerahmt von zwei mächtigen silbernen Kerzenleuchtern. Dort werden Isabella und Bruder Amon sitzen.

Das Fieber packt mich, eine Welle, die mich bis zur Decke trägt und dann wieder hinabstürzt. Ich bin mir nicht immer sicher, ob ich wach bin oder träume. Meine Hände zerteilen sich, wenn ich sie bewege, in viele fleischfarbene Schichten. Ein Fächer am Ende meiner Arme.

Ich spüre das Holz ganz deutlich, die Unebenheiten der

Maserung, wenn ich mein Ohr daranlege, höre ich es knistern, rascheln. Vielleicht sind es Würmer, die sich innen ihre Gänge nagen, oder ist das die Zeit, die es zwischen den Minuten und Sekunden zerreibt, bis nichts mehr übrig ist, nur noch Staub.

Mein Körper bläht sich auf, oder er verliert sich, ich kann mich nicht entscheiden. Das Feuertier in meinem Bein kreischt. Es will endlich fressen.

Mit einem dumpfen Knall gehen die Türen auf. Endlich. Mit jeder Minute, die vergeht, wird die Chance kleiner, dass ich es tatsächlich schaffe.

Voran schreiten Isabella und Bruder Amon. Er trägt einen schwarzen Mantel mit Pelzbesatz und schwarze, hohe Stiefel, in die er eine dunkelblaue Hose gesteckt hat. Er hat ein silbernes Band um die Stirn gebunden, von dem Funken blitzen. Aber vielleicht ist das auch nicht echt. Isabella hängt an seinem Arm, ein Tropfen Blut in einem dunklen Meer. Ihre Haut leuchtet, ihr Gesicht bewegt sich nicht, sie starrt geradeaus. Ihr Körper schreitet, als gehöre er nicht zu ihr. Ihr Oberarm ist mit einem dicken Verband umwickelt, der sich weiß von ihrer Haut abhebt.

Hinter ihr geht Gabriele und trägt ihre Schleppe. Als sie an der geschmückten Tafel ankommen, huscht sie nervös herum, zieht Stühle hin und her, drapiert das Kleid um Isabella herum, die das alles mit stoischer Miene an sich vorüberziehen lässt. Aber ich sehe ihre Augen zucken. *Hier bin ich, Isabella! Ich bin wirklich hier! Keine Angst!,* möchte ich ihr zuschreien.

Bruder Amon scheucht Gabriele mit einer ungeduldigen Handbewegung fort. Durch die hohe Tür strömen die anderen. Ein Heer schwarzer Jacken, Mänteln, Hemden. Manche haben ein Stück schwarzes Stoff als eine Art Cape umgebunden. Jeder der Männer trägt ein rotes Tuch um den Hals. Vielleicht sind es vierzig, genau kann ich es nicht sagen. Schweißtropfen fallen von meiner Stirn und färben das blank gelaufene Holz des Bodens dunkel. Ich wünschte, ich hätte Wasser hier. Mein Durst wird immer größer.

Die letzten Männer tragen ein riesiges schwarzes Banner, in dessen Mitte ein großer roter Kreis ist. Sie gehen langsam, mit ernsten Gesichtern, hängen die Fahne hinter Isabella und Bruder Amon an die Wand und verbeugen sich. Sie setzen sich und dann huschen drei Gestalten in Weiß in den Raum. Die Haare sind unter weißen Kopftüchern verborgen. Das müssen die Frauen sein, die es hier noch gibt, außer Gabriele. Und Isabella natürlich.

Bruder Amon hebt die Hand. Stille senkt sich über den Raum. Für einen Moment fürchte ich, dass sie nun mein Herz hören werden, das wild und tief in meiner Brust schlägt, als müsste es mir den Brustkorb aufreißen und davonrennen.

»Dieser Tag«, beginnt er endlich zu sprechen, »dieser Tag soll eine Zeitenwende für uns sein. Ich habe meine Frau gefunden, die Eva, die mich in diese neu geborene Welt begleiten wird. Sie wird mich nähren mit ihrer Weiblichkeit. Und ihr sollt von der Kraft, die sie mir geben wird, zehren. Wachsen sollt ihr daran, so wie die Zahl unserer Kämpfer wachsen wird. Bruder Freud hat mir versprochen, bald ist die Horde im Keller bereit, sich zu fügen. Es dauert nicht mehr lang.« Er atmet aus. »Und auch die Zahl unserer Frauen, sie wird sich mehren. Ich weiß, auch ihr wollt euch vereinigen, so wie Isabella und ich. Auch ihr wollt eine Frau an eurer Seite. Ich sage euch, ihr sollt sie bekommen. Ich werde Frauen für euch holen. Jeder wird sich eine nehmen können, keiner von euch soll noch allein sein.« Er breitet die Arme aus, als wollte er sie aus dem Nichts ziehen, die Frauen für die Männer vor ihm. »Morgen ziehen wir gen Salzburg.« Er macht eine Pause und blickt die Tafel entlang, sieht jeden an. Es ist still. Nur mein Herz schlägt und schlägt, als wollte es ein Wettrennen gewinnen. Es knallt, laut und dumpf. Bruder Amon hat mit den Fäusten auf den Tisch geschlagen. Roter Wein fließt über das weiße Tuch vor ihm.

»UND DANN WERDEN WIR HERRSCHEN BIS IN DIE ALPEN HINEIN!«, schreit er. »WER SICH UNS ENTGEGENSTELLT, DER WIRD DES TODES SEIN! WIR WERDEN DIE HERREN SEIN IN DIESER WELT, DIE NUR DARAUF GEWARTET HAT, DASS WIR SIE UNS UNTERTAN MACHEN! DASS WIR NEHMEN, WAS UNSERES IST! DENN WIR SIND DIE LEBENDEN! WIR SIND DIE SIEGER! WIR SIND DIE HERRSCHER!!«

Geschrei bricht aus. Es soll wohl Jubel sein. Bruder Amon packt Isabellas Hand und reißt sie vom Stuhl. Seine Faust um ihre geschlossen, reckt er den Arm zur Decke, als hätten die beiden gerade einen Boxkampf gewonnen. Isabella muss auf den Zehenspitzen stehen. Er lässt es ein paar Minuten dauern. Immer wieder schüttelt er ihren Arm, sein Mund aufgerissen zu einem Lachen. Die Menge im Saal schreit und jubelt. Einige springen sogar auf. Drei Männer umarmen sich, legen die Köpfe in den Nacken und stoßen ein Heulen aus. Ich glaube nicht, dass sie je gehört haben, wie ein echter Wolf klingt.

Schließlich lässt Amon Isabellas Hand los. Ich würde sie so gern umarmen und ihr ins Ohr flüstern, dass alles gut wird.

Bruder Amon schnippt mit den Fingern. Sofort wird es still. Er schließt die Augen, seine Hände breitet er vor sich aus, als wolle er ein großes Tor aufdrücken. Alle sinken zurück auf ihre Stühle. Isabella steht neben ihm wie ein vergessener Hund am Straßenrand. Dann setzt sie sich auch. Schweigen breitet sich aus. Ich sehe die anderen die Augen schließen.

»Brüder.« Amon spricht nun leiser, seine Stimme hallt klar und schön durch den Saal. »Stählt eure Herzen, eure Seelen. Sorgt euch nicht. Ich werde euch führen.« Keiner spricht. Manche haben die Hände gefaltet, sind nach vorn gesunken. Die Zeit scheint sich endlos auszudehnen. Isabella bewegt sich nicht. Ausdruckslos sitzt sie neben Amon, der weiße Verband an ihrem Arm leuchtet grell im Halbdunkel des Saals.

Ich habe mich selten so allein gefühlt. Und mit dem Alleinsein kenne ich mich aus. Gleichzeitig wünschte ich, dass dieser Moment nie endet. Denn gleich gibt es kein Zurück mehr.

Amon klatscht in die Hände. »Und nun wollen wir essen«, sagt er. »Und uns stärken für alles, was kommt.«

Meine Hände zittern. Ich wünschte, ich wäre meiner Sache sicher. Ich wünschte, ich könnte hier sitzen und Triumph spüren. Oder Hass. Aber ich habe nichts, nichts als nackte Angst, die mich an der Kehle packt.

Ich fasse die Flasche mit dem Tollkirschensaft fester. Das Plastik ist rutschig vor Schweiß.

Die Türen öffnen sich. Gabriele schiebt die Suppe herein, der riesige Topf steht auf einem Wagen. Mit quietschenden Rädern schiebt sie ihn bis zu Bruder Amon und Isabella. Sie sind die Ersten. Gabriele füllt die dampfende Brühe in die Teller.

Isabella richtet sich kerzengerade auf. Die Hand mit dem Löffel schwebt über der Flüssigkeit vor ihr. Sie bewegt sich nicht.

»Iss«, sagt Bruder Amon. »Glaub mir. Du wirst die Kraft brauchen.« Er nimmt ihre andere Hand, küsst sie. Und dann leckt er Isabella über ihren nackten Arm, bis ganz oben, und beißt in ihre nackte Schulter.

Dumpfes Gelächter rollt durch den Raum. Isabellas Halssehnen treten hervor, ihre Hand ballt sich um den Löffel, ich kann sehen, was sie will, nämlich den Löffel in Bruder Amons Auge rammen, bis zum Schaft, damit es ihm vergeht, das Grinsen, damit er schweigt, damit er stirbt.

Isabella! Halt durch! Ich will schreien, zu ihr rennen, sie schütteln und in den Arm nehmen. *Du musst nur noch ein bisschen durchhalten! Sonst war alles umsonst! Bitte!* Ich beiße die Zähne zusammen und hoffe, dass sie meine Gedanken hört.

Endlich löst sich ihre Faust. Sie dreht ihr Gesicht zu Amon und lächelt. Dann taucht sie den Löffel in die Flüssigkeit und hebt ihn vorsichtig. Mit einer eleganten Bewegung schiebt sie ihn sich in den Mund und schließt die Augen. Ich sehe, wie sie schluckt.

Moira, lass mich bitte nicht im Stich, denke ich, und auch ich schließe die Augen. Jetzt beginnt es also. Oder es endet.

Alle fangen an zu essen. Sie schlürfen und schmatzen. Gabriele hat sogar etwas gebacken, das so ähnlich aussieht wie Brot. Hell klirren die Löffel in den Schüsseln und Tellern. Falls die Pilze zu schmecken sind, scheint es keinen zu stören. Sie sind wahrscheinlich einfach hungrig genug und würden tatsächlich alles fressen, was Bruder Amon ihnen hinstellt. Irgendwas in mir lässt los. Ich sehe ihnen zu, wie sie sich Löffel für Löffel in den Mund schieben. Der erste Teil ist geschafft. Jetzt muss es nur noch wirken.

Mein Atem rasselt. Ein Schauer überläuft meine Haut. Es ist plötzlich so kalt, so unendlich kalt. Das Bild vor meinen Augen beginnt zu zittern, ich kann mir das nicht erklären, stimmt etwas mit meinen Augen nicht? Aber dann dämmert mir, dass ich das bin. Ich zittere so sehr, dass meine Zähne aufeinanderschlagen, tacktacktack, dröhnt es durch meinen Kopf. Ich beiße zu, das Klappern hört auf, zurück bleibt ein feines Brummen, das zwischen den Zähnen surrt, wie gefangener Strom.

Etwas rauscht über meinem Kopf. Ich schaue hinauf. Krähen. Oben in den Balken, einige kreisen über der Tafel, leise krächzend. Eine erspäht mich, landet über mir auf der Balustrade und sieht mich an, den Kopf verdreht. Ihr Auge glänzt mich an. »Du musst gehen«, kräht sie und plustert ihr Gefieder auf. »Gehen musst du, gehen!«

Ich schüttele den Kopf. »Schhhhh«, flüstere ich. »Schhhhh, du wirst mich noch verraten.« Obwohl ich weiß, dass sie vermutlich nicht wirklich da ist, aber ganz sicher bin ich mir nicht.

Ich sehe ihnen zu, wie sie Löffel für Löffel in die Münder schieben. Hungrig, gierig. Und denke, dass sie ja nichts wissen, dass sie keine Chance haben. Ich möchte ihnen die Löffel aus der Hand schlagen, die Suppenteller ausschütten. Ich will ihnen die Nasen zuhalten und die Suppe in die Münder kippen, damit es endlich vorbei ist.

Einer isst nicht. Er fummelt an seinem Cape rum und flüstert seinem Nebenmann grinsend ins Ohr. Der grinst zurück und drückt die Wange mit der Zunge nach außen. Die Obercoolen der Klasse.

Er isst immer noch nicht. Irgendwas ist mit seinem Cape. Er scheint damit nicht zufrieden oder was weiß ich. Er hat schwarze Locken und einen dichten Bart. Ich schaue auf die Uhr mit der Amon-Zeit. Es ist Viertel nach sechs. Seit fünf Minuten essen sie. Die ersten sind schon fertig mit der Suppe. Es dauert höchstens 30 Minuten, bis die Wirkung einsetzt, steht bei Moira. JETZT ISS, DU VOLLIDIOT! Wenn die Ersten anfangen rumzukotzen oder was weiß ich, wird er sicher nicht seelenruhig anfangen, seine Suppe zu löffeln. Verdammt. Mag er keine Kartoffeln oder was? Was mache ich nur, wenn er die Suppe nicht isst? Er hat sicher eine Waffe. Und er ist gesund, kräftig. Ich kann gerade so ein bisschen mehr als kriechen.

Der Schweiß läuft mir die Schläfen hinab, die Festgesellschaft verschwimmt immer wieder vor meinen Augen, zwischen uns ein weites Meer aus aufgewühltem Wasser. Ich ringe nach Luft. Der Typ mit den dunklen Locken isst immer noch nicht. Isabella hat es auch gemerkt. Sie sitzt vor ihrem Teller, der Löffel schwebt über der Suppe und starrt ihn an. Das ist nicht gut. Schon sieht Bruder Amon zu Isabella. Er sagt irgendwas zu ihr. Leise. Isabella merkt es gar nicht. Er sagt irgendwas. Sie reagiert nicht, starrt immer nur auf den mit den dunklen Locken, der schon wieder mit seinem Sitznachbarn feixt. Ich kann sie verstehen. Sie weiß ja, was es bedeutet, wenn der Plan schiefgeht.

Plötzlich packt Bruder Amon sie am Nacken und schüttelt sie, wie ein Jagdhund seine Beute. »ISS, hab ich gesagt! Oder ist es dir etwa nicht gut genug?«

Isabellas Haare fliegen hin und her, der Löffel fällt klirrend zu Boden. Sie schaut erschrocken herum. Ich glaube, sie sucht mich.

»Glotz nicht so dämlich!« Bruder Amon schlägt mit der flachen Hand auf ihren Hinterkopf.

Sie schnellt von der Wucht nach vorn, ihr Haar bleibt in der Suppe hängen. Ich sehe, wie ihre Arme zittern. Sie lässt alles über sich ergehen. Halt durch, Isabella. Es wird vorbeigehen. Ich verspreche es.

»Iss!« Bruder Amons Gesicht verzerrt sich zu einer Fratze.

»Und du, Piet!« Er zeigt mit dem Finger auf den Dunkelhaarigen. »Glaubst du, das hier ist der richtige Ort für deine Witzchen? Wenn du keine Ehrfurcht vor unserer Sache im Leib hast, dann kannst du gern gehen!« Ein feines Grinsen breitet sich auf Bruder Amons Gesicht aus.

Isabella hebt ihren Löffel auf und isst ohne einen weiteren Blick. Piet hebt die Hände, macht den Mund auf, sagt dann aber doch nichts und fängt an zu essen. Ich schließe die Augen und atme aus. Wenn Bruder Amon wüsste, dass er gerade seine letzte Chance selbst zerstört hat.

Die Minuten ziehen sich. Nach dem Vorfall mit Piet traut sich keiner mehr, was zu sagen. Es ist still im Saal, bis auf das Geklapper der Löffel. Gabriele fährt mit dem Wagen und dem Suppentopf um die Sitzenden herum und tut eine zweite Kelle in die leeren Teller. Sie fragt nicht, keiner antwortet oder sieht sie an.

Der Boden unter mir schwankt, Planken auf Wellen. Vielleicht ist hier wirklich irgendwo ein Meer.

Ich glaube, es fängt an. Ich weiß zwar nicht, was Muscarin genau macht, aber irgendwas verändert sich. Das Klappern der Löffel wird weniger und hört schließlich ganz auf. Isabella hat den Löffel in die Suppe gelegt und den Kopf nach unten gesenkt, die Haare verhängen ihr Gesicht. Die

Arme hat sie vor sich auf dem Tisch ausgestreckt. Bruder Amon wischt sich durchs Gesicht, immer wieder. Seine Haut sieht rot aus und irgendwie aufgedunsen. Die Menschen im Raum beginnen sich zu krümmen, die Gesichter werden rot, sie schwitzen, ich sehe, wie der Schweiß von ihren Schläfen tropft und dunkle Flecken hinterlässt. Aber sie bleiben fast stumm auf ihren Stühlen sitzen, nur ein zartes Wimmern zieht durch den Saal, ein Klagechor der Feiglinge. Keiner traut sich, Bruder Amons heilige Zeremonie zu stören. Es ist Zeit für mich. Ich muss von der Balustrade, runter in den Saal. Isabella braucht den Tollkirschensaft, das Gift wirkt so schnell, ich will sie nicht verlieren.

Ich weiß nicht mehr, ob das wirklich Luft ist um mich herum. Sie zerrt an mir, jeder Schritt ist so schwer. Der Weg flimmert vor meinen Augen. Die Krücke schmerzt unter meiner Achsel. Aber ich gehe. Ich komme vorwärts. Die weißen Rehe folgen mir, zögerlich, sie haben wohl etwas Angst. Dafür lecken sie mir den Schweiß aus den Haaren. Es ist immer gut, Freunde an seiner Seite zu haben. Ob es ihnen gelingt, die Krähen zu beschwichtigen? Sie sitzen im Gebälk und rufen mir Gemeinheiten zu. Ich weiß, vermutlich ist es das Fieber, es ist nur so schwer, immer im richtigen Moment zu sortieren, was wahr ist und was eine Täuschung.

Ich kann nicht rennen. Deshalb muss ich stehen bleiben, als die drei Wachen um die Ecke biegen. Mist. Wir hätten daran denken müssen, dass Bruder Amon nicht alle seine Männer zur Feier lässt.

Ich habe keine Waffe. Ich habe Fieber. Ich sehe aus wie der wandelnde Tod.

»Was machst du hier?«, bellt mich der Kürzeste der drei

an. Sie tragen keine schwarz-rote Kostümierung, sondern wild zusammengewürfelte Kleidung, ein bisschen sehen sie aus wie früher die Zirkusclowns. Dem einen fehlt ein Auge, das er hinter seinen struppigen Haaren verbirgt.

Was mache ich hier? Ja, was mache ich? Was zum Teufel mache ich hier?

Ich strecke die Flasche aus. Sie ist zu drei Vierteln gefüllt mit dem Tollkirschensaft. Matschig grün schimmert er in dem verkratzten Plastik.

»Bruder Amon will, dass ihr auch ein bisschen Spaß habt«, sage ich. Dann schiebe ich noch eine Art Knicks hinterher, soweit es mein Bein zulässt. Der Schmerz brüllt durch meine Nervenbahnen. Aber ich bin stärker. »Ich bin die Zofe seiner Frau.«

Zum Glück ist es hier noch dunkler als in der Halle. Sonst würden sie sich echt fragen, warum Bruder Amon gerade so eine halb tote Schabracke zur Zofe seiner Frau macht. Vielleicht haben sie aber auch keine Ahnung, wovon ich rede. Der Kurze schaut mich mit zusammengezogenen Augenbrauen an und nickt dann langsam. »Na immerhin«, brummt er. Er grapscht nach der Flasche, legt den Kopf weit in den Nacken und nimmt einen großen Schluck. Shit. Was mache ich eigentlich, wenn sie alles austrinken? Oder die Flasche mitnehmen? So weit hatte ich nicht gedacht. Die Flüssigkeit in der Flasche ist alles, was ich habe, um Isabella zu retten. Der Gedanke jagt mir einen Schauer über den Rücken.

»Ahhhhhhh« Er schmatzt. »Krasses Zeug. Schmeckt ja ziemlich würzig.«

Ich nicke langsam. »Kräuterwein«, sage ich, ohne zu wissen, ob es so was eigentlich gibt. Die Flasche ist nur noch halb voll.

Der Kurze reicht sie an den Einäugigen. Ich muss die Flasche die ganze Zeit anstarren. Der Einäugige nimmt gleich mehrere Schlucke, bevor er sie absetzt und an den dritten weiterreicht. Er hat kurz geschorene Haare und sehr blaue Augen. Seine Hände sind voller Brandnarben. Ich muss an Isabellas Erzählung denken, wie Bruder Amon und seine Leute ihre unterirdische Siedlung in Brand gesetzt haben.

Der Kurze scheint gute Laune zu bekommen. »Ist ja wirklich okay vom Chef, dass er an uns denkt. Ist ja auch wirklich nichts los. Unten ist auch alles ruhig.« Er nickt mir zu. »Sag mal, was passiert denn da drinnen?« Er grinst ein wenig. Seine Augen blitzen erwartungsfroh.

Ich muss an das Wimmern denken, an die gekrümmten Körper. »Ach«, sag ich. »Essen halt.«

»Mensch! Warum haste denn nichts mitgebracht?« Er schlägt mir auf den Rücken und lacht. Die Fieber-Rehe erschrecken sich fürchterlich und laufen in die Dunkelheit davon. »Was zu fressen könnt ich jetzt auch gebrauchen.« Er redet leiser und betrachtet seine Hand.

Mein Hemd ist schweißdurchtränkt.

»Sag mal, alles in Ordnung mit dir, Mädchen?« Er sieht mich an, tatsächlich irgendwie besorgt.

»Jaja, die Aufregung. Und da drin ist es so heiß.« Ich versuche zu lächeln, was mir wirklich schwerfällt. Ich fühle mich wie ein Schiff im Sturm.

Der Kahlrasierte hat die Flasche ausführlich betrachtet. Jetzt ist nur noch ein Drittel drin. Vielleicht weniger. »Was ist das noch mal für ein Zeug?«, fragt er und schnuppert an der Öffnung.

»Kräuter …« Ich weiß es einfach nicht mehr. Hab ich Wein gesagt? Oder Schnaps?

»Meine Güte, Kräuterwein!«, schnauzt ihn der Einäugige an. »Was stellst du dich denn an wie so 'ne Jungfrau!«

Ich lehne mich unauffällig an die Wand. Meine Beine zittern so sehr, dass ich nicht weiß, wie lange sie mich noch halten. Eine der Krähen landet bei dem Einäugigen auf der Schulter und zupft in seinen Haaren. Ich möchte sie gern verscheuchen, aber ich glaube, das würde alles noch schlimmer machen.

»Red mich nicht so blöd von der Seite an!«, schnauzt der Kahlrasierte zurück. »Mit der Ollen stimmt doch was nicht!« Er starrt mich feindselig an und zeigt mit dem Finger auf mich. »Hast du die hier schon mal gesehen? Nee, oder? Hat sie weiße Klamotten an wie die anderen Weiber hier? Nee, oder?«

Er schwenkt die Flasche hin und her, ein paar Tropfen spritzen heraus. Ich muss die irgendwie wiederbekommen. Ich weiß, es wäre jetzt klug, irgendwas zu sagen. Aber mir fällt einfach nichts mehr ein. Mein Kopf fängt wieder an zu schweben, so hoch, dass ich glaube, das Bewusstsein zu verlieren.

»Er hat irgendwie recht, Iwan«, höre ich den Einäugigen sagen. »Und sieh mal, wie die aussieht. Total fertig. Ist doch irgendwie komisch.«

»Ach, ihr Heulsusen! Was ihr nur habt!«, schnauzt der Kurze.

Aber ich höre es in seiner Stimme. Er ist sich nicht mehr sicher. Der Zauberbann ist gebrochen. Ich habe ein Problem.

»Gut, wir nehmen sie erst mal mit und schauen dann. Bruder Amon stören wir aber nicht! Er hat gesagt, er will seine Ruhe heute. Wenn wir nicht von Außerirdischen angegriffen werden, will er nichts hören! Habt ihr das verstanden?«

»Wohin mitnehmen? Das geht nicht!«, sage ich. Isabella hat jetzt bestimmt schon eine halbe Stunde das Gift in sich.

Der Einäugige packt mich am Arm. »Du kommst jetzt mit!«, sagt er und zerrt an mir.

Ich kann mich nicht mehr halten, stürze zu Boden und schlage mit dem verletzten Bein zuerst auf. Der Schmerz raubt mir den Atem. Ich kotze, bevor ich überhaupt merke, was passiert.

»Alter! Mit der stimmt doch was nicht!«, kreischt der Glatzkopf. »Nachher hat die hier die Blutbeulen oder so was eingeschleppt.«

Ich muss die Augen zumachen.

Ein Stöhnen. Der Kurze. »Scheiße. Ich glaub, du hast recht.«

Ich höre, wie er hin und her trippelt und sich dauernd räuspert. »Ich fühl mich so, ich weiß nicht, so ganz, ganz, ganz ... und mein Hals, ich kann gar nicht schlucken. Alles ganz trocken.« Seine Stimme krächzt. »Und ich, das ist alles so verrückt ...« Er fängt an, hin und her zu gehen. »Jaja, wir nehmen die mit. Dann soll sie uns sagen, was sie hier eingeschleppt hat, die dumme Schlampe.« Er schnauzt: »Jetzt hebt die auf! Wir bringen sie zum Wachraum drei!«

»Bist du irre?« Der Glatzkopf brüllt. »Ich pack die sicher nicht an! Ich bin doch nicht lebensmüde!«

Ich schaue hoch. Er hat noch immer die Flasche in der Hand. Ein Drittel. Das wird reichen. Jetzt trinkt hoffentlich keiner mehr was davon.

Ich stemme mich auf alle viere. Ich muss an diese Flasche kommen. Ich darf Isabella nicht so leicht aufgeben. Sie hat sich in die Hölle begeben, weil sie sich auf mich verlassen hat. »Ich gehe selbst«, sage ich.

Aber jetzt jammert der Einäugige los. »Ich merk's auch! Ich … mein Hals! Und mir ist so … Alter. Mir ist so …«

»Ihr müsst mir helfen.« Der Kurze reißt an seinem Hemd. »Mein Herz. Und ich … krieg keine Luft.« Sein Atem ist ein heiseres Pfeifen. Der Glatzkopf lässt die Flasche fallen.

Ich krabbele und krieg sie zu fassen. Dann knallt sein Fuß in meine Eingeweide. »Was hast du gemacht, du Scheiß-Hexe?«

Hitze fließt durch meinen Bauch. Halt die Flasche aufrecht, ZiZi! Du brauchst das Zeug. Der nächste Tritt trifft mich an der Schläfe.

»Du verdammtes Dreckstück!«, schreit er. Die anderen beiden kauern neben mir auf dem Boden, keuchend reißen sie an ihren Klamotten.

Ich warte auf den nächsten Tritt und umklammere die Flasche. Aber er kommt nicht. Ein weißer Geist fliegt durch die Dunkelheit. Der Glatzkopf schreit auf. Er versucht, sich zu befreien. Das Weiße hängt ihm an der Kehle. Schüttelnd. Knurrend. Der Hund. Er hängt am Kopf des Glatzkopfs. Ich frage mich, ob er vielleicht so was ist wie die Rehe. Aber dann sehe ich seinen abgebrochenen Zahn. Der Hund.

Ich schiebe mich an der Wand hoch. In der Flasche ist tatsächlich noch immer etwas grüner Saft. Die Schreie der Männer machen mich ganz durcheinander. Isabella. Ich muss zu ihr.

»Ich komm dich holen!«, rufe ich zum Hund, und dann laufe ich. Ich laufe einfach über den Schmerz in meinem

Körper hinweg, über die Schwäche, über die Angst hinaus. Mein Bein ist gar nicht mehr da, hat sich aufgelöst in dem Feueratem zu Asche und Staub. Ich laufe durch den dunklen Flur, das Geschrei des Glatzkopfes im Ohr und das Grollen des Hundes.

Die Stille fährt mir ins Mark. Keiner sitzt mehr auf seinem Stuhl. Zwischen den Tischen winden sich hier und da Körper. Auch hier sehe ich Krähen. Sie picken mit nickenden Köpfen im Erbrochenen. Wimmern, kaum zu hören.

»Isabella«, rufe ich. »Isabella! Ich bin da!«

Ich bekomme keine Antwort. Schrecken überfällt mich. Ich bin zu spät.

Ich stürze zur geschmückten Tafel, dort, wo Bruder Amon und Isabella vorhin saßen. Die Blumenvase ist umgestürzt. Die Tischdecke rot getränkt von Wein. Ich höre, wie er auf den Steinboden tropft. Isabella. Ich kann sie nicht sehen. Nur Bruder Amon liegt da, auf dem Boden, vornübergeworfen wie ein erschossener Bär. Blut verklebt seinen Bart. Eine Scherbe steckt in seinem Hals. Und dann sehe ich ihren Arm, nackt und klein ragt er unter seinem Körper hervor. »Isabella!« Alles bleibt still. Ich stemme mich mit der Schulter gegen Bruder Amons schweren Körper und wälze ihn von ihr herunter.

Ich erkenne sie kaum, das Gesicht ganz verschmiert vom Make-up. Die Lippen blau. Am Hals hat sie rote Abdrücke. Ihre Hände sind blutverschmiert. Ich schüttele sie. Nichts regt sich. Der Herzschlag. Puls fühlen. Ich suche an ihrem Handgelenk. Nichts. Ich suche am Hals. Ein kleines Flattern, irgendwo unter der Haut. »Isabella!« Ich nehme die Flasche. Zwei Finger breit sind noch darin. Ich setze sie an ihre Lippen. Grün läuft der Saft aus ihrem Mundwinkel. »Du musst trinken, Isabella! Bitte!« Ich streichle ihre Stirn, ihre makellose, hohe Stirn. »Bitte, bitte wach auf!« Ich schütte wieder einen winzigen Schluck in ihren Mund. Ich streiche ihren Hals. »Du musst das trinken, Isabella. Bitte«, flüstere ich in ihr Ohr. »Sonst hat Bruder Amon gewonnen. Bitte. Lass mich nicht allein.« Es scheint eine Ewigkeit zu dauern. Aber dann zittern die Muskeln unter meinen Fingern und Isabella schluckt den Saft.

»ZiZi«, flüstert sie. Ihre Stimme klingt heiser und rau. »Haben wir's geschafft.«

Ich wische mir die Tränen aus den Augen. »Ja«, sage ich. »Ich muss nur noch ganz kurz weg. Ruh dich aus. Es wird schon werden. Es wird alles wieder werden.«

Ich würde mich so gern neben sie legen und schlafen, einfach schlafen. Ich spüre das Fieber, deutlicher, schärfer, bunter denn je. Alles um mich scheint in Flammen aufzugehen. Meine Zähne haben aufgehört, zu mir zu gehören. Sie klappern aufeinander, in einem irrwitzigen Tempo, und ich kann nichts dagegen tun. Ich schüttele den Kopf. Mit meinen Händen umfasse ich die Tischkante. Einmal noch. Dann kannst du dich hinlegen, ZiZi. Dann kannst du schlafen und musst nie wieder aufstehen. Aber jetzt musst du gehen.

Ich suche bei Bruder Amon, klopfe seine Taschen ab. Nichts. Ich suche nach Breivik. Er liegt nur ein paar Stühle weiter, sein Gesicht in einer Pfütze aus Erbrochenem. Ich höre seinen Atem rasseln. Ich durchsuche seine Jacke, seine Hose. Keine Schlüssel. Auch bei Piet, der zwei Plätze weiter liegt, finde ich nichts. Aber wie kriege ich die Käfige auf ohne Schlüssel? Meine Kopfhaut beginnt zu kribbeln, dann die Lippen. Ich brauche Schlüssel. Oder eine Eisensäge, irgendein starkes Werkzeug. Aber dafür fehlt mir die Kraft.

Dann sehe ich Gabriele. Sie ist zusammengesunken, am Rand, an die Wand gelehnt, weiter weg von den anderen. Sie hat die Augen geschlossen. Ihr Gesicht ist wächsern und grau. Ganz klein und verloren sieht sie da aus in ihrem weißen Kleid, mit den Blumen im Haar. Neben ihr sitzt mein Vater und streicht ihr das Haar, vorsichtig und sanft, als sei sie ein schlafendes Kind. Ich weiß, es ist das Fieber. Mein Vater ist genauso wenig hier wie die Rehe und die Krähen. Aber er sieht so echt aus. Ich schluchze auf. Am liebsten würde ich mich ihm in die Arme werfen und für immer dort liegen bleiben. Mein Vater würdigt mich keines Blickes. Stattdessen starrt er die ganze Zeit auf Gabrieles Bauch. Und dann sehe ich es. An ihrem breiten Gürtel hängt ein großer Schlüsselbund.

Es ist dunkel. Ich spüre die Steine unter mir. Mein Gesicht. Ein regnerischer Wind, der meine Haut kühlt. Ich höre ein Winseln. Der Hund. Er fährt mir mit der Zunge durchs Gesicht. Er hat mich wiedergefunden.

Ich liege auf dem Boden vor den Treppen zum Keller. Wie viel Zeit ist vergangen? Ich habe keine Ahnung. Das Schlüsselbund hängt noch immer um mein Handgelenk.

Der Hund zieht an meinem Hemd und knurrt.

Ich kann nichts sagen. Aber ich nicke, lege meine Arme um seinen Hals und ziehe mich hoch, bis ich auf den Knien hocke. Ich habe so schrecklichen Durst. Mein ganzer Körper zittert vor Anstrengung. Ich verberge mein Gesicht in seinem Fell, bis es besser ist. »Danke«, flüstere ich in sein Ohr. »Den Rest schaffe ich allein. Versprochen.«

Er sieht mich an, als ob er mir nicht so recht glauben kann.

»Ich muss ja nur noch die Treppen runter und bis zum Verlies. Wäre doch gelacht.« Ich mache die Tür auf und streichele den Hund ein letztes Mal. Sein Fell ist dicht und weich und so weiß, dass es im Dunkeln zu leuchten scheint. »Und jetzt geh zu Isabella. Jetzt bist du dran, auf sie aufzupassen.« Er winselt. Aber ich mache die Tür hinter mir zu.

Dunkelheit. Ich stehe in der Schwärze, ohne meine Leuchtstäbchen, ohne Taschenlampe. »Ali«, sage ich. Ich kann meine Stimme vor mir schweben sehen. Alles scheint auseinanderzudriften, mein Körper und der Schmerz, der Raum, die Zeit, Licht und Dunkelheit.

»Hier!«

Das ist Alis Stimme.

»ZiZi, ich bin hier! Folg einfach meiner Stimme!«

Ich taste mich vorwärts, der Boden unter meinen Füßen schwankt, aber Alis Stimme gibt mir Halt.

»Hier!«, ruft er immer wieder. »Hier bin ich!«

Die anderen schweigen, aber ich kann ihre Spannung spüren, eingesperrt in ihren Käfigen. Jeder von ihnen trägt meine Schritte, ihre Gedanken geben mir die Kraft, die mein Körper nicht mehr hat.

Endlich stoßen meine Beine gegen einen Widerstand. »Jetzt bist du da«, sagt Ali und findet meine Hand. »Was ist mit dir!«

Seine Stimme schrillt in meinem Kopf.

»Du glühst ja!«

»Jetzt nicht«, sage ich. Ich löse mich aus seinem Griff

und meine Hände tasten sich an dem Gitter von Alis Käfig entlang. Das Schloss. Überraschend klein, wenn ich es so im Dunkeln fühle. Das Zittern wird es schwer machen. Aber wir sind so nah. So nah. Das werde ich meinem Körper nicht durchgehen lassen, dass er jetzt aufgibt. Ich fühle mit den Fingern nach kleinen Schlüsseln. Es gibt einige davon. Einen nach dem anderen probiere ich sie aus. Der dritte lässt sich hineinschieben, aber nicht drehen. Sechs habe ich noch. Was mache ich eigentlich, wenn keiner passt? Ich denke an den Weg zurück. An die Halle. Der Boden kippt unter mir weg. Aber da ist Alis Hand.

»Gib nicht auf. Du findest schon den richtigen.«

Ich weiß nicht, ob wir das sprechen oder nur denken. Ja, du hast recht, Ali. Es ist schon der übernächste. Ein bisschen hakt es, aber dann springt das Schloss mit einem leisen Klick auf. Mit zittrigen Fingern ziehe ich es aus der Drahtöse. Die Tür ist auf.

»Ali«, murmele ich. »Den Rest musst du allein machen.« Ich fühle mich, als hätte jemand die Knochen aus meinem Körper gezogen. Das Schlüsselbund fällt mit einem Klirren zu Boden. Es ist eigentlich ganz schön. Das tiefe Schwarz, das sich in mir ausbreitet.

»Komm«, flüstert mir die Dunkelheit ins Ohr. »Leg deinen Kopf an meine Schulter. Wenn du loslässt, ist es ganz leicht.«

V WIR

»Da bist du ja.« Ali lächelt mich an. Er nimmt meine Hand in seine. Sie sind warm und rau. Ich kann die Schwielen an seiner Handfläche spüren. Den Schorf verschiedener, halb verheilter Wunden. Aber vor allem sind seine Hände warm und lebendig. Nein. So kann sich der Tod nicht anfühlen.

Ich betrachte sein Gesicht, und mein Herz macht einen Sprung. Ich habe es so vermisst, ihn zu sehen. Ali ist noch immer blass, die Wangen hohl. Aber seine Augen sehen wieder ein bisschen aus wie früher. Dunkel und warm und ein kleines Lachen darin versteckt.

Schatten fallen auf meine Gedanken. Bruder Amon. Das Gift. Die Käfige.

Ich versuche, mich aufzusetzen. Aber ich komme nur ein kleines Stück hoch. Ich kann gar nicht glauben, wie schwach ich bin. Mein Körper macht einfach nicht mit, so sehr ich ihn zwingen will.

»Mach mal langsam!« Ali drückt mich zurück auf mein Lager.

»Sind wir in Sicherheit?«, frage ich. Mein Herz zieht sich zusammen vor Angst.

Er nickt. »Mach dir keine Gedanken. Das Gift hat sie außer Gefecht gesetzt.« Er rückt das Kissen unter meinem Kopf zurecht.

»Aber sie werden sich bestimmt erholen?« Die Vorstellung, dass Amon uns wieder zurückholen könnte, ist so schrecklich, dass ich am liebsten aufstehen und loslaufen würde. Wenn ich nur könnte.

Ali nimmt mein Gesicht in seine Hände und schaut mich an. »Vertrau mir doch mal, Mann!«, sagt er. »Die haben sich zwei Tage lang die Seele aus dem Leib gekotzt. Und in deinem Buch stehen noch 'ne Menge unangenehme Sachen, die diese Giftbrühe so auslöst. Und dass es locker drei Tage dauert, bis man halbwegs klarkommt.« Er räuspert sich und sieht mich noch einmal ganz konzentriert an. »Glaub mir, *ZiZi*, Bruder Amon hat gerade andere Sorgen, als uns zu suchen.«

Ich schließe die Augen und nicke.

Ali fühlt meine Stirn. Dabei schaut er wie eine Mama, die ihr Kind pflegt. Ernst, besorgt und beschäftigt. Ich muss ein bisschen grinsen.

Ali nickt. »Fühlst dich wieder normal an.« Er streicht mir eine Strähne aus der Stirn. »O Mann, du hast mir echt nen Schreck eingejagt!« Er lächelt. »Das war 'ne knappe Sache. Einmal mit der linken Arschbacke am Nirwana vorbei.«

»Musst du grad sagen!« Meine Stimme krächzt. Mein Mund ist trocken und klebrig. »Lässt dich einfach in 'nen Käfig sperren.«

Und da packt er mich, umarmt mich so fest, dass ich fast keine Luft bekomme, aber es ist mir egal. Ich wünsche mir, dass er mich nie wieder loslässt.

Die Sonne blinzelt durch die orangene Zeltplane über mir. Schatten rauschen durch das Licht. »Sind wir im Tal?«

Ali nickt und gibt mir noch einen Löffel Suppe. »Ja, Isabella hat uns den Weg gezeigt.«

Isabella. Sie hat es geschafft. Ich schließe kurz die Augen vor Glück. Dann sehe ich sie wieder vor mir, wie sie leblos, bleich und klein neben Bruder Amon liegt. Aber sie lebt.

»Wie geht es ihr?«, frage ich.

Er zuckt die Schultern und schiebt mir noch einen Löffel Suppe in den Mund. Ganz konzentriert und ernst macht er selbst den Mund auf, wenn er mich füttert. Als müsste er mir vormachen, wie das geht. Ich würde ihn gern wieder an mich ziehen und umarmen. Aber ich fühle mich noch so schwach, dass ich ihn einfach nur ansehe, mich freue, dass er wirklich wieder bei mir ist, und brav meinen Mund aufmache, wenn er mit dem nächsten Löffel Suppe kommt.

»Ich weiß nicht«, sagt er schließlich. »Sie ist nicht viel hier.«

Ich bekomme einen dritten Löffel.

»Sie hat sich von dem Gift recht schnell erholt. Aber …«

Ein Gefühl sinkt auf mich nieder, dass mich fast erdrückt. Ich brauche einen Moment, bis ich verstehe, dass es Schuld ist. »Tom«, sage ich. »Sie hat ihn nicht gefunden.«

Ali schüttelt den Kopf. »Nein«, sagt er schließlich. »Sie hat überall gesucht. Aber er war nicht da.«

»Sie muss mich unendlich hassen.«

Wieder schüttelt Ali den Kopf. »So ein Quatsch. Sie hat dir das Leben gerettet. Sie hat gesagt, du hast dieses Buch, und da stehen Dinge drin wie das Gift, mit dem ihr Bruder Amon und seine Leute besiegt habt. Und dass wir da vielleicht was finden, das dich rettet.« Er reißt die Augen auf, als könnte er immer noch nicht glauben, was passiert ist. »Und sie hat da ein Rezept für ein Medikament gefunden, gegen solche Entzündungen wie an deinem Bein.« Dann lacht er auf. »Aus Schimmel!« Er schüttelt den Kopf und verzerrt das Gesicht zu einer Grimasse. »Voll widerlich! Stell dir das mal vor! Schimmel. Und Schimmel gab's in eurer Küche genug. Wir hatten echt Schiss, dass es nicht klappt. Aber du hast es tatsächlich geschafft.«

»Nein«, sage ich. »Wir haben es geschafft.« Und dann kann ich nur noch sagen: »Ich bin so müde.« So müde wie noch nie in meinem Leben, glaube ich.

Als ich das nächste Mal die Augen aufmache, ist es bereits dunkel. Neben mir leuchtet eine Taschenlampe. Ali ist immer noch da. Er blättert in einem Buch. Ich schau ihn mir an, das zerwühlte Haar, ein wenig Schmutz an der Wange. Seine Lippen bewegen sich, während sein Finger langsam über die Seite wandert. Ich weiß nicht, woran er merkt, dass ich wach bin, aber plötzlich sieht er mich an. Er studiert mein Gesicht, ein sanftes Lächeln huscht über seine Lippen.

»Na? Ausgepennt?«, fragt er, legt den Kopf schief und betrachtet mich, aufmerksam mit geweiteten Pupillen, als ginge es ihm wie mir, als müsse er sich auch vergewissern, dass das alles wahr ist. Dass ich wirklich hier bei ihm bin, im Zelt.

Ich nicke. Ich fühle mich tatsächlich irgendwie gut. Ich schlage die Decke zurück, ein knisternder, aufgezippter Schlafsack. Auf meinem Bein ist ein Tuch lose festgeklebt.

Ich löse vorsichtig die Klebestreifen. Die Wunde ist noch da, aber sie ist verstummt. Eine trockene dunkle Kruste hat sich gebildet. Auf einigen Stellen ist eine grüngraue Paste. »Wir wussten nicht, ob du das Zeug trinken sollst oder ob es auf die Wunde muss.« Ali lacht und hebt die Hände wie zur Entschuldigung. »Da haben wir einfach beides gemacht.« Er zeigt auf mein Bein und grinst stolz. »Und es hat funktioniert.«

Ich berühre vorsichtig den harten Schorf. Er fühlt sich piksig an. Und gesund.

»Das wird ne krasse Narbe. Aber ich glaube, es wird dich beim Gehen nicht weiter stören.«

Ich nicke und denke an seinen geschundenen Körper. Ali muss sich ja auskennen mit Narben. Und eine Narbe ist gerade echt mein geringstes Problem.

Plötzlich kann ich sie spüren, die Freude, ein Kribbeln, das mir durch den ganzen Körper rauscht. Wir haben es geschafft. Ich bin am Leben. Ali ist am Leben. Isabella auch. Und wir sind frei.

»Wie lange war ich denn … weg?«

»Etwa drei Tage«. Er hält eine Blechtasse hoch. »Du wirst noch eine Weile dieses Zeug trinken müssen. Wir haben beschlossen, mindestens eine Woche.«

»Wir? Wer ist denn wir?« Ich kann nicht aufhören, die Tasse anzustarren. Schimmel. Eine Woche Schimmeltee.

Ali zuckt mit den Schultern. »Na, die anderen und ich. Die Gruppe. Wir halt.«

Natürlich war immer klar, dass wir alle befreien. Aber ich habe immer nur an Ali gedacht und an Isabella, dass sie freikommen. Was danach ist, daran habe ich nie gedacht. Und jetzt gibt es da ein Dutzend Menschen, die entscheiden, wie lange ich Schimmeltee trinken muss. Ich habe mir zwar nichts vorgestellt. Aber wenn ich mir irgendwas vorgestellt hätte, sicher nicht das.

Ali drückt mir die Tasse in die Hand. »Die sind alle voll okay, glaub mir.« Er gibt der Tasse in meiner Hand einen Stups. »Jetzt trink. Und dann gehen wir raus und du lernst die anderen kennen, okay?«

Ich nicke und nehme einen Schluck. Das Gebräu schmeckt schal und erdig, zurück bleibt eine bittere Fäulnis. Na ja, denke ich. Am Ende wohl schon besser als tot sein.

Ein unangenehmes Kribbeln kriecht mir über den Nacken. Das Gefühl aus der Schule kehrt zurück. Dieser Moment, wenn ich aus dem Klassenzimmer hinaustrete und weiß: Da draußen warten sie.

»Muss ich? Ich bin eigentlich nicht so gern mit … anderen … mit Gruppen, meine ich.«

Ali fängt an zu lachen. »Alter, ZiZi du hast ja Schiss!« Sein ganzer Körper wackelt.

Es ist schön, ihn so zu sehen. Und ich vergesse für einen Moment ganz, warum er so lacht.

»Du bist so niedlich! Nimmst es mit einer ganzen Mörderbande auf – aber wenn du mal mehr als zwei Leuten Hallo sagen sollst, machst du dich ein!« Er grinst mich an und umarmt mich. »Alter, ZiZi, kapierst du's nicht? Du hast uns gerettet! Uns alle! Wenn wir nen roten Teppich hätten, wir würden ihn definitiv vor dir ausrollen. Du bist unser Superstar!«

Mir wird warm, meine Hände werden feucht. Was sie wohl machen, wenn sie merken, dass ihr Superstar nur die olle Mariana ist? »Ich weiß nicht, ob es das jetzt besser macht«, sage ich und stehe auf. »Aber jetzt ist es wohl so. Wir können sie ja schlecht wieder in den Keller sperren.«

Ali hat recht. Viel schlimmer als Bruder Amon und seine Horde kann es wirklich nicht werden. »Dann sag ich jetzt wohl mal Hallo.«

Rotgolden flackert das Feuer in die Nacht, wirft Licht und Schatten in die Gesichter, die sich darumkauern. Ich bleibe stehen und betrachte sie. Zehn Gesichter. Ich kann ihnen ansehen, dass sie viel durchgemacht haben. Sie stecken in unförmigen Kleidern, die meisten Stücke sind ihnen viel zu groß, denn alle sind noch Kinder, die ältesten vielleicht 16. Obwohl es schwer zu sagen ist, denn in ihren Gesichtern hat schon so vieles Spuren hinterlassen. Und dann entdeckt mich einer. Er hat lange Haare, aber eine Seite kurz geschnitten. Er sieht mich an und erhebt sich langsam aus der Hocke. Die anderen folgen seinem Blick und dann seiner Bewegung. Sie sehen aus wie ein Leib, der sich Glied für Glied erhebt und mich mit zu vielen Augen anschaut.

»Sie ist aufgewacht« sagt schließlich der Junge, der mich zuerst gesehen hat. Er hat feine Züge, bleiche Haut und eine geradezu zierliche Nase. Seine rechte Wange ist von einer wulstigen Narbe überzogen. Sie hat die Form eines Sterns.

Wir stehen eine Weile stumm da, bis irgendwann ein kleines Mädchen, kompakt mit einem runden Gesicht, meine Hand nimmt und mich zum Feuer zieht. »Ich bin Nala. Komm zu uns. Wir sind so froh, dass du es auch geschafft hast.« Und ein Lächeln zieht über ihr Gesicht wie ein Sonnenaufgang. Ihre Zähne blitzen im Licht des Feuers auf.

»Ja«, sage ich. Meine Stimme klingt fremd und heiser.

»Ja«, sage ich noch mal, weil ich nichts anderes zu sagen weiß. Mein Kopf schwirrt mir vor lauter zerhackten Gedanken und Gefühlen. Und mein Körper ist noch ganz wabbelig, als hätte er verlernt, sich zu bewegen. Und weil ich nichts Besseres weiß, tapse ich hinter Nala her und setze mich auch in den Kreis um das Feuer.

Wir sitzen, schweigend. Hin und wieder wirft einer einen Stock auf das Feuer, einen Tannenzapfen, der zischend und knackend aufflammt und einen würzigen Duft verbreitet. Jemand reicht mir eine Tasse, in der eine Flüssigkeit dampft. Es ist dünne Suppe oder Tee, schwer zu sagen. Es schmeckt, als hätte jemand ein Stück Wiese lange kochen lassen. Aber sie ist warm, und es ist schön, hier zu sitzen und eine Tasse Suppe in der Hand zu halten, für die jemand mit viel Mühe Essbares gesucht und gekocht hat.

»Also«, fängt schließlich der Junge mit der Sternen-Narbe an. »Wir wollten dir alle sagen …« Sein Blick fährt suchend durch die Gesichter der anderen. »Wir wollten …« Dann fängt er an zu lachen. »Mann, danke!« Er spuckt das Wort förmlich aus. »Das klingt so mickrig! Du hast uns das Leben gerettet, Mann!« Er streckt seinen Arm weit aus, als wollte er alle im Kreis umarmen.

Ich freue mich, aber nur für einen kleinen Moment, dann überfällt mich ein flaues Gefühl im Magen, und ich fühle mich wie damals mit acht oder neun, als ich heimlich die Klamotten meiner Mutter angezogen habe und im Spiegel dann aber nicht so aussah wie sie, sondern wie ein kleines Mädchen in viel zu großen Klamotten.

Nala legt mir eine Hand auf den Rücken und wirft dem Jungen einen strengen Blick zu. »Was Mirko eigentlich sagen wollte …« Sie sieht mir in die Augen. »Wir sind froh, dass du lebst. Und wir werden für immer dankbar sein. Du hast uns ein zweites Leben geschenkt.«

Ich nicke und lächele, sie sieht so ernst aus, so klein und erwachsen zugleich, dass ich sie nicht enttäuschen möchte.

Ich will etwas sagen, aber da sehe ich aus dem Augenwinkel einen Schatten, der sich bewegt. Langsam löst sich die Gestalt aus dem Dunkel der Bäume. Isabella. An ihrer Seite folgt der weiße Hund. Er hat es also auch geschafft. Ich freue mich so sehr, ihn zu sehen. Gern würde ich ihn begrüßen und ihm durch sein wundervolles Fell streicheln, aber ich bleibe sitzen. Ich will Isabella nicht verschrecken.

Sie bleibt ein paar Meter entfernt von uns stehen. Sie trägt noch immer das rote Kleid, das Bruder Amon für sie ausgesucht hat. Aber sie ist kaum wiederzuerkennen. Der Stoff hängt schmutzig und in Fetzen an ihr, die Haare sind strähnig und verfilzt, kleine Zweige und Blätter haben sich darin verfangen. Der Hund legt sich hin und beginnt seine Pfoten zu lecken. Sie betrachtet mich für einen Moment, ihr Gesicht bleibt ausdruckslos. Ich könnte nicht sagen, ob sie mich hasst oder liebt oder ob beides wahr ist. Oder ob ich ihr vollkommen gleichgültig bin. Sie wirkt wie bei unserer ersten Begegnung. In ihre innere Höhle verkrochen.

»Du lebst«, sagt sie schließlich. Sie steht aufrecht, der ganze Körper gespannt. Das Feuer spiegelt sich flackernd in ihren Augen, wirft Schatten auf ihre sehnigen Arme.

Ich fühle mich dumm und klein und wie eine Verräterin. Die ich ja auch bin. Sie hat all das mitgemacht, weil sie ihren Tom retten wollte. Und ich habe sie belogen. Ich habe sie glauben lassen, dass ich ihn gesehen habe. Sie hat gedacht, dass sie zwar all das Schreckliche ertragen wird müssen, aber am Ende ihren Tom finden wird. Und jetzt weiß sie, ich habe ihr ins Gesicht gelogen.

Ich starre sie an und bleibe stumm. Was soll ich auch sagen.

Isabella nickt kaum merklich, dann bewegt sie ihren Zeigefinger, der Hund springt auf, und die beiden gehen schweigend zurück in die Nacht. Keiner der anderen versucht, sie aufzuhalten.

»Mach dir nichts draus«, sagt Ali, der zu merken scheint, dass zwischen Isabella und mir etwas steht, das keiner hier versteht. Ich schüttele den Kopf. Ich will das alles nicht. Es erscheint mir falsch. Ich bin nicht die, für die mich hier alle halten.

»Ihr müsst wissen«, sage ich, »ohne Isabella wäre nichts von dem hier möglich gewesen. Sie hat …« Und dann fehlen mir die Worte.

Was hat sie getan? Sie hat sich selbst verraten, hat sich von ihrem ärgsten Feind berühren lassen, ihm Zuneigung, ja Liebe geheuchelt, sie hat seine merkwürdige Ehezeremonie mit Messerschnitt und Blut und allem über sich ergehen lassen. Und sie hat getötet. Für uns.

»… mehr getan, als ihr euch vorstellen könnt«, bringe ich den Satz schließlich zu Ende. »Sie ist die wahre Heldin.«

Die anderen nicken. Sie wissen, dass es jetzt nichts zu sagen gibt. Ali kommt zu mir und umarmt mich. Ich lehne mich an ihn, und dann schauen wir zusammen ins Feuer. Mein großer kleiner Bruder des Herzens. Was würde ich nur ohne dich tun.

Der Morgen ist klar und hell, aber auf eine gute Art. In dem engen Tal und unter den Bäumen bleiben wir vor der trockenen Hitze geschützt. Das Blinzeln der Sonne über uns ist so freundlich, dass ich kaum glauben kann, dass es dieselbe Sonne ist, die mich vor Kurzem zu Nachtwanderungen getrieben hat. Schnell bringen mich die anderen auf den Stand. Sie bereiten unsere Abreise vor. Und das heißt vor allem: Nahrung herbeischaffen.

Nala ist meine ständige Begleiterin. »Wenn wir unterwegs sind, können wir uns nicht ums Essen kümmern«, sagt sie ernst, wie sie meistens ist. »Aus der Festung konnten wir nur wenig mitnehmen. Wir mussten dich irgendwie hertragen. Und wir sind alle noch schwach, wegen dem …« Sie schaut mich an, als wollte sie bei mir nach einer Antwort suchen. »… was war«, sagt sie schließlich. Wir wissen es ja alle. Und jedes Wort tut weh.

»Jetzt haben wir nur Essen für ein paar Tage. Und Nahrung sammeln kostet Zeit.« Sie hat lockiges schwarzes Haar, das sie hinter die Ohren steckt und an ihren braunen, runden Wangen zwei Grübchen. Aber was Nala wirklich ausmacht, sind ihre Augen. Wie sie manchmal schaut, als hätte sie schon in jeden Abgrund geblickt und dennoch nicht vergessen, was es Schönes auf dieser Welt gibt.

Ich nicke. »Wohin gehen wir denn?«, frage ich.

Nala blickt mich an, die braunen Augen unbewegt. Dann zuckt sie die Schultern. »Wir wollten mit der Entscheidung warten, bis es dir besser geht.« Sie nimmt eine aufgeschnittene Plastikflasche und geht zu einem Brombeergebüsch. »Es steht nur eines fest. Hier können wir nicht bleiben.« Die dunklen Früchte fallen mit einem leisen Plopp in das Gefäß. Sie sammelt ruhig und ernst und redet gleichzeitig, als hätten ihre Hände und ihr

Mund nichts miteinander zu tun. »Wir wissen nicht, wie viele in der Festung überlebt haben. Wir glauben, viele. Vielleicht alle.«

Für ein paar Minuten schweigt sie. Nur das Geräusch der Beeren ist zu hören, wie sie nacheinander in die Flasche plumpsen.

»Natürlich brauchen Amon und seine Leute Zeit, um sich von dem Gift zu erholen. Isabella hat ja von Ali das Gegengift bekommen. Und trotzdem war es heftig, sagt sie. Aber nun sind ein paar Tage vergangen. Wahrscheinlich sind sie wieder bei Kräften. Wir haben nicht mehr viel Zeit.«

Plötzlich hält sie im Sammeln inne und lacht kurz auf. »Wir haben sie aber auf eine falsche Fährte gelockt. John und Mirko haben ihnen einen Laster geklaut und ihn in einen Abgrund stürzen lassen. Jetzt denken sie, wir haben uns in die Karre gesetzt und sind auf der Autobahn unterwegs. Weil es das ist, was sie selber tun würden.« Sie grinst verschmitzt. »Dabei sind wir hier. Ganz in ihrer Nähe. Schlau, oder?«

Ich muss auch lachen und nicke. »Ja, ziemlich«, sage ich.

»Und wir werden zu Fuß gehen. Weit weg von den Straßen.« Dann zeigt sie das Tal hinauf. In Richtung Berge. »Vielleicht sogar in die Berge. Denn sie sind bestimmt zu feige, uns dort zu suchen.«

»Klingt super, der Plan!«, sage ich. Wenn wir ihn überleben, denke ich. Aussprechen tue ich das aber nicht.

John ist einer der Älteren, wie Mirko, Ali und ich. Er ist groß und kräftig und ein guter Kletterer. Mit einem Seil schafft er es sogar, den glatten Stamm eines Baums hochzukommen, an dem leuchtend orange Beeren wachsen. Er knipst die Büschel, in denen die Früchte wachsen, geschickt mit den Fingern ab und wirft sie zu Nala und mir hinunter. Ich pflücke eine Beere ab. Sie ist oval und hart. Ich stecke sie mir in den Mund und zerbeiße sie. Ihre Bitterkeit zieht mir den Mund zusammen, ohne nachzudenken spucke ich sie aus. Nala lacht.

»So überleben wir aber nicht lange!« Sie sammelt die Beeren in eine alte Plastiktüte. »Aber keine Sorge. Wir kochen sie zusammen mit ein paar Brombeeren, dann schmecken sie gar nicht so schlecht.«

Ich komme mir ziemlich dumm vor. »Woher weißt du das?«

»Von Vera«, sagt Nala und zeigt auf ein blondes Mädchen mit kurzem, zotteligem Haar und Schürfwunden auf der Kopfhaut. Sie läuft gebückt und schiebt das Laub vor sich hin und her, während sie langsam vorwärtsgeht. »Sie weiß eine Menge darüber, was man essen kann.«

Ich beobachte Vera eine Weile. Sie ist wahnsinnig konzentriert, immer wieder fährt ihre Hand zu Boden, und sie greift nach etwas so Kleinem, dass ich es nicht erkennen kann.

»Sie sucht die Nüsse von dem Baum da.« Nala zeigt über Vera in den Himmel.

Ich erkenne die glatte graue Rinde sofort. Eine Buche. »Bucheckern« sage ich. Und freue mich, dass ich wenigstens den Namen beisteuern kann. »Ich wusste gar nicht, dass man die essen kann.«

Nala nickt. »Sind sogar ziemlich lecker. Leider haben wir bisher nicht so viele.«

Mir fällt der Käfer ein, den ich hier vor ein paar Tagen

in der Nacht gesehen habe. Es fühlt sich an wie ein anderes Leben. Ich sehe mir das Tal an. Es zieht sich in die Länge, das Ende kann ich nicht sehen, vielleicht geht es noch eine Weile zwischen den Bergen hinein. Aber es ist doch ziemlich klein, so schmal, der winzige Bach in der Mitte. Plötzlich erscheint mir alles hier wie aus Glas, so verwundbar und zerbrechlich. Und ich stelle mir den Käfer vor und denke an diesen kleinen Vogel. Wie sie hier überlebt haben, obwohl um sie herum die Welt zusammengebrochen ist. Leise und für sich haben sie hier Tag um Tag ihre Welt erhalten. Und jetzt sind wir hier.

»Essen!«, ruft Ali. Er ist auch hier der Koch. Es ist schön, ihm zuzusehen, wie er liebevoll in dem einen Topf rührt, den sie aus Isabellas Gefängnis hergetragen haben. Ein gigantisches rußgeschwärztes Ding, das jetzt an einem notdürftig zusammengebundenen Gestell aus dicken Stöcken über dem Feuer hängt.

Gefäße gibt es kaum, nur ein paar Becher und ein paar Löffel. Also kauern wir uns alle um den Topf herum, nachdem Ali ihn vom Feuer genommen hat, und tunken Becher und Löffel in die Brühe und wechseln uns ab, damit es für jeden reicht. Es schmeckt ziemlich fad, Erde knirscht zwischen meinen Zähnen. Aber keiner sagt was. Es ist Essen.

»Wir müssen aufpassen«, sage ich, nachdem wir den letzten Rest vom Boden gekratzt haben. »Wir können nicht einfach alles nehmen.«

John runzelt die Stirn. »Wie meinst du das?« Sein Kiefer ist breit und kräftig, was ihm vielleicht ein etwas brutales Aussehen verliehen hätte, wenn er nicht sanft geschwungene, volle Lippen hätte und einen scheuen, fast ängstlichen Blick. Aber seine Hände sehen aus, als könnte er Steine zerquetschen.

Ich blicke auf den Boden. So ganz genau weiß ich das auch nicht. Aber ich weiß, dass wir mit jeder Buchecker etwas wegnehmen. Und dass all diese Dinge ja in all den Jahren zuvor auch da waren, ein Teil des Tals, ein eingespieltes Team aus Käfern und Vögeln und Bucheckern und Beeren. Wie nur soll ich das erklären, wenn ich selbst nicht so genau weiß, wovon ich rede.

»Ich war hier schon mal. Bevor wir euch befreit haben«, fange ich an. »Und da habe ich hier einen Käfer gesehen. Und einen kleinen Vogel. Von beiden hätte ich schwören können, dass sie schon lange ausgestorben sind. Aber sie haben es geschafft. In diesem Tal. Was sie dafür gebraucht haben, um zu überleben, obwohl um sie herum alles gestorben ist, wissen wir nicht. Deshalb müssen wir aufpassen. Wir dürfen hier nicht zu viel mitnehmen. Denn sonst nehmen wir vielleicht das, was der Vogel braucht, oder der Käfer.« Alle schauen mich an. Mein Gesicht wird warm. Ich weiß, es klingt albern. Aber dieses Tal, es ist ein bisschen wie das Haus meiner Eltern. Nur viel schöner. Weil es echt ist.

»Das meine ich«, sage ich, als ich das Schweigen nicht mehr aushalte.

Mirko lacht. »Ja, nett. Aber verhungern wolltest du doch nicht, oder?«

»Kannst du nicht zuhören, oder was?«

Die farblose Vera hat eine Stimme, die mich total überrascht. Voll und streng.

»Sie hat nur gesagt, wir wissen es nicht und sollen vorsichtig sein! Und sie hat recht!« Sie schnalzt mir der Zunge. »Holzkopf!«

»Vera.«

Der jetzt spricht, heißt Bent, hat Nala mir gesagt. Er hat dieselben grauen Augen wie Vera, farblos wie ein verhangener Himmel am Morgen. Die gleiche hohe Stirn. Und so, wie er mit ihr redet, ist er bestimmt ihr Bruder. »Das bringt doch nichts.« Er holt tief Luft. »Wie wäre es, wenn wir von allem, was wir finden, ein Drittel hierlassen?«

Mirko springt auf. »Was für ein Schwachsinn! Wir müssen klarkommen! Ich hab lange genug gehungert! Wenn die Bäume und alles jetzt noch hier sind, dann wird es uns paar auch überstehen!«

»Das kannst du nicht wissen«, schneidet meine Stimme ihm das Wort ab. Mirko ist verstummt und starrt mich an. Ich bin selbst erschrocken, ich weiß nicht, woher das auf einmal kommt. Aber es muss gesagt werden. Deshalb rede ich einfach weiter. »Aber du hast trotzdem recht. Wir brauchen Essen. Nicht nur für zwei Wochen. Oder drei. Für ein ganzes Leben. Wir werden es so machen, wie Bent sagt. Mindestens ein Drittel von allem, was wir im Tal finden, bleibt hier. Außerdem sammeln wir Samen. Vielleicht bleiben wir ja irgendwann irgendwo. Und dann können wir vielleicht damit etwas anfangen. Vera wird wissen, was zu tun ist.«

Vera nickt langsam.

Dann hole ich noch einmal tief Luft. »Und ich werde mit zwei anderen zurück zur Festung gehen. Heute Nacht. Wir holen uns etwas von deren Vorräten. Dann sind wir fürs Erste versorgt.«

Alle schweigen. Nala sehe ich nicken. Und Bent und Vera auch.

Plötzlich klatscht Ali in die Hände und grinst. »Prima, wenn das jetzt geklärt ist ...« Er sieht sich um.

Keiner widerspricht. Auch Mirko nicht.

»Prima. Ich hätte nämlich noch ein bisschen Beerenmatsch zum Nachtisch.«

Der Tag gehörte uns. Die Nacht gehört Bruder Amon. Kaum senkt sich der Abend über das Tal, macht sich eine stille Nervosität breit. Sie ist schwer zu benennen, aber fast mit den Händen zu greifen. Noch bevor der letzte Sonnenstrahl verschwunden ist, sitzen alle zusammen an unserem Lagerplatz, die Körper aneinandergelehnt, angespannte Muskeln und Sehnen, die Augen voll Angst. Keiner braucht etwas zu sagen. Der Keller kehrt zurück, die Käfige. Die Dunkelheit macht die Schrecken wieder lebendig. Die vielen Tage und Nächte, die sie eingesperrt waren. Und in dem Moment weiß ich es. Ich werde allein gehen. Ich kann von keinem hier verlangen, wieder zur Burg zurückzukehren. Daran habe ich vorhin nicht gedacht.

»Ich glaub, es ist besser, wenn ich das allein mache«, sage ich so beiläufig wie möglich.

»Danke«, antwortet Ali schließlich, und einige andere nicken.

»Ach.« Ich versuche, so locker ich kann, aufzustehen und lache kurz auf. Es hallt schrill und unheimlich die Schlucht hinauf. Ich würde am liebsten im Erdboden versinken.

»Ist einfach sinnvoller«, sage ich und nehme mir einen der leeren Rucksäcke. »Allein wird man nicht so schnell entdeckt.« Ist natürlich Unsinn. Aber das ist ja egal. Außerdem hab ich mich in meinem Leben an Dinge allein machen ganz gut gewöhnt.

Ali steht auf und drückt mir ein Messer in die Hand. »Hier. Damit du dich wehren kannst.« Er zuckt die Schultern. »Im Zweifel.«

Ich nicke und stecke es ein.

»Und bring mir das wieder!«, sagt Ali und zwinkert mir zu. Aber es will ihm nicht ganz gelingen. »Das brauch ich noch zum Kochen.«

Ich umarme ihn und gehe den Hügel hinab in Richtung Festung.

Den weißen Hund sehe ich zuerst. Er leuchtet zwischen den Bäumen hindurch. Isabella folgt ihm. Ohne ein Wort schließen die beiden sich mir an. Sie muss uns belauscht haben. Der Hund schiebt seine feuchte Schnauze in meine Hand und schnauft freundlich. Er erkennt mich also wieder. Wärme breitet sich in mir aus. Ich streichle ihm den Kopf und fahre mit meiner Hand durch sein so weiches Fell, ohne den Schritt zu verlangsamen. Ich will bei Isabella keinen dummen Eindruck hinterlassen.

»Hat er eigentlich einen Namen?«, frage ich, aber ich sehe Isabella nicht an.

»Snow«, antwortet sie und geht noch etwas schneller voran.

Für den Rest des Wegs schweigen wir. Aber ich freue mich, dass sie bei mir ist. Vielleicht hasst sie mich. Und wenn, dann hat sie jedes Recht dazu. Aber sie ist da, sie lebt, und sie hilft uns, am Leben zu bleiben. Das reicht mir fürs Erste.

Die Festung liegt wie eine graue Kröte unter uns am Hang. Die Dächer sind weggefegt, das oberste Geschoss liegt frei, die eingebrochenen Mauern drängen sich unruhig in den Himmel, das verstümmelte Gebiss eines uralten Drachen.

»Pssst.« Isabella hält mich auf.

Ich blicke in die Dunkelheit. Dann sehe ich auch den Feuerschein, der aus der Mitte der Festung kommt. Wir sind ganz still. Sogar Snow legt sich hin und hört auf zu hecheln. Der Wind trägt aufgeregte Stimmen zu uns, das Knallen von Türen. Dem Lärm nach haben sicher einige überlebt.

»Wir gehen nach links«, raune ich Isabella zu. »Zu dem Loch, das die Lawine gerissen hat.«

Sie nickt stumm und geht, bevor ich reagieren kann. Schnell und lautlos huscht sie den Hügel hinab. Snow folgt ihr wie ein Schatten aus Licht.

Sie warten kurz hinter dem Mauereinsturz auf mich. Wieder diese undurchdringliche Schwärze. Speichel sammelt sich in meinem Mund. Ich muss schlucken, aber dann gehe ich hinein.

Snow führt uns durch die Dunkelheit. Der Weg scheint mir jetzt lächerlich kurz. Nur ein paar Minuten, und wir stehen an der Kreuzung zweier Gänge, da, wo ich vor einer Weile zum ersten Mal Isabella in ihrer Küche gehört habe. Nun stehen wir hier, gemeinsam.

Wir hören Rufe, Schritte, das Poltern von schweren Dingen, die irgendwo hinuntergestürzt werden. Ich will etwas sagen, aber Isabella huscht schon weiter, in Richtung Treppenaufgang. »Links! Das Lager ist doch da drüben!« Ich flüstere, so laut ich kann. Doch sie ist schon längst bei der Treppe zum Hof hinauf. Ich überlege nur kurz, dann renne ich hinter ihr her.

Isabellas Haut schimmert nun hellorange. Ich spüre die Wärme, bevor ich das Feuer sehe. Es brennt übermannshoch in der Mitte des Hofs. An seinem Rand steht Amon und schreit: »Verbrennt alles! Alles! Alles! Nicht ein Krümel soll übrig bleiben!«

Um ihn herum stolpern einige seiner Männer durch die Gegend, reißen Säcke und Kisten hinter sich her, Vorhänge, Decken, Holzbalken.

»Ich will nichts mehr sehen, was mich erinnert! AN DIESE KLEINE HURE! Es soll BRENNEN! ALLES SOLL BRENNEN!«

Die meisten Dinge schmeißen sie auf das Feuer, das seine Flammen hungrig in alles schlägt. Ein paar Sachen bringen sie zu einem Lkw, der hinten im Hof steht. Die Männer sehen bleich aus, ängstlich und erschöpft. Viel weniger gefährlich, als ich sie in Erinnerung habe. Ich glaube, den Einäugigen zu erkennen, und auch Piet.

Auch Amon hat sich verändert. Er stützt sich auf einen Stock, um den Hals trägt er einen dicken Verband. Seit ich ihn das letzte Mal gesehen habe, scheint er um Jahre gealtert, tiefe Furchen ziehen sich über seine Wangen, links und rechts seiner Mundwinkel. Sein langes Haar ist zerwühlt, das Gesicht wutverzerrt. In seinen Augen funkelt der Wahnsinn.

»Alles!«, schreit er noch einmal. »ALLES!!« Er fuchtelt wild mit dem Stock herum, als wollte er auch noch die Luft verbrennen, die wir atmen. Einer seiner Männer huscht vorbei, aber er ist nicht schnell genug. Amon schlägt ihm mit dem Stock über den Rücken und stößt einen tierischen Schrei aus, seine Stimme kreischt durch den Hof. »AAAALLLEEEES!«

Ich will Isabella zurück zur Treppe ziehen. Aber sie bleibt stehen und schüttelt den Kopf. Die Pailletten an ihrem zerrissenen Kleid glitzern durch den Schmutz.

»Im Lager ist bestimmt nichts mehr«, flüstert sie. Sie zeigt auf den Laster.

Sie hat recht. Das Essen werden sie zuerst aufgeladen haben. Es gibt nichts Wichtigeres. Ich nicke. »Aber wie kommen wir dahin?«, frage ich.

Isabella zuckt die Schultern. »Lass uns einen Moment warten. Es ist schon spät. Und so, wie sie aussehen, können sie nicht gleich aufbrechen.«

Isabella sieht mich unbewegt an. Ob sie mich doch nicht hasst? Ich hoffe es sehr. Wir kauern uns in einen toten Winkel zwischen Treppe und Tür. Wir können zwar nichts mehr sehen, aber hier werden wir auch nicht entdeckt.

Isabella hatte recht. Es dauert, vielleicht vergeht eine halbe Stunde, vielleicht eine ganze. Aber dann hören wir ein Schlagen von Blech an Blech und Gabrieles Stimme: »Trinkpause! Trinkpause für alle!« Als wir wieder auf den Hof schauen, sind sie im Gebäude verschwunden.

Wir huschen hinaus. Die Hitze im Hof brennt auf der Haut, Funken fliegen herum wie brennende Hornissen. Rauch beißt uns in den Augen. Er ist der beste Schutz, den wir uns wünschen können.

Ganz vorne im Lkw stehen die blauen Plastikfässer mit weißen Deckeln. Isabella reißt einen Deckel auf und drückt mir den offenen Rucksack in die Hand. Dann kippt sie das Fass, und weiße Flocken ergießen sich in den Rucksack. Dieser Fischgeruch. Von allen Dingen, die wir finden mussten, ist es tatsächlich das Rinderfutter. Ich seufze. Ich hatte ja eher an die Schokolade oder die Gemüsedosen gedacht.

»Halt die Klappe!«, herrscht mich Isabella an. »Das ist das Beste, was uns passieren konnte! Leicht zu tragen, alles drin, was wir brauchen!«

Der Rucksack ist schnell voll. Ich schnüre ihn zu und stemme ihn hoch. Ich bekomme ihn kaum auf meinen Rücken, so schwer ist er.

»Lass mich.« Isabella reißt den Rucksack an sich und verschwindet durch den verrauchten Hof. Ich will ihr folgen. Wir haben schon lang genug gebraucht. Aber dann fallen mir die Kartoffeln ein, die hier noch vor ein paar Tagen wuchsen. Irgendwo müssen doch welche sein. Ich kann nicht anders. Ich muss einfach danach suchen. Irgendwann werden wir irgendwo ein Leben anfangen. Und dann könnten wir Kartoffeln ziehen.

Im Wagen finde ich viele Säcke, Kisten, Kartons, Stapel von Dosen, aber nichts, das nach Kartoffeln aussieht. Mein Blick fällt durch das kleine Fenster zum Führerhaus. Und da steht sie. Eine Kartoffelpflanze. Sie steckt in einer alten Plastiktüte.

Ich schiebe das Fenster auf, beuge vorsichtig meinen Oberkörper hindurch – und sehe in das Gesicht von Gabriele. Sie sitzt an die Fahrertür gelehnt, hat eine Zigarette zwischen den Lippen und ein Feuerzeug in der Hand. Wir starren uns an, für einen Moment.

»Bist du mit Isabella?«

Ich nicke. Mir fällt das Messer ein, das mir Ali gegeben hat. Es steckt hinten in meiner Hose. Vorsichtig taste ich danach. Mit einem Klicken zündet sich Gabriele die Zigarette an. Sie saugt die Luft tief ein.

»Ich bin froh, dass sie raus ist.« Der Rauch gleitet geräuschlos aus ihrer Nase und ihrem Mund. Dann seufzt sie und schließt die Augen. »Ich weiß nicht, wann ich die letzte Kippe geraucht habe.« Wieder steckt sie sich die glimmende Zigarette zwischen die Lippen und zieht tief die Luft ein.

Ich habe das Messer gefunden. Leider ist es ein Klappmesser. Ich muss es erst mal aufkriegen, bevor es mir helfen könnte. Ich versuche, es so langsam und unauffällig wie möglich nach vorn zu schieben. Vielleicht schaffe ich es, das Messer blitzschnell aufzuklappen und mich zu wehren.

»Mach dir keinen Stress«, murmelt Gabriele. »Ich hab nichts davon, dich zu verraten. Es ist doch eh vorbei. Sieh dich doch um.« Sie zieht an ihrer Zigarette und schaut aus dem Fenster. »Ich bin froh, dass ihr raus seid. Ich bin froh, dass es vorbei ist.« Zarte Rußflocken rieseln auf die Windschutzscheibe vor uns.

Ob das eine Falle ist? Aber irgendwie wirkt sie nicht so. Eher wie jemand, der eigentlich schon tot ist und nur noch wartet, dass jetzt auch das Herz aufhört zu schlagen.

Sie lacht trocken auf. »Ich hätte echt nicht geglaubt, dass das geht. Amon entkommen.« Sie schaut mir in die Augen. »Macht was draus, okay? Und jetzt hau ab! Gleich kommen die anderen wieder.«

Ich nicke.

»Und meidet die Autobahn. Amon ist sich sicher, dass ihr dort mit dem Lkw unterwegs seid, und will euch jagen.«

Ich nicke noch einmal. Mein Blick fällt auf die Pflanze. Ich greife nach dem Sack. »Äh, darf ich die mitnehmen?«

Aber Gabriele achtet nicht mehr auf mich. Sie sieht dem Rauch zu, wie er sich an der Fensterscheibe fängt.

Der Sack schlägt bei jedem Schritt gegen meine Schenkel. Als ich endlich am Hügel stehe, wo ich in Richtung Tal abbiegen muss, läuft mir der Schweiß schon die Wirbelsäule hinab. Ich stelle die Plastiktüte mit der Kartoffelpflanze ab und atme durch. Noch immer brennt mir der Rauch in der Lunge.

Ich drehe mich um, ein Schlag trifft mich im Gesicht, ich taumele zu Boden.

»Wo warst du!«

Faustschläge hageln auf mich ein, ich reiße die Arme hoch, kugele mich zusammen, so gut es geht.

»Ich hasse dich! Ich hasse dich!« Schluchzer mischen sie in Isabellas Schreie, bis sie schließlich neben mir kniet und nur noch weint.

»Ich werde dir nie verzeihen«, sagt sie schließlich. »Nie.« Ihre Stimme wird von Schluchzern geschüttelt.

Ich will mich verteidigen. Sagen, dass ich keine andere Wahl hatte, nur das Beste für sie und mich wollte. Aber das stimmt nicht. So habe ich nicht gedacht. Ich wollte Ali retten. Und vielleicht auch ein bisschen sie und mich. Und ich wollte ihr nicht ins Gesicht sagen, dass ihr Tom nicht mehr da ist. Ich war zu feige dazu.

»Ich weiß«, sage ich also. »Ich weiß.«

Wir bleiben noch einen Moment sitzen, ein Stück voneinander entfernt. Mein Bein tut weh, die Wunde zieht und brennt. Aber es ist ein anderer Schmerz. Nicht mehr der dunkle, tierische, pochende, der mich fast umgebracht hat. Es ist der Schmerz einer heilenden Wunde.

In der Ferne sehen wir den orangen Schimmer, den Amons Feuer in den Himmel zeichnet. Ich spüre etwas Feuchtes an meiner Hand. Snow schiebt seine Schnauze unter meine Handfläche und schnauft. Für einen Moment verberge ich das Gesicht in seinem Pelz. Und dann stehen wir auf und gehen langsam zum Lagerplatz zurück, zwischen uns tragen wir die Tüte mit der Kartoffelpflanze. Und das ist immerhin was, finde ich.

Wir sitzen in einem perfekten Kreis, Schulter an Schulter. Über uns blinzelt die Sonne durch das Laub der Bäume. Und da ist ein Vogel, der, irgendwo verborgen vor unseren Blicken, im Unterholz sitzt und singt. Klar und unmissverständlich. Nur Isabella fehlt. Vielleicht ist sie aber auch irgendwo versteckt und hört zu.

»Wir können hier nicht länger bleiben«, sage ich. »Wir waren in der Festung und Amon …« Ja, ZiZi, was ist mit Amon? Er ist total durchgeknallt und will uns zerstören? Und ganz besonders Isabella? Selbst wenn er sich damit schadet? »… glaubt zwar, dass wir auf der Autobahn unterwegs sind. Aber irgendwann wird er bestimmt auch woanders suchen.«

Ich schaue in die Runde. Jetzt, so nebeneinander, ist noch klarer, wie mitgenommen sie sind. Bleich, Ringe unter den Augen, ernst. Aber sie wollen weiter. Sie haben nicht aufgegeben. Und ich habe das auch nicht.

»Noch haben wir einen Vorteil. Und deshalb sollten wir heute aufbrechen.«

Ein Gemurmel geht los.

»Haben wir überhaupt genug zu essen?« Mirko wieder. »Und wohin gehen wir überhaupt?«

Er hat ja recht. Aber er nervt. Immer muss er direkt zu den Problemen, den Finger in die Wunde legen, bevor wir einmal Luft holen konnten.

Ali räuspert sich. »Ist doch ganz einfach. Wir legen alles in die Mitte, was wir haben. Alles. Und dann werden wir schon sehen, für wie lange das reicht. Und dann entscheiden wir, wohin wir gehen.«

Keiner sagt was, denn Alis Worte sind so einleuchtend, dass alle losziehen und zusammentragen, was sie haben und was sie in den letzten Tagen zusammengetragen haben. Wir sortieren in Essen und Ausrüstung. Es ist eine etwas seltsame Ansammlung. Wer nicht wüsste, dass wir Hals über Kopf, geschwächt und voller Angst geflohen sind, würde wohl denken, wir seien nicht mehr ganz dicht.

Dort liegen zwei Uhren neben einem Kompass und einem Stapel kartoffelsackartiger Decken. Drei einzelne Schuhe, Stricknadeln, fünf Taschenlampen, ein paar Grablichter, glücklicherweise auch Streichhölzer, ein Knäuel Schnüre, ein Haufen Kleidung, drei Messer, eine Sammlung an Bechern und Löffeln. Der große Topf, in dem Ali immer kocht. Einige Taschen und Rucksäcke. Dann ist da noch das Zelt, in dem ich lag, ein zerfledderter Straßenatlas von Europa und ein dünnes Buch, auf dem ein Tier abgebildet ist, eine Art Drache, mit bunten Flügeln und schiefem Maul.

Unser Essen besteht aus dem Rucksack voll Rinderfutter, einem Beutel voller Nüsse, Pilze, Wurzeln und solchen Dingen, von denen Vera schwört, dass sie essbar sind, und der dunkle Beerenmatsch im Kochtopf, den Ali aus den verschiedenen Früchten zusammengekocht hat, die wir hier gefunden haben. Daneben stellen wir ein Dutzend Plastikflaschen, die wir mit Wasser aus dem Bach gefüllt haben.

Außerdem haben wir noch ein paar Mullbinden, eine Dose voller weißer Schmerztabletten und noch reichlich Schimmelpaste gegen eitrige Beinwunden. Zuletzt lege ich Moiras Buch dazu. Gegen Schmerzen können wir Weidenrinde kauen, habe ich daraus noch gelernt. Wir werden noch ein paar Ruten mit auf den Weg nehmen.

Als Letztes stelle ich den Beutel mit der Kartoffelpflanze dazu.

»Soll die etwa auch mit?« Nala sieht mich ungläubig an.

»Ja«, sage ich. »Die kommt auch mit.« Meine Stimme klingt leider nicht so überzeugt, wie ich wollte. Aber ich bin mir sicher, dass es richtig ist.

»Aber wozu? Wegen der paar Früchte, von denen du erzählt hast?« Sie schüttelt den Kopf. »Pflanz sie doch lieber hier irgendwo hin.« Sie zeigt auf die Erde neben uns.

»Weißt du«, versuche ich es weiter, »irgendwann werden wir doch irgendwo bleiben wollen. Und dann ist diese Pflanze keine Last mehr. Dann ist sie ein Anfang.«

»Bleiben?«, wiederholt sie, das Wort im Mund wie das einer Fremdsprache.

Wir stehen eine Weile um den Haufen herum. »Ist das jetzt viel? Oder ist das nicht so viel?«, fragt Jule, ich glaube, unsere Jüngste. Vielleicht ist sie zehn oder auch schon zwölf. Sie hat kurze, wirre Locken in Braun, ein schmales, blasses Gesicht, das spitz und knochig wirkt, und sie ist ziemlich klein. Sie steckt in einem viel zu großen Jackett aus karierter Wolle.

»Das kommt wohl darauf an, wohin wir wollen«, sagt Wotan, der ein bisschen aussieht wie das genaue Gegenteil von Jule. Alles an ihm scheint rund zu sein. Er ist rothaarig mit einem fast kugelrunden Kopf, abstehenden, rundlichen Ohren und blauen Augen, die so rund sind, dass er aussieht, als würde er die ganze Zeit staunen.

»Yara und ich wollten ja eigentlich nach Triest«, sagt schließlich Heja, obwohl ich mir nicht ganz sicher bin, ob sie wirklich so heißt. Sie hält ihre Schwester Yara an der Hand.

»Triest«, wiederhole ich langsam, ich fühle mich, als erwachte ich aus einem Traum. »Triest«, sage ich noch einmal.

»Triest?«, fragt auch Wotan. »Da wollte ich auch hin!«

»Ich auch!«, sagen Jule und Nala fast zeitgleich, und auf einmal reden alle durcheinander.

Ali und ich schauen uns an. Alle wollten nach Triest, bevor sie in Amons Festung gelandet sind.

»Aber was bedeutet das?«, fragt Heja. »Das ist doch seltsam?«

Ali räuspert sich. »Das kann genau zwei Dinge bedeuten.« Das Ganze scheint ihm unangenehm zu sein. »Entweder in Triest ist etwas, und das hat sich rumgesprochen. Das wäre die gute Variante.«

Wotan schaut ihn mit seinen kugelrunden Augen an und fragt: »Und die schlechte?«

»Die schlechte ist …« Ali blickt auf den Boden. »Wir wurden alle reingelegt.« Seine Füße malen einen Halbkreis vor sich in die Erde. »In eine Falle gelockt von Bruder Amon und seinen Schergen.«

Mirko nickt. »Wer nach Triest will, geht wahrscheinlich hier entlang. Wo Amon sein Lager hat.«

»Der Doktor«, sage ich. Ich hatte es ganz vergessen. »Der Doktor muss mich verraten haben. Oder angekündigt.«

Die anderen sehen mich an.

»Das war einer, da war ich, bevor ich herkam. Und mich die Leute von Amon gefangen haben«, versuche ich zu erklären. Ich denke an seine seltsame Statue und an seine Ideen von Gott. »Er war verrückt, aber ich dachte eigentlich, er ist irgendwie okay. Aber ich habe die Typen, die mich gesucht haben, reden hören. Jetzt fällt es mir wieder ein. Sie wussten, dass ich kommen würde. Er hat mich verraten. Amon muss ein Funkgerät oder so etwas gehabt haben.«

»Das heißt, in Triest ist gar nichts?« Wotan schaut mich mit seinen wasserblauen Augen an. Tränen sammeln sich darin. »Ich dachte, da ist eine … na ja, ich weiß auch gar nicht, was genau … irgendwas Gutes halt. Irgendwas, wo ich … also …« Sein weiches Kinn zittert, die abstehenden Ohren werden tiefrot.

Mirko legt den Arm auf seine Schultern und zieht Wotans runden Kopf an seine Brust. »Dachte ich auch, Mann. Dachte ich auch.«

Es braucht einen Moment, bis sich alle beruhigt haben. Bis alle erzählt haben, wie sie an Triest geglaubt haben, was sie dachten, was sie dort erwartet.

»Jedenfalls brauchen wir was Neues.« Nala wischt sich die Nase. »Und in den Westen brauchen wir nicht gehen. Da komm ich her. Da ist nichts mehr.«

Ich erinnere mich. Zu den letzten Nachrichten, die es gab, bevor alles aufgehört hat, gehörte irgendein Atom-Unfall in Frankreich, in einem verlassenen Kernkraftwerk. Im Westen ist alles verseucht.

»München ist zwar das Nächste. Aber das ist leer gefegt« sagt Ali. »Da gibt es nichts, wo man gut leben könnte.«

»Richtung Osten können wir nicht, dahin fährt Amon«, sage ich.

»Okay, jetzt wissen wir, wo wir überall nicht hinsollten.« Mirkos Stimme klingt aggressiv. »Irgendeine Idee, die nützlich ist?« Er starrt mir direkt ins Gesicht. Die Narbe in seinem Gesicht leuchtet rosig in einem Sonnenstrahl, der seinen Weg durch das Laub gefunden hat.

»Das Meer« sage ich. Ich weiß auch nicht so genau, warum. Ich sehe es auf einmal vor mir. Die Wellen, die ans Ufer rauschen. Und die friedliche Stille, die unter diesem Rauschen liegt. »Wir gehen ans Meer.«

Mirko schnaubt und zeigt mir einen Vogel. »Triest liegt am Meer.«

»Ja und?«, raunze ich zurück. Er geht mir wirklich wahnsinnig auf den Keks. »So wie ungefähr 300 Millionen andere Orte, die auch am Meer waren.« Was für ein Motzkopf.

»ZiZi hat recht.«

Erschrocken sehen wir uns um. Isabella steht genau hinter uns, ohne dass sie jemand bemerkt hätte.

»Das Meer macht Sinn. Entweder dort ist etwas, oder wir können am Ufer entlang schnell weiterreisen. Uns ein Floß bauen oder so. Vielleicht finden wir sogar ein altes Boot.«

John nickt. »Ich finde, das klingt vernünftig.«

»Dafür spricht auch der Weg. Denn wenn wir zum Mittelmeer wollen, dann gehen wir von hier über die Alpen. Und dort sind wir am sichersten vor Amon«, sagt Ali, und es ist, als hätte er eine Zauberformel gesprochen. Es gibt keine Abstimmung, keine weitere Diskussion. Der beste Weg ist der, der fort von Amon führt.

»Dann lasst uns packen«, sage ich. »Je schneller wir von hier weg sind, desto besser.«

Ali ist seltsam. Schweigsam, aber auf eine schwere Art. Ja, wir haben viel durchgemacht. Aber irgendwas ist passiert bei unserer Versammlung. Etwas, das ich noch nicht verstehe.

Ich beobachte ihn eine Weile. Da ist etwas, das ihm noch mehr wehtut als der ganze Rest. Ich möchte ihn fragen, was es ist. Aber ständig wuselt jemand um uns herum, wir sind nie allein. Und so möchte ich ihn nicht fragen. Wer will schon sein Herz ausschütten, wenn Mirko danebensteht und seine Witze macht.

»Komm«, sage ich schließlich. »Hilfst du mir, noch ein bisschen Weidenrinde zu sammeln?«

Ali zieht die Schultern hoch, dann nickt er. Wir gehen ein paar Meter aus dem Tal hinaus, die Weidengebüsche wachsen besser, wo es karg ist.

Es ist eine schwere Arbeit, das Weiden sammeln. Unsere Messer sind nicht besonders scharf, und die Weiden sind zäh. Die biegsamen Äste lassen sich kaum durchschneiden und brechen sowieso nicht. Schließlich kommen wir drauf, die Äste einfach dranzulassen und nur die Rinde abzupellen.

Das Holz unter der schützenden Haut ist fast weiß und glatt wie Seide. Als Ali nicht hinschaut, reibe ich meine Wange daran, weil ich diese Weichheit ganz nah fühlen will. Ich weiß, das klingt wahnsinnig dämlich, aber es ist so überwältigend. Die ganze Welt um uns kommt mir immer wieder vor wie ein unfassbares Wunder. Dass es das alles überhaupt gibt. Diese Weiden, das Gras darunter. Die Steine, den Himmel. Uns. Und dass in den Weiden ein Mittel steckt, das uns Fieber und Schmerzen nimmt. Ist doch total unglaublich! Und gleichzeitig ist unser Leben so kompliziert, die Gefühle ein riesiges Durcheinander. »Ali«, sage ich schließlich. »was ist denn los?«

»Was soll sein?«, fragt er. Und grinst mich an.

Ich verdrehe die Augen. »Ich weiß, dass was ist. Ich bin deine Freundin. Also rede doch bitte einfach mit mir.« Ich sehe ihn an und sage: »Okay?«

Für einen Moment starrt er zurück, dann werden seine Augen anders, weicher, und er schaut weg. »Ach, es ist nur …« Er atmet tief aus. »Wegen Triest.«

Ich nicke. »Ja, das ist wirklich hart. Dass da vielleicht gar nichts ist. Dass wir vielleicht ins Nichts gelaufen sind. Die Vorstellung war so schön, dass es da ein Ziel gibt, wo wir nur hinmüssen – und dann ist alles gut.«

Er zuckt auf diese Ali-Art mit den Schultern, aber sein Lachen fehlt. »Ja, vielleicht«, sagt er. Tränen rinnen ihm über die Wangen. »Weißt du, ich wollte gar nicht so sehr nach Triest. Ich wollte einfach zu dem, der mir davon erzählt hat.« Er zieht die Nase hoch. »Er ist gegangen, und ich hab mich nicht gleich getraut mitzugehen. Weil es so weit war. Und auch, weil es mich so verwirrt hat, was ich für ihn gefühlt habe. Aber als ich mit dir im Haus war und ja eigentlich alles da war, was man so braucht und noch viel mehr – Essen, Musik, Wasser, Bücher, Filme … da hab ich gemerkt, das kann es nicht sein! Das ist zu wenig.« Er zieht die Nase hoch. »Weißt du, ganz zum Schluss, als er gegangen ist, hat er mich geküsst. Und ich kann nicht glauben, dass ich ihn vielleicht nie wiedersehe.«

»Der Typ mit der Musik, ja, ich erinnere mich«, sage ich.

»Ja.« Ali räuspert sich und wischt sich mit dem Ärmel durchs Gesicht. »Und als wir da im Haus saßen, da habe ich es endlich zugegeben. Vor mir selbst. Dass ich in ihn verliebt bin. Dass ich zu ihm will, dass ich das kleine bisschen Leben, das wir vielleicht haben, mit ihm verbringen will.« Er vergräbt das Gesicht in den Händen. »Und jetzt ist Triest vielleicht einfach nur eine große Lüge. Vielleicht hat er mich belogen, um ein paar Flaschen Schnaps zu bekommen.« Er sieht mich an. »Oder er steckt jetzt genauso in der Scheiße wie wir.« Eine letzte Träne rinnt ihm still und langsam über die Wange. »Nur ist er dann allein. Und ich habe keine Ahnung, wie ich ihn wiederfinden soll. Und beide Möglichkeiten sind so schrecklich und scheiße, dass ich gar nicht weiß, wovor ich mehr Angst haben soll.« Bei den letzten Worten fängt er an zu lachen, und gleichzeitig weint er wieder, und wir nehmen uns in den Arm. Ich kann ihm nichts sagen, was ihm helfen könnte. Denn er hat ja recht.

Ich hatte Postkartenbilder im Kopf. Grüne Wiesen. Holzhäuser. Schnee auf den Gipfeln. Kühe mit Glocken um den Hals. Ich wusste schon, dass auch die Alpen wohl nicht mehr so aussehen, wie es früher mal war. Aber wahrscheinlich hatte ich trotzdem gedacht, dass ich etwas wiederfinde. Wenigstens die Wiesen. Oder die Holzhäuser. Auf jeden Fall war ich nicht auf das vorbereitet. Die Steinlawine bei der Festung war nur der Anfang.

Wir stehen auf dem Berg, an dem unser Tal liegt. Und vor uns ist nichts als Geröll. Es gibt nur zwei Farben. Das Grau der Steine und das Blau des Himmels darüber.

»Das müssen die Gletscherschmelzen gewesen sein.« John steht neben mir und ringt um Atem. »Und die Monsunregen.« Dann wickelt er sich sein Tuch um den Kopf. Die Sonne brennt heiß, seit wir hier hinaufgekommen sind. »Dann mal los«, sagt er und zwinkert mir zu. »Auf ans Meer.«

Keiner spricht. Es gibt ja auch nichts zu sagen. Hinter uns ist Amon. Und vor uns, irgendwo hinter diesen zerklüfteten Bergen und dem Geröll, ist das Meer.

Die Nacht ist schwarz und sehr kalt in den Bergen. Für ein Feuer haben wir kein Holz. So sitzen wir in der Dunkelheit, aneinandergeschmiegt mit den wenigen Decken, die wir haben. Wir haben versucht, nach Sonnenuntergang weiterzugehen. Nachdem Yara in eine Felsspalte gerutscht ist, haben wir aufgehört. Zum Glück war die Spalte nicht tief, und wir konnten sie schnell rausholen. John hat einfach seinen riesenlangen Arm hinabgereckt und sie am Kragen hochgezogen. Sie hat ein paar Schürfwunden und eine Beule, aber ich glaube, sonst geht es ihr gut. Aber es ist einfach zu gefährlich weiterzugehen. Wenn einer von uns ernsthaft verletzt würde, was sollten wir dann tun?

Schlimmer sind die Erinnerungen, die mit der Dunkelheit wieder so sichtbar werden. Für mich ist es am wenigsten schlimm. Das weiß ich. Ich weiß, dass ich ihre Schrecken nicht teilen kann. Mich hat niemand angekettet oder in einen Käfig gesperrt. Mich wollte niemand brechen und hörig machen. Aber ich weiß auch nicht, wie ich helfen kann. Sie leiden fast still, nur ab und zu wimmert jemand oder eine hochgezogene Nase verrät die Tränen. Ich sehe ihre Schatten zittern und streiche über Rücken und Haare, aber ich habe nur zwei Arme, und die Verzweiflung ist so schwarz und undurchdringlich. Was soll ich sagen. Ich habe keine Worte. Sogar Isabella, die so eisenhart durch die letzten Tage geschritten ist, kauert stumm in der Dunkelheit, den Kopf zwischen den Knien.

Ich zünde eine der Kerzen an. Sie gibt ein schwaches warmes Licht ab, doch der Kreis, den sie erleuchtet, ist winzig. Soll ich mehr Kerzen anzünden? Meine Hände sind zittrig vor Hilflosigkeit. Und gleichzeitig bin ich so müde, mein Körper ist noch schwach, und das Gehen heute war so anstrengend. Wir sind nicht wirklich weit gekommen. Wir mussten erst mal verstehen, wie wir am besten durch diese Ödnis gehen. Eine weite Hochebene, begrenzt von einer weiteren Bergkette, die voller Steinblöcke ist. Voller Schotter und Staub. Zuerst haben wir versucht, über die Felsen zu gehen, die Ritzen zu überspringen. Aber schließlich haben wir gemerkt, es geht schneller, wenn wir immer unten bleiben, uns die Wege zwischen den großen Steinen suchen, und wir haben auch weniger Sonne. Trotzdem war es ein mühsamer Marsch. Aber Ali sagt, vielleicht wird es bald besser. Warum er das glaubt, weiß ich nicht.

Meine Hände schmerzen, ich habe sie mir aufgekratzt und geschürft an dem scharfen Gestein.

Die Risse brennen, während ich mich durch unser Gepäck wühle, auf der Suche nach irgendwas. Veras Rucksack ist so ein bunter, uralter, wie ihn früher Menschen in den Urlaub getragen haben. In der Deckelklappe fühle ich die Mullbinden und etwas anderes, das ich nicht zuordnen kann. Der Stoff des Rucksacks ist schon mürbe, ich bin vorsichtig, damit er nicht zerreißt.

Ein Buch. Ich halte es ins Kerzenlicht. Das Buch mit dem Drachen drauf. In der linken oberen Ecke tanzt ein Männlein mit einem großen Hut in der Hand. »Der kleine Hobbit« steht in geraden, schmucklosen Buchstaben darauf.

Ich setze mich auf einen großen Stein, stelle die Kerze neben mich und beginne laut zu lesen.

In einer Höhle in der Erde, da lebte ein Hobbit.

Meine Stimme klingt klein und zittrig in der Nacht. Aber mit jedem Wort wird es besser. Ich sehe die anderen nicht, aber ich kann fühlen, wie ihr Atem ruhiger wird, wie etwas Warmes, Mildes zwischen uns kriecht, uns einhüllt und sich die Sätze um uns sammeln, ein unsichtbarer Arm, der uns alle hält. Ich lese, bis meine Hand das Buch nicht mehr halten kann und die Worte vor meinen Augen tanzen.

Das Gehen und das Schweigen bringt viele Gedanken. Jetzt, da ich nicht mehr um alles kämpfen muss, komme ich mir seltsam vor, leer und fremd. Wer bin ich eigentlich? Und noch viel mehr, wer war eigentlich dieses Mädchen da im Haus? Es sind nur ein paar Wochen vergangen, doch ich habe das Gefühl, dass wir uns nur wenig zu sagen hätten. Vielleicht tue ich ihr aber auch unrecht.

Und ich denke das erste Mal seit so langer Zeit an meine Eltern. Wo sie wohl sind? Ich möchte gern glauben, dass sie nun endlich wieder zurück sind, sicher, in unserem Haus. Aber die Reise bis hierher macht es mir schwer, so etwas zu glauben. Und vielleicht möchte ich ihnen das auch gar nicht wünschen. Ich wünsche ihnen lieber, dass sie glücklich sind. Oder wenigstens weniger unglücklich.

Ich sehe ihre Gesichter, nah beieinander sehen sie mich an, und plötzlich vermisse ich sie so sehr, dass ich kaum atmen kann. Aber da hilft das Gehen. Es ist so anstrengend, und hinter mir geht Vera und dahinter Nala und dahinter Heja und Yara, ich kann nicht einfach stehen bleiben. Deshalb gehe ich einfach weiter, obwohl meine Brust ganz eng ist und schmerzt. Und nach ein paar Schritten, als ich schon glaube, jetzt muss ich doch stehen bleiben, oder ich falle einfach um, reißt dieser Knoten, und ich gehe weiter, immer weiter. Der nächsten Bergkette entgegen. Einfach immer weiter Richtung Meer.

»Was ist?«, fragt Ali und versucht, neben mir zu gehen. Was eigentlich fast unmöglich ist, es gibt keinen Weg, dem wir folgen können, und es ist besser, wenn wir hintereinandergehen, jeder dem Schritt des Vordermanns vertrauend. Ganz vorne gehen abwechselnd Isabella mit Snow oder John. Es hat sich so ergeben, die beiden haben den klarsten Blick dafür, wo wir am besten vorankommen.

Ali bricht trotzdem mit der Regel. »Was ist?«, fragt er noch einmal. »Du bist schon den ganzen Tag so …« Er vollendet den Satz nicht.

Ich zucke die Schultern.

»Es tut mir leid, dass ich dich in die ganze Scheiße hier gebracht habe«, sagt er dann, und ich kann hören, dass ihn das wirklich quält.

Es ist seltsam, sich so zu unterhalten, wir müssen uns so auf den Weg konzentrieren, dass wir uns nicht ansehen können. Dabei würde ich jetzt lieber in seine Augen schauen und nichts sagen. »Ali, das ist doch Unsinn«, sage ich.

»Nein! Ist es nicht!« Seine Stimme wird dünn von der Anstrengung, sich aufzuregen und trotzdem zu gehen. »Wenn ich dir nicht diesen Unsinn mit Triest erzählt hätte! Du wärst hier fast gestorben und so!«

Und da muss ich lachen, bleibe stehen und nehme ihn in den Arm. »Ali«, flüstere ich ihm ins Ohr. »Ich glaube, ich war noch nie so sehr am Leben wie jetzt.« Und dann küsse ich ihn auf seine schmutzigen Wangen und streiche ihm über seine widerborstigen Haare.

»Seid ihr fertig?«, mault Vera hinter mir. »Ich würd gern weiter. Vielleicht ist ja hinter der nächsten Bergkette mal was anderes als Steine.«

Ali lacht. »Sei nicht so frech!«, er schiebt sich in die Reihe hinter mich und vor Vera. »Keinen Respekt vor dem Alter, diese Jugend«, sagt er, als wir uns wieder in Bewegung setzen. Wir müssen uns beeilen, damit wir den Anschluss nicht verlieren.

»Ach, du immer.«

Vera hat wirklich schlechte Laune.

»Sing lieber mal was. Du kannst doch so viele Lieder.«

Und tatsächlich fängt Ali an zu singen.

With every waking breath I breathe
I see what life has dealt to me
With every sadness I deny
I feel a chance inside me die

Seine Stimme ist hell und klar und ganz und hallt in der grauen Ebene wie ein Vogel, der sich weigert zu sterben, auch wenn er eigentlich keinen Atem mehr hat.

»Warum ist diese Scheiß-Sonne eigentlich so heiß?« Ich hätte die Worte gern gebrüllt, aber dafür bin ich zu erschöpft. Wir kauern uns in den Schatten eines großen Felsbrockens und rasten. Zur Mittagszeit ist es einfach zu heiß, um weiterzulaufen. Und wir brauchen Pausen. Auch wenn ich nichts sehnlicher erwarten kann, als endlich aus dieser Ödnis herauszukommen. Ich erinnere mich an früher, als Kind. Die Sonne hat sich anders angefühlt. Warum ist das jetzt so? Wie kann sich die Sonne so verändern?

»Irgendwas in der Luft.« Bent spricht mit geschlossenen Augen. Sein Gesicht ist blass und feucht. Dieser Weg über die Berge bringt uns alle an unsere Grenzen. »Es sollte die Temperaturen niedriger halten. Irgendwann haben sie es ausgestreut. Mit Flugzeugen. Mein Vater hat mir davon erzählt. Tja, und es ist schiefgegangen. Eine Schutzschicht ist kollabiert. Und jetzt …« Er reckt seinen Finger in die Höhe. »Brennt die Sonne quasi direkt auf uns.«

Keiner sagt was. Was auch. Warum auch. Wir kennen alle diese Geschichten. Von früher. Als alle noch dachten, es gäbe was zu retten. Als gäbe es eine Zauberformel, die die Welt, wie sie war, rettet, ohne groß zu nerven. Und wir wissen ja alle, was nach diesen Geschichten kam. Die Welt, wie sie jetzt ist.

»Haben wir noch Wasser?«, frage ich. Ich weiß nicht, ob ich mir Regen wünschen oder ihn fürchten soll. Wir wären hier schutzlos ausgeliefert, wahrscheinlich verwandeln sich diese Schotterhalden in reißende Sturzbäche, sobald ein Regensturm loslegt. Aber ohne ihn ist es verdammt schwer, an Wasser zu kommen.

Giacomo ist unser Wasserfinder. Es ist, als ob er es riechen kann. Wie ein drahtiges Tier huscht er über die Felsen, in Schottersenken. Gräbt und schaut. Und irgendwo findet er immer mindestens etwas Feuchtigkeit. Er hält mir eine Plastikflasche hin. Darin ist eine Handbreit bräunliches, sandiges Wasser. Es kostet mich noch immer Überwindung, solches Wasser zu trinken. Aber die anderen sagen, es macht nichts. Es ist nur ein bisschen Erde. Nur vor öligem oder stinkendem Wasser müssten wir uns in Acht nehmen, sagen sie. Der Sand mache das Wasser sauber. Und ich habe ja eh keine Wahl. Ich nehme einen Schluck und spüre, wie sich die kleinen Körnchen Sand zwischen meine Zähne legen. Verdammt, wie ich dieses Gefühl hasse.

Ich beneide die anderen ein bisschen. Sie sind hier draußen mehr zu Hause als Isabella und ich. Sie haben nichts, was sie vermissen können. Sandiges Wasser, Hunger, Hitze, die Schutzlosigkeit in der Nacht, das alles ist normal für sie. Für mich ist es noch immer ein Ausnahmezustand, der mich verstört. Aber sie sind sehr geduldig mit mir.

Ob das Leben, wie es jetzt ist, Isabella stört? Ich würde sie gern fragen. Aber sie schweigt die meiste Zeit. Sie ist bei uns, doch irgendwie nicht so ganz.

Das rote Kleid hat sie im Tal zurückgelassen. Jetzt trägt sie grobe braune Hosen und ein beige kariertes Männerhemd. Die Kleidungsstücke hält sie mit einem Gürtel an ihrem schmalen Körper. Ich weiß nicht, was in ihr vorgeht. Ihr Gesicht ist unbewegt und abweisend. Sie sieht nicht glücklich aus, aber wer von uns tut das schon. Wir waren schon schwach, als wir losgegangen sind. Nun sind wir seit etwa einer Woche unterwegs. Das Essen ist knapp. Wir haben nur noch wenig von dem Pulver. Der Rest ist aufgegessen. Auch wenn Giacomo Wunder zu vollbringen scheint und Wasser in Gegenden auftreibt, die vollkommen öd und leer scheinen, so ist es doch immer knapp. Wir sind 13 Menschen, und wir durchwandern eine Mondlandschaft. Langsam mache ich mir wirklich Sorgen, ob wir es schaffen können. Was es noch schwerer macht: Wir haben keine Ahnung, wie weit es noch ist. Wir haben eine Karte, aber die ist vollkommen nutzlos. Die Alpen, so wie sie dort aufgezeichnet sind, gibt es nicht mehr. Mirko meint, wir hätten schon über die Hälfte. Es seien höchstens noch drei oder vier Fußmärsche bis zum Meer. Er hat stundenlang die Formationen der Felskämme und Gebirgszüge studiert. Die ändern sich nicht, sagt er. Trotz der vielen Felsstürze und Schlammlawinen. Aber er redet auch einfach gern. Die Wahrheit ist, wir wissen nicht, was uns hinter der nächsten Bergkette erwartet.

Jule entdeckt es als Erste. Oft, wenn wir rasten, stromert sie ein bisschen herum. Ich weiß nicht, woher sie die Energie nimmt. Es muss dieses Kindliche sein, das in ihr noch am stärksten ist. Sie denkt nicht daran, dass wir noch weit gehen müssen, dass wir unsere Kräfte sparen müssen, weil wir nicht wissen, was uns erwartet. Manchmal begleitet Giacomo sie dabei, wir anderen, die es besser wissen müssten, sind zu müde, um sie zu bremsen. Und vielleicht wollen wir es auch nicht. Weil wir ihnen gern zusehen, wie sie Kinder sind. Wie sie umherhuschen, ungewöhnliche Steine bestaunen, Plastikreste hervorziehen und sie fliegen lassen im Wind, dass es von ferne so aussieht, als seien es Schmetterlinge, bunt und schön, die dort durch die Luft flattern. Vielleicht ist es sogar ihr Spiel, das uns weitermachen lässt.

Wir wollen bald aufbrechen, einige setzen ihre Rucksäcke schon wieder auf, manche sind alte Reisetaschen, die wir so gebunden haben, dass sie sich gut auf dem Rücken tragen lassen.

»Wo ist dieses Mädchen nur?« Heja schützt ihre Augen mit der Hand und schaut umher. Sie und John haben Jule unter ihre Fittiche genommen. Sie sind es gewöhnt, sich um kleine Geschwister zu kümmern, denke ich. Jule, die einsam und losgelöst schien, weil sie so klein war und allein, haben sie stillschweigend zu ihrer Sache gemacht. Ich helfe Heja suchen. Endlich sehe ich einen Punkt, der auf und ab springt. Es ist Jules Kopf, der immer wieder zwischen den Steinen hervorlugt. Sie nähert sich uns hüpfend.

»Da hinten«, sage ich.

»Was hat sie denn da?« Heja schaut angestrengt.

Und dann sehe ich es auch. Jule reckt etwas über ihren Kopf. Es sieht aus wie ein Stock. Ein verzweigter Stock, mit etwas Flatterndem umwickelt.

»Ich hab was! Ich hab was!«, ruft sie und strahlt über das ganze Gesicht. Und dann kann ich es erkennen, was sie da in der Hand hält. Es ist ein skelettierter Arm, der noch in einem Ärmel steckt.

Es liegt an einen Hang geschmiegt, ein großes Haus aus Holz, Glas und Beton. Auch hier ist eine Lawine heruntergegangen. Aber sie ist so herabgestürzt, dass der Bau fast unbeschädigt ist. *Chalet Mondial* steht in kupfernen Lettern auf einem weißen Fels neben der Tür.

Wir gehen vorsichtig und still in Richtung des großen Portals. Zerborstenes Glas knirscht unter meinen Füßen. Jule ist bester Laune und plappert unentwegt. »Da gibt es Vorhänge! Und Schätze! Die hängen an diesen komischen Puppen!«

Wir bahnen uns einen Weg in das Innere des Hauses. Und da finden wir, wovon Jule spricht.

In einem Speisesaal, in Gold und dunklem Rot gehalten, sitzen Skelette an den Tischen. Die meisten lehnen in den Stühlen zurück, einige sind auf die Tische gesunken, ein paar ganz auf den Boden gestürzt, als seien sie von einer schrecklichen Müdigkeit befallen. Sie sind alle edel gekleidet, in Anzüge und Pelzmäntel und Kleider, die Amon gut gefallen hätten. Farbenfroh und glänzend, geschmückt mit glitzernden Steinen, Pailletten und Federn. Hier und da blinkt Gold, schimmern Edelsteine. »Siehst du?«, sagt Jule triumphierend. »Lauter Schätze!«

In einer Ecke sitzt ein Skelett an der Wand, es hat eine Pistole in der Hand. An der Schulter ruht ein Gewehr. Es trägt einen schwarzen Smoking mit weißem Hemd und einer schwarzen Fliege. Auf dem Kopf sind noch ein paar Haare übrig geblieben. Dadurch sieht das Skelett eigentlich ziemlich komisch aus, und für einen Moment vergesse ich, dass das ja mal ein Mensch war.

»Er hat sie alle erschossen«, sagt John tonlos und zeigt auf das Skelett an der Wand.

Ich sehe mich um. Er hat recht. Jeder Schädel hat ein Einschussloch.

»Eine Hinrichtung«, sagt er.

»Eine freiwillige«, sage ich.

John runzelt die Stirn.

»Na, alle sitzen brav auf ihrem Platz. Keiner hat sich gewehrt, keiner ist weggelaufen. Sie haben sich alle ihre besten Kleider angezogen. Und dann haben sie sich von ihm erschießen lassen.«

»Warum denn das?«, fragt Nala ungläubig. »Wieso tut jemand so etwas?«

Ich zucke die Schultern. »Vielleicht waren sie hier eingesperrt und haben keinen Ausweg gesehen.« Ich schaue zum Fenster, das von Steinen zerdrückt ist. Es muss mal eine schöne Aussicht gewesen sein. Damals. Jetzt ragen nackte Felsen in den Raum.

»Wahrscheinlich hat sie die Lawine hier überrascht. Und dann …« Ich sehe Nalas Blick und weiß nicht mehr, wie ich den Satz vollenden soll. Sie ist noch so klein. Wie soll ich ihr so etwas erklären.

»Nala, vergiss es einfach«, platzt Mirko in unser Gespräch. »Erwachsene.« Er schnaubt und spuckt auf den Boden. »Total bekloppt. Lohnt sich nicht, drüber nachzudenken«, sagt er und legt Nala den Arm um die Schultern. »Lass uns lieber mal schauen, ob wir hier was Schönes zu Futtern finden.«

Zum ersten Mal bin ich Mirko richtig dankbar.

»Also, mir gefällt's hier«, sagt Jule trotzig.

Ich glaube, sie hatte sich eine andere Reaktion erhofft. Sie nimmt einem Skelett eine Kette ab. Weiße, hellblaue und dunkelblaue Steine, die zu einer Art dreieckigem Lätzchen zusammengesetzt sind. Jule geht zu einem schmalen Sonnenstrahl, der in das Zimmer fällt, und lässt die Steine gedankenverloren in seinem Licht glitzern. »Darf ich das mitnehmen?«, fragt sie mich plötzlich.

»Klar«, sage ich. »Wenn du willst. Du hast es ja gefunden.« Mein Gesicht wird warm. Ein seltsames Gefühl, so gefragt zu werden. Ich lächle sie an und sie lächelt zurück. Dann spielt sie weiter mit dem glitzrigen Ding und summt dabei vor sich hin.

Mirko und Nala finden tatsächlich Essen. Ein paar Dosen mit Meeresfrüchtesalat, einige mit Thunfisch, versteckt in einem Küchenschrank. Und kistenweise Alkohol. Sonst ist nicht mehr viel übrig. Es wird ein Festschmaus. Jeder bekommt eine Dose von dem Fischzeug. Zwar werde ich den Gedanken nicht los, ob wir uns nicht vergiften. Die Dosen sind seit Jahren abgelaufen. Aber es schmeckt. Dann kann es so schlimm nicht sein.

Den Alkohol rühren wir nicht an. »Davon werden wir nur krank und kriegen noch mehr Durst«, sagt Bent streng. Dann zieht ein Grinsen über sein Gesicht. »Aber wir packen ein paar Flaschen ein. Das können wir gegen alles tauschen, was wir uns nur wünschen. Erwachsene sind total gierig drauf!« Er scheint sich auszukennen.

Wir trinken Wasser, das Giacomo aufgetrieben hat. Mittlerweile stört mich der Sand gar nicht mehr so sehr.

Als wir wieder aufbrechen, nehmen Jule und Yara einige von den Schmuckstücken mit, hängen sich Ketten um und Armreifen, in ihre Haare stecken sie sich Ohrringe, da sie nicht wissen, wofür sie gut sind.

Als wir weitergehen, wird ihnen der Schmuck wohl schwer und lästig. Sie schmeißen ihn Stück für Stück in den Himmel und rufen lachend »Flieg Engelchen, flieg« und schauen, wie das glitzrige Ding irgendwo zwischen den Steinen verschwindet.

Vielleicht ist es die Erschöpfung. Der Sturm trifft uns völlig unerwartet. Plötzlich ist der Himmel im Westen von einem schwefeligen Schwarz überzogen und in der Luft dieses heisere Singen. Das Singen des Sturms, wenn er auf dich zurast. Vielleicht haben wir eine halbe Stunde.

Natürlich, schießt es mir durch den Kopf. Es gab schon so lange keinen Sturm mehr. Damit hättest du rechnen müssen.

»DECKUNG!«, schreie ich und zeige zum Himmel. »WIR BRAUCHEN SOFORT DECKUNG!«

Es ist, als würde es die anderen aus dem Tiefschlaf reißen. Für einen Moment sind alle stocksteif, dann beginnen sie, hilflos hin und her zu schauen. Gehen zwei Schritte nach links, nach rechts, orientierungslos, wie unter Schock. Aber hier gibt es ja auch nichts, wo wir uns verstecken könnten.

Ich sehe mich um. Einem Sturm ungeschützt zu begegnen, heißt sterben. Er würde uns mit sich fortreißen und schließlich an irgendeinem Felsen zerschmettern.

Wir sind auf einer weiten Ebene. Auch hier sind Felsblöcke. Aber weiter verteilt, sie liegen wie fensterlose Häuser auf dem moosigen Grund. Der Wind wird ihnen selbst nichts anhaben können, aber sie bieten kaum Schutz. Nein, das wird nicht reichen.

Mir wird heiß, und meine Haut beginnt zu kribbeln. »Verdammte Scheiße, ZiZi« murmele ich zu mir. »Denk nach, denk verdammt noch mal nach!«

»WO SOLLEN WIR DENN HIN?«, schreit Mirko und fängt an zu heulen. »Wir werden alle sterben!«

Ich würde mich jetzt gern neben ihn stellen und mitweinen. Stattdessen scheuer ich ihm eine. »Lass das!«, sage ich. »Heulen können wir später.«

Ich schaue über seine Schulter. Und da sehe ich es. Unsere Rettung. Es ist ein Turm aus Steinen. Drei zufällig übereinandergestapelte Brocken. Eine Laune der Lawine. Und auf dem größten der drei liegen noch einige kleinere.

»JOHN!«, schreie ich vor lauter Aufregung. »Kletter da hoch! Mirko, Heja! Ihr geht mit! Stoßt die Steine runter!«

John dreht sich zu mir und sieht mich an, als hätte ich den Verstand verloren.

»HAST DU NE BESSERE IDEE?! DANN IMMER HER DAMIT!«, schreie ich ihn an, und tatsächlich läuft er zu dem großen Felsen. In wenigen Sekunden ist er oben. Wenn das einer schafft, dann er.

»ALLE ANDEREN!«, rufe ich. Ich spüre die Aufregung wie elektrische Energie, die mich auflädt. »Sammelt die größten Steine, die ihr noch tragen könnt, und bringt sie da rüber! Wir bauen das schnellste Haus der Welt!«

Und tatsächlich rennen alle los und suchen sich Gesteinsbrocken.

Ein dumpfer Schlag. Eine Erschütterung fährt durch den Boden, ich kann es unter den Füßen spüren. Der erste Felsbrocken ist abgestürzt. Und kurz darauf fällt auch der zweite, die kleineren prasseln hinterher.

Nun ist um den großen Stein eine Art Halbrund entstanden. Ein allererster Schutz.

»Grabt zwischen den Steinen, so tief ihr könnt. Die Erde schiebt ihr als Wall hoch!«, rufe ich und hoffe inständig, dass sich der Regen in Grenzen halten wird. Denn wenn sich hier Wassermassen sammeln, die der Boden kaum aufnehmen kann, dann sind wir wirklich verloren.

Gemeinsam mit Isabella versuche ich abzuschätzen, ob die Größe der Grube reichen wird. Snow wuselt immer um ihre Beine und winselt. »Schh«, sagt sie. »Was soll das denn?« Aber er hört nicht auf, beginnt sogar zu bellen. »Ich kann mich so nicht konzentrieren, Snow!«, ruft Isabella genervt.

Da kommt Heja zu uns, bleich und ernst. Ihre Lippen zittern. »Giacomo«, sagt sie. »Er ist auf der Suche nach Wasser.«

Mein Magen scheint ins Bodenlose zu fallen. Ich hatte ihn gebeten, welches zu suchen. »Ist er nicht zu sehen?«, frage ich, und Heja schüttelt den Kopf. Snow bellt nun wie ein Besessener. Und plötzlich stürzt er los, eine weiße Kugel aus Fell, die in die Ferne schießt.

»SNOOOW«, brüllt Isabella und will hinterher, aber ich halte sie am Arm fest und lasse auch nicht los, als sie nach mir schlägt. »Du wirst ihn nicht einholen! Und wir haben keine Zeit mehr! Wir brauchen dich hier.« Tatsächlich ist der Wind schon so stark, dass er das Gehen schwerer macht.

»Los!«, rufe ich. »Bis der Sturm richtig losbricht, haben wir noch ein paar Minuten! Wir graben zusammen das Loch noch tiefer und machen aus der Erde Schutzwälle!«

Wenn wir noch ein bisschen graben, geht mir die Kuhle bis zur Brust. Ein Dach, das einem Sturm standhält, bekommen wir natürlich nicht so schnell hin. Der große Stein formt einen Überhang. Vielleicht reicht das, wenn wir uns zusammenkauern. Vielleicht.

Wir graben mit bloßen Händen in dem schottrigen Boden. Meine Haut an den Fingern ist überall eingerissen, mein Blut vermischt sich mit dem grauen Steinmehl und wird zu einer dunklen Paste, die an meinen Händen kleben bleibt. Wir schieben alles, was wir herausgraben, gegen den Wall aus Steinen, der uns schützen soll.

Der Sturm wird immer stärker, er kreischt wie ein wild gewordenes Tier, ein ganz eigenartiges Geräusch, das mich bis ins Innerste trifft. Wir verstehen einander kaum noch, selbst wenn wir brüllen.

Als ich aufblicke, kann ich den riesigen Wirbel sehen, der da auf uns zukommt – eine gewaltige Macht. Für einen Moment erstarre ich und staune nur. Ich habe gar keine Angst mehr, ich staune einfach, dass es so etwas gibt.

Der Sturm bringt etwas mit sich, er hat eine seltsame helle Farbe in der Wolke, die er da mitträgt. Ein paar Fitzelchen treffen mein Gesicht, es sticht etwas, irgendwie unangenehm. Zuerst denke ich, ob das vielleicht Schnee ist. Dann bleibt einer der Fetzen an meinem Mund hängen. Plastik. Es sind kleine Fetzen Plastik. Je näher der Sturm kommt, desto mehr werden es. Einer trifft mich im Augenwinkel und reißt eine kleine Wunde. Jetzt, denke ich. Wir müssen in Deckung.

»DIE KLEINEN GANZ NACH INNEN!«, schreie ich, und wir schieben Jule, Vera, Wotan, Yara und Nala ganz nah an den Stein, und dann legen wir Größeren uns halb auf sie drauf. Wir ziehen die Rucksäcke auf, um etwas mehr Schutz zu haben, falls der Sturm größere Dinge mit sich trägt. »Bitte lass es gut gehen«, murmele ich. Und dann fällt der Sturm mit solch einem Geschrei über uns her, dass ich nichts mehr denken kann.

Mit dem Wind kommt das Plastik. Zu Beginn sind es nur einzelne feine Teile, die ich kaum auf meinem Rücken spüre. Aber je näher das Auge des Sturms kommt, desto mehr prasselt auf uns nieder, und die Stücke werden immer größer. Beim Aufschlag machen sie ein Geräusch. POCK, POCK, POCK höre ich sie und spüre, wie mehr und mehr davon auf meinem Rücken landet. Schließlich sind wir zugedeckt vom Plastik. Panik steigt in mir hoch. Wie viel wird da noch kommen? Auch wenn die einzelnen Stücke leicht sind, wird uns das Gewicht irgendwann doch unter sich begraben? Werden wir genug Luft bekommen? Aber wir haben keine Wahl. Wir sind hier gefangen, solange der Sturm dauert. Ich lege meine Arme um die Rücken neben mir und versuche, mich auf meinen Atem zu konzentrieren. Bleib cool, ZiZi, bleib cool, denke ich. Dann höre ich die Stimme meines Vaters. Sein Standardsatz, wenn irgendwas nicht geklappt hat, wenn ich wegen irgendwas heulend in meinem Zimmer saß. Dann kam er, stand im Türrahmen und sagte: »Die einzig wichtige Frage ist: Hast du getan, was du tun konntest?« Früher habe ich oft gedacht: Keine Ahnung! Woher soll ich das wissen? Aber gerade denke ich: Ja, was ich tun konnte, das habe ich getan. Und jetzt bleibt mir nur noch warten und atmen. Und dann kommt der Regen, er prasselt auf das Plastik, und ich kneife die Augen zusammen, so verzweifelt hoffe ich, dass das keine Flut wird. Denn dann sind wir verloren. Die Feuchtigkeit sickert langsam herunter zu uns. Meine Kleider werden klamm und ich beginne zu frieren. Um mich herum ist es stumm. Aber an den Körpern spüre ich, dass sie genauso Angst haben wie ich. Die Angst umgibt uns wie ein dumpfes Summen. »Wir werden es schaffen«, murmele ich. »Wir werden es schaffen.«

Ich weiß nicht, wie lange der Sturm gedauert hat. Aber es ist noch hell, als er abflaut. Ich öffne die Augen, die Dunkelheit der Sturmwolken ist fort, Licht scheint zu uns, gedämpft von dem Plastik, unter dem wir begraben sind. Geregnet hat es nur wenig. Wir sind alle nass, der Boden schlammig, aber alles Wasser ist versickert. Ich richte mich auf und durchstoße die Schicht aus Plastikteilchen über mir. Als ich stehe, reicht der Müll mir fast bis zur Brust.

Der Wind reißt noch an meinem Haar, aber ich habe keine Mühe mehr, auf den Beinen zu bleiben. Die anderen erheben sich auch alle nach und nach. Ein seltsames, aber auch irgendwie schönes Bild, wie sie aus der Decke aus Plastik hervorbrechen, einer nach dem anderen, bis wir alle in unserem selbst gebauten Schutzraum stehen und uns anschauen. Wir haben es tatsächlich überstanden.

Isabella watet durch das Plastik und klettert über die Schutzmauer. »Snow. Giacomo«, sagt sie und sieht mich an. »Wir müssen sie finden.«

Ich klettere hinter ihr her, und für einen Moment

bleibe ich starr. Die Ebene vor uns ist kaum wiederzuerkennen. Sie ist ganz und gar unter einem Teppich aus ausgeblichenen Plastikteilen verschwunden. Ich greife hinein, den meisten Stücken ist nicht mehr anzusehen, wofür sie einmal gedacht waren. Hier und da erkenne ich die Überreste eines Kanisters, Taustücke, ja, sogar eine Sandschaufel und einen Puppenarm entdecke ich.

»Komm«, sagt Isabella. »Wir müssen weiter.«

Ich nicke stumm, wir wühlen unser Gepäck unter dem Plastik hervor und gehen los.

Abwechselnd brüllen wir »SNOW! GIACOMO!« und waten vorwärts durch die Plastikstücke, die uns den Weg noch weiter erschweren.

Mirko studiert die Karte konzentriert. »Ich weiß, ich habe das schon oft gesagt, aber ich glaube, wir sind jetzt fast durch. Nach dieser Ebene müsste es eigentlich nur noch abwärts gehen.«

Ich zwinge mich, ihn anzulächeln. »Klingt gut«, sage ich. Nur leider kann ich es nicht mehr glauben, schicke ich in Gedanken hinterher. Das Wahrscheinlichste scheint mir gerade, dass wir für immer durch diese kahlen Berge laufen werden.

»SNOW! GIACOMO!«

Wir rufen es immer weiter und weiter, langsam wird es dunkel, die Sonne ist schon längst hinter den Gipfeln zu unserer Rechten versunken. Wir straucheln immer mehr, es ist schwer, in dem Plastik vorwärtszukommen, und mit jeder Minute schwindet die Hoffnung, dass wir die beiden finden. Wir gehen weit verteilt über die Ebene, damit wir die größtmögliche Chance haben, sie zu entdecken. Und das ist gut, so bin ich ein wenig für mich und muss die Tränen nicht zurückhalten. »SNOW«, rufe ich wieder. »GIACOMO! VERDAMMT NOCH MAL, WO SEID IHR?!«

Zuerst denke ich, es ist eine starke Windböe, die durch das Meer aus Plastik rauscht. Ein Klappern und Rascheln. Aber dann ist da ein Bellen. Snow! Ich kann sein leuchtend weißes Fell auf mich zurasen sehen. »SNOW! DA IST SNOW!«, schreie ich, und da schmeißt er mich auch schon um, steckt mir seine kalte Schnauze ins Gesicht und leckt mir das Tränensalz von den Wangen, bis ich lachen muss.

»Snow«, sage ich und verberge mein Gesicht in seinem weichen Fell. »Snow. Und jetzt zeig mir, wo Giacomo ist.« Und schon stürzt er fort, heiser bellend, in die aufkommende Nacht. Ich renne hinter ihm her, so schnell es geht, bis der weiße Fleck plötzlich verschwindet. »Snow?« Langsam tastend gehe ich weiter, und da antwortet eine Stimme: »ZiZi.« Es ist Giacomo. Langsam kommt er mir entgegen, er ist total erschöpft, sein Gesicht scheint fast so bleich wie Snows Fell. Aber er geht aufrecht, und er scheint unverletzt zu sein. Ich schließe ihn in meine Arme, und nach und nach kommen die anderen zu uns, bis wir schließlich alle zusammenstehen, und in der Mitte ist Giacomo.

Dann macht er sich frei und zeigt in die Richtung, aus der er gekommen ist. In die Richtung, in die wir müssen. Wir schauen, was er wohl meint.

Mirko hatte recht. Wir stehen, kurz bevor es vollkommen finster wird, am Ende der Ebene, und vor uns kommen keine höheren Berge mehr. Ab hier senkt sich das Land. Vor uns sehen wir den Himmel, den der Sturm frei von Wolken gepustet hat, und darin sehen wir die Sterne aufleuchten.

Ich schlucke ein paarmal und drücke mir auf die Augen, um die Tränen zu vertreiben. Ich weiß, meine Gefühle kann ich nicht mehr einfach so herauslassen. Ich muss daran denken, was es für die anderen bedeutet. Vor allem für die Kleinen. Sie können es nicht gebrauchen, wenn ich die Fassung verliere.

Wir haben die Alpen überwunden. Wir haben es tatsächlich geschafft. Auch wenn ich Momente hatte, in denen ich das wirklich bezweifelt habe. Hinter uns liegen zwei Wochen Marsch über ein leer gefegtes Gebirge. Ich kann den Schatten der zerklüfteten Berge in meinem Rücken spüren. Ich blicke auf die Weite, die nun vor uns liegt. Verdorrtes Gras, Sanddünen bis zum Horizont. Alles scheint gelb und ausgemergelt zu sein.

Ich drehe mich um und lächle. »Wir haben es geschafft!«, rufe ich. »Die Alpen sind hinter uns! Jetzt ist es nicht mehr weit zum Meer!«

Yara zieht die Nase hoch. »Das hatte ich mir aber anders vorgestellt«, sagt sie. »Das Land hinter den Bergen.«

Ihre Schwester schaut mich an und greift ihre Hand. »Geduld, Yara«, sagt sie. »Das ist ja erst der Anfang! Und das hier ist Italien! Wir finden bestimmt bald eine Stadt. Und da machen wir Rast.«

»Mir tun ziemlich die Füße weh«, mault Yara jetzt.

Ich höre die aufsteigenden Tränen in ihrer Stimme.

»Und ich habe Durst.«

»Ich weiß, Kleine«, sagt Heja und zieht sie vorwärts. »Ich weiß.«

»Was machen wir denn jetzt?« Ali flüstert. Das Licht des Feuers flackert unheimlich über sein erschöpftes

Gesicht. Wir sitzen in den Ruinen einer kleinen Stadt. In den Mauern haben wir immerhin Holz gefunden und einen alten Brunnen, aus dessen Tiefe wir etwas Wasser schöpfen konnten.

Vera hat in einem Hinterhof einen Busch entdeckt, an dem seltsame braune Schoten wachsen. Wir haben die Bohnen darin zu einer süßlichen, zähen Pampe zerkocht. Die Kleinen schlafen nun.

Wach geblieben sind die, die zu alt sind, um unsere Situation zu verdrängen. Das sind Mirko, John, Bent, Heja, Ali und ich. Natürlich auch Isabella. Aber die ist mit Snow verschwunden. Ehrlich gesagt bin ich ein bisschen erleichtert, wenn sie fort ist. Sie ist wie ein lebendiger Geist, der mich an meine Schuld erinnert. Obwohl ich mir so sehr wünsche, dass es anders ist.

»Also keiner eine Idee?« Alis Stimme klingt gehässig.

»Du doch auch nicht!«, raunzt ihn Mirko an.

Wir schweigen.

Wir stehen mit dem Rücken zur Wand. Wir Großen wissen das. Vera kann nicht mehr. Nicht nur ein bisschen. Gar nicht mehr. Die letzte Stunde musste John sie tragen, ihr Kopf an seine Schulter gelehnt, die Arme baumelnd im Rhythmus seiner Schritte. Und die anderen Jüngeren können eigentlich auch nicht mehr. Sie haben so lange in Amons Kerker gesessen, hatten fast ihre ganze Kraft verloren, ihren Lebensmut. Dann sind sie durch die Berge, mit dem Mut der Verzweiflung, mit Hoffnung. Nur um am Ende auf eine verdorrte Wüste zu treffen, die so weit ist, wie das Auge reicht. Giacomo hat auf die Frage, ob er hier Wasser finden kann, nur besorgt geschaut.

Irgendwas ist passiert, als wir hier angekommen sind,

in dem, was einmal Italien war. Es ist, als hätte jemand das Licht ausgeknipst in uns. Und jetzt sitzen wir hier. Und dann hat Isabella heute frische Reifenspuren entdeckt. Wir haben alle nur einen Gedanken. Amon. Wenn er genug Benzin findet, kann er schon lange auf die Idee gekommen sein, hier nach uns zu suchen. Was wir in zwei Wochen gegangen sind, kann er mit ausreichend Benzin in Stunden überwinden. Die Kleinen wissen nichts davon. Aber wir Großen, wir werden etwas tun müssen.

»Ich glaube nicht, dass Vera sich so schnell erholt.« John spricht ruhig und leise. Seine großen Hände halten einen Stock, mit dem er in der Glut stochert. Sein Gesicht ist unbewegt. Nur das Zucken seines Mundwinkels zeigt, dass er sich nur mit Not ruhig hält.

Bent läuft eine Träne die Wange hinunter. »Ich habe unseren Eltern versprochen, gut auf sie aufzupassen«, flüstert er.

»Hey, Mann.« Ali legt ihm den Arm um die Schultern und streicht ihm über das Haar. »Sie wären total stolz auf dich. Ganz bestimmt.«

»Worauf denn? Dass ich sie hier in diese Wüste geführt habe?« Bent fängt nun wirklich an zu weinen.

Ali nimmt ihn in den Arm und sagt nichts mehr.

In meinem Kopf rasen die Gedanken im Kreis. Ich finde auch keine Lösung. Aber das kann es nicht gewesen sein. Das ist nicht möglich. Wir sind so weit gekommen. Wir haben so viele Hindernisse überwunden. Wir leben. Noch. Und so soll es bleiben.

»Wir haben diesen Ort hier gefunden«, sage ich schließlich. »Es gibt Wasser. Schutz.« Ich räuspere mich. »Und Essen.« Ich weiß, das ist ein bisschen übertrieben. Dieser komische Baum wird uns nur ein paar Tage ernähren können. Höchstens. Die Kartoffelpflanze lebt zwar noch. Aber bis wir die Kartoffeln ernten können, vergehen noch Wochen. Und alles andere haben wir aufgegessen.

Mirko starrt mich feindselig an. »Möchtest du jetzt hier eine Kommune aufmachen, oder was?« Er lacht freudlos und bitter. »Dann müssen wir uns aber mit ein bisschen beeilen mit dem Aufbau. Damit Amon auch was hat, das er niederbrennen kann, wenn er uns dann hochnimmt.«

»Die Reifenspuren heißen doch gar nicht, dass er hier ist«, versucht Heja ihn zu beschwichtigen.

»Nein! Natürlich nicht! Aber es heißt, dass man bis hierher wunderbar mit Autos kommt. Und wir haben keine Ahnung, mit wem er noch in Kontakt steht! Wahrscheinlich beherrscht er ein ganzes Netz von Schergen, die nur darauf warten, uns für ein paar Flaschen Whisky einzufangen!« Mirkos Stimme wird schrill und laut. Seine Augen huschen wild umher.

Er tut mir leid. Die Angst, die er fühlt, muss furchtbar sein.

»Also, als ich Amon das letzte Mal gesehen hab, sah er nicht so aus, als würde er noch so wahnsinnig viel beherrschen«, antworte ich und versuche, sehr locker zu klingen.

Die anderen sehen mich böse an.

»Du kennst ihn nicht«, zischt es da hinter mir. Isabella. Ich habe gar nicht gemerkt, wie sie näher gekommen ist. Sie steht ein paar Schritte entfernt vom Feuer.

»Du hast nie gesehen, wozu er wirklich fähig ist. Also halt dich gefälligst zurück mit deinen schlauen Weisheiten.«

Ihre Worte sind wie ein Schlag in die Magengrube.

»Tut mir leid«, sage ich. »Ich wollte einfach sagen, dass

Amon kein Übermensch ist. Auch er ist verletzlich.« Meine Stimme ist dünn.

»Ja. Ein verletztes Untier, das jetzt alles auslöschen wird, was seine Eitelkeit angekratzt hat.« Mirko spuckt mir die Worte förmlich vor die Füße.

Wir sitzen hier, mitten in Ruinen, am Ende unserer Kräfte, und alles, was uns einfällt, ist, uns gegenseitig an die Gurgel zu gehen. Am liebsten würde ich weinen, aber ich verbiete es mir. Das ist das Letzte, was die anderen jetzt gebrauchen können. Ich schweige. Die anderen auch. Nur die brennenden Äste knacken, während das Feuer sie immer weiter zerfrisst.

»Einige können nicht weiter. Aber wir müssen trotzdem einen Ort finden, an dem wir länger aushalten können, an dem wir in Sicherheit sind. Keine Ahnung. Eine andere Stadt, wo noch ein Supermarkt nicht leer geräumt ist, ein Regierungsbunker, der nicht benutzt wurde. Eine unterirdische Siedlung. Irgendwas.« Alis Stimme ist ruhig. Noch immer hält er den weinenden Bent im Arm.

»Wir können damit nicht warten, bis sich alle erholt haben. Wir werden uns also aufteilen müssen.«

Nun nicken alle.

»Ich kann Yara nicht allein lassen«, sagt Heja. »Tut mir leid, ich will nicht kneifen. Aber das geht nicht.«

»ZiZi und ich werden gehen.« Isabella spricht mit einer Stimme, die keinen Widerspruch duldet. »Wir haben die meiste Kraft.«

Sie hat recht. Wir waren nicht im Kerker. Wir haben den größten Teil unseres Lebens mit guter Nahrung und in Sicherheit verbracht.

»Moment mal!«, sagt Ali. »ZiZi wäre gerade erst fast gestorben, falls du das vergessen hast!«

Isabella sieht mich an, mit diesem Blick, den sie jetzt immer für mich hat. So als wäre ich nur halb da, als könnte sie durch mich hindurchschauen. »Für mich sieht sie recht lebendig aus«, sagt sie trocken.

»Lass mal, Ali« sage ich. »Isabella hat recht. Wir gehen.«

Wir brechen auf, bevor es Morgen wird. Ein zarter Tau liegt auf den Dingen. Ein kleiner Hauch von Feuchtigkeit. Wir werden Richtung Süden gehen. Zum Meer. Wir bleiben unserem Plan treu. So genau weiß ich nicht mehr, warum. Vielleicht haben wir einfach nichts anderes. Vielleicht sind wir einfach nur stur.

Snow folgt Isabella wie ein Schatten, die Schnauze auf Höhe ihres Beins, trabt er hinter ihr her. Als wir losgehen, wirft er mir einen Blick zu. Lang, ruhig und voller Verständnis, so als wollte er mir sagen: »ZiZi, ich mag dich auch. Aber sie braucht mich einfach mehr.«

»Du machst das ganz wunderbar«, murmele ich und folge Isabella. Wir reden kein Wort. Einerseits bin ich froh. Ich wüsste nicht, was ich ihr sagen soll. Andererseits möchte ich ihr alles erklären. Möchte das zurück, was mal zwischen uns war. Nur habe ich dafür nicht die Kraft. Ich weiß noch nicht einmal, ob meine Kraft reicht, uns am Leben zu halten.

Isabella kommt mir vor wie eine Maschine. Sie geht, als wäre das alles nichts. Als müssten wir nur mal eben was einkaufen gehen. Ob sie gar nicht traurig ist? Verzweifelt? Wütend? Was geht nur in ihr vor?

Ich konzentriere mich auf meine Füße, wie sie einen Schritt vor den anderen setzen. Mein Bein schmerzt. Das tut es schon seit Tagen. Entzündet ist es nicht. Es hätte einfach nur etwas Ruhe verdient, glaube ich. Wenn die Dinge anders wären. Gesagt habe ich nichts. Das würde ja eh nichts bringen.

Hier und da wachsen Pflanzen. Aber sie sind alle überzogen von dem gelblichen Sand, der hier alles unter sich zu begraben scheint. Wir haben uns Tücher um die Gesichter gewickelt. Und trotzdem kriecht uns der Sand in die Ohren, die Nasenlöcher, setzt sich in die Augen, knirscht zwischen unseren Zähnen.

Wir kommen an einer Stadt vorbei. Aber wir meiden sie. Die Stadt sieht so tot und hoffnungslos aus, so leer gefegt, dass wir uns noch nicht damit zufriedengeben wollen. Ich will nicht darüber nachdenken, dass es vielleicht nichts anderes für uns gibt. Dass das alles ist, was wir erwarten können, und dass wir hier vor uns hinvegetieren werden, bis es eben vorbei ist.

Nein, noch sind wir nicht so verzweifelt. Wir wollen einen echten Anfang. Wir wollen ein neues Leben. Auch wenn nicht mehr viel übrig ist auf dieser Welt. Noch geben wir nicht auf, da sind Isabella und ich uns einig. Wir brauchen es noch nicht mal auszusprechen.

Alles, was ich höre, ist mein eigener Atem und der Wind, der über die Ebene pfeift. Den Sand trägt er in seinen unsichtbaren Händen. Die Luft um uns schimmert schwefelig, der Horizont verschwimmt im Gelb, die Sonne ist eine fahle Scheibe.

»Such«, sagt Isabella. »Such uns ein neues Zuhause«, sagt sie, und Snow schaut sie für einen Moment aufmerksam an, mit hochgestellten Ohren und zusammengezogenen Brauen. Dann bellt er einmal leise und läuft los.

Ein Schauer aus Liebe für dieses Tier läuft über mich. Es ist so schön, dass es in all dieser Zerstörung so etwas wie Snow noch gibt.

Wer weiß, vielleicht erschnüffelt er einen Bunker oder eine unterirdische Stadt, wo wir einziehen könnten. Die Menschen in Italien haben sich damals sicher auch so Sachen gebaut, die sind ja auch nicht doof. Und oft sind die Eingänge gut versteckt.

Erst will ich es nicht hören, aber dann wird es immer deutlicher. Es ist, als sänge der Wind ein Lied. Eines von denen, die mir Ali damals vorgespielt hat.

Life is a mystery
Everyone must stand alone
I hear you call my name
And it feels like home

Immer und immer wieder scheint der Wind das Lied zu singen. Zuerst wehre ich mich, aber dann lasse ich es einfach geschehen. Ich weiß natürlich, dass da niemand das Lied singt, dass mein Kopf mir einen Streich spielt und sich einfach die Erinnerung an Alis Gesang vermischt mit dem Pfeifen des Winds. Ich frage mich, was der Text eigentlich bedeutet. Mit wem sie da wohl spricht? Ob damit der Tod gemeint ist?

Es sind ganz leise Geräusche. Etwas bricht, ein fernes Jaulen. Isabella und ich sehen uns an und wissen sofort, es ist etwas Schlimmes passiert.

Isabella läuft so schnell, dass ich kaum hinterherkomme mit meinem Bein. Wir schreien nach Snow, aber es kommt keine Antwort. Bald habe ich Isabella aus den Augen verloren, wir sind in einer Gegend mit flachen Ruinen, vermutlich mal ein Industriegebiet. Ich irre zwischen den Mauerresten umher, wie ein Labyrinth umgeben sie mich. »SNOW«, brülle ich immer wieder. »ISABELLA!«

Meine Brust zieht sich so zusammen, dass ich kaum Luft bekomme. Was, wenn ich sie einfach nicht wiederfinde? Sie könnten mittlerweile fast überall sein.

Sollte ich die anderen zur Hilfe holen? Und finde ich überhaupt zurück? Ich bin ehrlich gesagt einfach hinter den beiden hergelaufen und habe gar nicht aufgepasst, wo ich langgegangen bin. Ich reibe meine schweißnassen Hände über mein Gesicht. Cool bleiben, ZiZi, ganz cool bleiben. Panik hilft jetzt nicht weiter.

»Ach was«, antworte ich dieser oberschlauen Schwätzerin in meinem Kopf und kämpfe gegen meinen immer schneller werdenden Atem an. Ich schließe die Augen – und da höre ich Isabellas Stimme. Leise, aber deutlich. »Ganz ruhig, mein Guter. Keine Angst. Ich hol dich.«

Ich finde sie in einer riesigen alten Fabrikhalle. Es ist angenehm hier drinnen, fast kühl, die Decke ist noch intakt. Die Fenster sind zerborsten, überall liegt Schutt, und ein paar verrostete, riesige Maschinen stehen herum.

Zuerst sehe ich Isabella, sie liegt auf dem Bauch. Was macht sie da, denke ich. Und dann sehe ich Snows Kopf und seine weißen Pfoten, Isabella hat sie gepackt.

»Isabella!«, rufe ich und laufe zu ihnen. Und dann verstehe ich. An der Decke hängen hier riesige Ketten, ein Kran, und darunter sind Holzdielen, alt und morsch, die eine Art meterlangen Schacht abdecken. Snow ist darin eingebrochen und hängt nun mit seinen Hinterbeinen über dem Abgrund.

»Ich kann ihn kaum noch halten!«, presst Isabella hervor.

Ich robbe zu ihnen aufs Holz. Die Bretter knirschen bedrohlich unter mir, aber ich habe keine andere Wahl. Splitter bohren sich in meine bloßen Hände, zwischen den Brettern scheint die Schwärze des Abgrunds hervor. Jeden Moment rechne ich damit, dass der Boden unter mir nachgibt, aber ich schaffe es. Bald liege ich neben Isabella. Ihre Arme zittern schon vor Anstrengung, ihr Gesicht ist bleich unter dem Schmutz.

Ich kralle meine Hände in Snows Nacken und zerre mit aller Kraft an seiner Haut. Isabella zieht an Snows Pfoten, und Zentimeter für Zentimeter schleppen wir ihn über die Kante. Weißer Schaum kommt aus seinem Maul, er winselt. Er ist am Ende seiner Kräfte.

»Gleich hast du's geschafft. Gleich«, flüstere ich, und dann spüre ich unter mir den festen Betonboden. Ich habe die morschen Bretter schon hinter mir. »Siehst du, jetzt haben wir es«, flüstere ich. Ich atme aus und merke, wie mein Herz sich beruhigt. Nun sind schon Snows Hinterpfoten auf den Brettern. Gleich. Gleich ist es vorbei.

Es ist wie eine Explosion. Mit ohrenbetäubendem Lärm brechen die Bretter unter Snow und Isabella ein, für ein paar Momente halte ich das Gewicht von beiden, Isabella hängt an Snows Vorderbeinen, und ihn halte ich noch immer an seinem Nacken fest. Unerbittlich rutsche ich auf den Abgrund zu. Rohre, riesige Zahnräder, am Boden des Schachts steht eine rostige Maschine. Bis dahin sind es bestimmt fünf Meter. Und darüber baumeln Isabella und Snow. Mit aller Kraft versuche ich, die beiden zu halten. Sie hinaufziehen? Keine Chance, das Gewicht ist so für mich schon so kaum zu tragen. Meine

Hände brennen, meine Muskeln, Arme. Ich schreie vor Anstrengung laut auf. Snow winselt vor Schmerz. Seine Krallen scharren an der Wand aus Beton. Was soll ich tun? Ich will um Hilfe rufen. Aber da ist ja keiner, der mich hören würde.

Ich schaue mich um, nach irgendetwas, das helfen könnte, doch ich finde nichts. Steinchen brechen aus der Betonkante und rieseln hinab in das Loch.

Dann trifft mein Blick Isabella. Sie schaut mich an, ganz ruhig. Sie nickt. Kaum merklich, um ihren Mund ein leichtes Lächeln. Und dann lässt sie Snows Beine los und stürzt hinab in die Tiefe.

Isabella fliegt durch die Luft wie eine Puppe. Ich kann nur zusehen, wie sie in die Tiefe rast, Arme und Beine weit von sich gestreckt, Flügel ohne Federn. Mit einem dumpfen Knall schlägt ihr Körper auf der eisernen Maschine auf.

»Isabella!«, schreie ich und ziehe Snow mit einem letzten Ruck über die Kante. Erschöpft bricht er neben mir zusammen, die Augen geschlossen, das Maul verschmiert von blutigem Schaum.

Es kommt mir wie eine Ewigkeit vor, bis ich bei Isabella bin. Am Rand der Grube ist eine Leiter, die rostigen Stufen scheinen nicht aufzuhören. Noch eine, immer noch eine kommt, bis ich endlich den Rand der Maschine erreiche und über einen Steg zu Isabella renne.

Blut läuft ihr aus dem Mund, aus der Nase. Der rechte Arm steht in einem so merkwürdigen Winkel ab, dass ich kein zweites Mal hinschaue. »Isabella.« Ich versuche, meine Stimme ganz sanft klingen zu lassen, so als wäre die Welt in Ordnung und ich nur froh, sie zu sehen. »Isabella, wie geht es dir?« Ich streiche ihr über das Haar, sanft und vorsichtig, als sei sie ein nackter Vogel in seinem

Nest. Alles an ihr scheint zerbrochen. Auch ihr Kopf hat eine seltsame Form. Dunkles Blut rinnt über das rostige Metall und tropft zwischen den Rohren hinab.

Tränen laufen Isabella aus den Augen. Still und ohne Aufregung. »Snow?«, flüstert sie. »Ist er …?«

Ich nicke und lächle. »Ja«, sage ich, so sanft wie ich nur kann. »Ja, du hast ihn gerettet.« Ihr Blick wandert hinauf, weit, weit über uns spannt sich schützend die Betondecke. Und doch wäre es mir lieber, wenn sie jetzt den Himmel sehen könnte.

»Gut«, murmelt sie. Ich weiß nicht, ob sie zu mir spricht oder in das Nichts über uns. »So ist es gut.« Ein Lächeln huscht über ihr Gesicht. Ihr Blick sucht meinen, und dann sieht sich mich an, die Augen dunkel und voller Liebe. »ZiZi, weißt du, ich wollte nie …« Ihre Stimme wird mit jedem Wort leiser, bis sie schließlich nur noch die Lippen bewegt, als hätte ihr jemand den Ton abgedreht, damit ich sie nicht mehr hören kann. Ich will schreien: Isabella! Ich kann dich nicht hören! Was willst du mir sagen? Aber ich lächle weiter und nicke und sage: »Ich weiß. Ich weiß.« Und dann bleiben auch ihre Lippen still, nur ihre Augen schauen noch für einen Moment, bis auch sie verstummen und ich sie endlich in meine Arme schließen und meinen Schmerz herausschreien kann in diese verdammte wüste Welt hinein.

Einige Meter schaffe ich. Aber es dauert nicht lange, dann geben meine Beine nach. Mir fehlt einfach die Kraft, Snows schweren Körper zu tragen. Sanft lege ich ihn ab. Wir haben es gerade mal aus der Halle hinausgeschafft. Snow leckt mir über die Hand, als wollte er sagen: »Ist schon okay, ZiZi. Du hast es ja versucht.«

Ich setze mich neben ihn und streiche ihm durch das Fell. Ich würde gern weiterschreien vor Verzweiflung. Hinter mir liegt Isabella in diesem dunklen Schacht. Allein schaffe ich es niemals, sie hinaufzubekommen. Snow ist zu schwach zum Laufen und ich will ihn nicht allein lassen. Ich lege mich neben ihn und umarme ihn, gemeinsam schauen wir aus unserem Schattenplatz auf die Ruinen vor uns, wie sie in der Hitze glühen. Ich sehe der zitternden Luft zu, die von den Mauern aufsteigt, und versuche zu verstehen, was gerade passiert ist. Wie kann das sein? Isabella.

Snow schnauft neben mir und winselt. Wahrscheinlich hat er sich eine Rippe gebrochen bei der Rettungsaktion. Ich lasse den Blick wandern, in das unerbittliche Blau des Himmels, das wie ausgeblichen von dem grellen Licht der Sonne scheint. Was passiert, wenn ich jetzt einfach hier liegen bleibe, frage ich mich. Wenn ich nie wieder aufstehe. Wie lange dauert es, bis es vorbei ist? Mir fällt das Haus ein, allein, wie ich da war. Wie ich gewartet habe, dass der Tod kommt, halb verrückt vor Einsamkeit. Die Schwärze, die ich damals gefühlt habe, die Hoffnungslosigkeit. Sie steht wieder vor mir, wie eine undurchdringliche Mauer.

Eine Träne läuft aus meinem Augenwinkel. Ich wische sie nicht fort, sondern lasse sie laufen, bis sie in den Staub vor mir tropft.

Als hätte Snow meine Gedanken gehört, drückt er sich langsam hoch, er winselt vor Schmerz, aber er schafft es, und dann steht er vor mir. Die Ohren ein wenig aufgestellt, stupst mir seine jetzt viel zu trockene Nase ins Gesicht. Sanft packt er den Kragen meiner Jacke mit den Zähnen und zieht daran. Erst tue ich so, als sei nichts, aber Snow lässt einfach nicht locker, er stupst und zerrt an mir herum, bis ich schließlich sage: »Ist ja gut, Alter. Ist ja gut«, und aufstehe. Doch als ich den ersten Schritt machen will, überfällt mich die Traurigkeit als Schmerz, der mich fast erdrückt. Isabella. Wie kann ich gehen, wenn du hier liegst?

Im Schneckentempo tapsen wir Richtung Straße und dann den versandeten Asphalt entlang, wieder zurück in Richtung Alpen. Wahrscheinlich brauchen wir zwei Tage bei dem Tempo. Aber Snow kann einfach nicht schneller. Und ich vielleicht auch nicht. Ich weiß es nicht mehr. Ich habe das Gefühl für meinen Körper verloren. Er kommt mir vor wie ein Gerüst aus Stöcken, das meine dumpfen Gedanken die Straße entlangschleppt. Ich blicke zu Snow, wie er sich mit jedem Schritt quält.

»Das schaffen wir schon, mein Alter, nicht wahr?«, sage ich und glaube mir kein Wort. Ich lasse meine Hand auf Snows Schulter und spüre den Rhythmus seiner Bewegungen. Doch plötzlich erstarrt er, als hätte ihn jemand eingefroren. Er stiert ins Nichts vor uns und knurrt leise.

Dann höre ich es auch. Motoren. Das Sirren von Reifen auf Asphalt. Autos. Amon. Er ist gekommen, uns zu holen.

Mein Herz beginnt zu rasen. »Shit«, presse ich zwischen den Zähnen hervor und blicke mich um. Wir haben die Ruinen gerade hinter uns gelassen. Um uns herum nur verdorrte Weite. Wo sollen wir uns verstecken? Und hat er die anderen schon gefunden? Ich schicke ein Stoßgebet zu wem auch immer: Bitte, lass die anderen in Sicherheit sein!

Neben der Straße stehen ein paar verdorrte, stachelige Büsche. Unsere einzige Wahl. Vielleicht reichen sie aus als Versteck, wenn wir uns dicht an die Erde pressen.

Ich zerre Snow hinter mir her, aber wir sind zu langsam. Schon kommen die Autos über die sanfte Hügelkuppe geschossen. Ihr Bild verschwimmt in der Hitze. Die Panik zerreißt mich fast. Wohin sollen wir jetzt? Ich habe noch nicht einmal eine Waffe, um uns zu verteidigen, und Snow ist viel zu schwach zum Kämpfen.

Da merke ich, dass Snows Knurren zu einem hohen, aufgeregten Winseln geworden ist. Sein Schwanz wedelt. Die Autos rasen auf uns zu, und jetzt sehe ich, dass jemand aus dem Fenster lehnt, wild mit den Armen wedelt und irgendetwas ruft. Snows Körper beginnt vor Freude zu zucken.

Ali! Es ist Ali! Ich hebe die Arme und rufe: »HIER! HIER SIND WIR!« Und mir ist auch bewusst, wie unendlich doof das eigentlich ist, weil er uns ja schon längst gesehen hat. Aber ich bin einfach so so froh, ihn zu sehen. Und dann trifft es mich wieder wie ein Faustschlag. Isabella. Ich werde den anderen von Isabella erzählen müssen.

Die Wüste draußen zuckt und wackelt vor meinen Augen, aber der Wind fehlt hier drinnen im Auto. Ich fühle mich wie im Kinozimmer im Haus. Ich hier im Auto, das über die endlosen, zerklüfteten Straßen holpert, eingekapselt zwischen schwarzes Plastik und zerschlissene Polster.

Da draußen hinter den Scheiben die echte Welt. Und Isabella. Die wir im Sand begraben haben, auf ihrem Gesicht immer noch ein Lächeln. Es wäre kein Platz für ihre Leiche gewesen. Erst wollte ich mich wehren. Sie mitnehmen. Aber dann schien es mir das einzig Richtige. Wir nehmen sie sowieso mit, wohin auch immer wir gehen. Und so kann sie wenigstens dem Wind lauschen und den Sand über sich knistern hören. Denn ich kann nicht glauben, dass sie nichts mehr fühlt. Auch wenn ich weiß, dass sie tot ist.

Ali hält meine Hand. Von der Sekunde an, in der er Snow und mich auf der Straße aufgelesen hat, ist er nicht von meiner Seite gewichen, und hier im Auto hält er meine Hand so fest, als könnte ich mich sonst in Luft auflösen. Aber wo sollte ich denn hin. Snow liegt im Fußraum vor mir und schläft. Das alles hat ihm einfach jede Kraft geraubt. Und auch er hat verstanden, dass Isabella nicht mehr aufwachen wird. Bevor wir sie in die Grube gelegt haben, die wir mit unseren Decken ausgepolstert haben, hat er ihr noch einmal das Gesicht und die Hände geleckt, er hat gewinselt und seine schwarze Nase in ihrem Haar verborgen.

Die Leute mit den Autos gehören nicht zu Amon. Sie nennen sich »Die Neuen«, und sie sagen, sie haben einen Ort, an dem wir bleiben können. Dass sie sich freuen, dass wir da sind. Dass sie Menschen wie uns gern bei sich wollen. Dass sie alles haben, was wir brauchen. Das alles, was sie sagen, rauscht an mir vorbei. Ich weiß, es klingt großartig. Vielleicht ist das die Rettung. Aber ich kann keine Erleichterung fühlen. Ich fühle nur den Sand unter meinen Nägeln. Den Sand, unter dem wir Isabella beerdigt haben.

Ich bräuchte jetzt Tränen. Es fühlt sich an, als steckte die Traurigkeit um Isabella in mir fest, breite sich in mir aus, bis in alle Winkel. Ali sagt, er ist sich sicher, dass die Neuen es gut mit uns meinen. Dass wir vertrauen sollen. Ich nicke und versuche, Worte zu finden. Aber dann bleibe ich stumm und schaue aus dem Fenster.

Und so entdecke ich unser Ziel, lange bevor wir angekommen sind. Eine gigantische Mauer. Grau und schmutzig schneidet sie den gelben Sand und den blau-gelben Himmel entzwei. Das muss es sein.

»Willkommen am Ende der Welt«, sagt der Fahrer unseres Autos und lacht. »Sieht scheiße aus, was?«

Er heißt Nick. Er kann höchstens 18 sein. Wir steigen aus, und die Neuen fahren die Autos in ein paar alte Schiffscontainer. Snow tragen sie zu einer Art selbst gebautem Aufzug, der die gigantische Mauer hinabhängt.

Wir stehen direkt am Fuß der Mauer, sie ragt bestimmt zwanzig Meter über uns in den Himmel. Mir wird schwindelig. Ali lächelt mich an und nimmt mich in den Arm. Er drückt mich ganz fest, sodass es fast wehtut, aber noch schön ist. »Es tut mir so leid, ZiZi. Aber ich versprech dir, es wird alles gut.« Ich sage nichts, sondern atme nur seinen Geruch ein, erdig und süß, so wie ich mir den Geruch von einem Zuhause vorstelle.

Etwas klickt neben uns. Wir drehen uns um. Eine Strickleiter fällt die Mauer hinunter, bis zu uns herab. Oben sehe ich ein paar Gestalten winken. Nick breitet die Arme aus: »Nach euch! Ich will die Überraschung nicht verderben!« Wieder lächelt er freudig.

Ich weiß, er hat Isabella nicht gekannt. Und ja, der Tod ist in dieser Welt etwas Alltägliches. Ich wünschte trotzdem, er wäre ein kleines bisschen trauriger.

»Ich fahr mit dem Hund« sagt er. »Es muss immer einer auf den Lift, der weiß, wie die Sache läuft.« Ich sehe zu, wie er zu Snow aufs Brett steigt und ihn streichelt. Snow lässt es sich gefallen.

Ich atme aus und schließe die Augen. Wenn Snow ihm vertraut, dann versuche ich es auch.

»Komm, ZiZi.« Ali zieht mich zur Leiter. »Du hast es gleich geschafft. Nur noch dieses kleine Stück!« Er nimmt die Seile in die Hände und beginnt, die Sprossen hinaufzuklettern. Ich nehme die Seile der Leiter in die Hand.

»Und schaut besser nicht zurück. Nur nach oben! Es sind schon Leute abgestürzt«, ruft uns Nick hinterher.

Die Sprossen sind rau und unregelmäßig. Mit jedem Schritt nach oben scheint der Wind stärker zu werden. *Life is a mystery* … ich möchte ihn gern wieder singen hören. Aber da sind nur das Pfeifen und der Sand. Meine Beine steigen und steigen. Ich habe das Gefühl dafür verloren, ich lasse sie einfach machen. Dann greife ich nicht mehr auf Holz, sondern auf schartigen Beton. Wir sind oben angekommen. Die Krone der Mauer. »ZiZi! Schnell!«

Ich will mich hochziehen, aber da packen mich schon von beiden Seiten Arme und heben mich den letzten Meter in die Höhe, bis meine Füße Halt finden. Vor mir liegt das Meer. Endlos und blau rauscht es vor mir bis zum Horizont.

Wir haben es geschafft.

Rechts von uns, da ist ein Schiff, das an der Mauer vor Anker liegt. Kein kleines Boot. Es ist das größte Schiff, das ich je gesehen habe. Ein gigantischer Ozeandampfer, ein Containerschiff mit genügend Platz für eine kleine Stadt. An die Schiffswand hat jemand mit weißer Farbe den Namen geschrieben: DIE WELT VON MORGEN.

An der Reling stehen Menschen, immer mehr kommen dazu. Und je länger ich hinsehe, desto klarer wird mir: Das sind alles Kinder und Jugendliche. Es müssen Dutzende sein. Vielleicht sogar hundert. Oder mehr. Sie stehen da und winken. Und sie rufen etwas.

Ali legt den Arm um mich. Er lacht und weint zur gleichen Zeit. »Siehst du das? ZiZi? Wir haben es geschafft!«

So sehr ich mich auch anstrenge, ich verstehe die Rufe nicht. »Was rufen sie?«

»Willkommen, ZiZi.« Ali drückt mich an sich. »Sie rufen: Willkommen.«

Und dann kommt es über mich. Die Tränen. Sie laufen mir aus den Augen, mein Gesicht hinab, sie fließen und fließen, bis sein Hemd ganz nass ist. Willkommen. Vielleicht hat Ali recht. Vielleicht wird jetzt alles gut.

Danksagung

Der erste Dank gebührt meinem Mann. We've come a long way, baby.

Meinen Eltern Helmuth und Elke, meinen Großeltern und Marianne, Ingrid, Pluto und dem Dorf Wiershausen danke ich für eine Kindheit mit viel Freiheit und Natur. Sie steckt in jedem Wort dieses Textes.

Rita Sedat, für den Wind unter meinen Flügeln.

Nicole Seifert für den entscheidenden Schubs, Elisabeth Ruge für die liebevolle Erstbetreuung des Manuskripts. Meiner Agentin Silke Weniger für ihre so wichtigen Anregungen und die unermüdliche Verlagssuche.

Wendi Morrison, thank you for the magic.

Magdalena Birkmann für die ausschlaggebende Verbindung und Kathrin Dodenhoeft für den Glauben an das Buch.

Ein Dank aus ganzem Herzen allen Menschen, die auf meine Kinder aufgepasst haben, sodass ich schreiben konnte. I want to thank especially Miss Ariana, the Team of the San Francisco Community School in Excelsior and Maria Mendoza aka Mari. This book wouldn't exist without you.

Und ich möchte den Menschen danken, mit denen ich meine Teenagerzeit verbracht habe (ganz besonders Mandy). Wir sind uns vielleicht nicht mehr alle nah, aber ich bin dankbar für die Zeit. Danke für himmelschreiende Freude, gemeinsam durchlittenen Schmerz und ertragene Langeweile. Danke euch für die Schultern zum Anlehnen, das Haare-aus-dem-Gesicht-halten und Heile-nach-Hause-bringen, für durchtanzte Nächte, wilde Autofahrten, (gefühlt) weite Reisen, ich danke euch von Herzen für alle Abstürze und jeden Höhenflug.

Nachwort

von Clara Mayer, Fridays for Future Berlin

Liebe Leserinnen und Leser,

die dystopische Welt, in die ihr durch dieses Buch hineingeschlüpft seid, ist natürlich fiktiv. Wir müssen uns nicht vor Angst, was unsere Umwelt uns antun könnte, in unseren Häusern verbarrikadieren, unser Gesundheitssystem funktioniert und in den Alpen gibt es Schnee und grüne Wiesen. Ihr könnt dieses Buch zuschlagen, das Fenster aufmachen, die frische Luft einatmen und all das hier vergessen. Wir leben nicht in dieser Dystopie. Und doch ist sie näher, reeller als viele andere.

Denn auch wir befinden uns in einer Krise. Einer, die nicht überall gleich sichtbar ist, die nicht alle Menschen gleich stark betrifft. Und trotzdem ist sie da, die Klimakrise.

Die Generation unserer Eltern erinnert mich an Gabriele in »All that's left«. Sie sitzt apathisch in der zerstörten Burg von Bruder Amon und sagt: »Ich hätte echt nicht gedacht, dass das geht. Amon entkommen.« Gabriele hatte schon aufgegeben, bevor sie überhaupt angefangen hat. Ihr fehlte jede Fantasie, um an die Zukunft zu glauben. Während ZiZi und Isabella eigentlich keine Chance haben – und es dennoch schaffen. Vielleicht ist es heute genauso. Den Erwachsenen fehlt die Fantasie, um für unsere Zukunft zu kämpfen – obwohl sie alle Mittel hätten.

Wenn man Erwachsene fragt, dann ist die Klimakrise ein modernes Problem. »Das gab es in unserer Kindheit so nicht«, antworten sie mir, wenn ich sie frage. Ich, wie fast alle jungen Menschen, bin in die Klimakrise hineingeboren worden. Es stimmt, sie war nicht immer so präsent. Mein Haus wurde nicht überschwemmt, keine Dürre führte bei mir zu Hause zu einer Hungersnot. Anders als in ZiZis Welt gibt es Wälder, in denen ich spazieren gehen kann. Und in den Parks staksen noch immer die Krähen. Ich kann mich glücklich schätzen, dass, wenn ich sage, ich sei in diese Krise hineingeboren, ich mich nur an die Tagesschau erinnere, die meine ganze Kindheit durch von schmelzenden Gletschern und zunehmend schlechterer Luft berichtet hat. Von Plastik überall und Chemikalien. Und trotzdem schwebt diese Angst meine ganze Kindheit über mir. Ich hatte damit nichts zu tun. Das müssen die Generationen vor mir gewesen sein. Was also meinen unsere Eltern, wenn sie beteuern, sowas wie die Klimakrise habe es nicht gegeben?

Die Klimakrise passiert ja nicht von heute auf morgen. Sie ist eher wie ein Fass, in das Tropfen fallen. Wir können dieses Fass lange füllen und denken, es hält, es wird schon nicht überlaufen. Und dann eines Tages tut es genau das.

Doch auch da stellt sich die Frage: Warum hat das niemand vorausgesehen? Warum wurde da nicht mehr getan?

Jetzt stelle man sich vor, es gäbe Menschen, die daran verdienen würden, dass dieses Fass vollläuft. Ölfirmen zum Beispiel. Oder die Kohleindustrie. Man stelle sich vor, diese Firmen seien gut vernetzt in die Politik, einflussreich und hätten Geld. Man stelle sich vor, die Menschen, die anfangs unter dem volllaufenden Fass leiden, seien nicht reiche Europäer*innen, sondern Menschen aus anderen Ländern. Menschen, bei denen Firmen, aber auch Politiker*innen weniger Konsequenzen zu fürchten haben, wenn sie ihnen schaden. Aber wir müssen uns all das nicht vorstellen.

Wenn wir verstehen, dass viele Firmen die Klimakrise für Geld in Kauf nehmen, sozusagen an ihr und dem Leid vieler Menschen verdienen, dann ergibt alles mächtig viel Sinn. Und wenn wir dann weiter überlegen, werden wir schnell feststellen, dass diese Firmen gar kein Interesse daran haben, dass wir wissen, was sie mit der Umwelt und dem Klima so machen. Sie wollen ja weiter Geld verdienen, und das geht schlechter, wenn Menschen gegen sie sind. Die hundert größten Firmen sind für über 70 Prozent der weltweiten CO_2-Emissionen verantwortlich. Diese Firmen haben es aber nicht so gerne, wenn Menschen das wissen. Dann könnten sie ja zur Verantwortung gezogen werden. Also haben sie sich in den letzten Jahrzehnten einen kleinen, aber sehr effektiven Trick ausgedacht: Sie geben uns die Schuld. Dir und mir und der netten alten Dame, die nebenan lebt. Sie sagen, wir seien schuld, weil wir Plastikstrohhalme benutzen. Weil wir mal in den Urlaub geflogen sind und weil wir unseren Müll nicht richtig recyceln. Das stimmt nicht. Die Klimakrise existiert vor allem wegen dieser großen Konzerne. Nicht wegen der Oma, die mit dem Auto zum Supermarkt fährt, weil sie nicht mehr laufen kann, und auch nicht wegen deiner Mama, die deine Brotbox nochmal in eine Plastiktüte packt, damit sie nicht im Rucksack ausläuft. Jetzt gibt es aber Menschen, die sagen: »Es stimmt ja, einmal Plastik ist nur einmal Plastik, aber wenn alle das machen, dann ist das tausendmal Plastik! Wir müssen nur alle damit aufhören, dann sind wir gerettet!«

Das hört sich so einfach und schön an. Ist es aber leider nicht. Die meisten Menschen auf der Welt haben nicht genug Geld, um ihren Einkauf so abzuändern, dass er umweltfreundlich wird. Auch in Deutschland haben viele das Geld nicht. Nehmen wir mal einen Erdbeerjoghurt als Beispiel. Der ist in Plastik verpackt. Jetzt gibt es vielleicht auch einen Joghurt im Glasbehälter. Der ist klimafreundlicher hergestellt und kostet einen Euro mehr. Ein »umweltbewusster« Mensch würde jetzt vielleicht den Joghurt aus dem Glas kaufen, denn »es ist ja nur ein Euro mehr«. Jetzt geht ein alleinerziehender Vater in den Supermarkt. Er hat den ganzen Tag gearbeitet und musste sich danach noch um seine Kinder kümmern. Er hatte keine Zeit nachzulesen welcher Joghurt umweltfreundlicher ist. Er weiß nicht, dass in der Plastikverpackung des Joghurts das klimaschädliche Palmöl drin ist. Er sieht die beiden Joghurts und greift zum billigeren. Viel Geld hat er ja nicht. Jetzt könnten wir natürlich sagen: »Hey, wir können ihm ja beibringen, welcher Joghurt besser für die Umwelt ist, dann kann auch er sich für den besseren entscheiden!« Das Problem: Der bessere kostet immer noch einen Euro mehr. Ein Euro ist nicht viel, aber wenn der Vater für alles im Supermarkt einen Euro mehr ausgeben muss, damit es dem Klima nicht schadet, ist er schnell bei 20 Euro, und die hat er nicht. Jetzt gehen wir noch einen Schritt weiter. Der Vater hat es dann doch geschafft, sich an seinem freien Tag über die Klimakrise zu informieren. Er geht durch den Supermarkt und sieht einen Joghurt in Plastikverpackung und einen im Glasbehälter. Doch weil auch die Hersteller des Joghurts mit der Plastikverpackung realisiert haben, dass ein klimafreundlicher Joghurt sich besser verkauft, haben sie nun »gut für die Umwelt« auf die Verpackung geschrieben. Und auf den Turnschuhen, die der Vater kaufen will, steht plötzlich: »aus recyceltem Gummi«. Plötzlich ist er komplett verwirrt. Stimmt das nun? Ist das gut für die Umwelt?

So wie ihm geht es vielen von uns. »Ist der vegane Burger bei McDonalds wirklich gut für die Umwelt? Was bedeutet eigentlich ›lässt sich recyceln‹ genau?«

Fast kein Mensch hat Zeit, jedes Produkt, bevor er oder sie es kauft, erstmal gründlich zu erforschen, und Firmen werden immer besser darin, uns vorzugaukeln, Dinge seien klimafreundlich, damit wir sie trotzdem kaufen. Warum das alles? Warum den Menschen die Schuld für etwas geben, für das die großen Konzerne etwas können? Warum nicht Gesetze dafür schaffen, dass es Vorschrift wird, dass der Supermarkt plastikfrei sein muss? Warum nicht die Firmen mit Gesetzen dazu zwingen, die richtigen Dinge zu tun, anstatt einzelne Menschen damit zu belasten, die diese Last nicht tragen können?

Wir müssen begreifen, dass nicht alle die gleichen Möglichkeiten haben, sich vor der Klimakrise zu schützen. Wenn durch die Klimakrise ein Dorf überschwemmt wird und der Keller eines Rentners dadurch kaputt geht, dann hat er nicht das Geld, diesen Keller zu reparieren. Er hat aber auch nicht das Geld, um umzuziehen. Wenn in einem Viertel eine neue Chemiefabrik aufmacht, dann hat die alleinerziehende Mama nicht das Geld, um das Wohngebiet zu wechseln. Und die Zeit, gegen diese Firma zu protestieren, hat sie auch nicht, also baut die Firma bei ihr und Menschen, denen es ähnlich geht, die Fabrik, und nicht in dem Wohnviertel, in dem reichere Menschen wohnen. Das wäre viel schwieriger. Und wenn der Politik ganze Länder egal sind, dann lassen sich in diesen Ländern die schlimmsten Umweltverbrechen begehen. Die Firmen, die diese Verbrechen begehen, sind häufig europäisch oder kommen aus den USA. Solange die Verbrechen aber nicht in Europa begangen werden, unternimmt die Politik nichts dagegen. Die Klimakrise hat also viel mit Armut zu tun. Mit den Möglichkeiten, die manche Menschen haben und andere nicht. Und letztendlich viel mit Geld – damit, wer es besitzt, und wer nicht.

Ihr seht schon, das Ganze ist ein komplexes Thema. Aber ignorieren und die Augen verschließen bringt auch nix. Vielleicht ist das Verzichten auf den Plastikstrohhalm nicht die Lösung, und auch nicht das Meckern mit Menschen, die bei Textil-Discountern einkaufen, weil sie sich vielleicht nichts anderes leisten können.

Die gute Nachricht ist: Es gibt Lösungen. Um die umzusetzen, braucht es aber alle. Veränderung fängt nicht bei Wahlen an und endet auch nicht dort. Veränderung lässt sich jeden Tag machen. Redet mit euren Eltern, haltet im Unterricht ein Referat, geht auf die Straße, werdet aktiv! Damit wir es machen wie ZiZi und am Ende gewinnen.